CB049108

A pele

CURZIO MALAPARTE

A pele

TRADUÇÃO
Beatriz Magalhães

autêntica

Se rispettano i templi e gli Dei dei vinti,
i vincitori si salveranno.

[Se respeitam os templos e os Deuses dos vencidos,
os vencedores se salvarão.]

Ésquilo, *Agamenon*

Ce qui m'intéresse n'est pas toujours
ce qui m'importe.

[O que me interessa não é sempre
o que me importa]

Paul Valéry

À afetuosa memória do Coronel Henry H. Cumming,
da Universidade da Virgínia, e de todos os bravos, bons, honestos soldados americanos, meus companheiros de armas de 1943 a 1945, mortos inutilmente pela liberdade da Europa.

I
A peste

Eram os dias da "peste" de Nápoles. Toda tarde às cinco, após meia hora de *punching-ball* e uma ducha quente no ginásio da PBS, Peninsular Base Section, o Coronel Jack Hamilton e eu descíamos a pé para San Ferdinando, abrindo passagem a cotoveladas na multidão que, do amanhecer até a hora do toque de recolher, se aglomerava em tumulto na Via Toledo.

Estávamos limpos, lavados, bem nutridos, Jack e eu, em meio à terrível multidão napolitana esquálida, imunda, faminta, vestida de trapos, que tropas de soldados dos exércitos libertadores, compostas de todas as raças da terra, tangiam e injuriavam em todas as línguas e em todos os dialetos do mundo. A honra de ser libertado em primeiro lugar coube, por sorte, entre todos os povos da Europa, ao povo napolitano: e, para festejar um tão merecido prêmio, os meus pobres napolitanos, depois de três anos de fome, de epidemia, de ferozes bombardeios, tinham aceitado de bom grado, por caridade à pátria, a disputada e invejada glória de desempenhar o papel de um povo vencido, de cantar, bater palmas, pular de alegria entre as ruínas de suas casas, desfraldando bandeiras estrangeiras, inimigas até o dia anterior, e jogar das janelas flores sobre os vencedores.

Mas, não obstante o universal e sincero entusiasmo, não havia um só napolitano, em toda a Nápoles, que se sentisse um vencido. Não saberia dizer como esse estranho sentimento nasceu na alma do povo. Estava fora de dúvida que a Itália, e portanto também Nápoles, tinha perdido a guerra. É por certo bastante mais difícil perder uma guerra do que vencê-la. Para vencer uma guerra todos são bons, nem todos são capazes de perdê-la. Mas não basta perder a guerra para ter o direito de sentir-se um povo vencido. Na sua antiga sabedoria, nutrida de uma dolorosa experiência múltiplas vezes secular, e na sua sincera modéstia, os meus pobres napolitanos não se arrogavam o direito de sentir-se um povo vencido. Era essa, sem dúvida, uma grave falta de tato. Mas podiam os Aliados pretender libertar os povos e obrigá-los ao mesmo tempo a se sentirem vencidos? Ou livres ou vencidos. Seria injusto culpar o povo napolitano por não se sentir nem livre nem vencido.

Enquanto caminhava junto ao Coronel Hamilton, eu me sentia maravilhosamente ridículo na minha farda inglesa. As fardas do Corpo Italiano da Libertação eram velhas fardas inglesas de cor cáqui, cedidas pelo Comando Britânico ao Marechal Badoglio, e tingidas, talvez para tentar esconder as manchas de sangue e os furos dos projéteis, de um verde denso, cor de lagartixa. Eram, de fato, fardas removidas dos soldados britânicos caídos em El Alamein e em Tobruque. Na minha jaqueta eram visíveis os furos de três projéteis de metralhadora. A minha camiseta, a minha camisa, as minhas cuecas, estavam manchadas de sangue. Também os meus sapatos tinham sido removidos do cadáver de um soldado inglês. Na primeira vez em que os amarrei, eu me senti picado na planta do pé. Pensei, a princípio, que no sapato tivesse permanecido fincado um ossinho do morto. Era um prego. Teria sido melhor, talvez, que se tratasse verdadeiramente de um ossinho do morto: teria sido bastante mais fácil removê-lo. Levei meia hora para achar uma pinça e remover o prego. Não há mais nada a dizer: acabou bem mesmo, para nós, aquela guerra estúpida. Não podia mesmo acabar melhor. O nosso amor próprio de soldados vencidos estava salvo: então combatíamos ao lado dos Aliados, para vencer junto com eles a guerra deles depois de ter perdido a nossa, e era por isso natural que estivéssemos vestidos com as fardas dos soldados aliados assassinados por nós.

Quando finalmente consegui arrancar o prego, e calçar os sapatos, a Companhia da qual devia assumir o comando já estava reunida havia muito no pátio da caserna. A caserna era um antigo convento nas proximidades da Torreta, atrás da Mergellina, derrocado pelos séculos e pelos bombardeios. O pátio, em forma de claustro, era circundado de três lados por um pórtico sustentado por magras colunas de tufo cinza, e de um lado por um alto muro amarelo pontuado de manchas verdes de mofo e grandes lápides de mármore, nas quais, sob grandes cruzes negras, estavam gravadas longas colunas de nomes. O convento havia sido, durante alguma epidemia de cólera, um lazareto, e aqueles eram os nomes dos coléricos mortos. No muro estava escrito em grandes letras negras: *Requiescant in pace*.

O Coronel Palese queria apresentar-me, ele próprio, aos meus soldados, com uma daquelas cerimônias simples tão caras aos velhos militares. Era um homem alto, magro, de cabelos totalmente brancos. Apertou minha mão em silêncio e, tristemente suspirando, sorriu. Os soldados (eram quase todos muito jovens, haviam se batido bem contra os Aliados na África e na Sicília, e por essa razão os Aliados os haviam escolhido para formar o primeiro núcleo do Corpo Italiano da Libertação) estavam alinhados no meio do pátio, ali diante de nós, e me olhavam fixo. Estavam eles também vestidos com uniformes removidos de soldados ingleses caídos em El Alamein e em Tobruque, os sapatos deles eram sapatos de mortos. Tinham o rosto pálido e chupado, os olhos brancos e parados, feitos de uma matéria mole e opaca. Fixavam-me, assim me pareceu, sem bater as pálpebras.

O Coronel Palese fez um sinal com a cabeça, o sargento gritou: "Companhia, sentido!". O olhar dos soldados pesou em mim com dolorosa intensidade, como o olhar de um gato morto. Os membros deles se enrijeceram, retesaram-se sob o comando. As mãos que apertavam os fuzis estavam brancas, exangues: a pele frouxa pendia da ponta dos dedos como a pele de uma luva muito larga.

O Coronel Palese começou a falar, e disse: "Apresento-lhes seu novo capitão..." e enquanto falava eu olhava aqueles soldados italianos vestidos de uniformes removidos dos cadáveres ingleses, aquelas mãos exangues, aqueles lábios pálidos, aqueles olhos brancos. Aqui e ali, no peito, no ventre, nas pernas, os uniformes deles estavam pontuados de manchas negras de sangue. De repente me ocorreu com horror que aqueles soldados estavam mortos. Exalavam um vago odor de tecido mofado, de couro podre, de carne secada ao sol. Olhei o Coronel Palese, até ele estava morto. A voz que saía de seus lábios era úmida, fria, viscosa, como aqueles horríveis gorgolejos que saem da boca de um morto quando se apoia uma mão sobre o estômago.

"Ordene o descanso", disse ao sargento o Coronel Palese quando acabou seu breve discurso. "Companhia, descansar!" gritou o sargento. Os soldados se abandonaram sobre o pé esquerdo em uma atitude branda e cansada, e me olharam fixo, com um olhar mais doce, mais distante. "E agora" disse o Coronel Palese "o seu novo capitão falará a vocês brevemente." Eu abri os lábios e um gorgolejo horrível me saía da boca, eram palavras surdas, obesas, frouxas. Disse: "Somos os voluntários da Liberdade, os soldados da nova Itália. Devemos combater os alemães, expulsá-los de casa, jogá-los para além de nossas fronteiras. Os olhos de todos os italianos estão fixos em nós: devemos reerguer a bandeira caída na lama, dar exemplo a todos em tamanha vergonha, mostrar-nos dignos do tempo que retorna, da missão que a pátria nos confia". Quando acabei de falar, o Coronel Palese disse aos soldados: "Agora um de vocês repetirá o que disse o seu capitão. Quero estar seguro de que tenham entendido. Você" disse indicando um soldado "repita o que disse o seu capitão".

O soldado me olhou, estava pálido, tinha os lábios exangues e finos dos mortos. Disse lentamente, com um horrendo gorgolejo na voz: "Devemos nos mostrar dignos das vergonhas da Itália".

O Coronel Palese se aproximou de mim, disse-me em voz baixa: "Entenderam", e se afastou em silêncio. Sob sua axila esquerda, uma negra mancha de sangue se alargava pouco a pouco no pano do uniforme. Eu olhava aquela negra mancha alargar-se pouco a pouco, seguia com os olhos o velho coronel italiano vestido com o uniforme de um inglês morto, olhava-o afastar-se lentamente, fazendo ranger os sapatos de um soldado inglês morto, e o nome Itália me fedia na boca como um naco de carne podre.

"*This bastard people!*" dizia entre dentes o Coronel Hamilton apertando o passo na multidão.

"Por que diz assim, Jack?"

Chegando à altura do Augusteo, virávamos de hábito, todo dia, na Via Santa Brigida, onde a multidão era mais escassa, e parávamos um instante para tomar fôlego.

"*This bastard people!*" dizia Jack pondo em ordem o uniforme amarrotado pelo terrível aperto da multidão.

"*Don't say that*, não diga isso, Jack."

"*Why not? This bastard, dirty people.*"

"Oh, Jack! também eu sou um bastardo, também eu sou um italiano sujo. Mas tenho orgulho de ser um italiano sujo. Não é culpa nossa se não nascemos na América. Estou seguro de que seríamos um *bastard dirty people* mesmo se tivéssemos nascido na América. *Don't you think so, Jack?*"

"*Don't worry, Malaparte*" dizia Jack "não leve a mal. *Life is wonderful.*"

"Sim, a vida é uma coisa magnífica, Jack, eu sei. Mas não diga isso, *don't say that.*"

"*Sorry*" dizia Jack batendo a mão no meu ombro "não queria ofendê-lo. É um modo de dizer. *I like Italian people. I like this bastard, dirty, wonderful people.*"

"Sei disso, Jack, que quer bem a este pobre, infeliz, maravilhoso povo. Nenhum povo sobre a terra jamais sofreu tanto quanto o povo napolitano. Sofre a fome e a escravidão por vinte séculos, e não se lamenta. Não maldiz ninguém, não odeia ninguém: nem a sua miséria. Cristo era napolitano."

"Não diga bobagem" dizia Jack.

"Não é uma bobagem. Cristo era napolitano."

"O que você tem hoje, Malaparte?" dizia Jack olhando-me com seus olhos bons.

"Nada. O que quer que eu tenha?"

"Está de um humor negro" disse Jack.

"Por que deveria estar de mau humor?"

"*I know you, Malaparte.* Está de humor negro hoje."

"Estou condoído por Cassino, Jack."

"Ao diabo com Cassino, *the hell with Cassino.*"

"Estou condoído, verdadeiramente condoído, pelo que acontece em Cassino".

"*The hell with you*" dizia Jack.

"É mesmo um pecado que passem tantos problemas em Cassino."

"*Shut up, Malaparte.*"

"*Sorry.* Não queria ofendê-lo, Jack. *I like Americans. I like the pure, the clean, the wonderful American people.*"

"Sei disso, Malaparte. Sei que quer bem aos americanos. *But, take it easy, Malaparte. Life is wonderful*".

"Ao diabo com Cassino, Jack."

"*Oh, yes.* Ao diabo com Nápoles, Malaparte, *the hell with Naples*".

Um estranho odor pairava no ar. Não era o odor que desce, ao pôr do sol, dos becos da Toledo, da Piazza delle Carrette, da Santa Teresella degli Spagnoli. Não era o odor das frituras, das tabernas, dos mictórios, aninhados nos fétidos, escuros becos dos Quartieri, que da Via Toledo sobem a San Martino. Não era aquele odor amarelo, opaco, viscoso, feito de mil eflúvios, de mil turvas exalações, *de mille délicates puanteurs*, como dizia Jack, que as flores murchas, amontoadas ao pé da Virgem nos tabernáculos nas esquinas dos becos, expandem em certas horas do dia por toda a cidade. Não era o odor do siroco, que lembra queijo de ovelha e peixe estragado. Não era nem aquele odor de carne cozida que, à noite, se difunde por Nápoles dos bordéis, aquele odor no qual Jean-Paul Sartre, caminhando um dia pela Via Toledo, *sombre comme une aisselle, pleine d'une ombre chaude vaguement obscène*, aspirava a *parenté immonde de l'amour et de la nourriture.* Não, não era aquele odor de carne cozida que pesa sobre Nápoles ao pôr do sol, quando *la chair des femmes a l'air bouillie sous la crasse.* Era um odor de pureza e de leveza extraordinárias: fino, ligeiro, transparente, um odor de mar poeirento, de noite salgada, o odor de uma antiga floresta de árvores de papel.

Turmas de mulheres desgrenhadas e pintadas, seguidas de turbas de soldados negros de mãos pálidas, desciam e saíam pela Via Toledo, atravessando a multidão com gritos agudos: "Ei, Joe! Ei, Joe!". Na boca dos becos paravam em longas filas, cada uma em pé atrás do espaldar de uma cadeira, as cabeleireiras públicas, as *capere*. Nas cadeiras, a cabeça pequena e redonda abandonada de olhos fechados sobre o espaldar ou reclinada sobre o peito, sentavam-se negros atléticos, de sapatos amarelos reluzentes como os pés das estátuas douradas dos Anjos na Igreja de Santa Chiara. As *capere*, urrando, chamando umas às outras com estranhos gritos guturais, ou cantando, ou discutindo a plenos pulmões com as comadres chegadas às janelas e aos balcões como num palco de teatro, afundavam o pente nos retorcidos, lanosos cabelos dos negros, puxavam para si o pente, empunhando-o com ambas as mãos, cuspiam nos dentes do pente para torná-los mais deslizantes, vertiam rios de brilhantina na palma da mão, esfregavam e acariciavam as selvagens cabeleiras dos pacientes como massagistas.

Bandos de rapazes esfarrapados, ajoelhados diante das suas caixas de madeira incrustadas de lascas de madrepérola, de conchas marinhas, de cacos de espelho, batiam as costas de suas escovas sobre a tampa das caixas, gritando: "*Sciuscià! Sciuscià! Shoe-shine! Shoe-shine!*" enquanto com a magra, ávida mão agarravam em voo por uma barra das calças os soldados negros que passavam requebrando os quadris. Grupos de soldados marroquinos estavam agachados ao longo dos muros, envoltos nos seus escuros mantos, o rosto esburacado pela varíola, os olhos amarelos luzentes no fundo das órbitas sombrias e enrugadas, aspirando com as narinas inflamadas o odor seco errante no ar poeirento.

Mulheres lívidas, desfeitas, com lábios pintados, com bochechas chupadas incrustadas de ruge, horríveis e deploráveis, paravam na esquina dos becos oferecendo aos passantes a sua miserável mercadoria: adolescentes e crianças de oito, de dez anos, que os soldados marroquinos, indianos, argelinos, malgaxes apalpavam, levantando-lhes a roupa ou enfiando a mão entre os botões dos calçõezinhos. As mulheres gritavam: "*Two dollars the boys, three dollars the girls!*".

"A você agradaria, diz a verdade, uma garota de três dólares" dizia a Jack.

"*Shut up, Malaparte.*"

"Não é cara, afinal, uma menina por três dólares. Custa muito mais um quilo de carne de cordeiro. Estou seguro de que em Londres ou em Nova Iorque uma menina custa mais do que aqui, não é verdade, Jack?"

"*Tu me dégoûtes*" dizia Jack.

"Três dólares perfazem apenas trezentas liras. Quanto pode pesar uma menina de oito ou dez anos? Vinte e cinco quilos? Pensa que um quilo de cordeiro, no mercado negro, custa quinhentos e cinquenta liras, isto é, cinco dólares e cinquenta centavos."

"*Shut up!*" gritava Jack.

Os preços das meninas e dos meninos, há alguns dias, caíram, e continuavam a baixar. Enquanto os preços do açúcar, do óleo, da farinha, da carne, do pão subiram, e continuavam a aumentar, o preço da carne humana caía dia após dia. Uma moça entre vinte e vinte e cinco anos, que uma semana antes valia até dez dólares, agora valia apenas quatro dólares, ossos incluídos. A razão de tal queda de preço da carne humana no mercado napolitano dependia talvez do fato de que a Nápoles acorriam mulheres de todas as partes da Itália meridional. Durante a última semana, os atacadistas botaram no mercado uma grande partida de mulheres sicilianas. Não era tudo carne fresca, mas os especuladores sabiam que os soldados negros são de gosto refinado, e preferem a carne não muito fresca. Todavia, a carne siciliana não era muito requisitada, e por fim os negros acabaram por recusá-la: aos negros não agradam as mulheres brancas muito escuras. Da Calábria, da Apúlia, de Basilicata, de Molise, chegavam a Nápoles, em carroças puxadas por pobres burricos, em caminhões aliados, e a maior parte a pé, fileiras de moças rijas e robustas, quase todas camponesas, atraídas pela miragem do ouro. E assim os preços da carne humana no mercado napolitano vieram precipitando, e se temia que isso pudesse ter consequências graves para toda a economia da cidade. (Não se tinha nunca visto coisas semelhantes, em Nápoles. Era uma vergonha, certamente, uma vergonha da qual a maior parte do bom povo napolitano se enrubescia. Mas por que as autoridades aliadas, que eram os patrões de Nápoles, não se enrubesciam?) Em compensação, a carne de negro subiu de preço, e esse fato contribuía, por sorte, para restabelecer certo equilíbrio no mercado.

"Quanto custa, hoje, a carne de negro?" perguntava a Jack.

"*Shut up*" respondia Jack.

"É verdade que a carne de um americano negro custa mais do que a de um americano branco?"

"*Tu m'agaces*" respondia Jack.

Não tinha certamente a intenção de ofendê-lo, nem de zombar dele, nem mesmo de faltar com o respeito para com o exército americano, "*the most lovely, the most kind, the most respectable Army of the world*". O que importava a mim se a carne de um americano negro custava mais do que a de um americano branco? Eu quero bem aos americanos, qualquer que seja a cor da sua pele, e o provei cem vezes, durante a guerra. Brancos ou negros, têm a alma clara, muito mais clara que a nossa. Quero bem aos americanos porque são bons cristãos, sinceramente cristãos. Porque creem que Cristo esteja sempre do lado dos que têm razão. Porque creem que é pecado ter errado, que é uma coisa imoral ter errado. Porque creem que só eles são homens de bem, e que todos os povos da Europa são, mais ou menos, desonestos. Porque creem que um povo vencido é um povo de culpados, que a derrota é uma condenação moral, é um ato de justiça divina.

Quero bem aos americanos por essas e por muitas outras razões que não digo. O seu senso de humanidade, a sua generosidade, a honesta e pura simplicidade de suas ideias, de seus sentimentos, a franqueza de seus modos, me davam, naquele terrível outono de 1943, tão cheio de humilhações e de lutos para o meu povo, a ilusão de que os homens odeiam o mal, a esperança em uma humanidade melhor, a certeza de que somente a bondade (a bondade e a inocência daqueles magníficos rapazes de além-Atlântico, desembarcados na Europa para punir os maus e premiar os bons) teria podido resgatar de seus próprios pecados os povos e os indivíduos.

Mas, entre todos os meus amigos americanos, o Coronel do Estado Maior Jack Hamilton me era o mais caro. Jack era um homem de trinta e oito anos, alto, magro, pálido, elegante, de modos senhoris, quase europeus. De início, talvez parecesse mais europeu do que americano, mas não por essa razão eu o queria bem: e o queria bem como a um irmão. Porque pouco a pouco, conhecendo-o intimamente, a sua natureza americana se revelava profunda e decisiva. Era nascido na Carolina do Sul ("tive por babá" dizia Jack "*une négresse par un démon secouée*"), mas não era somente o que na América se entende por homem do Sul. Era um espírito culto, refinado, e ao mesmo tempo de uma simplicidade e de uma inocência quase pueris. Era, quero dizer, um americano no sentido mais nobre da palavra: um entre os homens mais dignos de respeito que eu jamais tinha encontrado na vida. Era um *Christian gentleman*. Ah, quanto é difícil exprimir o que eu pretendo com *Christian gentleman*. Todos aqueles que conhecem e amam os americanos entendem o que eu queira expressar quando digo que o povo americano é um povo cristão, e que Jack era um *Christian gentleman*.

Educado na Woodberry Forest School e na Universidade da Virgínia, Jack havia se dedicado com igual amor ao latim, ao grego e ao esporte, colocando-se com igual confiança nas mãos de Horácio, de Virgílio, de Simônides e de Xenofonte, e nas dos *masseurs* dos ginásios universitários. Foi, em 1928, *sprinter* do American Olympic Track Team em Amsterdã, e era mais vaidoso das suas vitórias olímpicas do que dos seus títulos acadêmicos. Depois de 1929 tinha passado alguns anos em Paris por conta da *United Press*, e era orgulhoso do seu francês quase perfeito. "Aprendi o francês dos clássicos" dizia Jack "os meus mestres de francês foram La Fontaine e Madame Bonnet, a porteira da casa onde morava na Rue Vaugirard. *Tu ne trouves pas que je parle comme les animaux de La Fontaine?* Aprendi com ele *qu'un chien peut bien regarder un Évêque*."

"E veio para a Europa" lhe dizia "para aprender essas coisas? Também na América *un chien peut bien regarder un Évêque*."

"*Oh, non*" respondia Jack "*en Amérique ce sont les Évêques qui peuvent regarder les chiens*."

Jack conhecia bem também o que ele chamava *la banlieue de Paris*, vale dizer a Europa. Percorreu a Suíça, a Bélgica, a Alemanha, a Suécia, com aquele espírito humanístico, com aquela avidez de conhecimento, com os quais os *undergraduates* ingleses, antes da reforma do Doutor Arnold, percorriam a Europa durante o seu "*grand tour*" estival. Dessas suas viagens, Jack voltou à América com os manuscritos de um ensaio sobre o espírito da civilização europeia, e de um estudo sobre Descartes, que lhe valeram o título de Professor de Literatura em uma grande universidade americana. Mas os louros acadêmicos não são tão verdes, ao redor da fronte de um atleta, como os louros olímpicos: e Jack não se conformava que um rompimento muscular no joelho não lhe permitisse mais correr, nas disputas internacionais, pela bandeira estrelada. Para tentar esquecer aquela sua desventura, Jack costumava ler o seu dileto Virgílio ou o seu caro Xenofonte no vestiário do ginásio da sua universidade, naquele odor de borracha, de toalha molhada, de sabão e de linóleo que é o odor característico da cultura clássica universitária nos países anglo-saxões.

Uma manhã, em Nápoles, eu o surpreendi no vestiário, àquela hora deserto, do ginásio da Peninsular Base Section, decidido a ler Píndaro. Olhou-me e sorriu, corando ligeiramente. Perguntou-me se eu amava a poesia de Píndaro. E acrescentou que nas odes pindáricas em honra aos atletas vencedores em Olímpia não se ouve a dura, a longa fadiga do treinamento, que naqueles versos divinos ressoam os gritos da multidão e os aplausos triunfais, não o rouco sibilo, não o estertor que sai dos lábios dos atletas no terrível esforço supremo. "Eu disso entendo" disse "sei que coisa são os últimos vinte metros. Píndaro não é um poeta moderno: é um poeta inglês da era vitoriana."

Embora a todos os poetas preferisse Horácio e Virgílio pela sua serenidade melancólica, ele tinha pela poesia grega, e pela Grécia antiga, uma gratidão não de escolar, mas de filho. Sabia de memória livros inteiros da *Ilíada*, e lhe vinham lágrimas aos olhos quando declamava, em grego, os hexâmetros dos "Jogos fúnebres em honra a Pátroclo". Um dia, sentados na margem do Volturno, junto à Bailey Bridge de Cápua, na espera de que o sargento de guarda na ponte nos desse o sinal de trânsito, discutíamos sobre Winckelmann e sobre o conceito de beleza junto aos antigos helenos. Recordo que Jack estava me dizendo que às obscuras, funéreas, misteriosas imagens da Grécia arcaica, rude e barbárica, ou, como ele dizia, gótica, ele preferia as alegres, harmônicas, claras imagens da Grécia helenística, jovem, espirituosa, moderna, que ele definia como uma Grécia francesa, uma Grécia do século XVIII. E tendo eu lhe perguntado qual fosse, a seu juízo, a Grécia americana, me respondeu rindo: "A Grécia de Xenofonte": e rindo pôs-se a desenhar um singular e arguto retrato de Xenofonte "gentil-homem da Virgínia", que era uma disfarçada sátira, ao gosto do Doutor Johnson, de certos helenistas da escola de Boston.

Jack tinha pelos helenistas de Boston um desprezo indulgente e malicioso. Uma manhã o encontrei sentado sob uma árvore, com um livro sobre os joelhos, junto a uma bateria pesada defronte a Cassino. Eram os tristes dias da batalha de Cassino. Chovia, havia duas semanas não fazia senão chover. Filas de caminhões carregados de soldados americanos, costurados em lençóis brancos de grossa tela de linho, desciam aos pequenos cemitérios militares disseminados ao longo da Via Appia e da Via Casilina. Para proteger da chuva as páginas de seu livro (era uma antologia setecentista da poesia grega, encadernada em couro macio, com frisos dourados, que o bom Gaspare Casella, o famoso livreiro e antiquário napolitano, amigo de Anatole France, lhe dera de presente), Jack sentara-se curvo para a frente, cobrindo o precioso livro com as pontas do impermeável.

Recordo que me disse, rindo, que Simônides, em Boston, não era considerado um grande poeta. E acrescentou que Emerson, no seu elogio fúnebre a Thoreau, afirma que "*his classic poem on 'Smoke' suggests Simonides, but is better than any poem of Simonides*". Ria de coração, dizendo: "*Ah, ces gens de Boston! Tu vois ça?* Thoreau, em Boston, é maior que Simônides!" e a chuva lhe entrava na boca, misturando-se às palavras e ao riso.

O seu poeta americano preferido era Edgar Allan Poe. Mas uma vez, quando tinha bebido um whisky a mais do que o habitual, acontecia de confundir os versos de Horácio com os de Poe, e se surpreendia profundamente ao encontrar Anabel Lee e Lydia na mesma estrofe alcaica. Ou lhe acontecia de confundir "a folha falante" de Madame de Sévigné com um animal de La Fontaine.

"Não era um animal" lhe dizia "era uma folha, uma folha de árvore".

E lhe citava a passagem daquela carta, na qual Madame de Sévigné escrevia que ela havia desejado ser, no parque de seu castelo dos Rochers, na Bretanha, uma folha falante.

"*Mais cela c'est absurde*" dizia Jack "*une feuille qui parle! Un animal, ça se comprend, mais une feuille!*"

"Para entender a Europa" eu lhe dizia "a razão cartesiana não serve de nada. A Europa é um lugar misterioso, cheio de segredos invioláveis".

"Ah, a Europa! que extraordinário lugar!" exclamava Jack "preciso da Europa para sentir-me americano."

Mas Jack não era daqueles *Américains de Paris* que se encontra em cada página de *O sol também se levanta* de Hemingway, que por volta de 1925 frequentavam o Select de Montparnasse, que desdenhavam os chás de Ford Madox Ford e a livraria de Sylvia Beach e dos quais Sinclair Lewis, a propósito de certos personagens de Eleanor Green, disse que eram "como os refugiados intelectuais da Rive Gauche por volta de 1925, ou como T. S. Eliot, Ezra Pound ou Isadora Duncan, *iridescent flies caught in the black web of an ancient and amoral European culture*". Jack não era nem daqueles jovens decadentes de além-Atlântico reunidos em torno da revista americana *Transition*, que se imprimia em Paris por volta de 1925. Não, Jack não era um *déraciné* nem um decadente: era um americano enamorado da Europa.

Ele tinha pela Europa um respeito feito de amor e de admiração. Mas não obstante a sua cultura, e a sua afetuosa experiência das nossas virtudes e dos nossos pecados, havia também nele, como em quase todos os verdadeiros americanos, uma delicada espécie de *inferiority complex* nos confrontos da Europa, que se revelava não apenas na incapacidade de compreender, e de perdoar, as nossas misérias e vergonhas, mas também no medo de entender, no pudor de entender. Em Jack, tal complexo de inferioridade, tal candura, tal maravilhoso pudor, eram talvez mais aparentes do que em muitos outros americanos. Toda vez que, em uma rua de Nápoles, ou em um povoado no entorno de Cápua, de Caserta, ou na estrada de Cassino, a ele acontecia de assistir a algum doloroso episódio da nossa miséria, da nossa humilhação física e moral, do nosso desespero (da miséria, da humilhação, do desespero não de Nápoles e da Itália somente, mas de toda a Europa), Jack enrubescia.

Por aquele seu modo de corar, eu queria bem a Jack como a um irmão. Por seu maravilhoso pudor, tão profundamente, tão verdadeiramente americano, eu era grato a Jack, a todos os GIs do General Clark, a todas as crianças, a todas as mulheres, a todos os homens da América (Oh, a América, aquele luminoso e remoto horizonte, aquela inacessível costa, aquele feliz e vedado país). Às vezes, para tentar esconder o seu pudor, ele dizia corando "*this bastard, dirty people*":

então me ocorria reagir ao seu maravilhoso rubor com sarcasmo, com palavras amargas, cheias de um riso doloroso e mau, do qual logo me arrependia, e conservava no coração o remorso por toda a noite. Ele teria talvez preferido que me pusesse a chorar: as minhas lágrimas na certa lhe fariam parecer mais naturais do que o meu sarcasmo, menos cruéis que minha amargura. Mas eu também tinha alguma coisa a esconder. Nós também, nesta nossa miserável Europa, temos medo e vergonha do nosso pudor.

Não era culpa minha, de resto, se a carne de negro aumentava de preço todo dia. Um negro morto não custava nada, custava muito menos do que um branco morto. Menos ainda do que um italiano vivo! Custava mais ou menos quanto custam vinte meninos napolitanos mortos de fome. Era verdadeiramente estranho que um negro custasse tão pouco. Um negro morto é um belíssimo morto: é lustroso, maciço, imenso, e quando é estendido por terra ocupa quase o dobro do terreno que ocupa um branco morto. Ainda que o negro, vivo, na América, não fosse senão um pobre engraxate do Harlem, ou um descarregador de carvão no porto, ou um foguista da ferrovia, morto atravanca quase tanto terreno quanto atravancam os grandes, esplêndidos cadáveres dos heróis de Homero. Dava-me prazer, no fundo, pensar que o cadáver de um negro atravanca quase tanta terra quanto Aquiles morto, ou Heitor morto, ou Ajax morto. E não sabia resignar-me com a ideia de que um negro morto custasse tão pouco.

Mas um negro vivo custava muitíssimo. O preço dos negros vivos, em Nápoles, havia em alguns dias subido de duzentos dólares para mil dólares, e tendia a aumentar. Bastava observar com quais olhos gulosos a pobre gente olhava um negro, um negro vivo, para compreender que o preço dos negros vivos era muito alto, e continuava a subir. O sonho de todos os napolitanos pobres, especialmente dos *scugnizzi*, dos rapazes, era poder comprar um *black*, talvez por poucas horas. A caça aos soldados negros era o jogo preferido dos rapazes.

Nápoles, para os rapazes, era uma imensa floresta equatorial, cheia de um denso odor quente de panquecas doces, onde negros extáticos caminhavam requebrando os quadris, os olhos revirados para o céu. Quando um *scugnizzo* conseguia agarrar um negro pela manga da blusa e arrastá-lo consigo de bar em bar, de taberna em taberna, de bordel em bordel, no labirinto dos becos da Toledo e da Forcella, de todas as janelas, de todas as soleiras, de todas as esquinas, cem bocas, cem olhos, cem mãos lhe bradavam: "Vende-me o seu *black*! Dou-lhe vinte dólares! Trinta dólares! Cinquenta dólares!". Era o que se chamava *the flying market*, o mercado flutuante. Cinquenta dólares era o preço máximo que se pagava para comprar um negro por dia, isto é, por poucas horas: o tempo necessário para embriagá-lo, despojá-lo de tudo o que tinha sobre si, do boné aos sapatos, e então, caída a noite, abandoná-lo nu sobre o pavimento de um beco.

O negro não suspeitava de nada. Não se apercebia de ser comprado e revendido a cada quarto de hora, e caminhava inocente e feliz, todo orgulhoso de seus sapatos de ouro reluzente, de seu uniforme apertado, de suas luvas amarelas, de seus anéis e de seus dentes de ouro, de seus grandes olhos brancos viscosos e transparentes como olhos de polvo. Caminhava sorridente, a cabeça inclinada sobre o ombro e os olhos perdidos no vagar remoto de uma nuvem verde no céu da cor do mar, talhando com a cândida tesoura dos seus dentes aguçados a franja azul que orlava os telhados, as pernas nuas das moças apoiadas nas balaustradas dos terraços, os cravos vermelhos jorrando dos vasos de terracota sobre os peitoris das janelas. Caminhava como um sonâmbulo, usufruindo com delícia todos os odores, as cores, os sabores, os sons, as imagens que fazem doce a vida: o odor das panquecas, do vinho, dos peixes fritos, uma mulher grávida sentada na soleira de casa, uma moça que coça as costas, outra que procura uma pulga no seio, o pranto de um menino no berço, o riso de um *scugnizzo*, o raio de sol no vidro de uma janela, a canção de um gramofone, as chamas dos Purgatórios de papel machê, onde os danados queimam aos pés da Virgem, nos tabernáculos das esquinas dos becos, um rapaz que com a faca ofuscante de seus dentes de neve tira de uma fatia curva de melancia, como de uma gaita, uma meia-lua de sons verdes e vermelhos cintilantes no céu cinza de um muro, uma garota que se penteia chegada à janela, cantando "*Oi Marì*", mirando-se no céu como num espelho.

O negro não notava que o rapaz que o levava pela mão, que lhe acariciava o pulso, falando-lhe docemente e olhando-o com olhos mansos, no entanto mudava. (Quando o rapaz vendia o seu *black* a outro *scugnizzo*, confiava a mão do seu negro à mão do comprador, e se perdia por entre a multidão.) O preço de um negro no "mercado flutuante" era calculado sobre a sua largueza e facilidade em gastar, sobre sua gula em beber e em comer, sobre seu modo de sorrir, de acender um cigarro, de olhar uma mulher. Cem olhos espertos e ávidos seguiam cada gesto do negro, contavam as moedas que ele tirava do bolso, espionavam os seus dedos róseos e negros, de unhas pálidas. Havia rapazes espertíssimos nesse miúdo e rápido cálculo. (Um rapaz de dez anos, Pasquale Mele, comprando e revendendo negros no "mercado flutuante", ganhou em dois meses cerca de seis mil dólares, com os quais tinha adquirido uma casa nas proximidades da Piazza Olivella.) Enquanto vagabundava de bar em bar, de taberna em taberna, de bordel em bordel, enquanto sorria, bebia, comia, enquanto acariciava os braços de uma moça, o negro não se apercebia de ter-se tornado uma mercadoria de escambo, não suspeitava nem de ser vendido e comprado como um escravo.

Não era por certo dignificante, para os soldados negros do exército americano, *so kind, so black, so respectable*, terem vencido a guerra, terem desembarcado em Nápoles como vencedores, e serem vendidos e comprados como pobres escravos. Mas em Nápoles essas coisas acontecem há mil anos: é o que aconteceu aos normandos, aos angevinos, aos aragoneses, a Carlos VIII da França, ao próprio Garibaldi, ao próprio Mussolini. O povo napolitano estaria morto de fome já há muitos séculos, se de tanto em tanto não lhe acontecesse a fortuna de poder comprar e revender todos aqueles, italianos ou estrangeiros, que pretendam desembarcar em Nápoles como vencedores e como patrões.

Se comprar um soldado negro no "mercado flutuante" por poucas horas custava só algumas dezenas de dólares, comprá-lo por um mês, por dois meses, custava caro, de trezentos a mil dólares, e até mais.

Um negro americano era uma mina de ouro. Ser proprietário de um escravo negro queria dizer possuir uma renda segura, uma fácil fonte de ganho: resolver o problema da vida, muitas vezes ficar rico. O risco, por certo, era grave, pois os MP (Military Police), que não entendiam nada das coisas da Europa, nutriam uma inexplicável aversão pelo tráfico dos negros. Mas não obstante os MP, o comércio dos negros era uma grande honra em Nápoles. Não havia família napolitana, por mais pobre, que não possuísse o seu escravo negro.

O patrão de um negro tratava o seu escravo como um hóspede querido: oferecia-lhe de beber e de comer, enchia-o de vinho e de panquecas, fazia-o dançar com as próprias filhas, ao som de um velho gramofone, fazia-o dormir no próprio leito, junto com toda a sua família, machos e fêmeas, naquele imenso leito que ocupa grande parte de todo *basso* napolitano. E o negro, toda noite, retornava trazendo de presente açúcar, cigarros, *spam*, bacon, farinha branca, camisetas, meias, sapatos, uniformes, cobertores, tapetes e montanhas de balas. Ao *black* aprazia aquela vida familiar quieta, aquela honesta e afetuosa acolhida, o sorriso das mulheres e das crianças, a mesa posta sob a lâmpada, o vinho, a pizza, as panquecas doces. Depois de alguns dias, o afortunado negro, tornado escravo daquela pobre e cordial família napolitana, noivava com uma das filhas do seu patrão, e toda noite retornava trazendo de presente à noiva caixas de *corned beef*, sacos de açúcar e de farinha, pacotes de cigarros, todos os tesouros de todos os gêneros que ele subtraía dos armazéns militares, e que o pai e os irmãos da sua noiva vendiam aos traficantes do mercado negro. Podiam-se comprar também escravos brancos na selva de Nápoles: mas rendiam pouco, e portanto custavam menos. Todavia, um branco do PX (Post Exchange) custava tanto quanto um *driver* de cor.

Os mais caros eram os *drivers*. Um *driver* negro custava até dois mil dólares. Havia *drivers* que traziam de presente à noiva caminhões inteiros carregados de farinha, de açúcar, de pneus de automóvel, de tambores de gasolina. Um *driver* negro presenteou um dia à sua noiva, Concetta Esposito, do Vicolo della Torretta, ao fundo da Riviera di Chiaia, um tanque pesado, um Sherman. Em duas horas, o tanque, escondido dentro de um pátio, foi desparafusado e desmontado.

Em duas horas desapareceu, não restou pista dele: somente uma mancha de óleo sobre o pavimento do pátio. No porto de Nápoles, uma noite, foi roubada uma *Liberty ship*, chegada algumas horas antes da América em comboio com outras dez naves: foi roubado não só o carregamento, mas a nave. Desapareceu, e não se soube mais nada dela. Toda a Nápoles, de Capodimonte a Posillipo, foi sacudida, com tal notícia, por um formidável riso, como por um terremoto. Viram-se as Musas, as Graças, e Juno, e Minerva, e Diana, e todas as Deusas do Olimpo, que toda noite aparecem entre as nuvens, sobre o Vesúvio, a mirar Nápoles e a tomar a fresca, rir segurando os seios com ambas as mãos: e Vênus fazer tremer o céu com o relâmpago de seus dentes brancos.

"Quanto custa, Jack, uma *Liberty Ship* no mercado negro?"

"*Oh, ça ne coûte pas cher, you damned fool!*" respondia Jack corando.

"Vocês fizeram bem em pôr sentinelas sobre a ponte dos seus couraçados. Se não ficam atentos lhes roubam a frota."

"*The hell with you, Malaparte.*"

Quando chegávamos, como toda tarde, ao fundo da Via Toledo, diante do famoso Caffè Caflisch, que os franceses tinham requisitado para fazer ali o seu *Foyer du soldat*, atrasávamos o passo para escutar os soldados do General Juin falar francês entre eles. Gostávamos de ouvir falar francês, de lábios franceses. (Jack falava sempre francês comigo. Quando, logo depois do desembarque dos Aliados em Salerno, fui nomeado oficial de ligação entre o Corpo Italiano da Libertação e o Grande Quartel General da Peninsular Base Section, Jack, o Coronel de Estado Maior Jack Hamilton, havia de súbito me perguntado se eu falava francês, e, ao meu "*Oui, mon colonel*", corou de alegria. "*Vous savez*" ele me disse "*il fait bon de parler français. Le français est une langue très, très respectable. C'est très bon pour la santé.*") A toda hora do dia, sobre a calçada do Caffè Caflisch, parava um pequeno agrupamento de soldados e de marinheiros argelinos, malgaxes, marroquinos, senegaleses, taitianos, indonésios, mas o francês deles não era o de La Fontaine, e não conseguíamos entender sequer uma palavra. Algumas vezes, porém, esticando a orelha, acontecia de agarrar no voo algumas palavras francesas pronunciadas com o acento de Paris ou de Marselha. Jack corava de alegria, e agarrando-me pelo braço "*écoute, voilà du français, du véritable français!*". Ambos parávamos ali, comovidos, a escutar aquelas vozes francesas, aquelas palavras francesas, aquele acento de Ménilmontant ou da Cannebière, e Jack dizia: "*Ah, que c'est bon! Ah, que ça fait du bien!*".

Sempre encorajávamos um ao outro, e atravessávamos a soleira do Caffè Caflisch. Jack aproximava-se timidamente do sargento francês que dirigia o *Foyer du soldat*, e lhe perguntava corando: "*Est-ce que, par hasard... est-ce qu'on a vu par là le Lieutenant Lyautey?*".

"*Non, mon colonel*" respondia o sargento "*on ne l'a pas vu depuis quelques jours. Je regrette.*"

"*Merci*" dizia Jack "*au revoir, mon ami.*"

"*Au revoir, mon colonel*" dizia o sargento.

"*Ah, que ça fait du bien, d'entendre parler français!*" dizia Jack, ruborizado, saindo do Caffè Caflisch.

Jack e eu íamos sempre, junto com o Capitão Jimmy Wren, de Cleveland, Ohio, comer os *taralli* quentes, recém-saídos de um forno do Pendino di Santa Barbara, aquela longa e doce escadaria que do Sedile di Porto sobe para o Monastero di Santa Chiara.

O Pendino é um beco lúgubre, não tanto pela sua estreiteza, talhado que é entre os altos muros, verdes de mofo, de antigas e sórdidas casas, nem pela obscuridade que ali reina eterna, até nos dias de sol, quanto pela estranheza da sua população.

Famoso é de fato o Pendino di Santa Barbara pelas muitas anãs que ali habitam. São tão pequenas, que mal chegam ao joelho de um homem de média estatura. São desagradáveis e enrugadas, dentre as mais feias anãs que existem no mundo. Existem, na Espanha, anãs muito belas, bem proporcionadas nos membros e nas fisionomias. E algumas eu vi, na Inglaterra, verdadeiramente belíssimas, róseas e louras, como miniaturas de Vênus. Mas as anãs do Pendino di Santa Barbara são horrendas, e todas, mesmo as mais jovens, têm o aspecto de antiquíssimas velhas, tão encarquilhado têm o rosto, tão enrugada a testa, tão rala e descolorida a desgrenhada cabeleira.

O que mais surpreende naquele fétido beco, entre aquela horrível população de anãs, é a beleza dos homens: que são altos, de olhos e cabelos negríssimos, e têm gestos lentos e nobres, a voz clara e sonora. Não se veem homens anões no Pendino di Santa Barbara: o que leva a crer que os anões morrem no berço, ou que a curteza dos membros seja uma monstruosa herança tocada pela sorte somente às mulheres.

Ficam aquelas anãs o dia todo sentadas na soleira dos *bassi*, ou acocoradas sobre minúsculos escabelos ao lado das portas de suas tocas, coaxando entre si com voz de rã. A sua pequenez parece desmesurada em confronto com os móveis que povoam os seus escuros antros: cômodas, gaveteiros, armários imensos, leitos que parecem catres de gigantes. Para chegar àqueles móveis, as anãs encarapitam-se em cadeiras, em bancos, içam-se com a força dos braços, ajudando-se com os espaldares dos altos leitos de ferro. E quem sobe pela primeira vez os degraus do Pendino di Santa Barbara se crê Gulliver no país de Liliput, ou um familiar da corte de Madri entre os anões de Velásquez. A fronte daquelas anãs é escavada pelas mesmas profundas rugas que sulcam a fronte das horríveis velhas de Goya. Nem pareça arbitrária essa memória espanhola, porque espanholado é o bairro, tudo ainda vivo das recordações da longa dominação castelhana em Nápoles, e um ar de velha Espanha permanece nas ruas, nos becos, nas casas, nos prédios, nos odores densos e doces, nas vozes guturais, naqueles longos, musicais lamentos que se chamam e se respondem de balcão a balcão, e no canto rouco dos gramofones no fundo dos obscuros antros.

Os *taralli* são rosquinhas de massa doce. E o forno que, à metade dos degraus do Pendino, desenforna a toda hora os *taralli* cheirosos e crocantes, é famoso em toda a Nápoles. Quando o padeiro imerge a longa pá de madeira na boca ardente do forno, as anãs acorrem estendendo as pequenas mãos, escuras e enrugadas como mãos de símios: gritando forte com suas vozinhas roucas, agarram os delicados *taralli*, quentes e fumegantes, e se dispersam arrastando-se pelo beco para depor os *taralli* em bandejas de latão reluzente, depois sentam-se na soleira de seus pardieiros, com as bandejas nos joelhos, à espera dos compradores, cantando "*Oh li taralli! Oh li taralli belli cauri*". O odor dos *taralli* se difunde por todo o Pendino di Santa Barbara, as anãs acocoradas nas soleiras coaxam e riem entre si. E uma, talvez seja jovem, canta chegada a uma janelinha alta, e parece uma grande aranha que ejeta a cabeça peluda por uma fenda do muro.

Anãs calvas e desdentadas vão para cima e para baixo pelos viscosos degraus, apoiando-se em bastões, em muletas, galeando sobre as pernas curtas, alçando o joelho fino até o queixo para subir a escada, ou arrastam-se de quatro, rosnando e babando: parecem monstruosidades de Brueghel ou de Bosch, e um dia vimos uma, Jack e eu, sentada na soleira de um antro com um cão doente nos braços. Naquele ventre, entre aqueles bracinhos, o cão parecia um gigantesco animal, uma monstruosa fera. Veio uma sua companheira, e as duas agarraram o cão doente, uma pelas patas traseiras, outra pela cabeça, com grande fadiga o levaram para dentro do pardieiro, e pareciam transportar um dinossauro ferido. As vozes que saem do fundo dos antros são vozes estrídulas, guturais, e os prantos das horríveis crianças minúsculas e enrugadas como velhas bonecas semelham miados de gatinho moribundo. Se você entra em um daqueles pardieiros, vê arrastar-se sobre o pavimento, na fétida penumbra, aquelas grandes baratas da cabeça enorme, e deve estar atento para não as esmagar sob a sola dos sapatos.

Às vezes víamos algumas daquelas anãs subirem os degraus do Pendino, conduzindo pela barra das calças gigantescos soldados americanos, brancos ou negros, de olhos vidrados, e empurrá-los para dentro das suas tocas. (Os brancos, graças a Deus, estavam bêbados.) Eu tremia, imaginando os estranhos acoplamentos daqueles homens enormes com aquelas monstruosidades, sobre aqueles altos, imensos leitos.

E dizia a Jimmy Wren: "Dá-me prazer ver que algumas anãzinhas e aqueles seus belos soldados se querem bem. Não dá prazer também a você, Jimmy?".

"Naturalmente, dá prazer também a mim" respondia Jimmy mastigando raivosamente o seu *chewing-gum*.

"Crê que se esposarão?" dizia eu.

"Por que não?" respondia Jimmy.

"Jimmy é um bom rapaz" dizia Jack "mas não precisa provocá-lo. Pega fogo rápido."

"Também eu sou um bom rapaz" eu dizia "e me dá prazer pensar que vocês vieram da América para melhorar a raça italiana. Sem vocês, aquelas pobres anãs permaneceriam solteironas. Sozinhos, nós, pobres italianos não faríamos isso. Menos mal que vocês tenham vindo da América para esposar as nossas anãs."

"Será certamente convidado para o banquete nupcial" dizia Jack "*tu pourras prononcer un discours magnifique.*"

"*Oui, Jack, un discours magnifique.* Mas você não crê, Jimmy" eu dizia "que as autoridades militares aliadas deveriam favorecer os matrimônios entre aquelas anãs e os seus belos soldados? Seria um grande bem que os seus soldados esposassem aquelas anãzinhas. Vocês são uma raça de homens muito altos. A América tem necessidade de rebaixar-se ao nosso nível, *don't you think so, Jimmy?*"

"*Yes, I think so*" respondia Jimmy olhando-me atravessado.

"Vocês são muito altos" eu dizia "muito belos. É imoral que haja no mundo uma raça de homens tão altos, tão belos, tão sãos. Daria muito prazer a mim que todos os soldados americanos esposassem essas anãzinhas. Essas *Italian brides* fariam um enorme sucesso na América. A civilização americana tem necessidade de ter pernas mais curtas."

"*The hell with you*" dizia Jimmy cuspindo no chão.

"*Il va te caresser la figure, si tu insistes*" dizia Jack.

"Sim, eu sei, Jimmy é um bom rapaz" eu dizia, e ria comigo.

Fazia-me mal rir assim. Mas ficaria feliz, verdadeiramente feliz, se todos os soldados americanos voltassem um dia para a América de braços dados com todas as anãzinhas de Nápoles, da Itália e da Europa.

A "peste" eclodiu em Nápoles em 1º de outubro de 1943, o mesmo dia em que os exércitos aliados entraram como libertadores naquela desventurada cidade. O 1º de outubro de 1943 é uma data memorável na história de Nápoles: porque assinala o início da libertação da Itália e da Europa daquela angústia, daquela vergonha, e do sofrimento da escravidão e da guerra, e porque justo naquele dia eclodiu a terrível peste, que daquela infeliz cidade espalhou-se por toda a Itália e por toda a Europa.

A atroz suspeita de que a assustadora doença tinha sido trazida a Nápoles pelos próprios libertadores era certamente injusta: mas tornou-se certeza no espírito do povo quando se apercebeu, com um misto de surpresa e supersticioso terror, que os soldados aliados permaneciam estranhamente imunes ao contágio. Eles circulavam rosados, tranquilos, sorridentes em meio aos pestilentos, sem contrair a repulsiva doença: que ceifava as suas vítimas unicamente entre a população civil, não somente da cidade, mas também dos próprios campos, alastrando-se como uma mancha de óleo no território libertado, ao passo que os exércitos aliados iam laboriosamente rechaçando os alemães para o Norte.

Mas era severamente proibido, com a ameaça das mais graves penas, insinuar em público que a peste fora trazida à Itália pelos libertadores. E era perigoso repeti-lo em particular, mesmo em voz baixa, porque entre os tantos e repulsivos efeitos daquela peste, o mais repulsivo era a louca fúria, a vontade gulosa da delação. Assim que tocado pela doença, qualquer um se tornava o delator do pai e da mãe, dos irmãos, dos filhos, do esposo, da amante, dos familiares e dos amigos mais caros; mas nunca de si mesmo. Uma das características mais surpreendentes e repugnantes daquela extraordinária peste era de fato a de transformar a consciência humana em um horrível e fétido bubão.

Para combater a doença, as autoridades militares inglesas e americanas não encontraram outro remédio senão o de proibir aos soldados aliados as zonas mais infectadas da cidade. Em todos os muros se liam os dizeres *Off limits*, *Out of bounds*, encimados pelo áulico emblema da peste: um círculo negro dentro do qual estavam pintadas duas barras cruzadas, semelhantes a duas tíbias cruzadas sob o crânio nas gualdrapas dos carros fúnebres.

Em breve tempo, exceto em poucas ruas do centro, toda a cidade foi declarada *Off limits*. Mas as zonas mais frequentadas pelos libertadores eram justo aquelas *Off limits*, isto é, as mais infectadas e por isso vetadas, porque é da natureza do homem, em especial dos soldados de todos os tempos e de qualquer exército, preferir as coisas proibidas às permitidas. De modo que o contágio, quer tenha sido trazido a Nápoles pelos libertadores, quer por estes transportados de um lugar a outro da cidade, das zonas infectadas às sãs, alcançou bem rápido uma violência terrível, à qual davam um caráter nefando, quase diabólico, os seus grotescos, feios aspectos de macabra festa popular, de quermesse fúnebre: a dança dos negros embriagados e das mulheres quase nuas, ou nuas mesmo, nas praças e nas ruas, entre as ruínas das casas destruídas pelos bombardeios, o furor de beber, de comer, de gozar, de cantar, de rir, de se exceder e de se esbaldar, no fartum horrendo que exalavam as centenas e centenas de cadáveres sepultados sob os escombros.

Era, aquela, uma peste profundamente diversa, mas não menos horrível, das epidemias que no medievo devastavam de quando em quando a Europa. O extraordinário caráter de tal novíssima doença era este: que não corrompia o corpo, mas a alma. Os membros permaneciam, na aparência, intactos, mas dentro do invólucro da carne sã a alma se estragava, se desfazia. Era uma espécie de peste moral, contra a qual não parecia haver defesa alguma. As primeiras a serem contagiadas foram as mulheres, que, em toda nação, são o abrigo mais débil contra o vício, e a porta aberta a todo o mal. E isso parece coisa surpreendente e dolorosíssima, porque durante os anos da escravidão e da guerra, até o dia da prometida e esperada libertação, as mulheres, não em Nápoles somente, mas em toda a Itália, em toda a Europa, tinham dado prova, na universal miséria e desgraça, de maior dignidade e de maior força de ânimo que os homens. Em Nápoles, e em todos os outros países da Europa, as mulheres não se entregaram aos alemães. Somente as prostitutas tinham tido comércio com os inimigos: e não publicamente, mas às escondidas, seja para não sofrer as duras reações do sentimento popular, seja porque tal comércio parecia a elas mesmas o delito mais oprobrioso que uma mulher pudesse cometer naqueles anos.

E eis que, por efeito daquela repulsiva peste, que em primeiro lugar corrompia o senso da honra e da dignidade femininas, a mais assustadora prostituição tinha trazido a vergonha a cada pardieiro e a cada palácio. Mas por que dizer vergonha? Tanta era a iníqua força do contágio, que prostituir-se se tornara um ato digno de louvor, quase uma prova de amor à pátria, e todos, homens e mulheres, longe de se ruborizar, pareciam vangloriar-se da própria e da universal degradação. Muitos, é verdade, que o desespero fazia injustos, quase desculpavam a peste: insinuando que as mulheres tomavam como pretexto a doença para se prostituir, que procuravam na peste a justificativa da sua vergonha.

Mas um mais profundo conhecimento da doença revelou depois que tal suspeita era maldosa. Porque as primeiras a se desesperar da sua sorte eram as mulheres: e muitas eu próprio ouvi chorar, e maldizer aquela crudelíssima peste que as impelia com invencível violência, contra a qual nada podia a sua débil virtude, a prostituir-se como cadelas. Assim são feitas, ai de mim, as mulheres. As quais muitas vezes procuram comprar com as lágrimas a justificativa de sua vergonha, e a piedade. Mas dessa vez é forçoso justificá-las, ter piedade delas.

Se tal era a sorte das mulheres, não menos digna de pena e horrível era a sorte dos homens. Tão logo contagiados, eles perdiam todo o respeito por si próprios: entregavam-se aos mais ignóbeis comércios, cometiam as mais sujas vilezas, arrastavam-se de quatro na lama beijando os sapatos de seus "libertadores" (desgostosos de tanta, e não requerida, abjeção), não só para serem perdoados pelos sofrimentos e pelas humilhações sofridas nos anos da escravidão e da guerra, mas também para terem a honra de ser pisados pelos novos patrões; cuspiam na bandeira da própria pátria, vendiam publicamente a própria mulher, as próprias filhas, a própria mãe. Tudo isso, diziam, para salvar a pátria. E mesmo aqueles que, pelo aspecto, pareciam imunes à doença, adoeciam de um nauseabundo mal, que os impelia a se ruborizarem por serem italianos, e até por pertencerem ao gênero humano. Deve-se reconhecer que faziam de tudo para serem indignos do nome de homens. Pouquíssimos eram os que se conservavam intactos, como se a doença nada pudesse contra a sua consciência: e circulavam tímidos, amedrontados, desprezados por todos, como importunas testemunhas da universal vergonha.

A suspeita, logo tornada certeza, de que a peste fora trazida à Europa pelos próprios libertadores, tinha suscitado no povo uma profunda e sincera dor. Ainda que seja antiga tradição os vencidos odiarem os vencedores, o povo napolitano não odiava os Aliados. Tinha-os esperado com ânsia, tinha-os acolhido com alegria. A sua milenar experiência de guerra e de invasões estrangeiras tinha-lhe ensinado que é costume dos vencedores rebaixar os vencidos pela escravidão. Em lugar da escravidão os Aliados tinham lhes trazido a liberdade. E o povo tinha logo amado aqueles magníficos soldados, tão jovens, tão belos, tão bem penteados, de dentes tão brancos e de lábios tão vermelhos. Em tantos séculos de invasões, guerras vencidas e perdidas, a Europa nunca tinha visto soldados tão elegantes, limpos, corteses, sempre recém-barbeados, de uniformes impecáveis, de gravatas com nós dados com perfeito cuidado, de camisas sempre lavadas, de sapatos eternamente novos e lustrados. Nem um rasgo nas meias ou nos cotovelos, nem um botão faltando naquele maravilhoso exército, nascido, como Vênus, da espuma do mar. Nem um soldado que tivesse um furúnculo, um dente estragado, uma simples bolha no rosto. Nunca se vira, em toda a Europa, soldados tão desinfetados, sem o menor micróbio nem entre as pregas da pele, nem entre as pregas da consciência. E que mãos! Brancas, bem cuidadas, sempre protegidas por imaculadas luvas de pele acamurçada. Mas aquilo que mais comovia o povo napolitano era a gentileza dos modos dos libertadores, especialmente os americanos, a sua desenvolta urbanidade, o seu senso de humanidade, o seu sorriso inocente e cordial de honestos, bons, ingênuos rapagões. Se nunca foi uma honra perder a guerra, era certamente uma honra, para os napolitanos, e para todos os outros povos vencidos da Europa, ter perdido a guerra diante de soldados tão corteses, elegantes, limpos, tão bons e generosos.

Contudo, tudo aquilo que aqueles magníficos soldados tocavam logo se corrompia. Os infelizes habitantes dos lugares libertados, tão logo apertavam as mãos de seus libertadores, começavam a apodrecer, a feder. Bastava que um soldado aliado saísse de seu jipe para sorrir a uma mulher, para lhe acariciar fugazmente o rosto, para que aquela mulher, conservada até aquele momento digna e pura, se tornasse uma prostituta. Bastava que um menino pusesse na boca um doce ofertado por um soldado americano, para que a sua alma inocente se corrompesse.

Os próprios libertadores estavam aterrorizados e comovidos com tanto flagelo. "Humana coisa é ter compaixão dos aflitos" escreve Boccaccio na sua introdução ao *Decameron*, falando da terrível peste de Florença em 1348. Mas os soldados aliados, especialmente os americanos, diante do miserável espetáculo da peste de Nápoles, não tinham compaixão somente pelo infeliz povo napolitano: tinham compaixão também por si mesmos. Pois já havia algum tempo insinuara-se no seu ânimo ingênuo e bom a suspeita de que o terrível contágio estava no seu sorriso honesto e tímido, no seu olhar pleno de humana simpatia, nas suas afetuosas carícias. A peste estava na sua piedade, no seu próprio desejo de ajudar aquele desventurado povo, de aliviar as suas misérias, de socorrê-lo naquela tremenda desgraça. A doença estava na sua própria mão estendida fraternalmente àquele povo vencido.

Talvez estivesse escrito que a liberdade da Europa deveria nascer não da libertação, mas da peste. Talvez estivesse escrito que, como a libertação nasceu do sofrimento da escravidão e da guerra, a liberdade deveria nascer do sofrimento, novo e terrível, da peste trazida pela libertação. A liberdade custa caro. Muito mais caro que a escravidão. E não se paga nem com o ouro, nem com o sangue, nem com os mais nobres sacrifícios: mas com a covardia, a prostituição, a traição, com toda a podridão do espírito humano.

Também aquele dia atravessamos a soleira do *Foyer du soldat*, e Jack, aproximando-se do sargento francês, lhe perguntou timidamente, quase em confidência "*si on avait vu par là le Lieutenant Lyautey*".

"*Oui, mon colonel, je l'ai vu tout à l'heure*" respondeu sorrindo o sargento "*attendez un instant, mon colonel, je vais voir s'il est toujours là.*"

"*Voilà un sergent bien aimable*" disse-me Jack corando de prazer "*les sergents français sont les plus aimables sergents du monde.*"

"*Je regrette, mon colonel*" disse o sargento voltando depois de alguns instantes "*le Lieutenant Lyautey vient justement de partir.*"

"*Merci, vous êtes bien aimable*" disse Jack "*au revoir, mon ami.*"

"*Au revoir, mon colonel*" respondeu o sargento sorrindo.

"*Ah, qu'il fait bon d'entendre parler français*" disse Jack enquanto saíamos do Caffè Caflisch. Tinha o rosto iluminado de uma alegria infantil, e naqueles momentos sentia que lhe queria mesmo bem. Dava-me prazer querer bem a um homem melhor do que eu, tive sempre desprezo ou rancor pelos homens melhores do que eu, e agora era a primeira vez que me dava prazer querer bem a um homem melhor do que eu.

"Vamos ver o mar, Malaparte."

Atravessamos a Piazza Reale e fomos nos apoiar no parapeito que está ao fundo da Scesa del Gigante. "*C'est un des plus anciens parapets de l'Europe*" disse Jack, que conhecia tudo de Rimbaud de memória.

Era o pôr do sol, e o mar tomava pouco a pouco a cor do vinho, que é a cor do mar em Homero. Mais além, entre Sorrento e Capri, as águas e as altas margens escarpadas e os montes e as sombras dos montes se acendiam lentamente de uma viva cor de coral, como se as florestas de coral que cobrem o fundo do golfo emergissem lentamente dos abismos marinhos, tingindo o céu de seus reflexos de sangue antigo. A rocha de Sorrento, densa de jardins de cítricos, subia, longínqua, do mar, como uma dura gengiva de mármore verde: que o sol poente feria oblíquo no horizonte oposto com as suas cansadas setas, puxando o dourado e quente brilho das laranjas, e os frios, lívidos lampejos dos limões.

Similar a um osso antigo, descarnado e alisado pela chuva e pelo vento, estava o Vesúvio solitário e nu no imenso céu sem nuvens, pouco a pouco se iluminando de um róseo lume secreto, como se o íntimo fogo de seu ventre transparecesse fora da sua dura crosta de lava, pálida e luzente como marfim: até que a lua rompeu a orla da cratera como uma casca de ovo, e se elevou clara e estática, maravilhosamente remota, no azul abismo do anoitecer. Subiam do extremo horizonte, quase levados pelo vento, as primeiras sombras da noite. E fosse pela mágica transparência lunar, ou pela fria crueldade dessa abstrata paisagem espectral, uma delicada e lábil tristeza havia na hora, quase a suspeita de uma morte feliz.

Rapazes esfarrapados, sentados no parapeito de pedra a pique sobre o mar, cantavam voltando os olhos para o alto, a cabeça levemente inclinada sobre o ombro. Tinham o rosto pálido e descarnado, os olhos cegos pela fome. Cantavam como cantam os cegos, os olhos revirados para o céu. A fome humana tem uma voz maravilhosamente doce e pura. Não há nada de humano na voz da fome. É uma voz que nasce de uma zona misteriosa da natureza do homem, onde tem raiz aquele senso profundo da vida que é a vida mesma, a nossa vida mais secreta e mais viva. O ar estava limpo, e doce aos lábios. Uma leve brisa olorosa de alga e de sal soprava do mar, o grito dolente das gaivotas fazia tremer o dourado reflexo da lua sobre as ondas, e além, no fundo do horizonte, o pálido espectro do Vesúvio afundava pouco a pouco na argêntea caligem da noite. O canto dos rapazes fazia mais pura, mais abstrata, aquela cruel, inumana paisagem, tão estrangeira à fome e ao desespero dos homens.

"Não há bondade" disse Jack "não há misericórdia, nesta maravilhosa natureza."

"É uma natureza malvada" eu disse "odeia-nos, é a nossa inimiga. Odeia os homens."

"*Elle aime nous voir souffrir*" disse Jack em voz baixa.

"Olha-nos com os seus olhos frios, cheios de gélido ódio e de desprezo."

"Diante dessa natureza" disse Jack "sinto-me culpado, cheio de vergonha miserável. Não é uma natureza cristã. Odeia os homens porque sofrem."

"É ciumenta dos sofrimentos dos homens" eu disse.

Eu queria bem a Jack porque era o único, entre todos os meus amigos americanos, que se sentia culpado, cheio de vergonha e miserável diante da cruel, inumana beleza daquele céu, daquele mar, daquelas ilhas remotas no horizonte. Era o único a entender que aquela natureza não é cristã, está fora das fronteiras do cristianismo, que aquela paisagem não é a face de Cristo, mas a imagem de um mundo sem Deus, onde os homens são deixados apenas a sofrer sem esperança; a entender quanto há de misericordioso na história e na vida do povo napolitano, e como essas dependem tão pouco da vontade dos homens. Havia, entre os meus amigos americanos, muitos jovens inteligentes, cultos, sensíveis: mas nos desprezavam porque acreditavam que só nós éramos responsáveis pela nossa miséria e desventura, pelas nossas vilezas, pelos nossos delitos, pelas nossas traições, pelas nossas vergonhas. Não entendiam o que há de misericordioso, de inumano, nas nossas misérias e nas nossas desventuras. Alguns diziam: "Vocês não são cristãos, são pagãos". E punham uma ponta de desprezo na palavra "pagãos". Eu queria bem a Jack porque só ele entendia que a palavra "pagãos" não basta para explicar as profundas, antigas, misteriosas razões dos nossos sofrimentos, que as nossas misérias, as nossas desventuras, as nossas vergonhas, o nosso modo de sermos miseráveis e de sermos felizes, os motivos mesmos da nossa grandeza e da nossa abjeção estão fora da moral cristã.

Embora ele se dissesse cartesiano, e afetasse confiar somente e sempre na razão, crer que a razão possa tudo penetrar e esclarecer, a sua atitude diante de Nápoles, da Itália, da Europa, era de afeto respeitoso e suspeitoso ao mesmo tempo. Como para todos os americanos, Nápoles foi para ele uma inesperada e dolorosa revelação. Acreditou atracar nas margens de um mundo dominado pela razão, diretamente pela consciência humana: havia-se encontrado de improviso em um país misterioso, onde não a razão, não a consciência, mas obscuras forças subterrâneas pareciam governar os homens, e os fatos de sua vida.

Jack tinha viajado por toda a Europa, mas nunca estivera na Itália. Desembarcou em Salerno em 9 de setembro de 1943 do convés de um LST, em uma balsa de desembarque, no fragor e na fumaça dos explosivos, entre os gritos roucos dos soldados arrastando-se na margem arenosa de Pesto sob o fogo das metralhadoras alemãs. Na sua ideal Europa cartesiana, no *alte Kontinent* goethiano, governado pelo espírito e pela razão, a Itália era desde sempre a pátria do seu Virgílio, do seu Horácio, e oferecia à sua imaginação a mesma serena paisagem verde e turquesa da sua Virgínia, onde tinha concluído os seus estudos, onde havia transcorrido a melhor parte da sua vida, onde tinha a sua casa, a sua família, os seus livros. Naquela Itália do seu coração os peristilos das casas georgianas da Virgínia e as colunas marmóreas do Fórum, de Vermont Hill e do Palatino, compunham aos seus olhos uma paisagem familiar, onde o verde brilho dos prados e bosques se casava com o verde brilho dos mármores, sob um límpido céu azul similar ao céu que se curva sobre o Capitólio.

Quando, na alvorada de 9 de setembro de 1943, Jack saltou do convés de um LST na margem de Pesto, próximo a Salerno, viu surgir diante dos olhos, maravilhosa aparição, na nuvem vermelha de pólvora levantada pelas esteiras dos tanques, pelas explosões das granadas alemãs, pelo tumulto dos homens e das máquinas acorridas do mar, as colunas do templo de Netuno, na borda de uma planície densa de mirtos e de ciprestes, sobre o fundo dos montes nus do Cilento, semelhantes aos montes do Lácio. Ah, aquela era a Itália, a Itália de Virgílio, a Itália de Enéas! E tinha chorado de alegria, tinha chorado de religiosa comoção, pondo-se de joelhos na margem arenosa, como Enéas quando desembarcou da trirreme troiana no litoral arenoso na foz do Tibre, diante dos montes do Lácio entremeados de castelos e de templos brancos no verde profundo das antigas florestas latinas.

Mas o clássico cenário das colunas dóricas dos templos de Pesto escondia aos seus olhos uma Itália secreta, misteriosa, escondia Nápoles, a primeira terrível e maravilhosa imagem de uma Europa ignota, posta fora da razão cartesiana, daquela *outra* Europa da qual ele não tinha tido, até aquele dia, senão uma vaga suspeita, e cujos mistérios, e cujos segredos, agora que os vinha pouco a pouco penetrando, maravilhosamente o aterrorizavam.

"Nápoles" eu lhe dizia, "é a mais misteriosa cidade da Europa, é a única cidade do mundo antigo que não pereceu como Ílio, como Nínive, como Babilônia. É a única cidade do mundo que não foi afundada no imenso naufrágio da civilização antiga. Nápoles é uma Pompeia que não foi sepultada. Não é uma cidade: é um mundo. O mundo antigo, pré-cristão, deixado intacto na superfície do mundo moderno. Vocês não podiam escolher um lugar mais perigoso do que Nápoles para desembarcar na Europa. Seus tanques correm o risco de afundar no lodo negro da Antiguidade, como em uma areia movediça. Se desembarcassem na Bélgica, na Holanda, na Dinamarca, ou na própria França, o seu espírito científico, a sua técnica, a sua imensa riqueza de meios materiais lhe teriam dado talvez a vitória não só sobre o exército alemão, mas também sobre o próprio espírito europeu, sobre aquela *outra* Europa secreta da qual Nápoles é a misteriosa imagem, o nu espectro. Mas aqui, em Nápoles, os seus tanques, os seus canhões, os seus carros fazem sorrir. Sucata. Lembra, Jack, as palavras daquele napolitano que, no dia do seu ingresso em Nápoles, olhava desfilar pela Via Toledo as suas intermináveis colunas de tanques? 'Que bela ferrugem!' A sua particular humanidade americana, aqui, se revela descoberta, sem defesa, perigosamente vulnerável. Não são vocês senão grandes rapazes, Jack. Não podem entender Nápoles, não entenderão jamais Nápoles."

"*Je crois*" dizia Jack "*que Naples n'est pas impénétrable à la raison. Je suis cartésien, hélas!*"

"Acha que a razão cartesiana talvez possa ajudá-lo, por exemplo, a entender Hitler?"

"Por que logo Hitler?"

"Porque também Hitler é um elemento do mistério da Europa, porque também Hitler pertence àquela *outra* Europa, que a razão cartesiana não pode penetrar. Acredita portanto poder explicar Hitler apenas com ajuda de Descartes?"

"*Je l'explique parfaitement*" respondia Jack.

Então eu lhe narrava aquele *Witz* de Heidelberg, que todos os estudantes das universidades alemãs proferiam rindo. Em um congresso de cientistas alemães, em Heidelberg, depois de longa discussão todos se encontraram de acordo em afirmar que se possa explicar o mundo apenas com ajuda da razão. Ao fim dessa discussão, um velho professor, que até aquele momento permanecera em silêncio, com um cilindro calcado na testa, se levantou e disse: "Vocês que explicam tudo, saberiam me dizer como foi que esta noite me despontou esta coisa na cabeça?". E, removendo lentamente o cilindro, mostrou um charuto, um verdadeiro charuto Havana, que despontava para fora do crânio calvo.

"*Ah, ah, c'est merveilleux!*" dizia Jack rindo "quer assim dizer que Hitler é um charuto Havana?"

"Não, quero dizer que Hitler é *como* aquele charuto Havana."

"*C'est merveilleux! Un cigare!*" dizia Jack. E acrescentava, como tomado de repentina inspiração: "*Have a drink, Malaparte*". Mas se corrigia e dizia em francês: "*Allons boire quelque chose*".

O bar da PBS estava apinhado de oficiais que tinham já muitos copos de vantagem sobre nós. Assentamos em um canto, e nos pusemos a beber. Jack ria olhando dentro de seu copo, ria batendo o punho no joelho, enquanto exclamava: "*C'est merveilleux! Un cigare!*". Até que seus olhos tornaram-se opacos, e rindo me disse: "*Tu crois vraiment qu' Hitler...*".

"*Mais oui, naturellement.*"

Depois fomos jantar, e nos assentamos à grande mesa dos *senior officers* da PBS. Todos os oficiais estavam alegres, e me sorriam com simpatia porque eu era *the bastard Italian liaison officer, the bastard son of a gun.* A certa altura Jack pôs-se a contar a história do congresso de cientistas alemães de Heidelberg, e todos os *senior officers* da PBS me olhavam surpresos, exclamando: "*What? A cigar? Do you mean that Hitler is a cigar?*".

"*He means that Hitler is a cigar Havana*" dizia Jack rindo.

E o Coronel Brand, oferecendo-me um charuto através da mesa, dizia-me com um sorriso de simpatia: "Agradam-lhe os charutos? Este é um verdadeiro Havana".

II
A virgem de Nápoles

"Não viu nunca uma virgem?" perguntou-me Jimmy um dia, enquanto saíamos do forno do Pendino di Santa Barbara, abocanhando os belos *taralli* quentes e crocantes.

"Sim, mas de longe."

"*No, I mean*, de perto. Nunca viu uma virgem de perto?"

"Não, de perto nunca."

"*Come on, Malaparte*" disse Jimmy.

A princípio não queria segui-lo, sabia que iria me mostrar qualquer coisa de doloroso, de humilhante, algum atroz testemunho da humilhação física e moral que pode atingir o homem em seu desespero. Não me agrada assistir ao espetáculo da baixeza humana, repugna-me estar sentado, como um juiz ou como um espectador, a olhar os homens enquanto descem os últimos degraus da abjeção: temo sempre que se voltem para trás e me sorriam.

"*Come on, come on, don't be silly*" dizia Jimmy caminhando à minha frente no labirinto dos becos de Forcella.

Não me agrada ver até que ponto o homem possa se aviltar para viver. Preferia a guerra à "peste" que, depois da libertação, tinha a todos sujado, corrompido, humilhado, todos, homens, mulheres, crianças. Antes da libertação, havíamos lutado e sofrido *para não morrer*. Agora lutávamos e sofríamos *para viver*. Há uma grande diferença entre a luta para não morrer e a luta para viver. Os homens que lutam para não morrer conservam a sua dignidade, a defendem ciosamente, todos, homens, mulheres, crianças, com obstinação feroz. Os homens não baixavam a cabeça. Refugiavam-se nas montanhas, nos bosques, viviam nas cavernas, lutavam como lobos contra os invasores. Lutavam para não morrer. Era uma luta nobre, digna, leal. As mulheres não jogavam o seu corpo no mercado negro para comprar o batom para os lábios, as meias de seda, os cigarros, ou o pão. Sofriam com a fome, mas não se vendiam. Não vendiam os seus homens para o inimigo. Preferiam ver os próprios filhos morrerem de fome a se vender, a vender os seus homens. Somente as prostitutas se vendiam ao inimigo. Os povos da Europa, antes da libertação, sofriam com surpreendente dignidade. Lutavam de cabeça erguida. Lutavam *para não morrer*. E os homens, quando lutam para não morrer, se agarram com a força do desespero a tudo o que constitui a parte viva, eterna, da vida humana, a essência, o elemento mais nobre e puro da vida: a dignidade, o orgulho, a liberdade da própria consciência. Lutam para salvar a própria alma.

Mas depois da libertação os homens deviam lutar *para viver*. É uma coisa humilhante, horrível, é uma necessidade vergonhosa, lutar para viver. Somente para viver. Somente para salvar a própria pele. Não é mais a luta contra a escravidão, a luta pela liberdade, pela dignidade humana, pela honra. É a luta contra a fome. É a luta por um naco de pão, por um pouco de fogo, por um trapo com o qual cobrir os próprios filhos, por um pouco de palha no qual estender-se. Quando os homens lutam para viver, tudo, mesmo um frasco vazio, uma guimba, uma casca de laranja, uma crosta de pão seco recolhida da imundície, um osso descarnado, tudo tem para eles um valor enorme, decisivo. Os homens são capazes de qualquer covardia para viver: de todas as infâmias, de todos os delitos, para viver. Por um naco de pão qualquer um de nós está pronto a vender a própria mulher, os próprios filhos, a conspurcar a própria mãe, a vender os irmãos e os amigos, a prostituir-se com outro homem. Está pronto a ajoelhar-se, a rastejar por terra, a lamber os sapatos de quem pode difamá-lo, a dobrar a espinha sob a chibata, a enxugar sorrindo a bochecha suja de cuspe: e tem um sorriso humilde, doce, um olhar cheio de esperança faminta, bestial, uma esperança surpreendente.

Preferia a guerra à peste. De um dia para o outro, em poucas horas, todos, homens, mulheres, crianças, foram contagiados pela horrível, misteriosa doença. O que surpreendia e aterrorizava o povo era o caráter imprevisto, violento, fatal, daquela espantosa epidemia. A peste tinha podido, em poucos dias, mais do que não puderam a tirania em vinte anos de universal humilhação e a guerra em três anos de fome, de luto e de atrozes sofrimentos. Aquele povo que nas ruas fazia comércio de si mesmo, da própria honra, do próprio corpo, e da carne dos próprios filhos, podia ser o mesmo povo que poucos dias antes, naquelas mesmas ruas, tinha dado tão grandes e tão horríveis provas de coragem e de furor contra os alemães?

Quando os libertadores, em 1º de outubro de 1943, aproximaram-se das primeiras casas dos subúrbios, rumo a Torre del Greco, o povo napolitano, com uma luta feroz que durara quatro dias, tinha já rechaçado os alemães da cidade. Os napolitanos estavam já rebelados contra os alemães no princípio de setembro, nos dias que se seguiram ao armistício: mas aquela primeira revolta foi sufocada no sangue com implacável ferocidade. Os libertadores, que o povo esperava com ânsia, em algum momento estavam recuados no mar, em outro, perto de Salerno, resistiam agarrados à costa: e os alemães tinham retomado ânimo e furor. No fim de setembro, quando os alemães se puseram a "investir" contra os homens pelas ruas, carregá-los em seus caminhões para transportá-los para a Alemanha como rebanhos de escravos, o povo napolitano, incitado e encabeçado por turmas de mulheres enfurecidas, que gritavam "*Li ommene no!*", se jogou, sem armas, contra os alemães, os havia apertado e massacrado nos becos, esmagando-os do alto dos telhados, dos terraços, das janelas, debaixo de uma avalanche de telhas, de pedras, de móveis, de água fervente. Grupos de animosos rapazes se jogavam contra os *panzer* levantando nos braços maços de palha em chamas, e morriam pondo fogo naquelas tartarugas de aço. Meninas de ar inocente mostravam sorrindo cachos de uva aos alemães sedentos, fechados no ventre dos tanques ardentes ao sol: e logo que aqueles levantavam a tampa das cabinas e despontavam para receber o gentil presente dos cachos, com uma chuva de bombas de mão, tomadas dos inimigos mortos, bandos de rapazes em emboscada os exterminavam. Muitos foram os rapazes e as meninas que deram a vida naqueles cruéis e generosos estratagemas.

Carroças e bondes virados nas ruas impediam a passagem das colunas alemãs, que acorriam para dar mão forte às tropas que resistiam em Eboli e em Cava dei Tirreni. Pois o povo napolitano não atacou pelas costas os alemães em retirada: também os confrontou, desarmado, enquanto ainda durava a batalha de Salerno, e era loucura, para um povo sem armas, extenuado por três anos de fome e de ininterruptos, ferozes bombardeios, opor-se à passagem das colunas alemãs, que atravessavam Nápoles para partir contra os Aliados desembarcados em Salerno. Os rapazes e as mulheres foram os mais terríveis, naqueles quatro dias de luta sem trégua. Muitos cadáveres de soldados alemães, que eu mesmo vi, ainda insepultos, dois dias depois da libertação de Nápoles, apareciam lacerados no rosto, a garganta rasgada por mordidas: e eram ainda visíveis as marcas dos dentes na carne. Muitos estavam desfigurados por tesouradas. Muitos jaziam em um lago de sangue, com longos pregos fincados no crânio. Na falta de outras armas, os rapazes fincavam aqueles longos pregos, batendo-os com grandes pedras, na cabeça dos alemães mantidos no chão por dez, vinte rapazes enfurecidos.

"*Come on, come on, don't be silly!*" dizia Jimmy caminhando diante de mim no labirinto de becos de Forcella.

Preferia a guerra à peste. Em poucos dias, Nápoles se tornou um abismo de vergonha e de dor, um inferno de abjeção. E mesmo a horrenda doença não conseguia apagar no coração dos napolitanos aquele sentimento maravilhoso, sobrevivente nele há tantos séculos de fome e de escravidão. Nada conseguirá nunca apagar a antiga, maravilhosa piedade do povo napolitano. Ele não tinha somente piedade dos outros: mas de si mesmo. Não pode haver, em um povo, o sentimento de liberdade, se não há o sentimento da piedade. Mesmo aqueles que vendiam a própria mulher, a própria filha, mesmo as mulheres que se prostituíam por um pacote de cigarros, mesmo os rapazes que se prostituíam por uma caixa de balas, tinham piedade de si mesmos. Era um sentimento extraordinário, uma surpreendente piedade. Por aquele sentimento, só por aquela antiga, imortal piedade, eles serão livres, um dia: homens livres.

"*Oh, Jimmy, they love freedom*" dizia "eles amam a liberdade, *they love freedom so much! They love American boys, too. They love freedom,*

American boys, and cigarettes, too. Também os meninos amam a liberdade e as balas, Jimmy, também os meninos têm piedade de si mesmos. É uma coisa magnífica, Jimmy, comer balas em vez de morrer de fome. *Don't you think so, you too, Jimmy?*"

"*Come on*" dizia Jimmy, cuspindo no chão.

Assim fui com Jimmy ver a "virgem". Era em um *basso* ao fundo de um beco nas proximidades da Piazza Olivella. Diante da porta do pardieiro estava um pequeno agrupamento de soldados aliados, em grande parte negros. Havia também três ou quatro soldados americanos, algum polonês e alguns marinheiros ingleses. Pusemo-nos na fila, e esperamos a nossa vez.

Depois de cerca de meia hora de espera, avançando um passo a cada dois minutos, chegamos na soleira do pardieiro. O interior do quarto era vedado aos nossos olhares, guardado por uma cortina vermelha, remendada e pontuada de manchas de gordura. Na soleira estava um homem de meia idade, vestido de preto, magríssimo, de rosto pálido, manchado de pelo: sobre seus fartos cabelos grisalhos estava posto ligeiramente um chapeuzinho de feltro negro, passado com cuidado. Tinha as duas mãos juntas sobre o peito, e entre os dedos apertava um maço de notas.

"*One dollar each*" dizia "cem liras por pessoa."

Entramos, e olhamos em torno. Era o usual *interno* napolitano: um cômodo sem janela, com uma portinhola ao fundo, um imenso leito encostado na parede de frente e ao longo da outra parede uma penteadeira, um rústico lavabo de ferro esmaltado de branco, um aparador e, entre o leito e o aparador, uma mesa. Na penteadeira estava pousada uma grande redoma de vidro, que cobria as estatuetas de cera colorida de uma Sagrada Família. Nas paredes pendiam oleografias populares representando cenas da *Cavalleria rusticana* e da *Tosca*, um Vesúvio empenachado de fumo semelhante a um cavalo empenachado para a festa de Piedigrotta, e fotografias de mulheres, de crianças, de velhos, porém não retratados quando vivos, mas quando mortos, estendidos nos leitos fúnebres e guirlandados de flores. No canto entre o leito e a penteadeira elevava-se um altarzinho com a imagem da Madona, iluminada por uma lamparina a óleo. No leito estava estendida uma imensa coberta de seda celeste, da qual a longa franja dourada lambia o pavimento de maiólica verde e vermelha. Na beira do leito estava sentada uma moça, e fumava.

Sentada com as pernas pendendo do leito, fumava absorta, em silêncio, com os cotovelos apoiados nos joelhos e o rosto recolhido entre as mãos. Parecia muitíssimo jovem, mas tinha os olhos antigos, um pouco desfeitos. Estava penteada com aquela arte barroca das *capere* dos bairros populares, inspirada no penteado das Madonas napolitanas do século dezessete: os negros cabelos, crespos e luzidios, recheados de crinas, de fitas e embutidos de estopa, se alçavam à guisa de castelo, como regessem sobre a fronte uma alta mitra negra. Algo de bizantino havia no seu rosto pálido, estreito e longo, cuja palidez transparecia debaixo da espessa camada de ruge, e bizantino era o rasgo dos grandes olhos oblíquos e negríssimos na testa alta e plana. Mas os lábios carnudos, engrossados por um violento talho de batom, davam um quê de sensual e de insolente na delicada tristeza de ícone do rosto. Estava vestida de seda vermelha, sobriamente decotada. As meias eram de uma seda cor de carne, e os pés pequenos e carnudos balançavam-se enfiados em um par de chinelas de feltro negro, esfoladas e deformadas. O vestido tinha mangas longas, estreitas nos pulsos, e em torno do pescoço pendia um daqueles colares de pálido coral antigo, que em Nápoles são o orgulho de toda moça pobre.

A moça fumava em silêncio, olhando fixo para a porta, com um alheamento orgulhoso. Não obstante a insolência do seu vestido de seda vermelha, o penteado barroco dos cabelos, os grossos lábios carnudos e aquelas suas chinelas esfoladas, a sua vulgaridade não tinha nada de pessoal. Parecia antes o reflexo da vulgaridade do ambiente, daquela vulgaridade do ambiente que a envolvia toda, bordejando-a apenas. Tinha uma orelha pequeníssima e delicada, tão branca e transparente que parecia postiça, de cera. Quando eu entrei, a moça fixou o olhar nas minhas três estrelas de ouro de capitão, e sorriu com desprezo, voltando ligeiramente o rosto para a parede. Éramos uma dezena no cômodo. O único italiano era eu. Ninguém falava.

"*That's all. The next in five minutes*" disse a voz do homem que estava na soleira, atrás da cortina vermelha; então o homem enfiou o rosto no quarto através de um rasgo na cortina, e acrescentou: "*Ready?* Pronta?".

A moça jogou o cigarro no chão, agarrou com as pontas dos dedos as barras da anágua e lentamente a levantou: primeiro apareceram os joelhos, apertados docemente na bainha de seda das meias, depois a pele nua das coxas, depois a sombra do púbis. Ficou um pouco naquele ato, triste Verônica, com o rosto severo, a boca desprezíva, semicerrada. Depois, lentamente virando-se de costas, se estendeu no leito e abriu pouco a pouco as pernas. Como faz a horrenda lagosta no amor, quando abre lentamente a tenaz dos braços olhando fixo o macho com os pequenos olhos redondos, negros e luzentes, e está imóvel e ameaçadora, assim fez a moça abrindo lentamente a rósea e negra tenaz das carnes, e ficou assim olhando fixo os espectadores. Um profundo silêncio reinava no quarto.

"*She is a virgin. You can touch. Put your finger inside. Only one finger. Try a bit. Don't be afraid. She doesn't bite. She is a virgin. A real virgin*" disse o homem enfiando a cabeça dentro do quarto pelo rasgo da cortina.

Um negro esticou a mão e provou com o dedo. Alguém riu, e parecia se lamentar. A virgem não se moveu, mas fixou o negro com um olhar cheio de medo e de ódio. Olhei em volta: todos estavam pálidos de medo e de ódio.

"*Yes, she is like a child*" disse o negro com voz rouca, fazendo rodar lentamente o dedo.

"*Get out your finger*" disse a cabeça do homem enfiada no rasgo da cortina vermelha.

"*Really, she is a virgin*" disse o negro retirando o dedo.

De repente a moça fechou as pernas com um suave baque dos joelhos, ergueu-se com um impulso do tronco, abaixou a veste, e com rápida mão arrancou o cigarro da boca de um marinheiro inglês que estava perto da beira do leito.

"*Get out, please*" disse a cabeça do homem, e todos saímos lentamente, um atrás do outro, pela pequena porta ao fundo do quarto, arrastando os pés no pavimento, empacados e envergonhados.

"Deveriam estar satisfeitos de ver Nápoles rebaixada assim" disse a Jimmy quando estávamos ao ar livre.

"Não é por certo culpa minha" disse Jimmy.

"*Oh, no*" disse eu "não é por certo culpa sua. Mas deve ser uma grande satisfação para vocês sentirem-se vencedores em semelhante país" disse. "Sem esses espetáculos como fariam para se sentirem vencedores? Diga a verdade, Jimmy: não se sentiriam vencedores sem esses espetáculos."

"Nápoles foi sempre assim" disse Jimmy.

"Não, não foi nunca assim" eu disse "essas coisas, em Nápoles, não foram nunca vistas. Se essas coisas não lhes agradassem, se esses espetáculos não divertissem vocês, essas coisas não aconteceriam em Nápoles" disse, "não se veriam semelhantes espetáculos em Nápoles."

"Não a fizemos, Nápoles" disse Jimmy "nós a encontramos já bela e feita."

"Não a fizeram vocês" disse "mas não foi nunca assim, Nápoles. Se a América tivesse perdido a guerra, pensa quantas virgens americanas, em Nova Iorque ou em Chicago, abririam as pernas por um dólar. Se tivessem perdido a guerra, haveria uma virgem americana sobre aquele leito, no lugar daquela pobre moça napolitana."

"Não diga estupidez" disse Jimmy "mesmo se perdêssemos a guerra não veríamos dessas coisas, na América."

"Veriam pior, na América, se tivessem perdido a guerra" disse eu "para sentirem-se heróis, todos os vencedores têm necessidade de ver essas coisas. Têm necessidade de enfiar o dedo dentro da pobre moça vencida."

"Não diga tolices" disse Jimmy.

"Prefiro ter perdido a guerra, e estar sentado naquele leito como aquela pobre moça, a andar enfiando o dedo entre as pernas de uma virgem para ter o prazer e o orgulho de sentir-me vencedor."

"Também você veio vê-la" disse Jimmy "por que veio?"

"Porque sou um covarde, Jimmy, porque também eu tenho necessidade de ver essas coisas, para sentir que sou um vencido, que sou um desgraçado."

"Por que não se põe também você sentado naquele leito" disse Jimmy "se tem tanto prazer em sentir-se no lado dos vencidos?"

"Diga-me a verdade, Jimmy, pagaria de bom grado um dólar para vir me ver abrir as pernas?"

"Nem mesmo um *cent* eu pagaria para vir ver você" disse Jimmy cuspindo no chão.

"Por que não? Se a América tivesse perdido a guerra, eu iria logo lá para ver os descendentes de Washington abrirem as pernas diante dos vencedores."

"*Shut up*" gritou Jimmy apertando-me o braço com força.

"Por que não viria ver-me, Jimmy? Todos os soldados da Quinta Armada viriam ver-me. Até o General Clark. Até você viria, Jimmy. Pagaria não um dólar, mas dois, mas três dólares, para ver um homem desabotoar as calças e abrir as pernas. Todos os vencedores têm necessidade de ver essas coisas, para estarem seguros de ter vencido a guerra."

"Vocês são um bando de loucos e de porcos na Europa" disse Jimmy "eis o que vocês são."

"Diga-me a verdade, Jimmy, quando voltar para a América, para a sua casa, para Cleveland, Ohio, agradará a você contar que o seu dedo de vencedor passou debaixo do arco do triunfo das pernas das pobres moças italianas."

"*Don't say that*" disse Jimmy em voz baixa.

"Desculpe-me, Jimmy, lamento por você e por mim. Não é culpa de vocês, nem nossa, eu sei. Mas me faz mal pensar em certas coisas. Não deveria você levar-me até aquela moça. Não deveria eu vir com você ver aquela coisa horrível. Lamento por você e por mim, Jimmy. Sinto-me miserável e covarde. Vocês americanos são bons rapazes, e certas coisas vocês entendem melhor que tantos outros. Não é verdade, Jimmy, que certas coisas as entende também você?"

"*Yes, I understand*" disse Jimmy em voz baixa, apertando-me forte o braço.

Eu me sentia miserável e covarde como naquele dia em que subia os Gradoni di Chiaia, em Nápoles. Os Gradoni são aquela longa escadaria que da Via Chiaia sobe a Santa Teresella degli Spagnoli, o miserável bairro onde há um tempo ficavam as casernas e as casas de prazer dos soldados espanhóis. Era um dia de siroco, e os panos pendurados para enxugar nas cordas estendidas de casa a casa esvoaçavam ao vento como bandeiras: Nápoles não tinha jogado as suas bandeiras aos pés dos vencedores e dos vencidos. Durante a noite um incêndio tinha destruído grande parte do magnífico palácio dos Duques de Cellamare, na Via Chiaia, a pouca distância dos Gradoni, e no ar úmido e quente evolava ainda um odor seco de madeira queimada, de fumo frio. O céu estava cinza, parecia um céu de papel sujo, pontuado de manchas de mofo.

Nos dias de siroco, sob aquele céu mofado e manchado, Nápoles toma um aspecto miserável e petulante ao mesmo tempo. As casas, as ruas, a gente, ostentavam uma insolência aviltada e maligna. Além, sobre o mar, o céu estava semelhante à pele de uma lagartixa, manchado de verde e branco, molhado daquela umidade fria e opaca que tem a pele dos répteis. Nuvens gris, de orlas esverdeadas, maculavam o azul sujo do horizonte, que as quentes rajadas do siroco estriavam de amarelas tiras oleosas. E o mar tinha a cor verde e marrom da pele do sapo, o odor do mar era o odor acre e doce que exala a pele do sapo. Da boca do Vesúvio irrompia um denso fumo amarelo que dispensado do baixo arco do céu nebuloso se abria como a copa de imenso pinheiro, cortada de sombras negras, de verdes fendas. E os vinhedos esparsos nos purpúreos campos de fria lava, os pinheiros, os ciprestes de raízes afundadas nos desertos de cinzas, onde se destacavam com opaca violência os gris e rosa e turquesa das casas encarapitadas nos flancos do vulcão, tomavam tons sombrios e mortos naquela paisagem imersa em uma penumbra esverdeada, quebrada de brilhos amarelos e purpúreos.

Quando sopra o siroco, a pele humana transpira, os malares brilham nas faces molhadas de opaco suor, onde uma negra lanugem difunde uma sombra suja e macia em torno dos olhos, dos lábios, das orelhas. As próprias vozes soam gordas e preguiçosas, e as palavras têm um sentido diverso do usual, um significado misterioso, quase palavras de um jargão proibido. A gente caminha em silêncio, como oprimida por uma secreta angústia, e os meninos passam longas horas sentados no chão, sem falar, roendo uma crosta de pão, ou algum fruto negro de moscas, ou olhando os muros crestados onde estão desenhadas as imóveis lagartixas que o mofo tinge no estuque antigo. Nos peitoris das janelas ardem fumarentos cravos nos vasos de terracota, e uma voz de mulher surge ora aqui ora ali, cantando: o canto voa lento de janela em janela, pousando nos peitoris como um pássaro cansado.

O odor de fumo frio do incêndio do palácio de Cellamare vagava no ar denso e viscoso, e eu respirava tristemente aquele odor de cidade tomada, saqueada, dada às chamas, o odor antigo daquela Ílio fumarenta de incêndios e de queimadas fúnebres, prostrada sobre a orla do mar repleta de navios inimigos, sob um céu pontuado de manchas de mofo, onde as bandeiras dos povos vencedores, acorridas de todos os pontos da terra para o longo cerco, mofavam no graxo vento fétido que soprava rouco no fundo do horizonte.

Eu descia para o mar pela Via Chiaia, em meio a turmas de soldados aliados que se aglomeravam nas calçadas, brigavam, empurravam-se, gritando em cem estranhas, desconhecidas falas, ao longo da orla do furioso rio de automóveis que fluía tumultuoso na estreita via. E me sentia maravilhosamente ridículo no meu uniforme verde, furado de balas dos nossos fuzis, tomado do cadáver de um soldado inglês caído em El Alamein ou em Tobruque. Eu me sentia perdido naquela hostil multidão de soldados estrangeiros, que me impulsionavam adiante com empurrões, davam de cotovelos e de ombros para tirar-me da frente, e se viravam para trás, olhavam com desprezo os frisos de ouro do meu uniforme, dizendo-me com voz raivosa: "*You bastard, you son of a bitch, you dirty Italian officer*".

E eu pensava caminhando: "Quem sabe como se traduz em francês *you bastard, you son of a bitch, you dirty Italian officer*? E como se traduz em russo, em sérvio, em polonês, em dinamarquês, em holandês, em norueguês, em árabe? Quem sabe" pensava "como se traduz em brasileiro? E em chinês? E em indiano, em banto, em malgaxe? Quem sabe como se traduz em alemão?". E ria pensando que aquela linguagem de vencedores se traduzia certamente muitíssimo bem mesmo em alemão, até em alemão, porque mesmo a língua alemã, em confronto com a italiana, era a língua de um povo vencedor. Ria pensando que todas as línguas da terra, até o banto e o chinês, até o alemão, eram línguas de povos vencedores, e que nós somente, nós italianos somente, em Via Chiaia, em Nápoles, e em todas as ruas de todas as cidades da Itália, falávamos uma língua que não era a de um povo vencedor. E me sentia orgulhoso de ser um pobre *Italian bastard*, um pobre *son of a bitch*.

Procurava com os olhos em torno de mim, na multidão, alguém que se sentisse também orgulhoso de ser um pobre *Italian bastard*, um pobre *son of a bitch*, fixava no rosto todos os napolitanos que encontrava, perdidos também eles naquela tumultuada multidão de vencedores, também tirados da frente a empurrões, a cotoveladas nos flancos: aqueles homens pálidos e magros, aquelas mulheres de rosto descarnado e branco, obscenamente reavivado com ruge, aqueles meninos franzinos, de olhos enormes, ávidos e amedrontados, e me sentia orgulhoso de ser um *Italian bastard* como eles, um *son of a bitch* como eles.

Mas algo nos seus rostos, nos seus olhares, me humilhava. Havia algo, neles, que profundamente me feria. E era um orgulho insolente, o vil, horrível orgulho da fome, o orgulho petulante, ao mesmo tempo humilde, da fome. Não sofriam no espírito, mas somente na carne. Não sofriam outra espécie de pena, senão a da carne. E de repente me senti só, e estrangeiro, naquela multidão de vencedores e de pobres napolitanos famintos. Envergonhei-me de não passar fome. Corei por não ser senão um *Italian bastard*, um *son of a bitch* e nada de pior. Tive vergonha de não ser também eu um pobre napolitano faminto: e abrindo caminho a cotoveladas saí da rixa da multidão, pus os pés no primeiro degrau dos Gradoni di Chiaia.

A longa escadaria estava apinhada de mulheres sentadas uma ao lado da outra, como na arquibancada de um anfiteatro, e parecia estarem ali a gozar de algum maravilhoso espetáculo. Sentavam-se rindo, falando em voz alta entre si, ou comendo fruta, ou fumando, ou chupando balas, ou mastigando um *chewing-gum*: algumas dobradas para a frente, os cotovelos apoiados nos joelhos, o rosto enfiado entre as mãos juntas; outras viradas para trás, com os braços apoiados no degrau superior, outras ainda levemente dobradas de lado; e todas gritavam, se chamavam pelo nome, trocando vozes e sons informes pela boca, mais que palavras, com as companheiras sentadas mais abaixo ou mais ao alto, ou com o público urrante de velhas chegadas aos balcões e às janelas pendentes no beco, que, desgrenhadas, feias, as bocas desdentadas escancaradas em um obsceno riso, agitavam os braços gritando gracejos e insultos. As mulheres sentadas na escadaria ajeitavam umas às outras os cabelos, que tinham todas recolhidos e arquitetados em altos castelos de crina e estopa, reforçados e suportados por presilhas e pentes de tartaruga, e guirlandados de flores e de tranças falsas, como são penteadas as Madonas de cera nos tabernáculos na esquina dos becos.

Aquela multidão de mulheres, sentadas na escadaria semelhante à escada dos Anjos no sonho de Jacó, pareciam reunidas ali para alguma festa, ou para algum espetáculo do qual fossem atrizes e espectadoras ao mesmo tempo. Em algum momento uma delas entoava um canto, um daqueles melancólicos cantos da plebe napolitana, súbito sobreposto por risadas, por vozes roucas, por reclamos guturais que semelhavam invocações de ajuda, ou gritos de dor. Mas certa dignidade havia naquelas mulheres, naquela sua variada atitude, ora obscena, ora cômica, ora solene, naquela sua própria desordenada disposição cênica. Certa nobreza, também, que aparecia em certos gestos, no modo de alçar os braços para tocar as têmporas com a ponta dos dedos, para ajeitar os cabelos com ambas as gordas e ágeis mãos, no modo de virar o rosto, de dobrar a cabeça sobre o ombro, como para melhor escutar as vozes e as palavras obscenas que caíam do alto dos balcões e das janelas, e até no seu próprio modo de falar, de sorrir. De repente, quando coloquei o pé no primeiro degrau, todas emudeceram, e um estranho silêncio se fez levemente, palpitando, como uma imensa borboleta sarapintada, na escadaria cheia de mulheres.

Diante de mim subiam alguns soldados negros, apertados nos seus uniformes de cor cáqui, requebrando sobre seus pés chatos, calçados de finos sapatos de couro amarelo, reluzentes como sapatos de ouro. Subiam lentamente, naquele imprevisto silêncio, com a dignidade solitária do negro: e à medida que progrediam pelos degraus, na estreita passagem deixada livre através daquela muda multidão de mulheres sentadas, via as pernas daquelas desgraçadas lentamente se abrirem, separarem-se de modo horrível, mostrando o negro púbis entre o rosado brilho da carne nua. "*Five dollars! Five dollars!*" começaram a gritar de repente todas juntas, com um vociferar rouco, mas sem gestos, e aquela ausência de gestos juntava obscenidade às vozes e às palavras. "*Five dollars! Five dollars!*" À medida que os negros subiam, o clamor crescia, as vozes se faziam mais agudas, mais rouco ressoava o grito das megeras que, chegadas aos balcões e às janelas, incitavam os negros gritando também elas: "*Five dollars! Five dollars! Go, Joe! Go, Joe! Go, go, Joe, go!*".

Mas nem bem os negros passavam, nem bem os seus pés de ouro eram tirados do degrau, as pernas das moças sentadas naquele degrau lentamente se fechavam como tenazes de castanhos caranguejos marinhos, como as válvulas de uma rósea concha, e as moças, agitando os braços, se voltavam para trás mostrando os punhos, gritando insultos obscenos aos soldados negros, com uma fúria alegre e feroz. Até que primeiro um negro, depois outro, depois outro ainda, pararam, agarrados no voo por dez, por vinte mãos. E eu continuava a subir pela angélica escada triunfal que afundava direta no céu, naquele céu podre do qual o siroco rasgava farrapos de pele esverdeada e espalhava rouco no mar.

Eu me sentia bastante mais miserável e covarde em 8 de setembro de 1943, quando tivemos de jogar as nossas armas e as nossas bandeiras aos pés dos vencedores. Eram velhas armas enferrujadas, é verdade, mas estavam carregadas de recordações de família, e todos nós, oficiais e soldados, éramos afeiçoados àquelas caras recordações de família. Eram velhos fuzis, velhos sabres, velhos canhões do tempo em que as mulheres usavam anquinhas, e os homens altas cartolas, redingotes cor de rolinha e botinas abotoadas. Com aquelas espingardas, com aqueles sabres cobertos de ferrugem, com aqueles canhões de bronze, os nossos avós tinham combatido com Garibaldi, com Vittorio Emanuele, com Napoleão III, contra os austríacos, pela liberdade e pela independência da Itália. Também as bandeiras eram antigas, e *démodées*. Algumas antiquíssimas, e eram as bandeiras da República de Veneza, que tinham desfraldado sobre os mastros das galeras em Lepanto, sobre as torres de Famagosta e de Candia. Eram os estandartes da República de Gênova, os das Comunas de Milão, de Crema, de Bolonha, que tinham desfraldado sobre o Carroccio nas batalhas contra o Imperador alemão Federico Barbarossa. Eram os estandartes pintados por Sandro Botticelli, que Lorenzo, o Magnífico, tinha doado aos arqueiros de Florença; eram os estandartes de Siena, pintados por Luca Signorelli. Eram as bandeiras romanas do Capitólio, pintadas por Michelangelo. Havia também a bandeira oferecida a Garibaldi pelos italianos de Valparaíso, e a bandeira da República Romana de 1849. Havia também as bandeiras de Vittorio Veneto, de Trieste, de Fiume, de Zara, da Etiópia, da guerra da Espanha. Eram bandeiras gloriosas, dentre as mais gloriosas da terra e do mar. Por que deveriam ser gloriosas somente as bandeiras inglesas, americanas, russas, francesas, espanholas? Também as bandeiras italianas são gloriosas. Se fossem sem glória, que gosto teríamos encontrado de jogá-las na lama? Não há povo no mundo que não tenha, ao menos uma vez, provado o gosto de jogar a própria bandeira aos pés dos vencedores. Também às mais gloriosas bandeiras acontece de serem jogadas na lama. A glória, o que os homens chamam glória, é sempre enxovalhada de lama.

Foi para nós um magnífico dia, aquele 8 de setembro de 1943, quando tínhamos jogado as nossas armas e as nossas bandeiras não somente aos pés dos vencedores, mas também aos pés dos vencidos. Não somente aos pés dos ingleses, dos americanos, dos franceses, dos russos, dos poloneses, e de todos os outros, mas também aos pés do Rei, de Badoglio, de Mussolini, de Hitler. Aos pés de todos, vencedores e vencidos. Também aos pés daqueles que não se envolveram em nada, estavam lá, sentados, apreciando o espetáculo. Também aos pés dos passantes, e de todos aqueles aos quais vinha o capricho de assistir ao insólito, divertido espetáculo de um exército que jogava as próprias armas e as próprias bandeiras aos pés do primeiro a chegar. E não só que o nosso exército fosse melhor ou pior do que tantos outros.

Naquela gloriosa guerra, não somente aos italianos, sejamos justos, aconteceu de voltar as costas ao inimigo: mas a todos, ingleses, americanos, alemães, russos, franceses, iugoslavos, a todos, vencedores e vencidos. Não havia um exército no mundo que, naquela esplêndida guerra, não tivesse, um belo dia, provado o gosto de jogar as próprias armas e as próprias bandeiras na lama.

Na ordem firmada pela graciosa Majestade do Rei e pelo Marechal Badoglio estava escrito assim mesmo: "Oficiais e soldados italianos, joguem as suas armas e as suas bandeiras, heroicamente, aos pés do primeiro a chegar". Não havia engano. Estava mesmo escrito "*heroicamente*". Também as palavras "*primeiro a chegar*" estavam escritas de modo claríssimo, a não deixar dúvida alguma. Por certo, teria sido muito melhor para todos, vencedores e vencidos, e muito melhor também para nós, se tivéssemos recebido a ordem de jogar as armas não só em 1943, mas em 1940 ou em 1941, quando era moda, na Europa, jogar as armas aos pés dos vencedores. Todos nos teriam dito: "Bravos". É bem verdade que todos nos tinham dito "bravos" também em 8 de setembro de 1943. Mas nos tinham dito "bravos" porque, em sã consciência, não nos podiam dizer outra coisa.

Tinha sido verdadeiramente um belíssimo espetáculo, um espetáculo divertido. Todos nós, oficiais e soldados, apostávamos em quem jogava mais "heroicamente" as armas e as bandeiras na lama, aos pés de todos, vencedores e vencidos, amigos e inimigos, até aos pés dos passantes, até aos pés daqueles que, não sabendo do que se tratasse, paravam a olhar surpresos. Jogávamos rindo as nossas armas e as nossas bandeiras na lama, e súbito corríamos a recolhê-las para começar de novo. "Viva a Itália" gritava a multidão entusiasta, a benévola, risonha, rumorosa, alegre multidão italiana. Todos, homens, mulheres, crianças, pareciam embriagados de alegria, todos batiam palmas gritando: "Bis! Bravos! Bis!", e nós, cansados, suados, ofegantes, os olhos cintilantes de viril orgulho, o rosto iluminado de patriótico brio, jogávamos heroicamente as armas e as bandeiras aos pés dos vencedores e dos vencidos, e súbito corríamos a recolhê-las para jogá-las novamente na lama. Os próprios soldados aliados, os ingleses, os americanos, os russos, os franceses, os poloneses, batiam palmas, jogavam no nosso rosto punhados de balas, gritando: "Bravos! Bis! Viva a Itália!". E nós jogávamos rindo entredentes as armas e as bandeiras na lama, e súbito corríamos a recolhê-las para começar de novo.

Foi mesmo uma belíssima festa, uma festa inesquecível. Em três anos de guerra não tínhamos nunca nos divertido tanto. Ao anoitecer estávamos mortos de cansados, tínhamos a boca dolorida por muito rir, mas estávamos orgulhosos de ter cumprido o nosso dever. Acabada a festa, nos ordenamos em coluna, e assim, sem armas, sem bandeiras, nos encaminhamos para os novos campos de batalha, para ir vencer com os Aliados a mesma guerra que tínhamos já perdido com os alemães. Marchávamos de cabeça erguida, cantando, orgulhosos de ter ensinado aos povos da Europa que não há agora outro modo de vencer a guerra senão o de jogar as próprias armas e as próprias bandeiras, heroicamente, na lama, "aos pés do primeiro a chegar".

III
As perucas

A primeira vez que tive medo de ter sofrido o contágio, de ser também eu tocado pela peste, foi quando fui com Jimmy ao vendedor de "perucas". Senti-me humilhado pela repulsiva doença logo na parte que um italiano é mais sensível, no sexo. Os órgãos genitais têm sempre tido uma grande importância na vida dos povos latinos, e especialmente na vida do povo italiano, na história da Itália. A verdadeira bandeira italiana não é a tricolor, mas o sexo, o sexo masculino. O patriotismo do povo italiano está todo ali, no púbis. A honra, a moral, a religião católica, o culto da família, tudo está ali, entre as pernas, tudo está ali, no sexo: que na Itália é belíssimo, digno da nossa antiga e gloriosa tradição de civilização. Nem bem atravessei a soleira do negócio de "perucas", senti que a peste me humilhava naquilo que, para todo italiano, é a única, a verdadeira Itália.

O vendedor de "perucas" tinha o seu pardieiro perto do Ceppo di Forcella, em um dos mais miseráveis e sórdidos bairros de Nápoles.

"Vocês estão todos podres na Europa" dizia-me Jimmy enquanto caminhávamos no labirinto dos becos que se enrola, como um emaranhado de intestinos, em torno da Piazza Olivella.

"A Europa é a pátria do homem" eu dizia "não existem no mundo homens mais homens do que os que nascem na Europa."

"Homens? Vocês se chamam de homens?" dizia Jimmy rindo e batendo a mão na coxa.

"Sim, Jimmy, não existem no mundo homens mais nobres do que os que nascem na Europa" eu dizia.

"Um monte de bastardos corrompidos, eis o que são" dizia Jimmy.

"Somos um maravilhoso povo de vencidos, Jimmy" eu dizia.

"*A lot of dirty bastards*" dizia Jimmy "no fundo, estão contentes de ter perdido a guerra, não é assim?"

"Tem razão, Jimmy, é uma verdadeira fortuna para nós termos perdido a guerra. A única coisa que nos entedia um pouco é que nos tocará governar o mundo. São os vencidos que governam o mundo, Jimmy. Acontece sempre assim, depois de uma guerra. São sempre os vencidos que levam a civilização aos países dos vencedores."

"*What?* Pretenderiam por acaso levar a civilização à América?" dizia Jimmy olhando-me surpreso e furioso.

"É justo assim, Jimmy. Também Atenas, quando teve a fortuna e a honra de ser vencida pelos romanos, foi forçada a levar a civilização a Roma."

"*The hell with your Athens, the hell with your Rome!*" dizia Jimmy dando-me uma olhada de viés.

Jimmy caminhava naqueles sujos becos, entre aquela miserável plebe, com uma elegância, uma desenvoltura, própria somente dos americanos. Não existem senão os americanos, nesta terra, que possam se mover com tão livre e sorridente graça entre a gente suja, faminta, infeliz. Não é um sinal de insensibilidade: é um sinal de otimismo e, ao mesmo tempo, de inocência. Os americanos não são indiferentes, são otimistas. E o otimismo é por si mesmo um sinal de inocência. Quem não faz, nem pensa o mal, é levado não só a negar a existência do mal, mas a recusar crer na fatalidade do mal, a recusar admitir que o mal seja inevitável e incurável. Os americanos acreditam que a miséria, a fome, a dor, tudo se pode combater, que se pode curar da miséria, da fome, da dor, que há remédio para todo mal. Não sabem que o mal é incurável. Não sabem, embora sejam, sob muitos aspectos, a nação mais cristã do mundo, que sem o mal não pode haver Cristo. *No love no nothin'*. Nenhum mal, nenhum Cristo. Menor quantidade de mal no mundo, menor quantidade de Cristo no mundo. Os americanos são bons. Diante da miséria, da fome, da dor, o seu primeiro movimento instintivo é ajudar os que sofrem a fome, a miséria, a dor. Não há povo no mundo que tenha tão forte, tão puro, tão sincero, o senso da solidariedade humana. Mas Cristo exige dos homens a piedade, não a solidariedade. A solidariedade não é um sentimento cristão.

Jimmy Wren, de Cleveland, Ohio, tenente do Signal Corps, era, como a grandíssima parte dos oficiais e dos soldados americanos, um bom rapaz. Quando um americano é bom, é o melhor homem do mundo. Não era culpa de Jimmy se o povo napolitano sofria. Aquele terrível espetáculo de dor e de miséria não sujava nem os seus olhos, nem o seu coração. Jimmy tinha a consciência tranquila. Como todos os americanos, por aquela contradição própria de toda civilização materialista, ele era um idealista. Ao mal, à miséria, à fome, aos sofrimentos físicos, ele atribuía uma natureza moral. Não via a longínqua causa histórica e econômica, mas somente a razão na aparência moral. O que teria podido fazer, para tentar aliviar os atrozes sofrimentos físicos do povo napolitano, do povo europeu? Tudo o que Jimmy podia fazer era tomar para si mesmo uma parte da responsabilidade moral pelos sofrimentos deles: não como americano, mas como cristão. Talvez fosse melhor dizer não somente como cristão, mas também como americano. E é essa a verdadeira razão pela qual eu amo os americanos, sou profundamente grato aos americanos, e os considero o mais generoso, o mais puro, o melhor e o mais desinteressado povo da terra: um maravilhoso povo.

Jimmy não chegava por certo a entender a profunda razão moral e religiosa que o induzia a sentir-se, em parte, responsável pelos sofrimentos alheios. Talvez não tivesse nem sequer consciência de que o sacrifício de Cristo empenha também a responsabilidade de cada homem, de cada um de nós, pelos sofrimentos da humanidade, que ser cristão empenha cada um de nós a sentir-se o Cristo de todos os nossos semelhantes. Por que deveria ele conhecer essas coisas? *Sa chair n'était pas triste, hélas! Et il n'avait pas lu tous les livres*. Jimmy era um rapaz honesto, de mediana condição social, de mediana cultura. Na vida civil era empregado em uma companhia de seguros. A sua cultura era de um nível inferior ao da cultura de qualquer europeu de sua condição. Não se podia por certo pretender que um pequeno empregado americano, desembarcado na Itália para combater contra os italianos, para puni-los dos seus pecados e de seus delitos, se fizesse o Cristo do povo italiano. Não se podia nem sequer pretender que ele conhecesse certas coisas essenciais da civilização moderna: que a sociedade capitalista, por exemplo (se não se tem em conta a piedade cristã, nem o cansaço e o desgosto da piedade cristã, que são os sentimentos próprios do mundo moderno), é a forma mais possível do cristianismo. Que sem a existência do mal não pode haver Cristo. Que a sociedade capitalista é fundada sobre este sentimento: que, sem a existência de seres que sofrem, não se possa inteiramente gozar dos próprios bens e da própria felicidade; que o capitalismo, sem o álibi do cristianismo, não poderia se manter.

Mas a qualquer europeu da sua condição, e, infelizmente, também da minha condição, Jimmy era superior nisto: respeitava a dignidade e a liberdade do homem, não fazia nem pensava o mal, e se sentia moralmente responsável pelos sofrimentos alheios.

Jimmy caminhava sorrindo, e eu sentia a minha cara fria e fechada.

Soprava do mar o claro vento grego, e um odor fresco de sal talhava o ar fétido dos becos. Era como ouvir passar sobre os telhados e terraços o frêmito das folhas, o longo relincho de potros, o inumerável riso das garotas, os mil sons jovens e felizes que correm na crista das ondas no vento gregal. O vento enfunava os panos, pendurados para enxugar nas cordas estendidas através dos becos, como em uma vela. Alçava-se de toda parte um estrépito de asas de pombas, um chiar de codornas no trigo.

Sentada na soleira dos pardieiros, a gente nos olhava em silêncio, seguindo-nos por longo tempo com os olhos: eram meninos quase nus, eram velhos brancos e transparentes como fungos de adega, eram mulheres de ventre inchado, de chupado rosto cor de cinza, moças pálidas e descarnadas de seio desbotado, de quadris magros. Tudo em torno de nós era um cintilar de olhos na verde penumbra, um rir mudo, um brilho de dentes, um gesticular silencioso: aqueles gestos fendiam aquela luz de água suja, aquela espectral luz de aquário que é a luz dos becos de Nápoles ao poente. A gente nos olhava em silêncio, escancarando e fechando a boca como fazem os peixes.

Montes de homens, vestidos de rotos uniformes militares, dormiam estendidos no pavimento junto às portas dos pardieiros. Eram soldados italianos, em grande parte sardos, ou lombardos, quase todos aviadores do próximo aeroporto de Capodichino, que depois do esfacelamento do exército, para não cair na mão dos alemães ou dos Aliados, tinham buscado refúgio nos becos de Nápoles, onde viviam da caridade daquele povo, tão pobre quanto é generoso. Cães vadios, atraídos pelo odor acre do sono, daquele odor de cabelos sujos e de suor azedo, andavam farejando os adormecidos, roendo os seus sapatos esfolados, os seus uniformes em farrapos, lambendo as suas sombras esmagadas contra os muros dos corpos encorujados no sono.

Não se ouvia uma voz, nem sequer um pranto de menino. Um estranho silêncio pesava sobre a cidade faminta, embebida do acre suor da fome, semelhante àquele maravilhoso silêncio que se difunde na poesia grega, quando a lua se eleva lentamente do mar. E já da remota pálpebra do horizonte se elevava pálida e transparente a lua, igual a uma rosa, e o céu cheirava como um jardim. Da soleira dos pardieiros, aquela gente alçava o rosto a olhar a rosa que se elevava lentamente do mar. Aquela rosa bordada na coberta de seda azul do céu. Em um barrado da coberta, à esquerda, um pouco em baixo, estava bordado um Vesúvio amarelo e vermelho, e ao alto, um pouco à direita, na vaga sombra da ilha de Capri, se bordavam em ouro as palavras das preces, *Ave Maria maris stella*. Quando o céu se assemelha à sua bela coberta de leito, de seda azul, toda bordada como o manto da Madona, todo napolitano é feliz: seria tão belo morrer em uma tarde tão serena.

De repente, na boca de um beco, vimos chegar, e parar, um carro negro, puxado por dois cavalos cobertos de gualdrapas de prata e empenachados como os corcéis dos Paladinos da França. Dois homens sentavam-se na boleia: o que regia as rédeas fez estalar o chicote, o outro pôs-se em pé, soprou em sua trompa recurva, que deu um lamento agudo e áspero, depois com voz rouca gritou: "Poggioreale! Poggioreale!" que é o nome do cemitério e, ao mesmo tempo, das prisões de Nápoles. Estive muitas vezes recluso no cárcere de Poggioreale, e aquele nome me gelou o coração. O homem repetiu o grito várias vezes, até que pela primeira vez um vago zumbido, depois pouco a pouco um estrépito, um clamor se levantaram do beco, e um pranto altíssimo se difundiu de pardieiro em pardieiro.

Era a hora dos mortos, a hora em que os carros da Limpeza Urbana, os poucos carros poupados dos contínuos, terríveis bombardeios daqueles anos, iam de beco em beco, de pardieiro em pardieiro, a recolher os mortos, no mesmo modo como, antes da guerra, iam recolher as imundícies. A miséria dos tempos, a desordem pública, a alta mortandade, a avidez dos especuladores e o descuido das autoridades, a universal corrupção eram tais, que sepultar cristãmente um morto tinha se tornado coisa quase impossível, somente consentida a poucos privilegiados. Levar um morto a Poggioreale em um carreto puxado por um burrico custava dez mil, quinze mil liras. E porque se estava agora nos primeiros meses da ocupação aliada, e o povo não tinha ainda tido tempo de juntar um pouco de dinheiro com os ilícitos tráficos do mercado negro, a plebe não podia permitir-se o luxo de dar aos próprios mortos a cristã sepultura da qual, embora pobres, eram dignos. Cinco, dez e até quinze dias mantinham os cadáveres nas casas, na espera do carro do lixo: lentamente se desfaziam sobre os seus leitos, na quente e fumacenta luz das velas, escutando as vozes dos familiares, o borbulhar da cafeteira e da panela de feijão no fogão de carvão aceso no meio do quarto, os gritos dos meninos que brincavam nus no pavimento, o gemido dos velhos encorujados nos vasos, no odor quente e viscoso dos excrementos, semelhantes ao que emitem os mortos já decompostos.

Ao grito do *monatto*, ao som de sua trompa, se elevou dos becos um murmúrio, um gritar frenético, um rouco hino de prantos e de preces. Uma turba de homens e de mulheres saiu de uma toca levando nos ombros um rústico caixão (havia penúria de lenha, e os caixões de morto eram feitos de velhas tábuas não aplainadas, de portas de armário, de postigos estragados), e corriam, chorando alto e gritando, como se algum grave e iminente perigo os ameaçasse, apertados em torno do caixão com fúria ciumenta, como temendo que alguém viesse a disputar com eles o cadáver, a arrancá-lo de seus braços, de seu afeto. E aquele correr, aquele gritar, aquele ciumento medo, aquele voltar-se para trás a vigiar com suspeita, como de gente perseguida, davam àquele estranho funeral o obscuro sentido de um furto, o movimento de um rapto, uma cor de coisa proibida.

Por um daqueles becos, levando entre os braços um mortinho envolvido em um lençol, vinha quase em corrida um homem barbudo, seguido e pressionado por um aglomerado de mulheres que, arrancando os cabelos e as vestes, batendo forte as mãos no peito, no ventre, nas coxas, elevavam um alto e roto lamento: que mais que humano parecia um lamento bestial, um urro de besta ferida. Gente aparecia nas soleiras, gritando e agitando os braços, e através das portas escancaradas se divisavam alçarem-se a sentar nos leitos, ou permanecerem deitados com o rosto voltado para a porta, meninos amedrontados, mulheres terrivelmente desgrenhadas e magras, ou casais ainda lubricamente enlaçados, e todos seguiam com olhos cerrados o estrépito do funeral que passava no beco. Em torno do carro já completo se acendia entretanto a luta entre os últimos chegados, que se escabelavam entre si para conquistar um pouco de lugar para o próprio morto. E aquela rixa em torno do carro elevava um rumor de rebelião nos miseráveis becos de Forcella.

Não era a primeira vez que assistia a uma rixa em torno de um cadáver. Durante o terrível bombardeio de Nápoles em 28 de abril de 1943, eu estava refugiado na imensa gruta que se abre nos flancos do Monte Echia, atrás do antigo Hotel da Rússia, na Via Santa Lucia. Uma multidão enorme se amontoava urrando e tumultuando na gruta. Estava perto do velho Marino Canale, que havia quarenta anos comandava o pequeno vapor que faz a travessia entre Nápoles e Capri, e do capitão Cannavale, também ele de Capri, que havia três anos fazia a travessia entre Nápoles e a Líbia no transporte militar. Cannavale tinha voltado aquela manhã de Tobruque, e agora ia para casa de licença. Eu tinha medo daquela terrível multidão napolitana. "Saiamos daqui. Estamos mais seguros ao ar livre, debaixo das bombas, do que aqui dentro, em meio a toda esta gente" disse a Canale e a Cannavale. "Por quê? Os napolitanos são boa gente" disse Cannavale. "Não digo que sejam maus" respondi “mas quando há medo, qualquer multidão é perigosa. Ela nos esmagará.” Cannavale me olhou de modo estranho: “Fui afundado seis vezes, e não morri no mar. Por que deverei morrer aqui?” disse. “Eh! Nápoles é pior que o mar” respondi. E saí, arrastando comigo por um braço Marino Canale, que me gritava nas orelhas: “Está louco! Quer me fazer morrer!”.

A rua nua, deserta, imóvel, estava imersa naquela mesma luz lívida e gélida que ilumina de viés certos fotogramas de filmes documentários. O azul do céu, o verde das árvores, o turquesa do mar, o amarelo, o rosa, o ocre das fachadas das casas estavam apagados: tudo estava branco e preto, afogado em uma poeira gris, semelhante à cinza que chove lentamente sobre Nápoles durante as erupções do Vesúvio. O sol era uma mancha branca em meio a uma imensa tela de cor gris sujo. Algumas centena de *Liberators* passavam altíssimos sobre nossas cabeças, as bombas caíam aqui e ali sobre a cidade com um estrondo surdo, as casas desmoronavam com um fragor horrendo. Pusemo-nos a correr no meio da rua, rumo a Chiatamone, quando duas bombas caíram, uma depois da outra, atrás de nós, justo na boca da gruta que tínhamos deixado havia poucos minutos: o sopro da explosão nos jogou no chão. Voltei-me de costas, seguindo com os olhos os *Liberators* que se afastavam rumo a Capri. Olhei o relógio: era meio-dia e um quarto. A cidade estava como um esterco de vaca esmagado pelo pé de um passante.

Fomos nos assentar na beira da calçada, e por um longo instante nos calamos. Ouvia-se um grito terrível sair da gruta, mas débil, distante. “Pobrezinho” disse Marino Canale “voltava para casa de licença. Cem vezes em três anos atravessou o mar, entre a Itália e a África, e morreu afogado na terra”. Levantamos, rumando para a boca da caverna. O arco da gruta estava desmoronado, um grito confuso saía sob a terra. “Lá dentro se matam” disse Marino Canale. Estendemo-nos no chão, apoiando a orelha nos escombros. Não grito de ajuda, mas o clamor de uma rixa feroz emergia daquele imenso sepulcro. “Estão se matando! Estão se matando!” gritava Marino Canale, e chorava, batendo os punhos no monte de terra e de pedra. Eu me sentei na calçada e acendi um cigarro. Não havia nada a fazer.

Chegavam entretanto do Vicolo del Pallonetto grupos de gente amedrontada, que se jogava nos escombros escavando com as unhas. Pareciam um bando de cães em busca de um osso. Finalmente chegaram os socorros: uma companhia de soldados sem ferramentas, mas, em compensação, armados de fuzis e de metralhadoras. Os soldados estavam mortos de cansaço, vestidos de desgastados uniformes, com os sapatos estragados: se jogaram no chão blasfemando, e adormeceram.

"O que vieram fazer?" perguntei ao oficial que comandava a companhia.

"Estamos a serviço da ordem pública."

"Ah, bem. Fuzilarão todos, espero, quando os tirarem fora, aqueles patifes que se fizeram sepultar lá dentro."

"Temos a ordem de manter a multidão longe" respondeu o oficial olhando-me fixo.

"Não, têm ordem de fuzilar os mortos, nem bem os tirarem fora daquela tumba."

"O que quer de mim?" disse o oficial passando a mão na testa "tem três dias que os meus soldados não fecham os olhos, e dois dias que não comem."

Perto das cinco chegou uma ambulância da Cruz Vermelha com alguns enfermeiros, e uma companhia de sapadores, com pás e picaretas. Perto das sete foram desenterrados os primeiros mortos. Estavam inchados, corados, irreconhecíveis. Todos traziam os sinais de estranhas feridas: tinham o rosto, as mãos, o peito mordidos e arranhados, muitos estavam feridos a faca. Um comissário da polícia, seguido de alguns agentes, se aproximou dos mortos, e pôs-se a contá-los em voz alta: "Trinta e sete... cinquenta e dois... sessenta e um..." enquanto os agentes remexiam nos bolsos dos cadáveres, em busca de documentos. Eu acreditava que os quisesse prender. Eu não teria ficado certamente surpreso se os tivesse prendido. O seu tom era o de um comissário de polícia que enfrenta um malfeitor para nele pôr as algemas. Gritava: "Os documentos! Os documentos!". Pensava nos apuros que teriam passado aqueles pobres mortos se não tivessem os papéis em regra.

À meia-noite estavam desenterrados mais de quatrocentos cadáveres, e uma centena de feridos. Perto da uma chegaram alguns soldados com refletores. Um facho de luz branca, cegante, afundou na boca da caverna. Em certo momento me aproximei de um sujeito, que parecia dirigir os trabalhos de socorro.

"Por que não faz vir outra ambulância? Uma só não serve para nada" lhe disse.

Esse homem era um engenheiro da Prefeitura, uma boa pessoa. "Em toda a Nápoles não restaram senão doze ambulâncias. As outras foram mandadas a Roma, onde não há nenhuma necessidade. Pobre Nápoles! Dois bombardeios por dia, e nada de ambulâncias. Há milhares de mortos hoje, os mais golpeados são, como sempre, os bairros populares. E, com doze ambulâncias, o que posso fazer? Precisaria de mil."

Eu lhe disse: "Requisite alguns milhares de bicicletas. Os feridos podem ir ao hospital de bicicleta, não lhe parece?".

"Sim, mas os mortos? Os feridos podem ir ao hospital de bicicleta, mas os mortos?" disse o engenheiro.

"Os mortos podem ir a pé" disse "e se não têm vontade de caminhar, pontapé no traseiro. Não é assim?"

O engenheiro me olhou estranhamente e disse: "Você quer fazer piada, eu não. Mas acabará como disse você. Mandaremos os mortos ao cemitério com pontapés no traseiro".

"Merecem isso. Encheram o saco, os mortos. Sempre mortos, e mortos, e mortos! Por toda parte mortos. São três anos que não se veem senão mortos pelas ruas de Nápoles. E que ares se dão! Como se não existissem senão eles no mundo. Parassem com isso, de vez! Se não, ao cemitério a chutes no traseiro, e calados!"

"Assim mesmo. E calados!" disse o engenheiro olhando-me de modo estranho.

Acendemos um cigarro e nos pusemos a fumar, observando os cadáveres alinhados sobre a calçada na luz cegante do refletor. De repente ouvimos um clamor terrível. A multidão tinha assaltado a ambulância, arremessando pedras contra os enfermeiros e soldados.

"Acaba sempre assim" disse o engenheiro "a multidão pretende que os mortos sejam levados ao hospital. Crê que os médicos possam ressuscitar os cadáveres com alguma injeção ou com respiração artificial. Mas os mortos estão mortos. Mais mortos do que tudo! Não vê como estão reduzidos? Têm o rosto amassado, o cérebro para fora das orelhas, os intestinos nas calças. Mas o povo é assim feito: quer que os seus mortos sejam levados ao hospital, não ao cemitério. É, a dor faz louca a gente."

Percebi que falava e chorava. Chorava como se não fosse ele a chorar, mas qualquer outro perto dele. Parecia que não se percebia a chorar e estivesse seguro de que era um outro, ali ao lado, que chorava por ele.

Eu lhe disse: "Por que chora? É inútil".

"É o meu único divertimento, chorar" disse o engenheiro, e pôs-se a rir: "por que não prova você também?"

"Não posso. Quando vejo certas coisas, me acontece de vomitar. O meu divertimento é o vômito."

"É mais afortunado do que eu" disse o engenheiro "o vômito alivia o estômago. O pranto não. Pudesse também eu vomitar!" E se afastou abrindo caminho a cotoveladas entre a multidão, que urrava e praguejava ameaçadora.

Chegavam entretanto dos mais distantes bairros, de Forcella, do Vomero, de Mergellina, atraídos pela atroz fama do imenso sepulcro de Santa Lucia, turmas de mulheres e de rapazes puxando carrinhos de toda espécie, até carrinhos de mão. E naqueles carrinhos amontoavam em massa os mortos e os feridos. O cortejo dos carrinhos finalmente se moveu, e eu fui atrás dele.

Entre aqueles desgraçados estava também Cannavale, e me desagradava deixá-lo só no meio daquele monte de mortos e feridos. Era um bom rapaz, Cannavale, tinha sempre tido simpatia por mim, foi um dos poucos a vir ao meu encontro e a apertar-me a mão em público quando voltei da ilha de Lipari. Mas agora estava morto: e se pode acaso saber como pensa um morto? Teria talvez me guardado rancor por toda a eternidade se o tivesse deixado só, se não tivesse permanecido perto agora que estava morto, se não o tivesse acompanhado até o hospital. Sabemos todos que raça de egoístas são os mortos. Não há senão eles no mundo, todos os outros não contam. São ciumentos, cheios de inveja, e tudo perdoam aos vivos exceto estarem vivos. Gostariam que todos fossem como eles, cheios de vermes e com os olhos vazios. São cegos, e não nos veem: se não fossem cegos, veriam que também nós estamos cheios de vermes. Ah, malditos! Tratam-nos como servos, queriam que estivéssemos ali, às suas ordens, sempre prontos a fazer a comodidade deles, a satisfazer todos os seus caprichos, a inclinarmo-nos, a arrancar os cabelos, a dizer "servo vosso humilíssimo". Tentem dizer não a um morto, que não têm tempo a perder com um morto, que têm mais o que fazer, que os vivos têm seus afazeres a desempenhar, que têm seus deveres a cumprir também para com os vivos, e não somente com os mortos, experimentem dizer-lhes que agora quem está morto jaz e quem vive se dá paz. Experimentem dizer isso a um morto, e verão o que acontece com vocês. Ele se revoltará como um cão raivoso, e tentará mordê-lo, rasgar-lhe a face a unhadas. A polícia deveria algemar os mortos, em vez de encarniçar-se a pôr algemas nos vivos. Deveria fechá-los nos caixões com ferros nos pulsos, e fazer seguir os funerais por uma boa força de capangas, para proteger os homens de bem da raiva daqueles malditos; porque têm uma força terrível, os mortos, e poderiam despedaçar os ferros, romper os caixões, jogar-se fora a morder e a rasgar a face de todos, parentes e amigos. Deveriam sepultá-los com as algemas nos pulsos, e, escavados profundíssimos buracos, pregar os caixões bem pregados e calcar a terra sobre o túmulo, para que aqueles malditos não possam sair fora mordendo o povo. Ah, durmam em paz, malditos! Durmam em paz, se podem, e deixem tranquilos os vivos!

Nisso pensava seguindo o cortejo dos carrinhos por Santa Lucia, por San Ferdinando, pela Toledo, pela Piazza della Carità. Uma multidão chupada e esfarrapada seguia o cortejo chorando e imprecando: e as mulheres se arrancavam os cabelos, fincavam as unhas no rosto, e, desnudando o peito, elevavam os olhos para o céu uivando como cadelas. Aqueles que o grande rumor arrancava de improviso do sono surgiam às janelas agitando os braços, e gritando, e havia por toda parte um chorar, um maldizer, um invocar a Virgem e San Gennaro. Todos choravam, pois um luto, em Nápoles, é um luto comum, não de um só, nem de poucos ou de muitos, mas de todos, e a dor de cada um é a dor de toda a cidade, a fome de um só é a fome de todos.

Não há dor privada em Nápoles, nem miséria privada: todos sofrem e choram um pelo outro, e não há angústia, não há fome, nem cólera, nem massacre, que este povo bom, infeliz e generoso não considere um tesouro comum, um comum patrimônio de lágrimas. "*Tears are the chewing-gum of Naples*", as lágrimas são o *chewing-gum* do povo napolitano, tinha-me dito Jimmy um dia. E Jimmy não sabia que se as lágrimas fossem o *chewing-gum* não somente dos napolitanos, mas também do povo americano, a América seria verdadeiramente um grande e feliz país humano.

Quando o fúnebre cortejo chegou finalmente ao Ospedale dei Pellegrini, os mortos e feridos foram descarregados em massa no pátio, já lotado de gente em lágrimas (eram o conjunto e os amigos dos feridos e dos mortos dos outros bairros da cidade), e do pátio transportados nos braços pelos corredores.

Era já a alvorada, e um leve mofo verde nascia sobre a pele dos rostos, no reboco dos muros, no céu gris lacerado aqui e ali pelo vento acre da manhã: e pelos rasgos um quê de róseo aparecia, semelhante à carne viva no fundo das feridas. A multidão ficou no pátio à espera, rezando em voz alta, e interrompendo de vez em quando a prece para dar desafogo às lágrimas.

Perto das dez da manhã irrompeu o tumulto. Cansada da longa espera, e impaciente para ter notícias dos seus caros, se estavam verdadeiramente mortos ou se havia esperança de salvá-los, suspeitando ser traída pelos médicos e pelos enfermeiros, a multidão começou a urrar, a imprecar, a atirar pedras contra os vidros das janelas: e, com a violência do seu próprio peso, rompeu por fim as portas. Tão logo os pesados portões cederam, aquele clamor altíssimo e feroz caiu de repente: e em silêncio, como um bando de lobos, arquejando, cerrando os dentes, vigiando aqui e ali de porta em porta, correndo de cabeça baixa pelos átrios daqueles antigos edifícios, tornados fétidos e imundos pelo tempo e pelo abandono, a multidão invadiu o hospital.

Mas chegada à soleira de um claustro, do qual partia um raiado de corredores escuros, rompeu em um grito terrível e parou petrificada de horror. Jogados sobre seus pavimentos, empilhados sobre montes de lixo, de indumentárias ensanguentadas, de palha encharcada, jaziam centenas e centenas de cadáveres desfigurados, de cabeças enormes, inchadas pela asfixia, e turquesas, verdes, arroxeadas, de rostos esmagados, de membros cortados ou arrancados pela violência das explosões. Em um canto do claustro se elevava uma pirâmide de cabeças de olhos cerrados, de bocas escancaradas. Ali, com altos gritos e furiosos prantos e ferozes gemidos, a multidão se jogou sobre os mortos chamando-os pelo nome com vozes terríveis, disputando um com o outro aqueles troncos sem cabeça, aqueles membros despedaçados, aquelas cabeças destacadas do busto, aqueles míseros restos que a piedade e o afeto iludiam a reconhecer.

Homem, por certo, não terá visto nunca tão feroz luta, nem tão piedosa. Cada pedaço de cadáver era disputado por dez, por vinte daqueles alucinados, enlouquecidos de dor e, mais, de temor de ver ser levado embora o próprio morto por um outro, de vê-lo roubado por um rival. E o que não tinha podido o bombardeio, acabou por fazer aquele macabro furor, aquela louca piedade. Pois que arrancados, cortados, dilacerados, feitos em pedaços por cem ávidas mãos, alguns cadáveres viraram presa de dez, de vinte alucinados, que, seguidos por turmas de gente urrante, fugiam apertando no peito os míseros restos que conseguiram arrancar à alheia feroz piedade. A furibunda refrega, pelos claustros e pelos corredores do Ospedale dei Pellegrini, se dispersou pelas ruas e pelos becos, até que se extinguiu no fundo dos pardieiros, onde a piedade e o afeto puderam se apascentar afinal com as lágrimas e com os fúnebres ritos em torno dos devastados cadáveres.

O funeral tinha já desaparecido no escuro labirinto dos becos de Forcella, e os lamentos dos familiares, que seguiam o lúgubre carro, iam agora se extinguindo na distância. Soldados negros deslizavam ao longo dos muros, ou paravam na soleira dos *bassi*, comparando o preço de uma moça com um pacote de cigarros ou uma caixa de *corned beef*. De toda parte surgiam sussurros e vozes roucas e suspiros, e um cauteloso rumor de passos. A lua acendia de reflexos argênteos a beira dos telhados e as balaustradas dos balcões, ainda muito baixa para iluminar o fundo dos becos. E Jimmy e eu caminhávamos em silêncio naquela densa e fétida sombra, até que chegamos diante de uma porta semicerrada. Empurrada a porta, paramos na soleira.

O interior do pardieiro estava iluminado da branca luz cegante de uma lâmpada de acetileno posta sobre o mármore de um aparador. Duas moças vestidas de seda brilhantíssima, de cores berrantes, estavam em pé diante de uma mesa que havia no meio do quarto. Sobre a mesa estavam amontoadas "perucas", tais pareciam à primeira vista, de toda forma e medida. Eram tufos de longos cabelos louros penteados com cuidado, não sei se de estopa, de seda ou de verdadeiros cabelos de mulher, e reunidos em torno de um grande aro de cetim vermelho. E, dessas "perucas", uma era de um louro ouro, uma de louro pálido, uma cor de ferrugem, uma daquele fogo que é dito ticianesco: e uma era crespa, outra ondulada, outra ainda encaracolada como a cabeleira de uma menina. As moças discutiam vivazes, com agudos estrídulos, acariciando aquelas estranhas "perucas", passando-as de uma a outra mão e divertidamente chicoteando-se no rosto, como se empunhassem um mata-moscas, ou um rabo de cavalo.

Eram, aquelas duas moças, formosas e de rosto escuro, escondido sob um espesso estuque de ruge e de pó branquíssimo, como uma máscara de gesso que o destacava do pescoço. Tinham os cabelos crespos e luzentes, de uma cor amarelada que revelava o uso da água oxigenada, mas as raízes, que se entreviam sob o disfarce do ouro falso, eram negras. Também as sobrancelhas eram negras, e negra a pelugem esparsa no rosto, que, embranquecida pelo pó, se adensava e escurecia sobre o lábio superior e ao longo do osso da mandíbula até as orelhas, onde, tomando de repente a cor da estopa, se confundia com a cabeleira de ouro falso. Tinham os olhos vivos e negríssimos, e lábios naturalmente da cor do coral, dos quais o batom tirava ao máximo aquele brilho rubro do sangue, fazendo-os opacos. Riam, e ao nosso aparecimento se voltaram, baixando a voz quase envergonhadas: e, súbito, deixando cair de mão as "perucas", se postaram com estudada indiferença, alisando com a palma da mão aberta as pregas do vestido, ou ajeitando-se com gesto pudico os cabelos.

Um homem estava de pé atrás da mesa: tão logo nos viu entrar se dobrou para diante, apoiando as duas mãos na mesa e sobre elas descarregando todo o peso do corpo, como a fazer escudo para a sua mercadoria. Entretanto, com a sobrancelha fez sinal a uma mulher gorda e despenteada, sentada numa cadeira diante de um rústico fogão sobre o qual gorgolejava uma cafeteira. A mulher, levantando com lenta pressa, com rápido gesto recolheu na barra da combinação o monte de "perucas", e foi depressa fechá-las no gaveteiro.

"*Do you want me?*" perguntou o homem voltando-se para Jimmy.

"*No*" disse Jimmy "*I want one of those strange things.*"

"*That's for women*" disse o homem "é coisa para mulheres, só para mulheres, *only for women. Not for gentlemen.*"

"*Not for what?*" disse Jimmy.

"*Not for you. You American officers. Not for American officers.*"

"*Get out those things*" disse Jimmy.

O homem o olhou fixo por um instante, passando a mão na boca. Era um homem pequeno, magro, todo vestido de negro, de olhos escuros e parados no rosto cor de cinza. Disse lentamente: "*I am an honest man. What do you want from me?* O que quer de mim?".

"*Those strange things*" disse Jimmy.

"*Sti fetiente*" disse o homem sem mover a sobrancelha, quase falando para si "*sti fetiente!*" E sorrindo acrescentou: "*Well, I'll show you. I like Americans.* Todos *fetiente. I'll show you*".

Até aquele momento eu não tinha dado uma palavra. "Como está sua irmã?" lhe perguntei naquele momento em italiano.

O homem me olhou, reconheceu meu uniforme, e sorriu. Parecia contente, e assegurado. "Está bem, graças a Deus, senhor capitão" respondeu sorrindo com ar de compreensão "você não é americano, é um homem como eu, e me entende. Mas *sti fetiente!* ". E fez com a cabeça um aceno para a mulher, que tinha permanecido em pé com as costas apoiadas no gaveteiro, em atitude de defesa.

A mulher abriu o gaveteiro, tirou as "perucas" e veio dispô-las com cuidado na mesa. Tinha uma mão gorda, tingida até o pulso de uma cor amarela viva, cor de açafrão.

Jimmy pegou uma daquelas *strange things* e a observou atentamente.

"Não são perucas" disse Jimmy.

"Não, não são perucas" disse o homem.

"Para que servem?" perguntou Jimmy.

"São para os seus negros" disse o homem "aos seu negros agradam as louras, e as napolitanas são morenas". Mostrou quatro longas fitas de seda costuradas por uma das pontas às margens do aro de cetim vermelho, depois voltou-se a uma das moças e acrescentou: "Mostre você, a *sto fetente*".

A moça, rindo, e todavia protegendo-se com gestos falsamente pudicos, pegou a "peruca" que o homem lhe estendia e a encostou no ventre. Ria e também a sua companheira ria.

Jimmy levantou a "peruca" pelas quatro fitas e a encostou no ventre.

"Não entendo a que possa servir" disse Jimmy, enquanto as duas moças riam apertando a mão sobre os lábios.

"Faz ver como se opera" disse o homem à moça.

A moça foi sentar-se na beira do leito, levantou a combinação, e abrindo as pernas colocou a "peruca" sobre o púbis. Era uma coisa monstruosa, parecia verdadeiramente uma peruca, aquele tufo de pelos louros que lhe cobriam todo o ventre e lhe desciam até o meio da coxa.

A outra moça ria, dizendo: "*For negroes, for American negroes*".

"*What for?*" gritou Jimmy arregalando os olhos.

"*Negroes like blondes*" disse o homem "*ten dollars each. Not expensive. Buy one*".

Jimmy havia enfiado o punho dentro daquela espécie de grande aro de cetim vermelho, e fazendo rodar a "peruca" em torno do pulso ria, ruborizado, todo dobrado para diante, e a cada vez fechava os olhos como se aquele acesso de riso lhe fizesse mal ao coração.

"*Stop, Jimmy*" disse.

Aquele braço enfiado no aro das perucas era uma coisa ridícula: era uma coisa triste, e horrível.

"Também as mulheres perderam a guerra" disse o homem com um sorriso estranho, passando a mão lentamente sobre a boca.

"Não" disse Jimmy olhando firme "somente os homens perderam a guerra. *Only men*".

"*Women too*" disse o homem estreitando os olhos.

"Não, somente os homens" disse Jimmy com voz dura.

De repente a moça saltou de cima do leito e, olhando Jimmy na face com uma expressão triste e má, gritou: "Viva a Itália! Viva a

América!" e rompeu em um riso convulso que lhe torcia desagradavelmente a boca.

Eu disse a Jimmy: "*Let's go, Jimmy*".

"*That's right*" disse Jimmy. Enfiou no bolso a "peruca", jogou na mesa uma nota de mil liras e tocando-me o cotovelo disse: "*Let's go*".

Ao fundo do beco encontramos uma patrulha de MP armados de seus cassetetes esmaltados de branco. Caminhavam em silêncio, iam certamente fazer uma batida no coração do bairro de Forcella, no covil do mercado negro. E de terraço em terraço, de janela em janela, voava sobre nossas cabeças o grito de alarme dos olheiros, que de beco em beco anunciavam ao exército do mercado negro o aproximar-se dos MP: "Mamãe e Papai! Mamãe e Papai!". Àquele grito um zumbido nascia no fundo dos pardieiros, um arrastar, um abrir e fechar de portas, um rangido de janelas.

"Mamãe e Papai! Mamãe e Papai!"

O grito voava alegre e ligeiro no brilho argênteo da lua, e os *Mamãe e Papai* deslizavam em silêncio ao longo dos muros, fazendo balançar na mão o cassetete branco.

Na soleira do Hôtel du Parc, onde era a cantina dos oficiais americanos da PBS, eu disse a Jimmy: "Viva a Itália! Viva a América!".

"*Shut up!*" disse Jimmy, e cuspiu raivosamente no chão.

Quando me viu entrar na sala da cantina, o Coronel Jack Hamilton me fez aceno para ir sentar perto dele, na grande mesa dos *senior officers*. O Coronel Brand levantou o rosto do prato para responder à minha saudação e me sorriu gentilmente. Tinha um belo rosto rosado, coroado de cabelos brancos: e os olhos azuis, o sorriso tímido, aquele seu modo de olhar em torno sorrindo, davam ao seu rosto sereno um ar ingênuo e bom, quase pueril.

"Está uma lua maravilhosa esta noite" disse o Coronel Brand.

"Verdadeiramente maravilhosa" disse sorrindo de prazer.

O Coronel Brand acreditava que aos italianos dá prazer ouvir de um estrangeiro "esta noite a lua está maravilhosa", porque imaginava que os italianos amem a lua como se fosse uma ponta da Itália. Não era um homem muito inteligente, nem muito culto, mas tinha uma extraordinária gentileza de espírito: e eu lhe era grato pelo modo afetuoso com o qual tinha dito: "A lua está maravilhosa esta noite", porque senti que com aquelas palavras ele tinha escolhido exprimir a sua simpatia pelos desastres, os sofrimentos, as humilhações do povo italiano. Quis lhe dizer "grato", mas temi que não entenderia por que lhe dizia "grato". Quis apertar-lhe a mão através da mesa e dizer-lhe: "Sim, a verdadeira pátria dos italianos é a lua, a nossa única pátria agora". Mas temi que os outros oficiais sentados em torno à nossa mesa, todos, exceto Jack, não tivessem entendido o sentido daquelas minhas palavras. Eram bons rapazes, honestos, simples, puros, como somente sabem ser os americanos: mas estavam persuadidos de que também eu, como todos os europeus, tinha o mau hábito de dar um subentendido a cada palavra minha, e temia que tivessem procurado nas minhas palavras um significado diverso daquele que tinham.

"Verdadeiramente maravilhosa" repeti.

"A sua casa em Capri deve estar um encanto com esta lua" disse o Coronel Brand corando ligeiramente, e todos os outros oficiais me olharam sorrindo com simpatia. Conheciam todos a minha casa de Capri. Toda vez que descíamos pelas tristes montanhas de Cassino, eu os convidava para minha casa, e com eles alguns de nossos companheiros franceses, ingleses, poloneses: o General Guillaume, o Major André Lichtwitz, o Tenente Pierre Lyautey, o Major Marchetti, o Coronel Gibson, o Tenente-Príncipe Lubomirski, ajudante de campo do General Anders, o Coronel Michailovski, que foi oficial de ordenança do Marechal Pilsudski e era agora oficial do exército americano, e passávamos dois ou três dias sentados sobre as rochas, a pescar, ou bebendo no vestíbulo em torno do fogo, ou estendidos no terraço a olhar o céu azul.

"Onde esteve hoje? Procurei-o por toda a tarde" me perguntou Jack em voz baixa.

"Estive em uma caminhada com Jimmy."

"Há algo que não vai bem. O que há?" disse Jack olhando-me fixo.

"Nada, Jack."

Nos pratos fumegava a usual sopa de tomate, o usual *spam* frito, o usual milho cozido. Os copos cheios do usual café, do usual chá, do usual suco de abacaxi. Eu sentia um nó na garganta, e não tocava a comida.

"Aquele pobre Rei" disse o Major Morris, de Savannah, Georgia "não se esperava por certo uma acolhida semelhante. Nápoles sempre foi uma cidade muito devotada à Monarquia."

"Estava na Via Toledo quando o Rei foi vaiado?" perguntou-me Jack.

"Que Rei?" disse.

"O Rei da Itália" disse Jack.

"Ah, o Rei da Itália."

"Foi vaiado, hoje, na Via Toledo" disse Jack.

"Quem o vaiou? Os americanos? Se foram os americanos, fizeram mal."

"Foi vaiado pelos napolitanos" disse Jack.

"Fizeram bem" disse "o que se esperava? Uma chuva de flores?"

"O que um Rei pode esperar, hoje, do seu povo?" disse Jack "ontem flores, hoje assobios, amanhã ainda flores. Eu me pergunto se o povo italiano saiba que diferença há entre flores e assobios."

"Estou contente" disse eu "que tenham sido os italianos a vaiá-lo. Os americanos não têm o direito de vaiar o Rei da Itália. Não têm o direito de fotografar um soldado negro sentado no trono do Rei da Itália, no Palácio Real de Nápoles, de publicar a fotografia nos seus jornais."

"Não posso condená-lo" disse Jack.

"Os americanos não têm o direito de urinar nos cantos da sala do trono no Palácio Real. Fizeram isso. Estava junto com você, quando os vi fazer isso. Nem mesmo nós italianos temos o direito de fazer uma coisa semelhante. Temos o direito de vaiar o nosso Rei, de pô-lo na parede, talvez. Mas não de urinar nos cantos da sala do trono."

"E você, nunca jogou flores ao Rei da Itália?" disse Jack com afetuosa ironia.

"Não, Jack, tenho a consciência limpa nos confrontos com o Rei. Nunca lhe joguei uma só flor."

"Você o teria vaiado, hoje, se você se encontrasse na Via Toledo?" disse Jack.

"Não, Jack, não o teria vaiado. É uma vergonha vaiar um Rei vencido, mesmo quando é o próprio Rei. Todos, não somente o Rei, perdemos a guerra na Itália. Todos, especialmente aqueles que ontem lhe jogaram flores e hoje o vaiam. Eu nunca lhe joguei uma só flor. Por isso, hoje, se eu me encontrasse na Via Toledo, não o teria vaiado."

"*Tu as raison, à peu près*" disse Jack.

"*Your poor King*" disse o Coronel Brand "sinto muito por ele." E acrescentou, sorrindo-me gentilmente: "E também por você".

"*Thanks a lot for him*" respondi.

Mas algo devia destoar no som das minhas palavras, porque Jack me olhou de modo estranho, e me disse em voz baixa: "*Tu me caches quelque chose. Ça ne vas pas, ce soir, avec toi*".

"Não, Jack, não tenho nada" disse, e me pus a rir.

"Por que ri?" disse Jack.

"Faz bem, às vezes, rir" disse.

"Também a mim agrada rir, às vezes."

"Os americanos" disse "não choram nunca."

"*What? Les Américains ne pleurent jamais?*" disse Jack surpreso.

"*Americans never cry*" repeti.

"Não tinha nunca pensado" disse Jack "você acha que verdadeiramente os americanos não choram nunca?"

"*They never cry*" disse.

"*Who never cries?*" perguntou o Coronel Brand.

"Os americanos" disse Jack rindo "Malaparte diz que os americanos não choram nunca."

Todos me olharam surpresos, e o Coronel Brand disse: "*Very funny idea*".

"Malaparte tem sempre alguma ideia divertida" disse Jack como a desculpar-me, enquanto todos riam.

"Não é uma ideia divertida" disse "é uma ideia muito triste. Os americanos não choram nunca."

"Os homens fortes não choram" disse o Major Morris.

"Os americanos são homens fortes" disse, e me pus a rir.

"*Have you never been in the States?*" perguntou-me o Coronel Brand.

"Não, nunca. Não estive nunca na América" respondi.

"Eis por que pensa que os americanos não choram nunca" disse o Coronel Brand.

"*Good Gosh!*" exclamou o Major Thomas, de Kalamazoo, Michigan "*Good Gosh!* É moda, na América, chorar. *Tears are fashionable*. O célebre otimismo americano seria ridículo sem lágrimas."

"Sem lágrimas" disse o Coronel Eliot, de Nantucket, Massachusetts "o otimismo americano não seria ridículo, seria monstruoso."

"Penso que seja monstruoso mesmo com as lágrimas" disse o Coronel Brand "é o que penso desde quando cheguei à Europa."

"Acreditava que na América fosse proibido chorar" disse.

"Não, na América não é proibido chorar" disse o Major Morris.

"Nem mesmo no domingo" disse Jack rindo.

"Se na América fosse proibido chorar" disse "seria um país maravilhoso."

"Não, na América não é proibido chorar" repetiu o Major Morris olhando-me com ar severo "e talvez a América seja um país maravilhoso mesmo por isso."

"*Have a drink, Malaparte*" disse o Coronel Brand tirando do bolso um frasquinho de prata, e vertendo-me um pouco de whisky no copo. Depois verteu um pouco de whisky nos copos dos outros e no próprio, e, voltando-se para mim com um sorriso afetuoso, disse: "*Don't worry*, Malaparte. Aqui está entre amigos. *We like you. You are a good chap. A very good one*". Levantou o copo e, apertando afetuosamente o olho, pronunciou o augúrio dos bebedores americanos: "*Mud in your eye*" que quer dizer "lama nos seus olhos".

"*Mud in your eye*" repetiram todos levantando os copos.

"*Mud in your eye*" disse, enquanto as lágrimas me subiam aos olhos.

Bebemos, e nos olhamos um ao outro sorrindo.

"São um povo muito estranho, vocês napolitanos" disse o Coronel Eliot.

"Eu não sou napolitano, e isso me desagrada" disse "o povo napolitano é um povo maravilhoso."

"Um povo muito estranho" repetiu o Coronel Eliot.

"Todos, na Europa" disse "somos mais ou menos napolitanos."

"Vocês se metem em problemas, depois choram" disse o Coronel Eliot.

"Devem ser fortes" disse o Coronel Brand "*God helps...*" e queria dizer certamente que Deus ajuda os homens fortes, mas se interrompeu, e voltando o rosto para o aparelho de rádio posto em um canto da sala, disse "escutem".

A Estação de Rádio da PBS transmitia uma melodia que parecia com uma melodia de Chopin. Mas não era Chopin.

"*I like Chopin*" disse o Coronel Brand.

"Crê que seja verdadeiramente Chopin?" lhe perguntei.

"*Of course it's Chopin!*" exclamou o Coronel Brand com um tom de profunda surpresa.

"Que coisa quer que seja?" disse o Coronel Eliot com uma leve impaciência na voz "Chopin é Chopin."

"Temo que não seja Chopin" disse.

"Ao contrário, eu temo que seja Chopin" disse o Coronel Eliot "seria muito estranho se não fosse Chopin" disse.

"Chopin é muito popular na América" disse o Major Thomas "alguns seus *blues* são magníficos."

"*Hear, hear*" gritou o Coronel Brand "*of course it's Chopin*".

"*Yes, it's Chopin*" disseram os outros olhando-me com ar de reprovação. Jack ria, semicerrando os olhos.

Era uma espécie de Chopin, mas não era Chopin. Era um concerto para piano e orquestra, como o tivesse escrito um Chopin que não fosse Chopin, ou um Chopin que não tivesse nascido na Polônia, mas em Chicago, ou em Cleveland, Ohio, ou talvez como o tivesse escrito um primo, um cunhado, um tio de Chopin: mas não Chopin.

A música parou, e a voz do locutor da PBS Station disse "Ouviram o *Warsaw Concerto* de Addinsell, executado pela Filarmônica de Los Angeles sob a regência de Alfred Wallenstein".

"*I like Addinsell Warsaw Concerto*" disse o Coronel Brand corando de prazer e de orgulho "Addinsell é o nosso Chopin. *He's our American Chopin.*"

"Talvez não lhe agrade nada Addinsell?" me perguntou o Coronel Eliot com uma ponta de desprezo na voz.

"Addinsell é Addinsell" respondi.

"Addinsell é o nosso Chopin" repetiu o Coronel Brand com pueril tom de triunfo.

Eu me calei, olhando Jack. Depois disse humildemente: "Queiram me desculpar".

"*Don't worry, don't worry, Malaparte*" disse o Coronel Brand batendo-me a mão no ombro "*have a drink.*" Mas o seu frasquinho de prata estava vazio, e rindo propôs ir beber qualquer coisa no bar. Assim dizendo se foi, e todos o seguimos ao bar.

Jimmy estava sentado a uma mesa perto da janela, no meio de um grupo de jovens oficiais de aviação, e mostrava aos seus amigos algo louro, um tufo de pelos que eu de imediato reconheci. Jimmy, com o rosto corado, ria forte, e os oficiais de aviação, com os rostos corados, riam batendo a mão no ombro um do outro.

"Que coisa é essa?" perguntou o Major Morris aproximando-se da mesa de Jimmy, e observando curiosamente a "peruca".

"*That's an artificial thing*" disse Jimmy rindo "*a thing for negroes.*"

"*What for?*" exclamou o Coronel Brand, curvando-se sobre o ombro de Jimmy e observando *the thing.*

"*For negroes*" disse Jimmy enquanto todos, em torno, riam.

"*For negroes?*" disse o Coronel Brand.

"Sim" eu disse "*for American negroes*" e arrancando a "peruca" das mãos de Jimmy, enfiei os dedos no aro de cetim vermelho, agitando-o de modo obsceno. "*Look*" disse "*that is a woman, an Italian woman, a girl for negroes.*"

"*Oh, shame!*" exclamou o Coronel Brand revirando os olhos com desgosto. Ficou ruborizado de vergonha, de pudor ofendido.

"Olhem a que coisa são reduzidas as nossas mulheres" disse, enquanto as lágrimas me escorriam pelas bochechas "eis a que coisa é reduzida uma mulher, uma mulher italiana: um tufo de pelos louros para os soldados negros. Olhem, toda a Itália não é senão um tufo de pelos louros."

"*Sorry*" disse o Coronel Brand, enquanto todos me fixavam em silêncio.

"Não é culpa nossa" disse o Major Thomas.

"Não é culpa de vocês, eu sei" disse "não é culpa de vocês. Toda a Europa não é senão um tufo de pelos louros. Uma coroa de pelos louros para a fronte de vocês vencedores."

"*Don't worry, Malaparte*" disse o Coronel Brand com voz afetuosa, estendendo-me um copo "*have a drink.*"

"*Have a drink*" disse o Major Morris batendo a mão no meu ombro.

"*Mud in your eye*" disse o Coronel Brand levantando o copo. Tinha os olhos úmidos de lágrimas, e me olhou sorrindo.

"*Mud in your eye, Malaparte*" disseram os outros levantando os copos.

Eu chorava em silêncio, com aquela coisa horrível no punho.

"*Mud in your eye*" disse chorando.

IV
As rosas de carne

Ao primeiro anúncio da libertação de Nápoles, como chamadas por uma voz misteriosa, como guiadas por doce odor de couro novo e tabaco da Virgínia, aquele odor de mulher loura que é o odor do exército americano, as lânguidas hostes dos homossexuais, não de Roma e da Itália somente, mas de toda a Europa, tinham atravessado a pé as linhas alemãs nas nevadas montanhas dos Abruzzi, através dos campos minados, desafiando os fuzis das patrulhas de Fallschirmjäger, e acorreram a Nápoles ao encontro dos exércitos libertadores.

A internacional dos invertidos, tragicamente despedaçada pela guerra, se recompunha naquela primeira faixa da Europa libertada pelos belos soldados aliados. Não transcorrera um mês da sua libertação, e já Nápoles, esta nobre e ilustre capital do antigo Reino das Duas Sicílias, se tornara a capital da homossexualidade europeia, o mais importante *carrefour* mundial do vício proibido, a grande Sodoma à qual acorriam, de Paris, de Londres, de Nova Iorque, do Cairo, do Rio de Janeiro, de Veneza, de Roma, todos os invertidos do mundo. Os homossexuais desembarcados dos transportes militares ingleses e americanos, e aqueles que chegavam em bandos, através das montanhas dos Abruzzi, de todos os países da Europa ainda nas mãos dos alemães, se reconheciam pelo cheiro, por um acento, por um olhar: e com um alto grito de alegria se jogavam uns nos braços dos outros, como Virgílio e Sordello no *Inferno* de Dante, fazendo ressoar nas ruas de Nápoles suas macias, e um pouco roucas, vozes femininas: "*Oh, dear, oh, sweet, oh, darling!*". A batalha, em Cassino, enfurecia, colunas de feridos desciam em macas para a Via Appia, dia e noite batalhões de escavadoras negras cavavam tumbas nos cemitérios de guerra: e, pelas ruas de Nápoles, as gentis hostes dos Narcisos passeavam requebrando os quadris e voltando-se a mirar gulosamente os belos soldados americanos e ingleses de largas espáduas, de rostos rosados, que abriam caminho por entre a multidão com aquela sua derretida andadura de atletas recém-saídos das mãos dos massagistas.

Os invertidos acorridos a Nápoles através das linhas alemãs eram a flor do refinamento europeu, a aristocracia do amor proibido, os "*upper ten thousand*" do esnobismo sexual: e testemunhavam, com incomparável dignidade, tudo aquilo que de mais eleito, de mais delicioso, morria na trágica decadência da civilização europeia. Eram os deuses de um Olimpo posto fora da natureza, mas não fora da história.

Eram, de fato, os tardios netos daqueles esplêndidos Narcisos do tempo da Rainha Vitória, que tinham, com seus angélicos rostos, seus brancos braços, suas longas coxas, jogado uma ponte ideal entre o pré-rafaelismo de Rossetti e de Burne-Jones e a nova teoria estética de Ruskin e de Walter Pater, entre a moral de Jane Austen e a de Oscar Wilde. Muitos pertenciam à estranha prole, abandonada nas calçadas de Paris, da nobre *roture* americana que invadiu a Rive Gauche em 1920, e cujos rostos empanados pelo álcool e pelas drogas aparecem engastados um no outro, como em um quadro bizantino, na galeria dos personagens dos primeiros romances de Hemingway e nas páginas da revista *Transition*. A sua flor não era mais o lírio dos amantes do "pobre Lelian", mas a rosa de Gertrude Stein, "*a rose is a rose is a rose*".

A sua linguagem, a linguagem que eles falavam com maravilhosa doçura, com delicadíssima inflexão de voz, não era mais o inglês de Oxford, então em decadência nos anos entre 1930 e 1939, nem sequer aquele particular idioma que soa, como uma música antiga, nos versos de Walter de la Mare e de Rupert Brooke, ou seja, o inglês da última tradição humanística da Inglaterra eduardiana: mas o inglês elisabetano dos *Sonetos*, aquele mesmo falado por certos personagens das comédias de Shakespeare. De Teseu, ao abrir o *Sonho de uma noite de verão*, quando ele lamenta o tardio morrer da velha lua e invoca o surgir da lua nova, *O, methinks, how this old moon wanes!* Ou de Hipólita quando abandona no rio do sonho as quatro noites que ainda a separavam da felicidade nupcial, *four nights will quickly dream away the time.* Ou de Orsino na *Noite de reis*, quando sob as vestes masculinas de Viola adivinha a gentileza do sexo. Era aquela linguagem alada, distraída, etérea, mais leve que o vento sobre um prado primaveril, aquela sonhada linguagem, aquela espécie de falar em rima, que é próprio dos amantes felizes nas comédias de Shakespeare, daqueles maravilhosos amantes de quem Pórcia, no *Mercador de Veneza*, inveja a harmoniosa morte do cisne, *a swan-like end, fading in music.*

Ou era aquela mesma alada linguagem que dos lábios de René voa aos de Jean Giraudoux, e é a mesma linguagem de Baudelaire na transcrição stravinskiana de Proust, plena daquelas cadências afetuosas e malignas que evocam o tépido clima de certos "interiores" proustianos, de certas paisagens mórbidas, todo o outono do qual é rica a sensibilidade dos homossexuais modernos. Eles destoavam, falando em francês, não tanto como se destoa no canto, mas como se destoa falando em sonho: pousavam o acento entre uma palavra e outra, entre uma nota e outra, como fazem Proust, Giraudoux, Valéry. Nas suas vozes agudas e macias se advertia aquela espécie de ciúmes guloso com o qual se saboreia um gosto desfeito de rosa murcha, de fruto passado. Mas às vezes havia certa dureza no seu acento: algo de orgulhoso. Se é verdade que o particular orgulho dos invertidos não é senão o avesso da humilhação. Eles desafiam orgulhosamente a fragilidade humilhada e submissa da sua natureza feminina. Têm a crueldade da mulher, o cruel excesso de lealdade das heroínas de Tasso, um quê de patético, de sentimental, um quê de doce e de falso que a mulher introduz furtivamente na natureza humana. Não se contentam em ser, na natureza, heróis rebeldes às leis divinas: pretendem ser algo mais, heróis travestidos em heróis. São como Amazonas *déguisés en femmes.*

As vestes que endossavam, descoloridas pelas intempéries, laceradas pelo fatigoso caminho através dos matagais das montanhas dos Abruzzi, estavam em perfeita harmonia com o voluntário descuido da sua elegância: com o hábito de portar calças sem cinto, sapatos sem cadarços, meias sem ligas, de desdenhar o uso da gravata, do chapéu e das luvas, de andar com a jaqueta desabotoada, de mãos no bolso, os ombros bamboleantes, com aquela sua andadura livre, quase livre não do embaraço do vestir segundo as regras, mas de um embaraço de natureza moral.

Aquelas ideias de liberdade que estavam no ar, naquele tempo, em toda a Europa, em especial nos países ainda nas mãos dos alemães, pareciam tê-los não exaltado, mas humilhado. O brilho do seu vício se fizera opaco. Em meio à aberta, universal corrupção, aqueles Narcisos faziam quase figura, por contraste, com os jovens não tanto virtuosos, mas pudicos. Certo particular refinamento deles tomava, na pública descarada impudicícia, os aspectos de elegante pudor.

Quando nada, o que jogava uma sombra impura na doçura feminina, e pudica, dos seus modos, dos seus langores, e mais sobre a suas próprias humildes e confusas ideias de liberdade, de paz, de fraterno amor entre os homens e os povos, era a ostentada presença, em meio a eles, de jovens de aparência operária, daqueles efebos proletários de cabelos encaracolados e negríssimos, de lábios vermelhos, de olhos escuros e luzentes, que até algum tempo antes da guerra não teriam nunca ousado acompanharem-se publicamente por aqueles nobres Narcisos. A presença entre eles daqueles jovens operários punha a nu, pela primeira vez, aquela promiscuidade social do vício, que, de hábito, ama esconder-se, como o elemento mais secreto do vício mesmo, e revelava que as raízes daqueles males afundam profundamente nos estratos mais baixos do povo, até no húmus do proletariado. Os contatos, até agora discretos, entre a alta nobreza invertida e a homossexualidade operária se revelavam impudicamente expostos. E da sua mesma nudez assumiam um aspecto de ostentada traição aos bons costumes, aos preconceitos, às regras, às leis morais, que geralmente os invertidos das altas classes, diante dos profanos, em especial dos profanos das classes humildes, fingem, com ciumenta hipocrisia, respeitar.

Daqueles expostos contatos com as secretas, misteriosas corrupções proletárias, nascia neles uma contaminação que era de natureza social não só quanto aos modos, mas também e sobretudo quanto às ideias, ou melhor, às atitudes intelectuais. Aqueles mesmos nobres Narcisos, que, até então, posavam de estetas decadentes, a última representação de uma civilização cansada, saciada de prazeres e de sensações, e tinham pedido a um Novalis, a um Conde de Lautréamont, a um Oscar Wilde e a Diaghilev, a Rainer Maria Rilke, a D'Annunzio, a Gide, a Cocteau, a Marcel Proust, a Jacques Maritain, a Stravinski e, por fim, a Barrès os motivos do seu extenuado estetismo "burguês", posavam agora de estetas marxistas: e praticavam o marxismo como até então tinham predicado o mais exaurido narcisismo, tomavam os motivos do seu novo estetismo de empréstimo a Marx, a Lenin, a Stalin, a Chostakovitch, e falavam com desprezo do conformismo sexual burguês como de uma pior forma de trotskismo. Iludiam-se de ter encontrado no comunismo um ponto de encontro com os efebos proletários, uma cumplicidade secreta, um novo pacto de natureza moral e social, bem como sexual. De "*ennemis de la nature*", como os chamava Mathurin Régnier, tornaram-se *ennemis du capitalisme*. Quem jamais pensaria que uma entre as consequências daquela guerra seria a pederastia marxista?

A maior parte daqueles efebos proletários tinham substituído as suas vestes de trabalho por uniformes aliados, entre os quais privilegiavam, pelo seu talhe singular, os asseados uniformes americanos, estreitos na coxa e ainda mais estreitos nos quadris. Mas muitos deles ainda envergavam o macacão, ostentavam com complacência as mãos untadas de óleo de máquina, e eram, entre todos, os mais corrompidos e arrogantes: pois que havia, sem dúvida, uma parte de maldosa hipocrisia, ou de refinada perversão, naquela sua fidelidade às vestes de trabalho, aviltadas na função de libré, de máscara. O seu íntimo sentimento por aqueles nobres Narcisos que posavam de comunistas, portavam o colarinho da camisa de seda aberto e virado sobre a gola da jaqueta de tweed, calçavam mocassins de pele de javali de Franceschini ou de Hermès e acariciavam os lábios pintados com imensos lenços de seda de iniciais bordadas com ponto de Burano não era somente um triste e insolente desprezo, mas uma espécie de ciúme feminino, um rancor turvo e mau. Estava em seu desaparecimento cada pista daquele forte sentimento que força a juventude proletária a odiar e junto a desprezar as riquezas, as elegâncias, os privilégios alheios. Ao viril sentimento de natureza social substituiu uma inveja e uma ambição feminis. Também eles se proclamavam comunistas, também eles buscavam no marxismo uma justificativa social ao seu *affranchissement* sexual: mas não se davam conta de que o seu ostentado marxismo não era senão um inconsciente bovarismo proletário desviado para a homossexualidade.

Justo naqueles dias saiu, por uma obscura tipografia napolitana, aos cuidados de um editor de livros raros e preciosos, uma coletânea de poesias de guerra de um grupo de jovens poetas ingleses, exilados nas trincheiras e nas *foxholes* de Cassino. A *fairy band* dos invertidos acorrendo a Nápoles através das linhas alemãs de toda parte da Europa, e os homossexuais dispersos pelos exércitos aliados (também nos exércitos aliados, como em qualquer outro exército digno de respeito, os homossexuais por certo não faltavam: havia de todas as espécies e de todas as condições sociais, soldados, oficiais, operários, estudantes), se jogaram sobre aquelas poesias com uma avidez que revelava neles, não ainda apagado, o velho estetismo "burguês", e se reuniam a lê-las, ou melhor, a declamá-las, naqueles poucos salões da aristocracia napolitana, que de um em um se vinham reabrindo nos antigos palácios despedaçados pelas explosões e espoliados pelos saqueadores, ou na sala do Restaurante Baghetti, na Via Chiaia, do qual eles haviam feito o seu clube privado. Aquelas poesias não eram tais a poderem ajudar a conciliar o seu ainda vivo narcisismo com seu novo estetismo marxista. Eram líricas de uma fria, vítrea simplicidade, plenas daquela triste indiferença própria dos jovens de todos os exércitos, também dos jovens soldados alemães, nos confrontos da guerra. A clara e gélida melancolia daqueles versos não era empanada nem aquecida pela esperança da vitória, não era deteriorada pelo frêmito febril da revolta. Depois do primeiro entusiasmo, os nobres Narcisos e seus jovens efebos proletários abandonaram aquelas poesias pelos últimos textos de André Gide, que eles chamavam "o nosso Goethe", de Paul Éluard, de André Breton, de Jean-Paul Sartre, de Pierre-Jean Jouve, esparsos nas revistas francesas da "resistência" que já começavam a chegar da Argélia.

Naqueles textos eles buscavam em vão o sinal misterioso, a secreta palavra de ordem que abrisse as portas daquela Nova Jerusalém que se estava sem dúvida edificando em alguma parte da Europa e que, nas suas esperanças, tinha recolhido dentro das suas muralhas todos os jovens ansiosos de colaborar com o povo, e para o povo, para a salvação da civilização ocidental e para o triunfo do comunismo. (Eles chamavam comunismo ao seu marxismo homossexual.) Mas depois de algum tempo a exigência, neles improvisada e fortemente sentida, de misturar-se de modo mais íntimo ao proletariado, de buscar novo alimento para a sua insaciável fome de novidade e de "sofrimento", e novas justificativas para as suas atitudes marxistas, os forçou a novas pesquisas e a novas experiências, capazes de distraí-los do tédio que a prolongada pausa dos exércitos aliados diante de Cassino começava a insinuar-se nos seus espíritos bem nascidos.

Nas calçadas da Piazza San Ferdinando se reunia naquele tempo, toda manhã, uma multidão de jovens de miserável aspecto que parava todo dia diante do Caffè Van Bol e Feste, e não se dissolvia senão à noite, na hora do toque de recolher.

Eram jovens descarnados, pálidos, vestidos de trapos ou de uniformes esmolados: na maior parte oficiais e soldados do disperso e humilhado exército italiano, escapados dos massacres e da vergonha dos campos de concentração alemães ou aliados, e refugiados em Nápoles com a esperança de encontrar trabalho ou de conseguir fazerem-se alistar pelo Marechal Badoglio para poder combater ao lado dos Aliados. Quase todos originários das províncias da Itália central e setentrional, ainda nas mãos dos alemães, e impedidos por isso de chegar às suas casas, tinham tentado todo o possível para subtrair-se àquela humilhante e incerta situação. Mas, rejeitados pelas casernas, onde se apresentavam para alistar-se, e não encontrando trabalho, não lhes restava outra esperança, por ora, senão a de não sucumbir aos sofrimentos e às humilhações. E entretanto morriam de fome. Cobertos de sujos trapos, um com um par de calças alemãs ou americanas, outro com uma gasta jaqueta burguesa ou com um suéter de lã desbotado e rasgado, outro com uma *combat-jacket*, que é a bata do soldado britânico, tentavam enganar o frio e a fome caminhando para cima e para baixo pelas calçadas de San Ferdinando, à espera de qualquer sargento aliado que os contratasse para os trabalhos do porto, ou para qualquer outra dura labuta.

Aqueles jovens eram objeto da compaixão não dos passantes, também estes miseráveis e famintos, nem dos soldados aliados, que não escondiam seu impaciente rancor por aquelas inoportunas testemunhas da pobreza da sua vitória: mas das prostitutas que lotavam as arcadas do Teatro San Carlo e da Galleria Umberto, e se amontoavam em torno dos *pick-up points*. De vez em quando alguma daquelas desgraçadas se aproximava dos grupos de jovens famintos, oferecendo-lhes de presente cigarros ou biscoitos ou alguma fatia de pão: que aqueles jovens, o mais das vezes, recusavam com uma cortesia desdenhosa ou humilhada.

Entre aqueles infelizes iam os nobres Narcisos buscando alistar algum novo recruta para a sua *fairy band*, parecendo a eles um grande gesto, ou quem sabe lá qual bravura ou qual refinamento, tentar corromper aqueles jovens sem teto, sem pão, estupefatos pelo desespero. E talvez fosse o seu aspecto selvagem, a sua barba cerrada, os seus olhos luzentes de febre e de insônia, as suas vestes em farrapos, o que despertava nos nobres Narcisos estranhos desejos e refinadas vontades. Ou talvez a angústia e a miséria daqueles infelizes eram bem aquele elemento "sofrimento" que faltava ao seu estetismo marxista? O sofrimento alheio precisa bem que sirva a alguma coisa.

Foi justo em meio àquela multidão de infelizes que um dia, passando diante da Van Bol e Feste, me aconteceu divisar Jeanlouis, que não via havia alguns meses, e que reconheci, mais que pelo aspecto, pela voz, dulcíssima e um pouco rouca. Também Jeanlouis me reconheceu, e correu ao meu encontro. Perguntei o que fazia em Nápoles, e naquele lugar. Respondeu-me que tinha fugido de Roma havia cerca de um mês, para esquivar-se da polícia alemã, e começou a narrar com voz graciosa as peripécias e os perigos da sua fuga através das montanhas dos Abruzzi.

"O que queria de você a polícia alemã?" perguntei-lhe bruscamente.

"Ah, você não sabe!..." respondeu-me, e acrescentou que em Roma a vida tinha se tornado um inferno, que todos se escondiam, ou fugiam, por medo dos alemães, que o povo esperava com ânsia a chegada dos Aliados, que ele tinha reencontrado em Nápoles muitos velhos amigos, que tinha feito muitos novos conhecimentos entre os oficiais e soldados ingleses e americanos, "*des garçons exquis*", disse. E de repente se pôs a me falar de sua mãe, a velha Condessa B* (Jeanlouis pertencia a uma das mais antigas e ilustres famílias da nobreza milanesa), contando-me que estava refugiada na sua vila no Lago de Como, que tinha proibido que se falasse em sua presença dos extraordinários acontecimentos que se desenvolviam na Itália e na Europa, e que recebia os seus amigos como se a guerra fosse uma simples bisbilhotice mundana, da qual no seu salão ela permitia quando muito que se sorrisse discretamente, com polida indulgência. "Simonetta" disse (Simonetta era sua irmã) "pediu-me para trazer-lhe a sua afetuosa lembrança." E de repente silenciou.

Eu o olhei nos olhos, e Jeanlouis enrubesceu.

"Deixe estar aqueles pobres rapazes" disse "não se envergonha?"

Jeanlouis bateu as pálpebras fingindo uma ingênua surpresa.

"Quais rapazes?" respondeu.

"Faria bem em deixá-los estar" disse "é uma vergonha brincar com a fome dos outros."

"Não entendo o que quer dizer" respondeu, sacudindo os ombros. Mas súbito acrescentou que aqueles pobres rapazes tinham fome, e ele e seus amigos se propuseram ajudá-los, que ele contava com muitas amizades entre os ingleses e os americanos e que esperava poder fazer algo por aqueles rapazes. "O meu dever de marxista" concluiu "é tentar impedir que aqueles infelizes jovens se tornem instrumento da reação burguesa."

Eu o olhava fixo, e Jeanlouis, batendo as pálpebras, me perguntou: "Por que me olha assim? O que há?".

"Conheceu-o pessoalmente" disse "o Conde Carlo Marx?"

"Quem?" disse Jeanlouis.

"O Conde Carlo Marx. Um belo nome, o dos Marx. Mais antigo que o seu."

"Não me goze. Pare" disse Jeanlouis.

"Se Marx não fosse conde, você por certo não seria marxista."

"Não me entendeu" disse Jeanlouis "o marxismo... Não é necessário ser um operário, ou um canalha, para ser marxista."

"Sim" disse "é necessário ser um canalha para ser um marxista como você. Deixe estar aqueles rapazes, Jeanlouis. Têm fome, mas roubariam em vez de irem para cama com você."

Jeanlouis me olhou sorrindo ironicamente: "Ou comigo ou com outro...".

“Nem com você nem com outro. Deixe-os estar. Têm fome.”

“Ou comigo ou com outro” repetiu Jeanlouis. “Você não sabe que força tem a fome.”

“Você me desgosta” disse.

“Por que deveria lhe dar desgosto?” disse Jeanlouis. “Que culpa tenho eu se têm fome? Dá-lhes de comer, você, àqueles rapazes? Eu os ajudo, faço o que posso. É preciso bem nos ajudarmos, entre nós. E depois, onde entra você nessas coisas?”

“A fome não tem nenhuma força” disse “se acredita poder contar com a fome dos outros, se engana. Os homens, aos vinte anos, não sofrem com a própria fome, mas com a dos outros. Pergunte ao Conde Marx se não é verdade que um homem não se prostitui só porque tem fome. Para um jovem de vinte anos a fome não é um fato pessoal.”

“Você não conhece os jovens de hoje” disse Jeanlouis “me agradaria fazê-lo conhecer de perto. São muito melhores, e muito piores, do que você possa crer.” E me contou que tinha um compromisso com alguns amigos seus em uma casa do Vomero, que lhe daria grande prazer se fosse com ele àquela casa, que iria ali encontrar alguns rapazes muito interessantes, que ele não estava seguro se me agradariam ou não, mas que de todo modo me aconselhava conhecê-los de perto porque por eles eu poderia, mais ou menos, julgar todos os outros, e porque, enfim, eu não tinha o direito de julgar os jovens sem os conhecer. “Venha comigo” disse “e verá que, depois de tudo, não somos piores do que os homens da sua geração. Somos, de todo modo, como vocês nos fizeram.”

E assim fomos a uma casa do Vomero onde costumavam reunir-se alguns jovens intelectuais comunistas, amigos de Jeanlouis. Era uma feia casa burguesa, mobiliada com o típico mau gosto da burguesia de Nápoles. Nas paredes pendiam quadros da escola napolitana do fim do século passado, transbordantes de densas cores a óleo e brilhantes de verniz, e pela cornija da janela, lá embaixo, aos pés do Monte Echia, além das árvores do Parco Grifeo e da Via Caracciolo, aparecia longe o mar, o Castel dell’Ovo, e remoto no horizonte o espectro azul de Capri. Aquela paisagem marinha, vista daquele vulgar interior burguês, combinava estupidamente com os móveis, os quadros e as fotografias penduradas nas paredes, o gramofone, o aparelho de rádio, o lampadário de falso cristal de Murano pendendo do teto sobre a mesa no meio da sala.

Era também essa uma paisagem burguesa, que se entalhava na cornija da janela, um interior burguês encastelado na janela e povoado, em primeiro plano, por jovens que, fumando cigarros americanos e sorvendo pequenas xícaras de café, sentavam em divãs, poltronas forradas de cetim vermelho, e falavam de Marx, de Gide, de Éluard, de Sartre, olhando Jeanlouis com estática admiração. Eu me assentava em um canto da sala e observava os rostos, as mãos, os gestos incidirem sobre o fundo daquela remota perspectiva de água e de céu. Eram todos jovens entre os dezoito e os vinte anos, de aparência estudantil, e a pobreza das famílias às quais pertenciam era visível não somente nas roupas, gastas, pontuadas de manchas de gordura, e aqui e ali remendadas com apressado cuidado, mas no desmazelo pessoal, nas barbas não raspadas, nas unhas sujas, nos cabelos longos e desgrenhados que cobriam as orelhas e desciam sobre o pescoço até dentro do colarinho da camisa. E eu me perguntava qual seria a parte da miséria, e qual a parte da afetação, naquele desmazelo que estava então, e está até hoje, em moda entre os jovens intelectuais comunistas de origem burguesa.

Havia, entre aqueles estudantes, alguns jovens de aparência operária, e uma moça, de não mais que dezesseis anos, extraordinariamente gorda e de pele branca, coberta de sardas vermelhas, que me pareceu, não sei por quê, grávida. Sentava numa pequena poltrona junto ao gramofone, os cotovelos apoiados nos joelhos e o largo rosto imerso entre as mãos: e punha o olhar ora em um ora em outro, fixando-o sem bater as pestanas. Não me recordo que em todo o tempo que passamos naquela sala tomasse parte das discussões, salvo no final, quando disse aos seus companheiros que eram um bando de trotskistas, e bastou essa palavra para estragar a festa e dispersar a reunião.

Aqueles jovens me conheciam pela fama e, naturalmente, ostentavam desprezar-me, tratando-me como um ser sem valor, estranho ao mundo das suas ideias e dos seus sentimentos, à sua própria linguagem. Discorriam entre si como se falassem uma língua a mim desconhecida, e as raras vezes que se dirigiam a mim falavam lentamente, como se tentassem encontrar as palavras em uma linguagem que não era a sua própria. Piscavam um ao outro os olhos, quase como existissem entre eles quem sabe lá quais secretas cumplicidades, e eu fosse não só um profano, mas um infeliz, digno de compaixão. Discorriam sobre Éluard, Gide, Aragon, Jouve como de amigos caros, com os quais tivessem antiga familiaridade. E já estava para lembrar a eles que provavelmente tinham lido aqueles nomes pela primeira vez nas páginas da minha revista literária *Prospettive*, na qual durante três anos de guerra eu vinha publicando os versos proibidos dos poetas do *maquis* francês, e dos quais eles fingiam ora não lembrar mais nem ao menos o título, quando Jeanlouis pôs-se a falar da literatura e da música soviética.

Jeanlouis estava em pé apoiado na mesa, e o seu pálido rosto, no qual esplendia a delicada e contudo viril beleza, própria dos jovens de certas famílias da grande nobreza italiana, fazia um singular contraste com a afetada doçura do acento, com a amaneirada graça dos modos, com tudo o que de maravilhosamente feminino havia na sua atitude, na sua voz, no sentido vago, e ambíguo, das suas próprias palavras. Era, a de Jeanlouis, a romântica beleza viril que agradava a Stendhal, a beleza de Fabrizio del Dongo. Tinha a cabeça de Antínoo, esculpida em mármore da cor do marfim, e o longo corpo efébico da estátua alexandrina, e mãos curtas e brancas, o olho orgulhoso e doce, de negro olhar luzente, os lábios vermelhos e o sorriso vil, aquele sorriso que Winckelmann põe como um extremo limite de rancor e de amargura ao seu puro ideal da beleza grega. E eu me perguntava com assombro por que, da minha geração, forte, corajosa, viril, de homens formados na guerra, na luta civil, na oposição individual à tirania dos ditadores e da massa, uma geração máscula, não resignada a morrer, e certamente não vencida, malgrado a humilhação e o sofrimento da derrota, nasceu uma geração assim corrompida, cínica e afetada, tão tranquilamente e docemente desesperada, da qual jovens como Jeanlouis representavam a flor, brotada no extremo limite da consciência do nosso tempo.

Jeanlouis tinha se posto a falar da arte soviética, e eu, sentado a um canto, sorria ironicamente ouvindo daqueles lábios os nomes de Prokofiev, de Konstantin Simonov, de Chostakovitch, de Essenin, de Bulgakov, pronunciados com o mesmo lânguido acento com o qual, até poucos meses antes, o tinha ouvido pronunciar os nomes de Proust, de Apollinaire, de Cocteau, de Valéry. Um daqueles rapazes disse que o tema da sinfonia de Chostakovitch, *O cerco de Leningrado*, repetia surpreendentemente o motivo de um canto de guerra da SS alemã, o rouco som das suas vozes cruéis, o ritmo cadenciado do seu passo pesado sobre a sacra terra russa. (As palavras "sacra terra russa", pronunciadas com suave e cansado acento napolitano, soavam falsas naquela sala cheia de fumaça, diante do espectro exangue e irônico do Vesúvio inciso no céu morto da janela.) Eu observei que o tema da sinfonia de Chostakovitch era o mesmo da *Quinta Sinfonia* de Tchaikovsky, e todos a uma voz protestaram: dizendo que, naturalmente, eu não entendia nada da música proletária de Chostakovitch, do seu "romantismo musical" e das suas voluntárias citações de Tchaikovsky. "Ou melhor" disse "à música burguesa de Tchaikovsky." As minhas palavras suscitaram naqueles jovens um momento de dor e de indignação, e todos se voltaram para mim falando confusamente juntos e cada um buscando dominar a voz dos outros: "Burguês? O que tem a ver Chostakovitch com a música burguesa? Chostakovitch é um proletário, um puro. Não se tem mais o direito, hoje, de ter certas ideias sobre o comunismo. É uma vergonha".

Aqui Jeanlouis correu em ajuda dos seus amigos, e pôs-se a declamar uma poesia de Jaime Pintor, um jovem poeta morto poucos dias antes enquanto tentava atravessar as linhas alemãs para voltar a Roma. Jaime Pintor tinha vindo me encontrar em Capri, e tínhamos falado longamente de Benedetto Croce, da guerra, do comunismo, da jovem literatura italiana e das estranhas ideias de Croce sobre literatura moderna. (Benedetto Croce, que se refugiara em Capri com a família, tinha descoberto aqueles dias Marcel Proust, e não falava senão de *O caminho de Guermantes*, que ele lia pela primeira vez.) "É de esperar" disse um daqueles jovens olhando-me de modo arrogante "que não julguem Jaime Pintor um poeta burguês. Não têm o direito de insultar um morto. Jaime Pintor era um poeta comunista. Um dos melhores, e o mais puro." Respondi que Jaime Pintor tinha escrito aquela poesia quando era fascista e membro da Comissão militar do armistício na França. "O que tem a ver?" disse o jovem "Fascista ou não fascista, Pintor foi sempre um comunista puro. Basta ler as suas poesias, para notar isso." Eu repliquei que os versos de Pintor, e de tantos outros jovens poetas como ele, não eram nem fascistas nem comunistas. "Parece-me" acrescentei, "que este seja o melhor elogio que se possa fazer a ele, se queremos respeitar a sua memória."

"A literatura italiana está podre" disse Jeanlouis alisando os cabelos com aquela sua mão pequena e branca, de rosadas unhas brilhantes. Um daqueles jovens disse que todos os escritores italianos, exceto os escritores comunistas, eram falsos e covardes. Eu respondi que o único, o verdadeiro mérito dos jovens escritores comunistas, e dos jovens escritores fascistas, era de serem filhos do seu tempo, de aceitar a responsabilidade da sua idade e do seu ambiente, quer dizer, de ser podre como todos eles. "Não é verdade!" gritou o jovem com animosidade, encarando-me com olhar irado e ameaçador "a fé no comunismo, salva de toda corrupção, é, aliás, uma expiação." Eu respondi que então valia ir à missa. "O quê?" gritou o jovem operário vestido de macacão azul de mecânico. "Então vale ir à missa" repeti.

"Entende-se" disse um daqueles jovens "que você pertence a uma geração vencida."

"Sem dúvida" respondi "e eu quero. Uma geração vencida é uma coisa muito mais séria que uma geração de vencedores. Quanto a mim" acrescentei "não me envergonho de fato de pertencer a uma geração vencida, em uma Europa vencida e destruída. O que me desagrada é ter sofrido cinco anos de prisão e de confinamento. E para quê? Para nada".

"Os anos de cadeia de vocês" disse o jovem "não merecem nenhum respeito."

"E por quê?" disse.

"Porque não os sofreram por uma nobre causa."

Respondi que tinha tomado cadeia pela liberdade da arte.

"Ah, pela liberdade da arte, portanto, não pela liberdade do proletariado!" disse o jovem.

"Não é por acaso a mesma coisa?" disse.

"Não, não é a mesma coisa" respondeu o outro.

"De fato" repliquei "não é a mesma coisa, e o mal está todo aqui."

Nesse ponto entraram na sala dois jovens soldados ingleses e um cabo americano. Os dois soldados ingleses eram muito jovens, e tímidos, e contemplavam Jeanlouis com pudica admiração. O cabo americano era um estudante de Harvard, de origem mexicana, e falava do México, dos índios, do pintor Diaz e da morte de Trotsky. "Trotsky era um traidor" disse Jeanlouis. Eu me pus a rir. "Pensa no que diria sua mãe" disse "se ouvisse você falar mal de uma pessoa que não conhece, e ainda mais de um morto. Pensa, sua mãe!" E ri. Jeanlouis enrubesceu. "O que tem a ver minha mãe?" disse. "Tua mãe não é por acaso trotskista?" Jeanlouis pôs-se a me olhar de modo estranho. De repente a porta se abriu, e com um afetuoso grito Jeanlouis se lançou de braços abertos ao encontro de um jovem tenente inglês aparecido no umbral. "Oh, Fred!" gritou Jeanlouis abraçando o recém-chegado.

Como faz o vento quando vira, que levanta as folhas mortas e para cá e para lá as leva, assim fez Fred entrando: todos aqueles jovens se levantaram, se puseram a caminhar para cá e para lá pela sala presos de estranha excitação, mas logo que ouviram a voz de Fred, que alegremente respondia à afetuosa saudação de Jeanlouis, todos se aquietaram, e silenciosamente tornaram a se sentar. Fred era o sétimo Conde de W*, membro *tory* da Câmara dos Lordes, e íntimo amigo, se dizia, de Sir Anthony Eden. Era um jovem alto, louro, rosado, ligeiramente calvo. Não devia ter mais de trinta anos. Falava com voz lenta e grave, que de vez em quando se rompia em acentos femininamente agudos, e se apagava naquele delicado sussurro, ou, como disse Gérard de Nerval da voz de Silvia, naquele *frisson modulé* que é tanto a graça, infelizmente agora fora de moda, do acento de Oxford.

Nem bem Fred tinha aparecido na soleira, os modos de Jeanlouis de improviso mudaram, e como ele haviam mudado de modos os seus jovens amigos: que pareciam intimidados e inquietos, e miravam Fred não tanto com respeito quanto com ciúmes, e indisfarçada raiva. A conversa entre Fred, Jeanlouis e mim tomou, para meu assombro e tédio, um tom mundano. Fred obstinava em procurar persuadir-me de que sem dúvida eu tinha conhecido seu pai, era impossível que não o tivesse nunca encontrado. "Conheceu o Duque de Blair Atholl?" "Sim, certamente." "Então é impossível que não tenha conhecido meu pai, que é uma coisa só com o Duque de Blair Atholl." Fui hóspede do Duque de Blair Atholl, no seu castelo na Escócia, muitos anos antes, mas não recordava ter encontrado naquela ocasião com o pai de Fred, o velho Lord N*, sexto Conde de W*. A memória daquela minha visita ao castelo do Duque de Blair Atholl estava ainda viva em mim por um singular incidente havido no castelo enquanto tomávamos o chá depois de uma batida aos grous. Estávamos reunidos no prado que fica diante do castelo, quando uma família de cervos, não sei por que assustada, surgiu a galope do denso parque e gerou confusão entre os hóspedes, jogando para o ar mesas e cadeiras, e derrubando por terra a velha Lady Margareth S*.

"*Ah, ah, the poor old sweet Lady Margareth!*" exclamou Fred rindo, e pôs-se a contar não sei mais que anedota, na qual o nome de Lady Margareth recorria sempre junto com o de Edward Marsh, que foi por muitos anos secretário de Winston Churchill e legou o seu nome, com um belo e afetuoso prefácio, à coleção, agora clássica, das poesias de Rupert Brooke.

A certo ponto Fred se voltou para Jeanlouis e, com voz extremamente doce, passou a discorrer sobre Londres, sobre atores, sobre obscuros eventos teatrais e mundanos, sobre Noël Coward, sobre Ivor Novello e sobre G*, sobre A*, sobre W*, sobre L*, entrelaçando as iniciais do próprio nome com iniciais de nomes misteriosos e bordando no ar como numa invisível tela, com lentos e leves gestos das suas mãos transparentes, o perfil de personagens a mim desconhecidos, vagantes no nevoeiro de uma Londres fabulosa, onde aconteciam os fatos mais extraordinários e as mais maravilhosas aventuras. Depois, voltando-se para mim, de repente, como retomasse um discurso interrompido, me perguntou se o jantar em Torre del Greco estava fixado para o dia seguinte ou para um outro dia. Jeanlouis lhe fez sinal com a pestana, e Fred se calou, enrubescendo ligeiramente e fixando-me surpreendido.

"Creio que seja para amanhã, não é verdade, Jeanlouis?" eu disse sorrindo ironicamente.

"Sim, para amanhã" respondeu Jeanlouis com voz alterada, lançando-me um olhar irado "mas, você, onde entra? Temos um só carro, um jipe, e somos já em nove. Desculpe, mas para você não tem lugar."

"Verei um carro com o Coronel Hamilton" eu disse "não pretenderá por certo que eu vá a pé até Torre del Greco."

"Faria bem em ir a pé" disse Jeanlouis "dado que ninguém o convidou."

"Se tiver outro carro" disse Fred com ar entediado "haverá lugar para todos. Com você seremos em dez: Jeanlouis, Charles, eu, Zizi, Georges, Lulù..." e continuou a contar na ponta dos dedos falando os nomes de alguns célebres *corydons* de Roma, de Paris, de Londres, de Nova Iorque. "Naturalmente" acrescentou "não será culpa nossa se você se sentir, como dizer... um intruso."

"Serei hóspede de vocês" respondi "como poderei sentir-me desconfortável?"

Tinha já ouvido muitas vezes falar de *'a figliata*, a famosa cerimônia sacra que se celebra todo ano, secretamente, em Torre del Greco, e para a qual confluem, de toda parte da Europa, os mais altos sacerdotes da misteriosa religião dos Uranianos: mas não consegui jamais assistir àquele arcano rito. A celebração daquela antiquíssima cerimônia (o culto asiático da religião uraniana foi introduzido na Europa pela Pérsia pouco antes de Cristo, e já durante o reinado de Tibério a cerimônia da *figliata* era celebrada na própria Roma em muitos templos secretos, dos quais o mais antigo na Suburra) foi suspensa durante a guerra: e agora era a primeira vez, depois da libertação, que aquele misterioso rito tornava a ser honrado. O acaso me favorecia, e eu me aproveitava disso. Jeanlouis parecia irritado, e quase ofendido, com a minha imprudência, mas não ousava fechar na minha cara as portas do templo proibido, fiando-se mais na minha curiosidade saciada do que na minha curiosidade frustrada. Fred, que a princípio me tinha tomado por um iniciado e agora me descobria um profano, parecia divertir-se com aquele seu equívoco, e se mostrava *good sport*: ele zombava, no fundo, do embaraço de Jeanlouis, e sorria disso com aquela malignidade, toda própria do seu sexo, que é o sentimento mais nobre da alma uraniana. Mas os jovens amigos de Jeanlouis, que não sabendo inglês não tinham percebido o sentido das nossas palavras, olhavam-nos com desconfiança e, assim me pareceu, até com ar maldoso.

"Não há nada para beber?" disse Jeanlouis em voz alta, com forçada alegria, para tentar desviar a atenção dos seus amigos daquele aborrecido incidente. O cabo americano tinha trazido consigo uma garrafa de whisky, e todos nos pusemos a beber: mas, esvaziada aquela primeira garrafa, o jovem operário de macacão de mecânico se virou para Jeanlouis e, com ar insolente "põe pra fora a grana", disse "você que tem, falta a gasolina". Jeanlouis tirou do bolso o dinheiro, estendeu-o ao jovem, recomendando pressa. O rapaz saiu e voltou pouco depois com outras quatro garrafas de whisky, que nos apressamos a fazer passar de mão em mão e de copo em copo. Os jovens ficaram bem depressa alegres, a timidez deles, e junto aquele ar de ciúmes e de rancor maldoso, desapareceu, e já se sorriam, se falavam, se acariciavam uns aos outros com aberta impudicícia.

Jeanlouis foi se sentar no divã junto a Fred, e lhe falava em voz baixa acariciando-lhe a mão. "Queremos dançar!" gritou um dos jovens, e a moça, que até aquele momento ficara sentada junto ao gramofone fumando em silêncio, sem bater pestanas, os cotovelos apoiados nos joelhos e a cara recolhida entre as mãos, se levantou, pôs um disco no gramofone, e na sala enfumaçada ressoou a voz rouca e doce de Sinatra. Fred se levantou de um salto, agarrou Jeanlouis pela cintura e começou a dançar. Todos o imitaram, o jovem operário de macacão enlaçou o cabo americano, outros pares se formaram, e eram tão lânguidos os gestos, os sorrisos, o ondular das ancas, o modo de manterem-se abraçados, de insinuar-se com o joelho entre os joelhos do companheiro, que pareciam pares de mulheres.

A certo ponto ocorreu um fato que eu não esperava, embora sentisse obscuramente que algo do gênero estivesse por acontecer de um momento para o outro. A moça, que tornara a se sentar junto ao gramofone, fixando Jeanlouis com olhos cheios de ódio, de repente pôs-se de pé, gritando: "Covardes! Covardes! São um bando de trotskistas e de covardes!" e lançando-se sobre Fred o golpeou no rosto com um tapa.

Na noite de 25 de julho de 1943, perto das onze, o Secretário da Régia Embaixada da Itália em Berlim, Michele Lanza, estava acomodado em uma poltrona perto da janela aberta, no pequeno apartamento de solteiro de um seu colega.

Fazia um calor sufocante, e os dois amigos, apagada a luz e escancarada a janela, sentados na sala escura fumavam, conversando. Angela Lanza partira para a Itália com a menina alguns dias antes, para passar o verão na sua vila perto do Lago de Como. (As famílias dos diplomatas estrangeiros tinham deixado Berlim no princípio de julho, para fugir não tanto do calor abafado do verão berlinense quanto dos bombardeios, que a cada dia se faziam mais duros.) E também Michele Lanza, como os outros funcionários da Embaixada, tinha adquirido o hábito de passar a noite em casa ora deste, ora daquele colega, para não ficar só, fechado em uma sala, durante as horas noturnas, entre todas as mais lentas, e para dividir com um amigo, com um ser humano, a angústia e os perigos dos bombardeios.

Naquela noite Lanza estava em casa de seu colega, e os dois amigos sentaram-se no escuro falando do massacre de Hamburgo. Os relatórios do Régio Cônsul da Itália em Hamburgo narravam fatos terríveis. As bombas de fósforo tinham provocado fogo em bairros inteiros daquela cidade, fazendo um grande número de vítimas. Até aí nada de estranho, também os alemães são mortais. Mas milhares e milhares de infelizes, com o fósforo ardente escorrendo pelo corpo, esperando apagar de algum modo o fogo que os devorava, ou se jogaram nos canais que atravessam Hamburgo em todos os sentidos, e no rio, no porto, nos lagos, por fim nos tanques dos jardins públicos, ou se fizeram cobrir de terra nas trincheiras escavadas, para imediato refúgio em caso de imprevistos bombardeios, aqui e ali nas praças e nas ruas: onde, agarrados nas margens e nas barcas e imersos na água até a boca, ou sepultos na terra até o pescoço, esperavam que as autoridades achassem algum remédio contra o fogo traidor. Porque o fósforo é tal que se prega na pele como uma lepra pegajosa, e queima só em contato com o ar. Tão logo aqueles desgraçados esticavam um braço para fora da terra ou da água, o braço se acendia como uma tocha. Para abrigarem-se do flagelo, os coitados eram forçados a ficar imersos na água ou sepultados na terra como danados no *Inferno* de Dante. Equipes de socorro iam de um danado a outro, estendendo bebidas e comidas, amarrando com fios à margem os imersos para que, abandonando-se, vencidos pelo cansaço, não se afogassem, testando ora esse, ora aquele unguento: mas em vão, pois no momento em que ungiam um braço, ou uma perna, tirados por um instante fora d'água ou da terra, as chamas súbito se despertavam semelhantes a serpentezinhas acesas, e nada valia para estancar a mordida daquela terrível lepra ardente.

Por alguns dias Hamburgo ofereceu o aspecto de Dite, a cidade infernal. Cá e lá, nas praças, nas ruas, nos canais, no Elba, milhares e milhares de cabeças despontavam fora da água e da terra, e aquelas cabeças que pareciam cortadas a machado, lívidas pelo espanto e pela dor, moviam os olhos, abriam a boca, falavam. Em torno das horríveis cabeças, presas no pavimento das ruas ou flutuantes na superfície das ondas, iam e vinham noite e dia os familiares dos danados, uma multidão desfigurada e lacerada, que falava em voz baixa, como para não perturbar aquela dilacerante agonia: e um trazia comida, bebidas, unguentos, outro um travesseiro para pôr sob a nuca do seu ente querido, um sentado junto a um sepulto lhe dava alívio ao rosto com um leque contra o calor do dia, lhe protegia a cabeça do sol sob um guarda-chuva, ou lhe enxugava a testa molhada de suor, ou lhe umedecia os lábios com um lenço molhado, ou lhe alisava os cabelos com um pente, e outro, debruçando-se de uma barca, ou da margem do canal ou do rio, confortava os danados agarrados nas cordas e bamboleantes no fio da corrente. Bandos de cães corriam para cá e para lá latindo, lambiam o rosto dos donos enterrados, ou se punham a nadar para socorrê-los. Às vezes algum daqueles danados, tomados pela impaciência, ou pelo desespero, lançavam um alto grito, tentando sair da água ou da terra e pôr fim ao tormento daquela inútil espera: mas súbito, ao contato com o ar, os seus membros inflamavam, e lutas atrozes se acendiam entre aqueles desesperados e seus familiares, que a punhos, a golpes de pedra e de bastão, ou com todo o peso do próprio corpo se esforçavam em enfiar na água ou na terra aquelas terríveis cabeças.

Os mais corajosos, e pacientes, eram as crianças: que não choravam, não gritavam, mas giravam em torno os olhos serenos a olhar o horrendo espetáculo, e sorriam aos familiares, com aquela surpreendente resignação das crianças, que perdoavam a impotência dos adultos, e tinham piedade daqueles que não podiam ajudá-los. Tão logo desceu a noite, nasceu em torno um murmúrio, um sussurro, como do vento na erva, e aquelas milhares e milhares de cabeças vigiavam o céu com olhos acesos de terror.

No sétimo dia foi dada a ordem de afastar a população civil dos lugares onde os danados estavam sepultados na terra ou imersos na água. A multidão de parentes se afastou em silêncio, empurrada com doçura pelos soldados e pelos enfermeiros. Os danados ficaram sós. Um balbucio apavorado, um ranger de dentes, um pranto sufocado saíam daquelas horríveis cabeças aflorando da água e da terra ao longo das margens dos canais e do rio, nas ruas e nas praças desertas. Por todo o dia aquelas cabeças falaram entre si, choraram, gritaram, com a boca à flor do chão, fazendo caretas horrendas, mostrando a língua aos *schupos* de guarda nos cruzamentos, e parecia que comiam o solo e cuspiam as pedras. Depois caiu a noite: e sombras misteriosas giravam em torno dos danados, se curvavam sobre eles em silêncio. Colunas de caminhões com faróis acesos chegavam, paravam. Levantava-se de toda parte um estrépito de enxadas e de pás, um esguicho, os baques surdos dos remos nos barcos, e gritos sufocados, e lamentos, e explosões secas de pistola.

Lanza e seu amigo sentados falavam do massacre de Hamburgo, e Lanza estremecia perto da janela, escrutando o negro céu estrelado. A certo ponto seu colega se levantou e foi ligar o rádio, para ouvir as últimas notícias de Roma. Uma voz de mulher cantava em uma sonora solidão metálica, acompanhada de alguns instrumentos de arco. A voz era quente, e vibrava sobre um gélido sussurro de violinos e violoncelos de alumínio, de cordas de aço. De repente o canto se interrompeu, os instrumentos se calaram, e no imprevisto silêncio uma voz rouca gritou: "Atenção! Atenção! Esta noite, às dezoito horas, por ordem de Sua Majestade, o Rei, o Chefe do Governo, Mussolini, foi preso. Sua Majestade, o Rei, encarregou o Marechal Badoglio de formar um novo Governo". Lanza e seu amigo saltaram de pé, ficaram alguns instantes em silêncio, um defronte ao outro, na sala escura. A voz voltou a cantar. Lanza se sacudiu, fechou a janela e acendeu a luz.

Os dois amigos se encararam, estavam pálidos, ofegantes. Lanza correu ao telefone, chamou a Embaixada da Itália. O funcionário de serviço não sabia nada: "Se for um gracejo" disse "é um gracejo de mau gosto". Lanza lhe perguntou se o Embaixador Alfieri, que há alguns dias estava em Roma para tomar parte da reunião do Grande Conselho, tinha telefonado para a Embaixada. O funcionário de serviço respondeu que o Embaixador tinha telefonado às cinco, como fazia todo dia, para saber se havia algo de novo. "Grato" disse Lanza, e telefonou para o Ministro da Propaganda: Scheffer não estava. Telefonou para o Ministro Schmidt: não estava. Para o Ministro Braun von Stumm: não estava. Os dois diplomatas italianos se olharam de frente. Careciam de notícias mais precisas, precisavam apressar-se. Se a notícia da prisão de Mussolini fosse verdade, a reação alemã seria imediata e brutal. Precisavam refugiar-se em algum lugar seguro para subtrair-se às primeiras violências, que são as mais perigosas. Lanza propôs refugiarem-se na Embaixada da Espanha, ou na Legação Suíça: mas se a notícia fosse falsa? Fariam rir toda a Berlim. Finalmente os dois diplomatas italianos decidiram telefonar a uma amiga comum berlinense, Gerda von H*, que tinha muitos conhecimentos no mundo diplomático estrangeiro e nos círculos nazistas. Talvez Gerda pudesse aconselhá-los, ajudá-los, oferecer-lhes asilo por algum dia, por alguma hora, enquanto a situação não se esclarecesse.

"*Oh, lieber Lanza*" respondeu Gerda von H* "estava mesmo para lhe telefonar. Estou aqui com algumas amigas muito agradáveis, venha, diga ao seu colega que não se faça de preguiçoso, passaremos uma bela noitada. Venha logo, espero-o." Lanza tinha deixado o carro antes do portão, os dois amigos se precipitaram para baixo pela escada, entraram no carro e se dirigiram em grande velocidade para a casa de Gerda von H*. Fugiam como se já tivessem a Gestapo nos calcanhares. Gerda morava no West End. As ruas estavam escuras, desertas. À medida que se aproximavam do bairro de West End, o ar se enevoava, as verdes ramagens das tílias oscilavam sobre a superfície do céu estrelado, os mil distantes rumores da cidade se dissolviam na bruma azul como uma gota de cor em um copo d'água, e todavia uma leve tinta sonora restava no tecido transparente da névoa.

Gerda von H* usava uma longa túnica celeste, que lhe descia aos pés nus em suaves pregas, semelhantes às caneluras de uma coluna dórica. Tinha os cabelos louros levantados nas têmporas e recolhidos no alto da cabeça, como Nausícaa ao sair do mar. Algo de marinho havia de fato no seu gestual amplo e lento, naquele seu modo de levantar, caminhando, os joelhos e de jogar a cada passo a cabeça para trás, como se verdadeiramente caminhasse ao longo da orla do mar. Gerda von H* permanecera fiel ao ideal de beleza clássica que estava em voga na Alemanha por volta de 1930: fora aluna de Curtius em Bonn, havia por algum tempo frequentado o pequeno mundo de intelectuais e de estetas iniciados no culto de Stephan George, e parecia mover-se e respirar naquela paisagem convencional da poesia de Stephan George, onde as arquiteturas neoclássicas de Winckelmann e os cenários do Segundo Fausto faziam fundo às espectrais Musas de Hölderlin e de Rainer Maria Rilke. A sua casa, para usar a sua linguagem antiquada, era um templo, onde acolhia os seus convidados acomodada sobre um monte de almofadas, em meio a um grupo de jovens mulheres estendidas sobre profundos tapetes, *comme un bétail pensif sur le sable couché.* Um sorriso luminoso errava sobre seus lábios tristes: tinha o olho redondo, de olhar quente e pesado.

Gerda von H* tomou Lanza pela mão e, caminhando leve sobre os pés nus, entrou no salão, onde estavam reunidas cinco moças de longo corpo efébico, de rosto fino, de alta testa iluminada pelo brilho parado e sereno dos olhos azuis. Tinham lábios rubros, apenas obscurecidos por aqueles tênues reflexos verdes que têm às vezes os lábios das mulheres louras: e orelhas pequenas e rosadas, semelhantes a raminhos de coral. Mas algo de incerto havia nos seus rostos, algo de vago e de nebuloso que aparece em uma face refletida em um espelho, onde o contraste com a gélida luminosidade do cristal torna a imagem opaca e distante. Estavam vestidas para a noite, pelo amplo decote aparecia a espádua dourada de sol, redonda, lisa, cor de mel. Tinham os tornozelos um pouco grossos, como têm as moças alemãs, mas a perna era bem modelada, ágil e longa, do joelho um pouco pronunciado e magro. Entre elas a que parecia mais ousada e parecia Diana entre as Ninfas caçadoras disse que tinham passado o dia num barco no Wannsee, e que estavam ainda embriagadas de sol. Ria, jogando a cabeça para trás, e tal gesto descobria a garganta enxuta, o peito amplo e musculoso de Amazona.

O champanhe estava tépido, na sala de janelas fechadas por causa do *black-out* pesava um bafo úmido, saturado de acre odor de tabaco, as jovens mulheres e os dois diplomatas italianos falavam de Roma, de Veneza, de Paris. A que parecia Diana havia voltado poucos dias antes de Paris, e falava dos franceses com um tom que surpreendeu desagradavelmente Lanza e o seu amigo: era um acento de afetuoso rancor, de ciúmes malvado. Parecia que, enamorada da França, ao mesmo tempo a odiasse. Não de outra forma ama uma mulher traída. "Os franceses nos odeiam" disse Gerda von H* "por que nos odeiam?" Os dois jovens diplomatas conversavam com a mente distante, parada no pensamento que os perturbava, e trocavam de vez em quando uma olhada inquieta. Já dez vezes Lanza esteve a ponto de revelar a Gerda e às suas amigas a razão de sua perturbação, mas um obscuro senso de temor toda vez o detinha. O tempo passava, e a incerteza, na alma dos dois diplomatas, tornava-se angústia.

Já Lanza estava a ponto de se levantar, de chamar Gerda à parte, de dizer-lhe a verdade, de pedir-lhe conselho e ajuda, e já se levantava, e já se aproximava, quando Gerda abriu os braços e, apoiando-lhe uma mão no ombro, disse: "Quer dançar?".

"Sim, sim" gritaram as outras moças, e uma delas ligou o rádio.

"É tarde" disse Lanza "todas as estações estão fora do ar."

Mas a moça, girando o dial, encontrou em certo ponto a estação de Roma, e o som de uma orquestra de baile se difundiu pela sala. "*Tutta una notte con te*" cantava uma voz de mulher.

"*Wunderbar!*" disse Gerda "Roma canta ainda."

"Cantará ainda por pouco" disse Lanza.

"Por quê?" perguntou Gerda.

"Porque..." respondeu Lanza, mas calou-se, por aquele obscuro sentimento de temor que nele e no companheiro vinha mudando-se pouco a pouco em medo.

Aos ouvidos dos dois diplomatas italianos a voz soava longínqua e leve, apenas uma névoa sonora ondulante na noite: e os dois amigos tremiam no coração, temendo que de um momento a outro aquela voz dulcíssima se fizesse rouca e dura, e gritasse a terrível notícia.

"Dance com minha amiga" disse Gerda empurrando Lanza nos braços da que se parecia com Diana e puxando para si com a mão, com graça inocente, o colega de Lanza. As outras quatro moças tinham formado pares entre elas, e dançavam languidamente, apertando forte uma contra a outra o peito e as ancas. A companheira de Lanza se apertava a ele e sorrindo o fixava nos olhos, com um frequente bater de cílios. Lanza sentia contra o próprio peito o pulsar daquele peito vigoroso, o ondular daqueles quadris contra os seus quadris, aquele ventre contra o seu ventre: mas o seu pensamento estava em outro lugar, e na sua mente confusas imagens de Mussolini, do Rei e de Badoglio se batiam entre si, se envolviam, se dissolviam, se rolavam no pavimento, tentando pôr algemas um no outro, como malabaristas fazendo cabriolas no tapete.

De repente a música se interrompeu, aquela voz dulcíssima de mulher silenciou, e uma voz ofegante e rouca anunciou: "Antes de ler o decreto do Marechal Badoglio, damos um resumo das últimas notícias. Perto das dezoito horas da tarde, o Chefe do Governo, Mussolini, foi preso por ordem de Sua Majestade, o Rei. O novo Chefe do Governo, Marechal Badoglio, endereçou ao povo italiano o seguinte decreto...".

Àquela voz, àquelas palavras, a companheira de Lanza se separou dele, empurrando-o com um safanão que lhe pareceu um soco. Os outros pares se desfizeram dos abraços, e diante dos olhos dos dois atônitos diplomatas italianos aconteceu a coisa mais extraordinária do mundo. Os gestos, as atitudes, o sorriso, a voz, o olhar daquelas moças pouco a pouco sofreram uma surpreendente metamorfose: os olhos azuis se escureceram, o sorriso se apagou nos lábios tornados de repente pálidos e ríspidos, a voz se fez profunda e áspera, os gestos, pouco antes lânguidos, se quebraram, os braços, pouco antes carnudos e macios, se endureceram, tornaram-se lenhosos, como acontece com um ramo de árvore destroncado pelo vento que, ao secar-se pouco a pouco a sua linfa vital, perde o brilho verde, a luminosidade da casca, aquela ternura da natureza arbórea, e fica duro e áspero. Mas o que no ramo de árvore se cumpre pouco a pouco, naquelas moças aconteceu de repente. Lanza e o seu companheiro estavam defronte àquelas jovens mulheres com o mesmo estupefato susto de Apolo diante de Dafne, da jovem transformando-se em loureiro. Aquelas moças tão louras e suaves mudaram em poucos instantes em homens. Eram homens.

"*Ach so!*" disse com voz dura aquele que pouco antes parecia Diana, fixando os dois diplomatas italianos com olhar ameaçador "*ach so!* Creem que por acaso vão escapar? Creem que o Führer deixaria vocês prenderem Mussolini sem lhes esmagar a cabeça?" E voltando-se para seus companheiros: "Vamos depressa para o campo" acrescentou "sem dúvida a nossa esquadrilha já recebeu a ordem de partida. Dentro de poucas horas bombardearemos Roma".

"*Jawohl, mein Hauptmann*" responderam os quatro oficiais de aviação batendo forte os saltos. O capitão e os seus companheiros se inclinaram em silêncio diante de Gerda von H* e, sem olhar os dois estupefatos italianos, partiram em grande pressa, com passo viril, fazendo ressoar os saltos sobre o pavimento.

Ao imprevisto grito da moça, às suas palavras, ao seu gesto, ao rumor do tapa, todos aqueles jovens se desfizeram do abraço e, deixada cair do rosto a máscara feminina, sacudiram do dorso aquele langor, aquele abandono, aquele afeminado disfarce dos gestos, do olhar, do sorriso, e, tornados homens em poucos instantes, se juntaram ameaçadores em torno da moça: que, pálida e ofegante, em pé no meio da sala, fixava Fred com um olhar cheio de ódio.

"Covardes!" repetiu "são um bando de covardes trotskistas, eis o que são."

"O quê? O quê? Que coisa está dizendo?" gritavam os jovens "Trotskistas nós? E por quê? O que lhe deu na cabeça? Está louca!"

"Não, não está louca" disse Fred "está com ciúmes", e explodiu numa risada tão estrídula, que eu esperava que de um momento para o outro virasse choro.

"Ah! Ah! Ah!" fizeram coro os outros jovens "Está com ciúmes! Ah! Ah! Ah!"

Jeanlouis no entanto se aproximara da moça e com um gesto cheio de ternura, acariciando-lhe o ombro, ia murmurando algo no seu ouvido, ao que a moça, o rosto muito pálido, assentiu com um leve aceno da cabeça. Eu tinha me levantado, e observava sorrindo a cena.

"E aquele ali, o que quer de nós aquele ali?" gritou de repente a moça empurrando com um safanão Jeanlouis e olhando-me ousadamente na face "Quem o deixou entrar? Não se envergonha de estar no meio de nós?"

"Não me envergonho de fato" disse sorrindo "por que deveria envergonhar-me? Agrada-me estar em companhia de bravos rapazes. Não é verdade que, no fundo, são todos bravos rapazes?"

"Não entendo a que quer aludir" disse com ar provocante um daqueles jovens aproximando-se de mim até quase me tocar.

"Não são por acaso bravos rapazes?" disse, apoiando-lhe a mão aberta no peito "Mas sim, são todos bravos rapazes, se não fossem não haveria ninguém que tivesse vencido a guerra." E rindo me dirigi para a porta, desci as escadas.

Jeanlouis alcançou-me na rua.

Estava um pouco travado, e por um longo trecho não nos falamos. Em certo ponto me disse: "Não devia insultá-los. Sofrem".

"Não os insultei" respondi.

"Não devia dizer que são os únicos a ter vencido a guerra."

"Por acaso não venceram a guerra?"

"Sim, em certo sentido sim" disse Jeanlouis "mas sofrem."

"Sofrem? E de quê?"

"Sofrem" disse Jeanlouis "por tudo o que aconteceu nestes anos."

"Quer dizer pelo fascismo, pela guerra, pela derrota?"

"Sim, também por isso" disse Jeanlouis.

"É um belo pretexto" disse "não podiam achar um pretexto melhor?"

"Por que faz que não entende?"

"Mas, sim" disse "entendo muitíssimo bem. Vocês se puseram a se fazer de putas por desespero, pela dor de ter perdido a guerra. Não é assim?"

"Não, não é bem assim, mas dá no mesmo" disse Jeanlouis.

"E Fred? Também Fred sofre? Talvez ele tenha se posto a fazer-se de puta porque a Inglaterra venceu a guerra?"

"Por que o insulta? Por que o chama de puta?" disse Jeanlouis com um movimento de despeito.

"Porque se sofre, sofre como uma puta."

"Não diga besteira" disse Jeanlouis "sabe muito bem que os jovens sofreram mais que os outros em todos estes anos."

"Mesmo quando aplaudiam Hitler e Mussolini, e cuspiam em quem ia para a prisão?"

"Mas não entende que sofriam? Não entende que sofrem?" gritou Jeanlouis "não entende que tudo o que fazem, fazem porque sofrem?"

"É bem uma bela desculpa" disse "por sorte nem todos os jovens são como você. Nem todos os jovens se fazem de puta."

"Não é culpa nossa se estamos rebaixados assim" disse Jeanlouis.

Pegou-me pelo braço e caminhava a meu lado apoiando-se em mim com todo o peso do corpo, justo como faz uma mulher que quer fazer-se perdoar por algo, ou um menino cansado.

"E então, por que nos chama de putas? Não somos putas, você sabe, é injusto que nos chame de putas."

Falava com voz chorosa, justo com a voz de uma mulher que quer se fazer de coitada, com a voz de um menino cansado.

"Agora se põe a chorar? Como quer que eu os chame?"

"Não é culpa nossa, sabe muitíssimo bem que não é culpa nossa" disse Jeanlouis.

"Não, não é culpa de vocês" disse "se fosse somente culpa de vocês, acha que lhe falaria de certas coisas? É sempre a mesma história depois de uma guerra. Os jovens reagem ao heroísmo, à retórica do sacrifício, da morte heroica, e reagem sempre do mesmo modo. Por desgosto com o heroísmo, com os nobres ideais, com os ideais heroicos, sabe o que fazem os jovens como você? Escolhem sempre a revolta mais fácil, a da vileza, da indiferença moral, do narcisismo. Creem-se rebeldes, *blasés*, *affranchis*, niilistas, mas não são senão putas."

"Não tem o direito de nos chamar de putas" gritou Jeanlouis "os jovens merecem respeito. Não tem o direito de insultá-los."

"É uma questão de palavras. Conheci milhares como você, depois da outra guerra, que acreditavam ser dadaístas ou surrealistas, mas não eram senão putas. Verá, depois desta guerra, quantos jovens acreditaram ser comunistas. Quando os Aliados tiverem libertado toda a Europa, sabe o que acharão? Uma massa de jovens desiludidos, corrompidos, desesperados, que brincarão de ser pederastas como jogariam tênis. É sempre a mesma história depois de uma guerra. Os jovens como você, por cansaço e desgosto com o heroísmo, acabam quase sempre na pederastia. Fazem-se de Narcisos e de Corydons para provarem a si próprios que não têm medo de nada, que superaram os preconceitos e as convenções burguesas, que são verdadeiramente livres, homens livres, e não percebem que isso é um modo de se fazerem de heróis! Ah! Ah! Ah! Sempre os heróis! E tudo isso com a desculpa de que estão desgostosos com o heroísmo!"

"Se tudo o que aconteceu nestes anos você chamar de heroísmo" disse Jeanlouis em voz baixa.

"E como queria chamá-lo? O que acha que seja o heroísmo?"

"É a sua covardia burguesa, o heroísmo" disse Jeanlouis.

"Também depois das revoluções proletárias acontece sempre assim" disse "os jovens como você acham que se tornar pederasta seja um modo de ser revolucionários."

"Se quer aludir ao trotskismo" disse Jeanlouis "engana-se: não somos trotskistas."

"Sei que não são nem mesmo trotskistas" disse "são pobres rapazes que se envergonham de ser burgueses e não têm coragem de se tornar proletários. Acha que se tornar pederasta seja um modo como um outro de se tornar comunista."

"Pare! Nós não somos pederastas" gritou Jeanlouis "não somos pederastas, entendeu?"

"Existem mil modos de ser pederasta" disse "muitas vezes a pederastia não é senão um pretexto. Um belo pretexto, não há o que dizer. Encontrará sem dúvida quem inventará uma teoria literária, ou política, ou filosófica, para justificar. Os rufiões não faltam nunca."

"Queremos ser homens livres" disse Jeanlouis "é isso que você chama ser pederasta?"

"Eu sei" disse "eu sei que vocês se sacrificaram pela liberdade da Europa."

"Você é injusto" disse Jeanlouis "se somos o que diz, a culpa é de vocês. Foram vocês que nos fizeram assim. O que foram capazes de fazer, vocês? Um belo exemplo deram! Não foram capazes senão de se deixarem meter na prisão por aquele bufão do Mussolini. Por que não fizeram a revolução, se não queriam a guerra?"

"A guerra ou a revolução são a mesma coisa. É sempre a mesma fábrica de pobres heróis como você, como vocês."

Jeanlouis pôs-se a rir com ar malicioso e mau. "Nós não somos heróis" disse "os heróis nos dão nojo. Mães, pais, bandeiras, honra, pátria, tudo lixo. Chamam-nos de putas, de pederastas: sim, talvez sejamos putas, pederastas, e mesmo pior: mas não nos damos conta. E isso nos basta. Queremos ser livres, eis tudo. Queremos dar um sentido, um objetivo à nossa vida."

"Sei disso" disse rindo, em voz baixa "sei que são bons rapazes."

Da colina do Vomero tínhamos entretanto descido à Piazza dei Martiri, e dali viramos no Vicolo della Cappella Vecchia, para subir ao Calascione. Ao pé da Rampa Caprioli se abre a pracinha da Cappella Vecchia, uma espécie de grande pátio dominado de um lado pelos flancos escarpados do Monte di Dio e do outro pelo muro da Sinagoga e da alta fachada do prédio onde por longos anos morou Emma Hamilton. Daquela janela, lá em cima, Orazio Nelson, a testa apoiada na vidraça, mirava o mar de Nápoles, a ilha de Capri errante no horizonte, os prédios de Monte di Dio, a colina do Vomero verde de pinheiros e de vinhas. Aquelas altas janelas, lá em cima, a pique sobre Chiatamone, eram as janelas do apartamento de Lady Hamilton. Vestida ora em trajes das habitantes da ilha de Chipre, ora nos das mulheres de Náuplia, ora em trajes de largas calças vermelhas das moças de Épiro, ora vestida em trajes greco-venezianos de Corfu, os cabelos envolvidos em um turbante de seda celeste, como no retrato de Angelica Kauffmann, Emma dançava diante de Orazio: e o grito dos vendedores de laranjas subia do abismo verde e azul dos becos do Chiatamone.

Eu parei no meio da pracinha da Cappella Vecchia, e olhava lá em cima a janela de Lady Hamilton, apertando forte o braço de Jeanlouis. Não queria baixar os olhos, olhar em torno. Sabia o que tinha visto ali, diante de nós, aos pés do muro da Sinagoga. Sabia que ali, diante de nós, a poucos passos de mim (ouvi as risadas finas das crianças, a rouca voz dos *goumiers*), era o mercado das crianças, que também naquele dia, naquela hora, naquele momento, meninos de oito a dez anos sentavam seminus diante dos soldados marroquinos que os observavam atentamente, os escolhiam, tratavam o preço com as horríveis mulheres desdentadas, de rosto descarnado e murcho incrustado de ruge, que faziam comércio daqueles pequenos escravos.

Não se tinha nunca visto coisa semelhante em Nápoles, em tantos séculos de miséria e de escravidão. Vendia-se de tudo em Nápoles, mas nunca crianças. Fazia-se comércio de tudo em Nápoles, mas nunca de crianças. Não se vendiam nunca crianças pelas ruas em Nápoles. Em Nápoles as crianças são sagradas. São a única coisa sagrada que há em Nápoles. O povo napolitano é um povo generoso, o mais humano entre todos os povos da terra, é o único povo do mundo onde até a mais pobre família, entre as suas crianças, entre as suas dez, entre as suas doze crianças, sustenta um orfãozinho pego no Ospedale degli Innocenti: e é entre todos o mais sagrado, o mais bem vestido, o mais bem nutrido, porque é "filho da Madona", e traz fortuna às outras crianças. Podia-se dizer tudo dos napolitanos, tudo, mas não que vendessem as suas crianças pelas ruas.

E agora, na pracinha da Cappella Vecchia, no coração de Nápoles, aos pés dos nobres prédios do Monte di Dio, do Chiatamone, da Piazza dei Martiri, junto à Sinagoga, os soldados marroquinos vinham comprar por poucas moedas as crianças napolitanas.

Eles as apalpavam, levantavam suas vestes, enfiavam os seus longos, peritos dedos negros entre os botões dos calçõezinhos, tratavam o preço mostrando os dedos da mão.

As crianças sentavam-se ao longo do muro, encarando os compradores, riam, mordiscando balas, mas não tinham a usual inquietude alegre das crianças napolitanas, não falavam entre si, não gritavam, não cantavam, não faziam caretas nem piadas. Via-se que tinham medo. As mães, ou aquelas mulheres ossudas e pintadas que se diziam as mães, as mantinham apertadas por um braço, como temessem que os marroquinos as levassem sem pagar: então pegavam o dinheiro, o contavam, se afastavam com a criança apertada pelo braço, e um *goumier* as seguia com o rosto esburacado pela varíola, os olhos cintilantes misteriosos sob a barra do casaco marrom jogado sobre a cabeça.

Eu olhava, lá em cima, as janelas de Emma Hamilton, e não queria baixar os olhos. Olhava a gengiva do céu azul que beirava o terraço da casa de Lady Hamilton, e Jeanlouis junto a mim calara-se. Mas eu sentia que calara não porque tivesse sujeição a mim, calara porque uma obscura força o afligia, porque o sangue lhe subia às têmporas, apertava-o na garganta. E de repente Jeanlouis disse: "Dá-me mesmo piedade aquelas pobres crianças".

Então me voltei, e o olhei na face: "É um covarde" disse.

"Por que me taxa de covarde?" disse Jeanlouis.

"Dão-lhe piedade, não é verdade? Está seguro de que seja piedade? Não será talvez outra coisa?"

"O que quer que seja?" disse Jeanlouis olhando-me com ar vil e mau.

"Por pouco compraria para você um daqueles pobres meninos, não é verdade?"

"O que importaria, a você, se eu comprasse um menino?" disse Jeanlouis "Melhor eu do que um soldado marroquino. Eu lhe daria de comer, o vestiria, lhe compraria um par de sapatos, não lhe faltaria nada. Seria uma obra de caridade."

"Ah, seria uma obra de caridade, não é verdade?" disse olhando-o fixo nos olhos negros "É um hipócrita e um covarde."

"Com você não se pode nem brincar" disse Jeanlouis. "E então, o que importa, a você, se sou um covarde e um hipócrita? Acredita por acaso ter o direito de bancar o moralista, você e todos os outros como você? Acredita não ser um covarde e um hipócrita, também você?"

"Sim, certo, também eu sou um covarde e um hipócrita como tantos outros" disse "e então? Não me envergonho de fato de ser um homem do meu tempo."

"E então, por que não tem coragem de repetir para aqueles meninos o que disse a mim?" disse Jeanlouis tomando-me por um braço e olhando-me com olhos brilhantes de lágrimas. "Por que não diz que aqueles meninos se puseram a se fazer de putas com o pretexto do fascismo, da guerra e da derrota? Vai, avante, por que não diz que aqueles meninos são trotskistas?"

"Um dia aqueles garotos se tornarão homens" disse "e se Deus quiser nos quebrarão o focinho, a você, a mim e a todos como nós. Quebrarão nossos focinhos, e terão razão."

"Teriam razão" disse Jeanlouis "mas não o farão. Aqueles meninos, quando tiverem vinte anos, não quebrarão a cabeça de ninguém. Farão como nós, farão como eu e como você. Também nós fomos vendidos, quando tínhamos a idade deles."

"A minha geração foi vendida na idade de vinte anos. Mas não por fome, por coisa pior. Por medo."

"Os jovens como eu foram vendidos quando éramos ainda crianças" disse Jeanlouis "e hoje não quebram a cabeça de ninguém. Aqueles ali farão como fizemos nós: se arrastarão aos nossos pés e nos lamberão os sapatos. E acreditarão serem homens livres. A Europa será um lugar de homens livres; eis o que será a Europa."

"Por sorte, aqueles meninos se lembrarão sempre de terem sido vendidos por fome. E perdoarão. Mas nós não esqueceremos nunca que fomos vendidos por coisa pior, por medo."

"Não diga essas coisas. Não precisa dizer essas coisas" disse Jeanlouis em voz baixa, apertando-me o braço. E senti que a sua mão tremia.

Quis lhe dizer: "Graças, Jeanlouis, agradeço a você por sofrer", quis lhe dizer que entendo a razão de tantas coisas e que tenho por ele piedade: quando levantei por acaso os olhos e vi o céu. É uma vergonha que se tenha no mundo um céu semelhante. É uma vergonha que o céu, em certos momentos, seja como era o céu naquele dia, naquele momento. O que me fazia correr pelas costas um arrepio de medo e de desgosto não eram aqueles pequenos escravos apoiados no muro da Cappella Vecchia, nem aquelas mulheres de rosto descarnado e murcho incrustado de ruge, nem aqueles soldados marroquinos de negros olhos cintilantes, de longos dedos ossudos: mas o céu, aquele céu azul e límpido sobre os telhados, sobre as ruínas das casas, nas árvores verdes lotadas de pássaros. Era aquele alto céu de seda crua, de um azul frio e polido, onde o mar punha um remoto e vago brilho verde. Aquele céu delicado e cruel, que sobre a colina de Posillipo docemente encurvando-se se fazia rosado e tenro como a pele de uma criança.

Mas onde aquele céu aparecia mais delicado e cruel era lá em cima, ao longo do muro aos pés do qual estavam sentados os pequenos escravos. O muro que faz fundo ao adro da Cappella Vecchia é um alto muro a pique, de reboco todo crestado pelo tempo e pelas estações, que uma vez foi daquela cor vermelha das casas de Herculano e de Pompeia, que os pintores napolitanos chamam vermelho borbônico. Os anos, a chuva, o sol, o abandono cansaram, suavizaram aquele vermelho vivo, dando-lhe a cor da carne, aqui rosa, lá clara, mais além transparente como uma mão diante da chama de uma vela. E fossem as rachaduras, fossem as verdes manchas de mofo, ou aqueles brancos, aqueles marfins, aqueles amarelos, aflorando aqui e ali no reboco antigo, ou fosse o jogo da luz, a todo momento cambiante pelos vários reflexos do contínuo, mutável movimento do contíguo mar, ou pela errante inquietude do vento, que conforme sopra do monte ou da marina tinge diversamente a luz, me parecia que aquele alto, antigo muro tivesse vida, fosse uma coisa viva, um muro de carne, onde aparecessem todas as aventuras da carne humana, da rósea inocência da infância à verde e amarela melancolia da idade declinante. Parecia-me que aquele muro de carne pouco a pouco murchasse; e afloravam aqueles brancos, aqueles verdes, aqueles marfins, aqueles amarelos mortiços, próprios da carne humana já cansada, já velha, já sulcada de rugas, já próxima da última maravilhosa aventura da dissolução. Gordas moscas erravam lentamente sobre aquele muro de carne, zumbindo. O fruto maduro do dia se fazia passado, estragava, e no ar cansado, já corrompido pelas primeiras sombras da noite, o céu, aquele cruel céu de Nápoles, tão puro, tão tenro, punha uma suspeita, um lamento, uma felicidade triste e fugidia. Ainda uma vez o dia morria. E um a um tornavam a refugiar-se na tepidez da noite, como cervos e gamos e javalis na selva, os sons, as cores, as vozes, aquele sabor de mar, aquele odor de louro e de mel, que são o sabor e o odor da luz de Nápoles.

De repente uma janela se abriu naquele muro, e uma voz me chamou pelo nome. Era Pierre Lyautey, que me chamava da janela do

Comando da Divisão marroquina do General Guillaume. Subimos, e Pierre Lyautey, alto, atlético, ossudo, o rosto crestado pelo gelo das montanhas de Cassino, veio ao nosso encontro nas escadas, abrindo os imensos braços.

Pierre Lyautey era um velho amigo da mãe de Jeanlouis, a Condessa B*. Todas as vezes que ele vinha à Itália, não deixava nunca de passar alguns dias, ou algumas semanas, no Lago de Como, na vila da Condessa B*, obra egrégia de Piermarini, onde lhe eram reservados, por antigo direito, o quarto de Napoleão, o da esquina, que dá para o lago na direção de Bellagio, o leito no qual Stendhal tinha passado uma noite com Angela Pietragrua, e a pequena escrivaninha de acaju onde o poeta Parini escreveu o seu famoso poema *Il giorno*.

"*Ah, que vous êtes beau!*" gritou Pierre Lyautey abraçando Jeanlouis, que ele não revia havia alguns anos. E acrescentou que tinha deixado Jeanlouis "*quand il n'était qu'un Éros*" e o reencontrava agora "*qu'il était un...*". Esperava que ele dissesse "*... un... héros*", mas se corrigiu a tempo e disse "*... un Apollon*". Era a hora da refeição, e o General Guillaume nos convidou para a sua mesa.

Com aquele seu perfil apolíneo, aquele seus lábios rubros, aqueles seus negros olhos luzidios no claro palor do rosto, com aquela sua dulcíssima voz, Jeanlouis causou uma profunda impressão naqueles oficiais franceses. Era a primeira vez que vinham à Itália, e pela primeira vez a beleza viril aparecia a eles em todo o esplendor do antigo ideal grego. Jeanlouis era um exemplo perfeito daquilo que a civilização italiana, em longos séculos de cultura, de riqueza, de refinamento, de seleção física e intelectual, de indiferença moral e de liberdade aristocrática, produziu em verdade de beleza viril. No rosto de Jeanlouis, um olho exercitado na lenta, contínua evolução do clássico ideal de beleza na pintura e na escultura italiana do Quattrocento ao Ottocento, teria percebido, sobreposta à sensualidade dos "retratos do homem" do Renascimento, a nobre e melancólica máscara do romantismo italiano, e especialmente lombardo (Jeanlouis pertencia a uma dentre as mais antigas e ilustres famílias da nobreza lombarda), do princípio do século dezenove: que também na Lombardia foi romântico, e liberal, por nostalgia napoleônica.

Aqueles oficiais franceses eram Stendhal diante de Fabrizio Del Dongo. E também esses, como já Stendhal, não advertiam que a beleza de Jeanlouis era, como a de Fabrizio, uma beleza sem ironia, e sem inquietudes de natureza moral.

A maravilhosa aparição (naquele interior napolitano de deselegantes móveis burgueses, diante daquela mesa) daquele vivo Apolo, de um tão perfeito modelo da clássica beleza viril, era, para aqueles oficiais franceses, a revelação de um proibido mistério. Todos contemplavam Jeanlouis em silêncio. E eu me perguntava, com uma perturbação da qual não sabia dizer-me a razão, se eles se dariam conta de que aquele admirável "espectro" da civilização clássica italiana no seu extremo triunfo, já corrompida e humilhada pelos fermentos de uma mórbida sensibilidade feminina, já árida pela falta de nobres sentimentos, de fortes paixões, de altos ideais, era a imagem do mal secreto do qual sofria a grande parte da juventude europeia em todos os países, vencidos e vencedores: a obscura tendência de transformar os ideais de liberdade, que pareciam ser os ideais de todos os jovens da Europa, em avidez de satisfações sensuais, as exigências morais em recusa de toda responsabilidade, os deveres sociais e políticos em vãs exercitações intelectuais, e os novos mitos proletários em mitos ambíguos de um narcisismo desviado em autopunição. (O que parecia estranho era o fato de que Barrès estava tão longe de Jeanlouis e dos jovens da sua geração quanto Gide: o Gide de "*moi, cela m'est égal, parce que j'écris 'Paludes'*".)

Os criados marroquinos que se ocupavam em torno da mesa não tiravam de Jeanlouis os olhos encantados, e eu via naqueles olhos brilhar um turvo desejo. Para aqueles homens vindos do Saara e das montanhas do Atlas, Jeanlouis não era senão um objeto de prazer. E eu ria no meu coração (não podia fazer senão rir, era mais forte que eu; de resto, não era nada de mal rir de uma ideia tão estranha, tão triste), imaginando ver Jeanlouis, e todos os jovens "heróis" como ele, sentados no meio daqueles outros pequenos escravos na pracinha da Cappella Vecchia, contra o muro de carne que pouco a pouco se desfazia na luz declinante, afundava pouco a pouco na noite como um pedaço de carne podre.

Aos meus olhos Jeanlouis era a imagem do que são infelizmente certas *élites* das jovens gerações nesta Europa não purificada, mas corrompida no sofrimento, não exaltada, mas humilhada pela alcançada liberdade: uma juventude para vender. Por que não deveria ser também essa uma "juventude para vender"? Também nós fomos vendidos quando jovens. É o destino dos jovens, nesta Europa, serem vendidos nas ruas pelo medo, ou pela fome. É preciso mesmo que a juventude se prepare, e se habitue, a recitar a sua parte na vida e no Estado. Um dia ou outro, se tudo for bem, os jovens serão vendidos nas ruas por algo de longe pior que o medo e a fome.

E como se a força daqueles meus dolorosos pensamentos puxasse ao mesmo objeto a mente dos outros comensais, o General Guillaume me perguntou de repente por que razão as autoridades italianas não só não proibiam o mercado de crianças, mas também não mostravam sequer perceber aquela indecência. "É uma vergonha" acrescentou "eu fiz expulsar cem vezes aquelas desavergonhadas e as suas desgraçadas crianças, adverti cem vezes as autoridades italianas, falei disso eu próprio por fim ao Arcebispo de Nápoles, o Cardeal Ascalesi. Tudo inútil. Proibi aos meus *goumiers* de tocar aquelas crianças, ameacei mandar fuzilá-los se não obedecessem. A tentação é muito forte para eles. Um *goumier* não poderá nunca entender que possa ser proibido comprar o que se vende em mercado público. Compete às autoridades italianas providenciar, prender aquelas mães desnaturadas, fechar aquelas crianças em um instituto. Eu não posso fazer nada." Falava lentamente, sentia que as palavras lhe doíam na boca.

Eu me pus a rir. Prender aquelas desnaturadas mães! Fechar aquelas crianças em um instituto! Não havia mais nada em Nápoles, mais nada na Europa, tudo em ruína, tudo destruído, tudo por terra, casas, igrejas, hospitais, mães, pais, filhos, tios, avós, primos, tudo *kaputt*. Eu ria, e me fazia por fim mal ao estômago aquele meu riso forte, aquele meu riso doloroso. As autoridades italianas! Um bando de ladrões e de covardes, que até o dia anterior tinham posto na prisão a pobre gente em nome de Mussolini, e agora a punha na prisão em nome de Roosevelt, de Churchill e de Stalin. Que até o dia anterior tinham dominado em nome da tirania e agora dominavam em nome da liberdade. Que importava às autoridades italianas se certas mães desnaturadas vendiam suas próprias crianças pelas ruas? Um bando de covardes, todos, do primeiro ao último, muito atarefados em lustrar os sapatos dos vencedores para poderem se ocupar de bobagens. "Prender as mães?" disse "Que mães? Proibi-las de vender as próprias crianças e por quê? Não são acaso coisas delas, as crianças? São acaso do Estado, do Governo, da polícia, dos sindicatos, dos partidos políticos? São das mães, e as mães têm o direito de fazer delas o que lhes parece. Têm fome, e têm o direito de vender seus filhos para alimentarem-se. Melhor vendê-los que comê-los. Têm o direito de vender uma, duas crianças em dez, para alimentar as outras oito. E então, que mães? De que mães pretende falar?"

"Não saberia" disse o General Guillaume profundamente surpreso "falo daquelas desnaturadas que vendem as crianças pelas ruas."

"Que mães?" disse "de que mães fala? São mães, aquelas? São mulheres? E os pais? Não têm um pai, aquelas crianças? São acaso homens, os pais? E nós? Somos acaso homens, nós?"

"*Écoutez*" disse o General Guillaume "*je me fous de vos mères, de vos autorités, de votre sacré pays*. Mas as crianças, ah, isso não! Se hoje em Nápoles se vendem as crianças, é sinal de que foram sempre vendidas. E é uma vergonha para a Itália."

"Não" disse eu "em Nápoles nunca foram vendidas as crianças. Não teria acreditado nunca que a fome pudesse chegar a tanto. Mas a culpa não é nossa."

"Quer dizer que é nossa?" disse o General Guillaume.

"Não, não é culpa de vocês. É culpa das crianças."

"Das crianças? De quais crianças?" disse o General Guillaume.

"Das crianças, daquelas crianças. Você não conhece de que raça terrível são as crianças na Itália. E não da Itália somente, mas de toda a Europa. São elas que obrigam as suas mães a vendê-las no mercado público. E sabe por quê? Para fazer dinheiro, para poder manter os próprios amantes e levar uma vida de luxo. Agora não há uma criança, em toda a Europa, que não tenha amantes, cavalos, automóveis, castelos e conta em banco. Todos Rothschild. Você não imagina sequer a que ponto de degradação moral chegaram as crianças, as nossas crianças, em toda a Europa. Naturalmente, ninguém quer que se diga. É proibido dizer essas coisas na Europa. Mas é assim. Se as mães não vendessem as suas crianças, sabe o que aconteceria? As crianças, para fazer dinheiro, venderiam as suas mães."

Todos me olhavam estupefatos. "Não me agrada que fale assim" disse o General Guillaume.

"Ah, não lhe agrada que eu diga a verdade? Mas o que sabe você da Europa? Antes de desembarcar na Itália, onde estava? No Marrocos, ou em qualquer outra parte da África do Norte. Que sabem disso os americanos ou os ingleses? Estavam na América, na Inglaterra, no Egito. Que podem saber da Europa os Aliados desembarcados em Salerno? Creem acaso que somos ainda crianças na Europa? Que somos ainda pais, mães, filhos, irmãs? Um monte de carne podre, eis o que encontrará na Europa quando a tiverem libertado. Ninguém quer que se diga, ninguém quer ouvir dizer, mas é a verdade. Eis o que é a Europa agora: um monte de carne podre."

Todos silenciaram, e o General Guillaume me olhava fixo com os olhos opacos. Tinha compaixão por mim, não sabia esconder que tinha compaixão por mim, e por tantos outros, por todos os outros como eu. Era a primeira vez que um vencedor, um inimigo, tinha compaixão por mim, e por todos os outros como eu. Mas o General Guillaume era um francês, era um europeu, também ele, um europeu como eu, e também a sua cidade, lá, em qualquer parte da França, estava destruída, também a sua casa em ruína, também a sua família vivia sob terror e sob angústia, também as suas crianças tinham fome.

"Desgraçadamente" disse o General Guillaume depois de um longo silêncio "não é o único a falar assim. Também o Arcebispo de Nápoles, o Cardeal Ascalesi, disse o que disse você. Devem ter acontecido coisas terríveis na Europa, por estarem rebaixados assim."

"Não aconteceu nada na Europa" disse eu.

"Nada?" disse o General Guillaume "E a fome, os bombardeios, os fuzilamentos, os massacres, a angústia, o terror, tudo isso é nada para você?"

"Oh, isso é nada" eu disse "são coisas para rir, a fome, os bombardeios, os fuzilamentos, os campos de concentração, todas coisas para rir, bobagens, histórias velhas. Na Europa, essas coisas as conhecemos há séculos. Nós estamos habituados agora. Não são essas as coisas que nos rebaixaram assim."

"Que coisas, então, rebaixaram vocês assim?" disse o General Guillaume com voz um pouco rouca.

"A pele."

"A pele? Qual pele?" disse o General Guillaume.

"A pele" respondi em voz baixa "a nossa pele, esta maldita pele. Você não imagina sequer de que coisa seja capaz um homem, de quais heroísmos e de quais infâmias seja capaz, para salvar a pele. Esta, esta repulsiva pele, vê?" (E assim dizendo me apertava com dois dedos a pele do dorso da mão, e ia puxando para cá e para lá.) "Uma vez se sofria a fome, a tortura, os padecimentos mais terríveis, se matava e se morria, se sofria e se fazia sofrer, para salvar a alma, para salvar a própria alma e a dos outros. Éramos capazes de todas as grandezas e de todas as infâmias para salvar a alma. Não a própria alma somente, mas também a dos outros. Hoje se sofre e se faz sofrer, se mata e se morre, se cumprem coisas maravilhosas e coisas horrendas não mais para salvar a própria alma, mas para salvar a própria pele. Acredita-se lutar e sofrer pela própria alma, mas na realidade se luta e se sofre pela própria pele, somente pela própria pele. Todo o resto não conta. Somos heróis por uma coisa bem pobre hoje! Por uma coisa ruim. A pele humana é uma coisa ruim. Olhe. É uma coisa repulsiva. E pensar que o mundo é cheio de heróis prontos a sacrificar a própria vida por uma coisa semelhante!"

"*Tout de même...*" disse o General Guillaume.

"Não pode negar que em comparação com todo o resto... Hoje, na Europa, vende-se de tudo: honra, pátria, liberdade, justiça. Deve-se reconhecer que é uma coisa de nada vender as próprias crianças."

"Você é um homem honesto" disse o General Guillaume "não venderia as suas crianças."

"Quem sabe?" respondi em voz baixa "Não se trata de ser um homem honesto, não quer dizer nada ser uma pessoa de bem. Não é uma questão de honestidade pessoal. É a civilização moderna, esta civilização sem Deus, que obriga os homens a dar uma tal importância à própria pele. Não é senão a pele que conta, agora. De seguro, de tangível, de inegável, não há senão a pele. É a única coisa que possuímos. Que é nossa. A coisa mais mortal que há no mundo. Só a alma é imortal, ai de mim! Mas o que conta a alma, agora? Não é senão a pele que conta. Tudo é feito de pele humana. Até as bandeiras dos exércitos são feitas de pele humana. Não se luta mais pela honra, pela liberdade, pela justiça. Luta-se pela pele, pela repulsiva pele."

"Você não venderia as suas crianças" repetiu o General Guillaume olhando o dorso da mão.

"Quem sabe?" eu disse "Se tivesse uma criança, talvez a vendesse para poder comprar cigarros americanos. É preciso sermos homens do próprio tempo. Quando se é covarde, é preciso ser covarde até o fundo."

V
O filho de Adão

No dia seguinte, o Coronel Jack Hamilton me levou em seu carro a Torre del Greco. A ideia de assistir a uma *figliata*, a antiga cerimônia sacra do culto uraniano, o divertia e, ao mesmo tempo, o perturbava. A sua consciência puritana o punha em suspeita, mas eu acabara por adormecer os seus escrúpulos. Não era acaso um americano, um vencedor, um libertador? O que temia, então? Era seu dever não perder nenhuma ocasião de conhecer aquela misteriosa Europa, que os americanos tinham vindo libertar.

"*Cela t'aidera à mieux comprendre l'Amérique, quand tu retournera là-bas, chez toi*" lhe dizia.

"*Comment veux-tu que cela m'aide à comprendre l'Amérique?*" respondia Jack "*Cela n'a aucun rapport avec l'Amérique.*"

"Não se faça de ingênuo" lhe dizia "a que lhe serviria a libertação da Europa, se não o ajudasse a entender a América?"

No Plymouth de Jack haviam tomado lugar também Georges, Jeanlouis e Fred. Georges tinha chegado a Nápoles só havia poucos dias, e trazia notícias frescas de Roma e de Paris: não tinha, como todos os outros, atravessado as linhas alemãs nas montanhas dos Abruzzi, tinha vindo por mar, em uma vedeta inglesa que fora esperá-lo ao largo da costa adriática, diante de Ravenna.

Tinha conhecido o Conde Georges de la V* muitos anos antes em Paris, na casa da Duquesa de Clermont-Tonnerre, que morava então na Rue Raynouard, em Passy, onde ele aparecia de quando em quando com Max Jacob, de quem era íntimo. Georges era um entre muitos Corydons da Europa, e foi, quando jovem, um dos mais belos *mignons* de Paris, daqueles que, nas crônicas mundanas de Marcel Proust, surgia por trás do espaldar das poltronas nos salões do Faubourg, como, por trás dos ombros das Ninfas, os pastorzinhos dos cachos de ouro ornados de fitas de seda nas festas campestres de Boucher e de Watteau. Aparentado, em linha paterna, com Robert de Montesquiou, e por parte de mãe com a nobreza napoleônica, Georges não somente conciliava em si mesmo a esplêndida tradição de certa libertinagem do século XVIII com aquela sensualidade grosseira e severa que desde o Império, através de Luiz Felipe, desce pelos ramos até os *grands bourgeois* de M. Thiers, mas também quase desculpava, e em certo ponto corrigia, os excessos de virilidade tão frequentes na história da Terceira República. Semelhantes personagens, é preciso convir, são mais úteis para compreender a evolução dos costumes de uma sociedade do que os homens políticos. Nascido durante o reino de Falières, crescido sob a estrela luminosa de Diaghilev, saído da adolescência sob o signo de Jean Cocteau, ele não testemunhava a decadência dos costumes na França republicana, mas o extremo esplendor, o delicioso refinamento dos espíritos, dos modos, e dos costumes, a que teria chegado a França sem a Terceira República. O Conde Georges de la V*, então chegado perto dos quarenta anos, pertencia, por universal reconhecimento, àquele eleito regimento de espíritos refinados e, se posso assim dizer, livres, que depois de ter desculpado e mitigado, aos olhos da Europa, a *muflerie* dos homens da Terceira República, pareciam destinados a justificar a inevitável *muflerie* dos homens desta Quarta República, que fatalmente nasceria da libertação da França e da Europa.

"É marxista também Georges?" murmurei no ouvido de Jeanlouis.

"Naturalmente" respondeu Jeanlouis.

Aquele "naturalmente" deixou-me perplexo, e um pouco me perturbou. Não podia habituar-me à ideia de que o marxismo não fosse nada mais que um pretexto para justificar a liberação dos costumes das jovens gerações europeias. Tal pretexto devia esconder uma razão mais profunda. Depois de toda guerra, depois de toda revolução, assim como depois de uma carestia ou peste, sabe-se que os costumes decaem. Nos jovens, a corrupção dos costumes é tanto um fato moral quanto fisiológico, e extrapola facilmente em anormalidade. O seu aspecto mais frequente é a homossexualidade, na sua forma, de ordinário mais difundida entre os jovens, "*d'un hédonisme de l'esprit*", transcrevo aqui as palavras de um escritor católico que considerou o problema com delicado pudor, "*d'un dandysme à l'usage d'anarchistes intelectuels, d'une méthode pour se prêter aux enrichissements de la vie et pour jouir de soi-même*".

Desta vez, todavia, a corrupção dos costumes, na juventude europeia, tinha precedido, não seguido a guerra, foi um anúncio, uma premissa da guerra, quase uma preparação para a tragédia da Europa, não uma consequência. Já muito antes dos dolorosos eventos de 1939, parecia que a juventude europeia obedecia a uma palavra de ordem, era vítima de um plano, de um programa preparado à distância e direto com frio cálculo por uma cínica mente. Teria sido dito que existia um Plano Quinquenal da homossexualidade para a corrupção da juventude europeia. Aquele certo ar equívoco nos modos, nas atitudes, nos ditos, no tom das amizades, na promiscuidade social entre jovens burgueses e jovens operários, aquele conúbio entre corrupção burguesa e corrupção proletária eram fenômenos já dolorosamente notados antes da guerra, especialmente na Itália (onde, em certos círculos de jovens intelectuais e artistas, sobretudo pintores e poetas, se praticava a pederastia acreditando praticar o comunismo), e já denunciados à opinião pública por observadores, por estudiosos, e até por políticos, geralmente desatentos aos fatos estranhos à vida política.

O que sobretudo me surpreendia era o fato de que tal corrupção dos costumes juvenis, tanto na classe burguesa quanto na classe proletária (mas mais naquela do que nesta, quando deve ser levado em conta o natural bovarismo de certa juventude operária mais em contato com a juventude burguesa), acontecesse com o pretexto do comunismo, quase como se a inversão sexual, mesmo não consumada, mas somente imitada, representada, fosse uma indispensável iniciação às ideias comunistas. E eu já me tinha mil vezes perguntado (pois o problema me parecia de importância fundamental) se isso acontecia espontaneamente, por íntima corrupção moral e fisiológica, como reação aos costumes, aos modos, aos preconceitos, aos declinantes ideais burgueses, ou mais em consequência de uma sutil, cínica, perversa propaganda conduzida de longe, e objetivando dissolver o tecido social europeu, em antecipação ao que os espíritos débeis do nosso tempo saúdam como a grande revolução da idade moderna.

Talvez se possa objetar que tal fenômeno seja só aparente, que o comunismo dos jovens, assim como a sua afetada e proclamada, mas mais imitada que consumada, inversão sexual, não seja senão uma forma de dandismo intelectual, de diletantismo mais de maneiras que de fatos, de esnobe desafio aos bons costumes e aos preconceitos burgueses, e que os jovens representam hoje a parte dos invertidos como, ao tempo de Byron e de Musset, representavam a de heróis românticos, ou, mais tarde, a de poetas malditos e, mais recentemente, a parte dos refinados Des Esseintes. Todavia, esses pensamentos me perturbavam, aguçando em mim o desejo de assistir à *figliata*, não tanto por simples curiosidade quanto para poder perceber até que ponto o mal era temível, qual era o espírito dele, e o que havia de novo no espírito desse mal.

Qual não foi a minha surpresa quando, mais tarde, Jeanlouis me revelaria que Georges era uma espécie de personagem político (antes, acrescentou Jeanlouis, um herói), que no curso da guerra prestou, e prestava ainda, preciosos serviços aos Aliados, que, estando ele em Londres no verão de 1940, tinha caído de paraquedas no território francês, que três vezes, de 1940 em diante, conseguiu ir à Inglaterra através da Espanha e de Portugal, e três vezes voltou à França em paraquedas para cumprir missões de delicada importância, e que os Aliados o tinham em grande consideração para pô-lo na chefia do "*maquis*" dos invertidos da Europa.

A imagem de Georges, que descia oscilando do céu na sombra branca do imenso guarda-chuva aberto a pique sobre sua cabeça, agitando as rosadas mãos e os redondos quadris no ar azul, a imagem daquele louro Cupido que descia em terra tocando a relva com a ponta do pé, ligeiramente, como um anjo na orla de uma nuvem, me fazia, tenho vergonha de dizê-lo, me fazia rir. Eu sei, é irreverente rir de um herói: mas existem heróis que fazem rir, ainda que sejam heróis da liberdade. Existem outros que fazem chorar: e não sei se são melhores ou piores do que aqueles. Por ora não fazemos senão rir uns dos outros, e chorar, na Europa: é um mau sinal. Mas acrescento, para desculpar-me, que no meu modo de rir não havia por sorte nada de maligno.

Os invertidos dispersos por toda a Europa, e naturalmente também na Alemanha e na URSS, demonstraram-se elementos preciosíssimos para o serviço de informação inglês e americano, desenvolvendo desde o início da guerra um trabalho político e militar particularmente delicado e perigoso. Os invertidos, como é sabido, constituem uma espécie de confraternidade internacional, uma sociedade secreta governada por leis de uma amizade terna e profunda, que não está à mercê da debilidade e da proverbial inconstância do sexo. O amor dos invertidos está, graças a Deus, acima de um e do outro sexo, e seria um sentimento perfeito, de todo livre de toda espécie de humana escravidão, assim das virtudes como dos vícios próprios do homem, se não o dominassem os caprichos, os histerismos e certas mesquinhas e tristes malvadezas, naturais ao seu ânimo de velhas solteironas. Mas o famoso General americano Donovan, de quem Georges tornara-se o braço direito para tudo quanto concernia ao "*maquis*" dos homossexuais, soube tirar vantagem das mesmas debilidades da inversão sexual, até a fazer dela um maravilhoso instrumento de luta. Um dia, talvez, quando os segredos desta guerra puderem ser revelados aos profanos, será dado a conhecer quantas vidas humanas foram salvas graças às secretas carícias dos *mignons* dispersos por todos os países da Europa. Tudo foi posto em obra, nesta estranha e terrível guerra, para a vitória, tudo, também a pederastia: a qual merece, portanto, o respeito de cada sincero amante da liberdade. Certos moralistas, talvez, não serão desse parecer: mas não se pode pretender que todos os heróis sejam de costumes ilibados e de um sexo bem definido. Não existe um sexo obrigatório para os heróis da liberdade.

A ideia do "*maquis*" dos invertidos foi uma ideia de Georges: e a ele cabe o mérito de ter organizado, em todos os países ocupados pelos alemães, e mesmo na Alemanha, aquele *réseau* de jovens *mignons* que tantos e tão valiosos serviços prestaram à nobre causa da liberdade europeia. Naqueles dias de novembro de 1943, Georges veio de Paris a Nápoles para combinar com o Comando Supremo Aliado de Caserta o plano para realizar na Itália. Deve-se a Georges que o famoso Coronel

Dollmann, a verdadeira cabeça política de Hitler em Roma, tenha acabado então por cair na rede dos jovens *mignons*, a qual Georges havia estendido pacientemente em torno dele.

Dollmann era cruel e belíssimo, duas qualidades que o destinavam a cair vítima das sutis artes de Georges: enamorado de um jovem da mais alta nobreza romana, foi por aquela imprudente paixão arrastado a trair. Foi Dollmann, de fato, a concluir na Suíça, sem o conhecimento de Hitler e de Mussolini, os acordos secretos que salvaram da destruição as indústrias da Itália do Norte e levaram à falta de resistência, e à rendição, das tropas alemãs durante a ofensiva aliada de abril de 1945 na Itália. Naquelas tratativas Georges realizou a parte decisiva, comportando-se como o herói corneliano que era e, espero, seja ainda. Porque, enamoradíssimo também ele do jovem amante de Dollmann, soube sacrificar o seu amor pela causa da liberdade europeia. De que sacrifício um invertido não é capaz para a causa da liberdade!

Georges, que estava sentado junto a Jack, lhe apoiara uma mão no braço e ia lhe falando de Paris, da França, da vida parisiense durante a ocupação, dos oficiais e dos soldados alemães em caminhadas pelos Champs-Élysées, ou sentados à mesa do Maxim's, de Larue, do Deux Magots. Discorria sobre Paris, sobre os amores, os mexericos, os escândalos de Paris, e Jack, de vez em quando se voltava para dizer-me: "*Tu entends? On parle de Paris!*". Jack estava feliz por poder papear em francês com um verdadeiro francês, embora certas vezes viesse a se encontrar na situação de François de Séryeuse diante de Mrs. Wayne, em *Bal du Comte d'Orgel*: *Georges faisait des "mots" que Jack prenait pour des fautes de français*. Georges falava da jovem e bela Condessa de V*, sua prima, com inveja e ciúmes, de André Gide com secreto rancor, de Jean Cocteau com afetuoso desprezo, de Jean-Paul Sartre e das suas *Mouches* com afetado descuido, e da velha Duquesa de P* como uma solteirona fala de seu cão: que teve gripe, que agora estava melhor, que fazia pipi regularmente, que latia diante dos espelhos. Aquela velha Condessa de P* que latia diante dos espelhos impressionou fortemente Jack: o qual se voltava de vez em quando para dizer-me: "*Tu entends? C'est marrant, n'est-ce pas?*".

A certo ponto Georges pôs-se a falar dos *zazous* de Paris.

"*What?*" disse Jack "*Les zazous? Qu'est-ce que c'est que les zazous?*"

Primeiro rindo da ingênua ignorância de Jack, e pouco a pouco fechando a cara, Georges disse que os *zazous* eram jovens excêntricos entre os dezessete e os vinte anos, vestidos de modo estranho, com sapatos de golfe, calças apertadas e enroladas até a metade das canelas, jaqueta muito longa, sempre de veludo, e uma camisa de colarinho alto e estreito. Usavam, disse, os cabelos longos e lisos até o pescoço, penteados na testa e nas têmporas de modo que recordava a cabeleira de Maria Antonieta. Os *zazous* começaram a aparecer aqui e ali em Paris ao fim de 1940, mais numerosos no bairro dito de La Muette, nas proximidades da praça Victor Hugo (em um bar daquela praça tinham de fato o seu quartel general), espalhando-se então pouco a pouco, em densos grupos, pela Rive Gauche: mas os seus bairros preferidos permaneceram aqueles elegantes de La Muette e dos Champs-Élysées.

Pertenciam de regra a famílias da burguesia rica, e pareciam isentos das preocupações de várias naturezas que angustiavam, naquele tempo, o ânimo dos franceses. Não demonstravam interesse particular nem pela arte, nem pela literatura, nem pelo esporte, e menos do que tudo pela política, se todavia se pode dar esse nome à suja política daqueles anos. Por tudo o que a palavra *flirt* exprime, ou subentende, afetavam indiferença, embora andassem em geral acompanhados, ou, melhor dizendo, seguidos, pelas *zazous* fêmeas, também estas de tenríssima idade e vestidas também de modo excêntrico, com um colete longo até o púbis e um saiote curto até acima do joelho. Não falavam nunca, em público, em voz alta, mas sempre em voz suave, quase como se falassem ao ouvido, e sempre de cinema: não, todavia, de atores e de atrizes, mas de diretores e de filmes. Passavam as suas tardes nos cinemas, e nas salas escuras não se ouvia senão o seu murmurar suave, o seu chamar um ao outro com breves gritos guturais.

Que algo de pouco claro havia neles, nos seus secretos conciliábulos e misteriosos ires e vires, poderia ser provado pelo fato que, sempre, a polícia invadia os seus encontros habituais. "*Allez, allez travailler, les fils à papa*" diziam bem humorados os *flics* empurrando os *zazous* para a porta. A polícia francesa, naqueles anos, não tinha muita vontade de mostrar-se astuta, e a polícia alemã não dava grande importância aos *zazous*. Não se pode dizer que, quanto à polícia francesa, se tratasse de ingenuidade ou de tácita cumplicidade: mas era sabido de todos que os *zazous* se proclamavam, ainda que suavemente, gaulistas. Com o passar do tempo, muitos *zazous* se deram aos pequenos tráficos, em especial no mercado negro dos cigarros americanos e ingleses. E em fins de 1942 acontecia com frequência que a polícia conseguisse sequestrar, nos bolsos dos *zazous*, não só pacotes de Camel e de Players, mas também folhetos de propaganda gaulista impressos na Inglaterra. "Infantilidades" diziam alguns: e isso era também o parecer da polícia francesa, que não queria distúrbios.

Que atrás das costas dos *zazous* havia, ou não, o famoso General americano Donovan não era fácil, então, estabelecer: hoje não é mais possível qualquer dúvida. Os *zazous* formavam um *réseau* em estreito contato com a *Intelligence* americana e inglesa. Mas, então, os *zazous* apareciam, aos olhos dos parisienses, nada mais que jovens excêntricos, que tinham, por natural reação à severidade da vida naqueles anos, lançado uma moda fácil e divertida, e aos quais se podia reprovar no máximo representarem a parte de *lions* e de *dandies*, indiferentes assim aos sofrimentos e às angústias comuns, como a soberba e a brutalidade dos alemães, em uma sociedade burguesa amedrontada, aviltada, e de nada mais desejosa do que não ter problemas com os alemães nem com os Aliados, mas mais com aqueles do que com estes. E quanto aos costumes dos *zazous*, não se podia dizer nada de preciso, e, sobretudo, nada de mal. Os seus modos, as suas atitudes, eram talvez também esses inspirados naquele mito da liberdade individual, que é grandíssima parte da mitologia dos homossexuais. Mas, mais do que os costumes, os distinguia dos invertidos a tendência política: porque os *zazous* se diziam gaulistas, e os homossexuais se proclamavam comunistas.

"*Ah! Ah! Les zazous! Tu entends?*" dizia Jack voltando-se a mim "*Les zazous! Ah! Ah! Les zazous!*"

"*Je n'aime pas les zazous*" disse Georges de repente, "*ce sont des réactionnaires.*"

Eu me pus a rir, e murmurei ao ouvido de Jeanlouis: "Está com ciúmes dos *zazous*".

"Com ciúmes daqueles imbecis?" respondeu Jeanlouis com profundo desprezo "enquanto eles bancam os heróis em Paris, nós morremos pela liberdade."

Eu me calei, não sabendo o que responder. Não se sabe nunca o que responder à gente que morre pela liberdade.

"E Matisse? O que faz Matisse?" dizia Jack "E Picasso?"

Georges respondia sorrindo, com a sua voz de rolinha. Tudo, nos seus lábios, tornava-se pretexto para bisbilhotice: e de Picasso, de Matisse, do cubismo, da pintura francesa durante a ocupação alemã, Georges pegou a deixa para um maravilhoso arabesco de bisbilhotices e perfídias.

"E Rouault? E Bonnard? E Jean Cocteau? E Serge Lifar?" dizia Jack.

Ao nome de Serge Lifar o rosto de Georges se obscureceu, e dos seus lábios saiu um surdo lamento: a sua testa se inclinou sobre o ombro de Jack, a mão direita descreveu no ar um gesto lento e vago. "*Ah, ne m'en parlez pas, je vous en supplie!*" disse com voz débil, rota de comoção.

"*Oh, sorry*" disse Jack "*est-ce qu'il lui est arrivé quelque malheur? Est-ce qu'on l'a arrêté? Fusilé?*".

"*Pire que ça*" disse Georges.

"*Pire que ça?*" exclamou Jack.

"*Il danse!*" disse Georges.

"*Il danse?*" disse Jack profundamente surpreso, não conseguindo capacitar-se como, para um bailarino, em Paris, bailar fosse um tão grave desastre.

"*Hélas, il danse!*" repetiu Georges com uma voz cheia de angústia, de amargura e de rancor.

"*Vous l'avez vu danser?*" disse Jack, com o mesmo tom com o qual teria perguntado "*vous l'avez vu mourir?*".

"*Hélas, oui!*" respondeu Georges.

"*Il y a longtemps de cela?*" perguntou Jack em voz baixa.

"*Le soir avant de quitter Paris*" disse Georges. "*Je vais le voir danser tous les soirs, hélas! Tout Paris court le voir danser. Car il danse, hélas!*"

"*Il danse, hélas!*" repetiu Jack, e voltando-se para mim: "*Il danse, tu comprends?*" disse com voz triunfante "*il danse, hélas!*".

Quando chegamos a Torre del Greco, eram quatro da tarde. Viramos rumo à marina e paramos ao final de uma estradinha fechada entre muros altos, em um ponto onde os vinhedos e os jardins de cítricos descem até a beira do mar. Empurramos a cancela e entramos em uma grande horta que se estendia em torno da pobre casa de um pescador, de paredes pintadas de desbotado vermelho pompeiano. O arco de uma varanda se abria na fachada da casa, e diante da varanda corria, por todo o comprimento da horta, um pergolado ainda vestido das parras queimadas pelos primeiros frios do outono, e entre as parras vermelhas esplendiam aqui e ali alguns cachos de uva branca, dourada do último fogo do morto verão. Sob o pergolado estava posta uma mesa rústica, coberta com uma toalha de linho cru, sobre a qual estavam dispostas as louças de maiólica rústica, os talheres de cabo de osso e algumas garrafas de vinho do Vesúvio, daquele vinho branco que da lava negra do vulcão e da limpidez do ar marinho extrai uma maravilhosa força, seca e delicada.

Os amigos de Jeanlouis, que nos esperavam sentados nos bancos de mármore antigo espalhados pela horta (as casas, os jardins, as hortas daquela parte da campanha napolitana que se estende aos pés do Vesúvio são cheios de mármores desenterrados nas escavações de Herculano e Pompeia), acolheram Georges, Fred e Jeanlouis com altos gritos de alegria, e vieram ao encontro deles com braços abertos, requebrando os quadris e movendo a cabeça para cá e para lá com doces gestos amorosos. Abraçaram-se, falaram-se ao ouvido, olharam-se ternamente nos olhos: e parecia que não se viam havia cem anos, quando haviam se deixado havia pouco, talvez uma hora. Todos, um a um, beijaram a mão de Georges, que acolhia aquela homenagem com graça real, todavia sorrindo com orgulhoso desprezo. Quando a cerimônia do beija-mão acabou, Georges se transfigurou: pareceu acordar, abriu os olhos, olhou em torno com fingida surpresa, começou a gorjear, a bater as penas, e andava de um ao outro com aqueles seus passinhos curtos e vivos que o faziam assemelhar-se a um pássaro saltitante em invisíveis ramos. Na sombra que os brotos do pergolado desenhavam no chão, saltava de fato da sombra de um broto a outra, e parecia bicar aqui e ali, com sua graça de passarinho, os dourados bagos de uva convidativos entre as parras vermelhas.

Jack e eu estávamos sentados à parte num banco de mármore, para não perturbar aqueles honestos e graciosos amores, e Jack ria, batendo a cabeça: "*Do you really think*" dizia "*tu crois vraiment...*".

"Naturalmente" dizia eu.

"*Ah! Ah! Ah! C'est donc ça*" dizia Jack "*c'est donc ça, ce que vous appelez des héros, en Europe?*"

"Foram vocês" eu dizia "que os tornaram heróis. Vocês tinham mesmo necessidade dos nossos pederastas para vencer a guerra? Por sorte, em matéria de herói, temos do melhor na Europa."

"Não crê que tenham do melhor mesmo no caso de pederastas?" dizia Jack.

"Começo a crer que os pederastas sejam os únicos a terem vencido a guerra."

"Começo a crer também eu" dizia Jack, e balançava a cabeça rindo.

Georges e seus amigos, entretanto, passeavam pela horta sussurrando entre si, e lançando olhares inquietos e impacientes para a casa.

"O que esperamos?" dizia Jack "crê que estejamos esperando alguém? Começo a ter medo, tenho a suspeita de que esta história deva acabar mal."

De repente voltei os olhos para a marina, e disse em voz baixa: "Olha o mar, Jack".

O mar, agarrado à orla, me olhava fixo. Olhava-me fixo com os seus grandes olhos verdes, arquejando, como uma fera agarrada à orla: exalava um odor estranho, um forte odor de fera selvagem. Longe, para o ocidente, onde o sol já declinava em um horizonte enevoado, arfavam ancorados ao largo do porto centenas e centenas de barcos a vapor, envoltos em densa névoa cinza, rompida pelo branco brilho das gaivotas. Outras naves sulcavam remotas as águas do golfo, lá embaixo, negras contra o transparente espectro azul da ilha de Capri: e uma tempestade que subia do siroco, sobrecarregando pouco a pouco o céu (eram nuvens lívidas, cortadas por relâmpagos sulfúreos, súbitos, sutis rachaduras verdes, de fulgurantes brilhos negros), projetava diante de si brancas velas perdidas, que procuravam fuga para o porto de Castellammare. A cena era triste e viva, com aquelas naves fumarentas no fundo do horizonte, aquelas velas em fuga diante do lampejar verde e amarelo da negra tempestade, com aquela remota ilha errante no abismo azul do céu: era uma paisagem mítica, e na margem daquela paisagem Andrômeda, acorrentada a uma rocha, chorava, quem sabe onde, Perseu, quem sabe onde, matava o monstro.

O mar me olhava fixo com os seus grandes olhos suplicantes, arquejando como uma fera ferida, e eu tremia. Era a primeira vez que o mar me olhava daquele modo. Era a primeira vez que eu sentia o olhar daqueles olhos verdes cravar em mim com tão pesada tristeza, com tal angústia, com uma dor tão deserta. Olhava-me fixo, arquejando, era justo como uma fera ferida, agarrada à orla, e eu tremia de horror e de piedade. Estava cansado de ver sofrer os homens, de vê-los gotejar sangue, arrastar-se por terra gemendo, estava cansado de ouvir os seus lamentos, aquelas palavras surpreendentes que os moribundos murmuram sorrindo na agonia. Estava cansado de ver sofrer os homens, os animais, as árvores, o céu, a terra, o mar, estava cansado de seus sofrimentos, de seus estúpidos e inúteis sofrimentos, de seus terrores, da sua interminável agonia. Estava cansado de ter horror, cansado de ter piedade. Ah, a piedade! Tinha vergonha de ter piedade. E ainda tremia de piedade e de horror. Ao fundo do remoto arco do golfo, o Vesúvio surgia nu, espectral, os flancos estriados das unhadas do fogo e da lava, e sangrante nas profundas feridas das quais jorravam chamas e auréolas de fumo. O mar, agarrado à orla, olhava-me fixo com os seus grandes olhos suplicantes, arquejando: todo coberto de escamas verdes, como um imenso réptil. E eu tremia de piedade e de horror, ouvindo o rouco lamento do Vesúvio errante alto no céu.

Mas em torno de mim as escuras, lustrosas folhas dos limões e das laranjas e o argênteo variar das olivas na brisa marinha, sob o turvo brilho do sol já declinante, faziam um lugar de paz tépida e clara no coração da convulsa e ameaçadora natureza. Vinham da casinha uma fragrância de peixe fresco e de pão recém-desenfornado, um tinir de louças, uma gentil voz de mulher que falava baixo.

Um velho pescador saiu da casa, e voltado aos nossos amigos, que ao fundo da horta discorriam entre si de jeito misterioso, gritou que tudo estava pronto. Pensei tratar-se da ceia e, sentado junto a Jack, enchi de vinho os nossos copos. Aquele vinho tinha um sabor delicado e vivo, que esfumava em um aroma suavíssimo de ervas selvagens: e eu reconheci naquele sabor e naquele odor o quente respiro do Vesúvio, o hálito do vento nos vinhedos do outono nascente dos campos de lava negra e dos mortos desertos de cinza gris, que se estendem em torno de Bosco Treccase, nos flancos do árido vulcão. E disse a Jack: "Beba. Este vinho é espremido da uva do Vesúvio, tem o sabor misterioso do fogo infernal, o odor da lava, dos seus lapílis e da cinza que sepultaram Herculano e Pompeia. Beba, Jack, este sacro, antigo vinho".

Jack levou o copo aos lábios, e disse: "*Strange people, you are!*".

"*A strange, a miserable, a marvellous people...*" disse eu levando o copo. Mas naquele momento percebi que os nossos amigos tinham desaparecido. Um som de vozes baixas chegava do interior da casa, e um longo e alto gemido, uma espécie de lamento cantado, quase um hino doloroso, semelhante ao lamento de uma parturiente modulado sobre o motivo de uma canção amorosa. Levantamos curiosos, aproximamo-nos, sem fazer rumor, da casa, entramos. O som das vozes, e aquele estranho lamento, desciam do pavimento superior. Subimos em silêncio a escada, empurramos uma porta e paramos na soleira.

Era um pobre quarto de pescador, atravancado por um imenso leito no qual, sob uma coberta de seda amarela, jazia, homem ou mulher, um vago ser humano: a cabeça, afundada numa cândida touca orlada de renda e apertada sob o queixo por uma larga fita azul, pousava em meio a um amplo e fofo travesseiro de lúcida fronha de seda branca, como uma cabeça cortada em um prato de prata. No rosto queimado de sol e de vento esplendiam os olhos grandes e escuros. Tinha a boca grande, de lábios vermelhos sombreados por um par de bigodes negros. Era um homem, sem dúvida, um jovem de não mais de vinte anos. Lamentava-se cantando de boca aberta, e batia a cabeça aqui e ali no travesseiro, agitava fora dos lençóis os braços musculosos apertados nas mangas de uma camisola de noite feminina, como se não pudesse mais suportar a mordida de alguma dor cruel, e se tocava com ambas as mãos, cantando "Ohi! Ohi! Pobre de mim!", o ventre estranhamente inchado, assim como o ventre de uma mulher grávida.

Em torno do leito, Jeanlouis e seus amigos se agitavam pressurosos e espaventados, como arrebatados pela angústia que aperta o coração dos familiares à cabeceira de uma parturiente: e um refrescava com paninhos molhados a testa do paciente, outro vertia em um lenço vinagre e aromáticos, encostava-o às narinas dele, um outro preparava toalhas de mão, gazes, bandagens de linho, outro ainda ocupava-se em volta de dois baldes em que uma velha de rosto enrugado, e de cabelos grisalhos desgrenhados, com gestos lentos e estudados, em contraste com o angustiado balançar da cabeça, com os suspiros fatigados que arrancava do peito, com os olhares suplicantes que alçava ao céu, ia vertendo água quente em duas jarras que levantava e abaixava ritmicamente. Todos os outros corriam sem parar para cá e para lá do quarto, cruzando-se, chocando-se, apertando a cabeça entre as mãos, e gritando: "*Mon Dieu! Mon Dieu!*" toda vez que o parturiente lançava um urro mais agudo, ou um gemido mais dilacerante.

Em pé no meio do quarto, com um enorme pacote de algodão hidrófilo apertado entre as mãos, do qual com gesto solene vinha puxando grandes flocos que, lançados ao ar, caíam em torno lentamente como uma tépida neve vinda de um céu luminoso e quente, Georges parecia a estátua da Angústia e da Dor. "Ohi! Ohi! Pobre de mim!" cantava o parturiente batendo com ambas as mãos no ventre inchado, que ressoava como um tambor, e o baque profundo daqueles fortes dedos de marinheiro naquele ventre de mulher grávida soava crudelíssimo a Georges, que fechava os olhos, mortificado no rosto e trêmulo, e gemia "*Mon Dieu! Ah! Mon Dieu!*".

Nem bem Jeanlouis e seus amigos se aperceberam de nós, que, parados na soleira, contemplávamos aquela cena extraordinária, voltaram-se com um grito só: e com tímidos gestos, com violência pudica, com cem espécies de trejeitos e de tremeliques graciosos, com leves toques que pareciam carícias, com suspiros que pareciam de espanto, e eram, quase, de prazer, tentavam nos empurrar fora da porta. E teriam talvez conseguido o seu intento, se de súbito um grito altíssimo não tivesse ressoado no quarto. Todos se voltaram e, com um ganido de dor e de espanto, avançaram para o leito.

Pálido, os olhos cerrados, as duas mãos apertadas em volta das têmporas, o parturiente batia a cabeça para cá e para lá no travesseiro, gritando com voz agudíssima. Uma baba sanguinolenta espumava em torno dos lábios, e grossas lágrimas lhe sulcavam o moreno e másculo rosto, orvalhando os negros bigodes. "Cicillo! Cicillo!" gritou a velha jogando-se no leito e, enfiando as mãos sob o lençol, soprando, fazendo estalar a língua, obscenamente rumorejando com os lábios, revirando os olhos e puxando do fundo do seio gorgolejantes suspiros, ia trabalhando em torno daquele inchado ventre, que ora se levantava, ora se abaixava, balançando desajeitadamente sob a coberta de seda amarela. De vez em quando a velha gritava: "Cicillo! Cicillo! não tenha medo, *ci songo io accà!*" e parecia que, aferrada com as duas mãos a alguma repulsiva besta, tentasse estrangulá-la. Cicillo jazia de pernas abertas, espumando pela boca, invocando "San Gennaro! San Gennaro ajude-me!" e batia a cabeça para cá e para lá com cega violência, em vão contido por Georges que, chorando e, com suavíssima ternura, abraçando-o, cuidava de impedir que ferisse a cabeça contra os ferros do leito.

De repente a velha pôs-se a puxar para si com ambas as mãos algo de dentro do ventre de Cicillo, e finalmente com um grito de triunfo arrancou, levou ao alto e mostrou a todos uma espécie de monstrinho de cor escura, de rosto enrugado pintalgado de manchas vermelhas. Àquela visão, todos foram invadidos por uma alegria furiosa, abraçavam-se um ao outro lacrimejando, beijavam-se na boca, e saltando e gritando se apertavam em torno da velha que, fincando as unhas na escura e rugosa carne do neonato, ia levantando-o ao céu, como se o oferecesse em tributo a algum Deus, e gritava: "Oh, bendito! Oh, bendito da Madona! Oh, filho miraculoso!". Até que todos, como possuídos, puseram-se a correr para cá e para lá no quarto, arremedando o menino recém-nascido, a choramingar, a chorar com voz agudíssima arreganhando a boca até as orelhas e esfregando os olhos com os punhos fechados: "Ih! Ih! Ih! Ih! Ih!". Arrancado das unhas da velha, e passando de mão em mão, o neonato chegou afinal à cabeceira de Cicillo: que, endireitando-se para sentar no leito, o belo rosto másculo e bigodudo iluminado por um dulcíssimo sorriso maternal, abria os musculosos braços ao fruto das suas vísceras. "Filho meu!" gritou e, agarrado ao monstrinho, apertou-o no seio, esfregou-o contra o peludo peito, cobriu-lhe o rosto de beijos, acalentou-o demoradamente nos braços, cantarolando e, por fim, com um belíssimo sorriso, estendeu-o a Georges.

Aquele gesto, no rito da *figliata*, significava que a honra da paternidade cabia a Georges: que acolheu de mãos abertas o neonato, pôs-se a embalá-lo, a acariciá-lo, a beijá-lo, admirando-o com olhos risonhos e lacrimosos. Eu olhava o menino e me horrorizava. Era uma antiga estatueta de madeira, um fetiche rusticamente esculpido, e parecia um daqueles simulacros fálicos pintados nas paredes das casas em Pompeia.

Tinha a cabeça pequeníssima e informe, os braços curtos e esqueléticos, o ventre inchado, enorme, e abaixo do ventre despontava um falo de grossura e de forma nunca vistas, como a cabeça de um cogumelo venenoso, vermelha e sarapintada de manchinhas brancas. Depois de ter olhado demoradamente o monstrinho, Georges o encostou no rosto, apoiou os lábios na cabeça daquele cogumelo e ficou beijando-o e mordendo. Estava pálido, suado, ofegante, e lhe tremiam as mãos. Todos se estreitaram em volta guinchando, levantando e agitando os braços, disputando para beijar aquele repulsivo falo, com um furor que tanto tinha de surpreendente quanto de horrível.

Naquele momento, do fundo das escadas, uma voz forte gritou: "*I spaghetti! I spaghetti!*" e um aroma de massa cozida e de molho de tomate entrou com a voz no quarto. Àquele grito, Cicillo jogou as pernas para fora do leito e, com uma mão apoiada no ombro de Georges, quase abraçando-o, com a outra pudicamente apertando no peito o decote da camisola, se levantou, pousou os pés no pavimento: devagar, devagar, com gestos graciosos, com débeis suspiros, com lânguidos olhares, suportado e conduzido por dez braços amorosos, moveu-se e, envolto em um roupão de seda vermelha, que a velha lhe tinha jogado sobre os ombros, encaminhou-se gemendo para a porta. E todos fomos atrás dele.

O almoço começou. Primeiro vieram os espaguetes, depois a fritada de tainhas e de lulas, depois a carne à genovesa e, por último, a "pastiera" doce, que é uma torta napolitana de massa de ovos, recheada de ricota. Jack e eu, sentados ao fundo da mesa, observávamos em silêncio, bastante mais perturbados que divertidos, as atitudes dos vários personagens daquela singular comédia, esperando que de um momento para o outro algo de extraordinário acontecesse. Todos comiam e bebiam alegremente, invadidos por uma embriaguez que, primeiro lânguida, pouco a pouco pegava fogo, tornava-se furor amoroso, ciumenta raiva. A uma incauta palavra de Georges que, ruborizado, a testa apoiada no ombro de Cicillo, fixava os seus amigos, e rivais, com olhar mau, Jeanlouis a certo ponto se pôs a chorar, assim me pareceu, de despeito: e qual não foi a minha surpresa, quando percebi que a sua dor era viva e sincera, e que verdadeiramente sofria. Chamei-o pelo nome, e todos se voltaram para mim surpresos e irritados, como se eu tivesse perturbado uma cena sabiamente arquitetada e representada. Jeanlouis continuou a chorar copiosamente, e não mostrou serenar-se senão quando Cicillo, levantando-se languidamente da sua cadeira, se aproximou e, beijando-o atrás da orelha passou a acariciar-lhe os cabelos, falando-lhe em voz baixa com um extraordinário acento de ternura, visivelmente movido, todavia, mais do que pelo desejo de aliviar a dor de Jeanlouis, pelo pérfido prazer de excitar os ciúmes dos seus rivais.

Visto em pé, e próximo, Cicillo parecia bastante mais jovem do que estendido no leito. Era um rapaz de não mais que dezoito anos, e belíssimo. Mas o que me perturbou foi a perfeita naturalidade dos seus modos e de seus acentos, aquele seu ar de ator especializadíssimo em todo o jogo cênico. Não só não parecia intimidado, ou envergonhado, de seu estranho penteado, nem da parte que representava, mas quase se mostrava orgulhoso do seu travestimento e da sua arte.

Depois de ter bastante acariciado Jeanlouis, tornou a sentar-se na cabeceira da mesa e em breve, fosse pelo calor da comida, fosse pelo fogo do vinho, ou pelo ar vivo do mar, parecia pouco a pouco perder algo da sua, se assim posso dizer, feminina pudicícia. E os seus olhos se acendiam, a sua voz vinha ficando forte, enriquecia-se de timbres másculos e sonoros; sob a pele, queimada de sol, os músculos despertavam e já pulsavam nos ombros e nos braços; as mãos pouco a pouco se tornavam viris, os dedos se faziam nodosos e duros. Aquele fato me desagradou, parecendo que tal mudança acentuasse de modo muito descoberto o que de desagradável tinha aquela comédia e os subentendidos que ela propunha, ou escondia. Mas, como depois soube, também aquela inesperada metamorfose fazia parte da *figliata*, era antes o momento mais delicado do rito: e não havia *figliata* que não terminasse com a cerimônia, digamos assim, do beija-mão.

Cicillo, de fato, em certo ponto se pôs a excitar com a voz e com os gestos os comensais, às palavras e gritos afetuosos mesclando insultos e piadas assustadoras, até que pôs-se de pé e com amplo gesto real tirou a touca da testa como se tirasse uma coroa, olhou orgulhosamente em torno, descerrou os lábios em um sorriso de triunfo e de desprezo, balançando a cabeça de negros cabelos encaracolados, e, de súbito, derrubada com um chute a cadeira, fugiu para a casa, empurrou a porta, lançou um riso estridente e desapareceu. Todos se levantaram, e com agudos gemidos de dor e de raiva o seguiram, desapareceram no interior da casa.

"*Come on!*" gritou Jack agarrando-me por um braço e arrastando-me consigo. Percebi que estava pálido, e que grossas gotas de suor lhe orvalhavam a testa. Subimos correndo as escadas, e chegamos à porta.

Cicillo estava de costas no leito de pernas abertas e, apoiado nos cotovelos, fixava Georges com um olhar no qual luzia algo de irônico e, ao mesmo tempo, ameaçador. Georges estava em pé diante dele, imóvel, ofegando forte, quase apoiado com as costas no grupo de seus amigos, que lhe faziam força com o peito contra os ombros. De repente, com um grito que soou surpreendentemente horrível em meu ouvido, Georges caiu de joelhos diante de Cicillo, e com uma choradeira de amor e de dor lhe mergulhou o rosto entre as coxas.

Com um movimento lento, pesado, quase malvado, o jovem se voltou, estendeu-se com o rosto no leito, oferecendo as nádegas magras e musculosas: selvagemente gritando e chorando, Georges lhe beijava, lhe mordia as nádegas e, entrementes, ia se despojando em fúria, desabotoava-se, livrava-se das calças, e todos, gritando e chorando, desabotoavam-se, livravam-se das calças, se punham de joelhos, se beijavam, se mordiam um ao outro nas nádegas, arrastando-se de quatro pelo quarto com uma choradeira pueril e feroz.

Jack me apertava o braço com uma força terrível, o rosto de todo pálido. Via tremerem-lhe os lábios, empanarem-se os olhos, entumecerem-se as têmporas. "*Go on, Malaparte, go on!*" balbuciava "*Oh, go on, Malaparte!* Dê-lhe um chute, dê-lhe um chute no traseiro, oh, Malaparte, não posso mais, Malaparte, dê-lhe um chute no traseiro, *oh, go on, Malaparte, go on!*"

"Não posso, Jack" respondia "simplesmente não posso, Jack, não sou senão um italiano, um pobre vencido, não posso dar chutes em um herói. Georges é um herói, Jack, um herói da liberdade, Jack, e eu não sou senão um pobre desgraçado, um pobre vencido, não tenho o direito de dar chutes no traseiro de um herói da liberdade, Jack, não tenho esse direito, juro que não tenho esse direito, Jack."

"*Oh, go on, Malaparte!*" balbuciava Jack, o rosto todo pálido e tremendo "*je m'en fous des héros, Malaparte, oh! Je t'en supplie, jette lui ton pied dans le derrière à tous ces héros*, eu não posso, sou um Coronel americano do Estado Maior, não posso fazer um escândalo, mas você, Malaparte, oh, Malaparte! *Toi, tu peux, tu es un Italien, tu es chez toi, oh*, Malaparte, *go on, Malaparte, go on!*"

"Não posso, Jack" lhe dizia "não posso dar um chute no traseiro desse herói da liberdade, também eu me fodo pelos heróis, mas não posso, Jack, simplesmente não posso."

"Ah, você tem medo!" balbuciava Jack, apertando-me o braço com força.

"Sim, tenho medo, Jack, confesso, tenho medo. Você não sabe do que são capazes essa bela raça de heróis! Eles se vingarão, me meterão na prisão, me arruinarão, Jack, você não sabe como são covardes e malvados os pederastas quando se metem a bancar os heróis!"

"Tem medo! Também você é um covarde! *Go on, you bastard*" balbuciava Jack encarando-me com os olhos cintilantes.

"Tenho medo, Jack, confesso, mas não sou um covarde, Jack, sou um pobre desgraçado, um vencido, Jack, e tenho medo. Também eu morro de vontade de dar-lhes um chute no traseiro, Jack, mas tenho medo. Você não sabe, Jack, como é podre essa raça de heróis."

"*Oh, go on*, Malaparte, *go on!*" balbuciava Jack enfiando-me as unhas no braço "*Oh, je t'en supplie, Malaparte, go on, go on!*"

"Não posso, Jack, não posso, tenho medo. Você é um americano, é um coronel americano, você pode fazer tudo o que quer, Jack, mas eu não sou senão um italiano, um pobre italiano, um vencido e humilhado, e não posso, Jack! Você não sabe quanto são podres e covardes os pederastas quando se metem a bancar os heróis da liberdade! Oh, perdoe-me, Jack, mas não posso, simplesmente não posso, Jack!."

"*Go on*, Malaparte! *Je t'en supplie, go on!*" balbuciava Jack. E de repente, jogando-me de lado com um soco no quadril, se lançou sobre Georges, lhe acertou um terrível chute nas gordas e rosadas nádegas. "*Salauds! Cochons!*" gritava Jack, e desferia chutes enlouquecido, rodando no ar, como uma clava, o monstrinho de madeira que ele havia arrancado das mãos de Cicillo. Jack parecia invadido por tão cego furor, que eu tive medo por ele. Enquanto Georges e seus amigos, com agudos estrilos femininos e com altos gemidos, se amontoaram no chão aos pés do leito (o único que não mostrava nem assombro nem medo era Cicillo: que, sentado na beira do leito, olhava Jack com um olhar cheio de admiração, exclamando "Que belo homem! Que belo homem!"), eu agarrei Jack pelos ombros, apertei-o entre os braços e, quase levantando-o em peso, me esforçava para puxá-lo para trás, para empurrá-lo para a porta. Finalmente consegui dominá-lo, arrastá-lo pela escada abaixo, metê-lo no carro. Pus-me ao volante, liguei o motor, virei, tomei a estradinha na corrida.

"Oh, Malaparte" gemia Jack cobrindo o rosto com as mãos "*on ne peut pas voir ces choses-là, non, on ne peut pas.*"

"Abençoado, você" lhe disse "abençoado você que é um homem honesto, Jack! *I like you, I like you very much.* É mesmo um bom, honesto, inocente americano, Jack! *You are a wonderful American, Jack!*"

Jack, calado, olhava fixo para diante. Percebi que apertava no punho algo negro e vermelho.

"O que tem na mão?"

Jack abriu o punho: e na palma da mão aberta apareceu o enorme, monstruoso falo do neonato.

"*I'm sorry, Malaparte*" disse Jack corando "não deveria ter feito o que fiz."

"Fez muitíssimo bem, Jack" disse eu "é um bom rapaz, Jack."

"Talvez não tivesse o direito de fazer o que fiz" disse Jack "não tinha o direito de insultá-los."

"Fez muitíssimo bem, Jack" eu disse.

"Não, não tinha o direito" disse Jack "não tinha o direito de dar-lhes chutes."

"Você é um vencedor" disse "é um vencedor, Jack. *A winner!*"

"*A winner?*" disse Jack, atirando para fora da janela a coisa horrível que apertava no punho "Um vencedor? Não zombe de mim, Malaparte. *A winner!*"

VI
O vento negro

O vento negro começou a soprar ali pelo amanhecer, e eu acordei, molhado de suor. Tinha reconhecido no sono a sua voz triste, a sua voz negra. Cheguei à janela e procurei nos muros, nos telhados, no pavimento da rua, nas folhas das árvores, no céu de Posillipo, os sinais da sua presença. Como um cego, que anda tateando, acariciando o ar e tocando os objetos com as mãos estendidas, assim faz o vento negro: que é cego e não vê por onde vai, e ora toca aquele muro, ora aquele ramo, ora aquele rosto humano, e ora o litoral, ora a montanha, deixando no ar e nas coisas a negra impressão da sua leve carícia.

Não era a primeira vez que eu ouvia a voz do vento negro, e logo a reconheci. Acordei, molhado de suor, e chegando à janela escrutei as casas, o mar, o céu, as nuvens sobre o mar.

A primeira vez que ouvi a sua voz estava na Ucrânia, no verão de 1941. Achava-me nas terras cossacas do Dnieper, e uma noite os velhos cossacos do vilarejo de Konstantinovka, sentados a fumar o cachimbo na soleira das casas, me disseram: "Olha o vento negro, lá embaixo". O dia morria, o sol afundava na terra, lá, no fundo do horizonte. O último brilho do sol tocava, róseo e transparente, os mais altos ramos das brancas bétulas, e foi naquela hora triste, quando o dia morre, que eu vi pela primeira vez o vento negro.

Era como uma sombra negra, como a sombra de um cavalo negro, que vagava incerta aqui e ali pela estepe, e ora se aproximava cautelosa do vilarejo, ora se afastava medrosa. Algo como a asa de um pássaro noturno roçava as árvores, os cavalos, os cães esparsos em volta do vilarejo, que logo tomavam uma cor escura, tingiam-se de noite. As vozes dos homens e dos animais pareciam pedaços de papel negro, que voavam no ar róseo do crepúsculo.

Fui até o rio, e a água estava densa e escura. Elevei os olhos para a copa de uma árvore, e as folhas estavam luzentes e negras. Catei uma pedra, e na minha mão a pedra era negra e pesada, impenetrável ao olhar como um grumo de noite. As moças que voltavam dos campos para os longos e baixos telhados do *kolkhoz* tinham os olhos negros e luzentes, os seus risos livres e frescos se lançavam no ar como negros pássaros. Contudo o dia estava ainda claro. Aquelas árvores, aquelas vozes, aqueles animais, aqueles homens, já tão negros no dia ainda claro, me enchiam de um sutil horror.

Os velhos cossacos de rosto enrugado, de grande tufo enrolado no topo do crânio raspado, disseram: "É o vento negro, o *ciorni vetier*" e balançavam a cabeça, olhando o vento negro vagar incerto aqui e ali pela estepe como um cavalo amedrontado. Eu disse: "Talvez seja a sombra da noite que tinja de negro aquele vento". Os velhos cossacos balançavam a cabeça, dizendo: Não, não é a sombra da noite que tinge o vento. É o *ciorni vetier* que tinge de negro tudo o que toca. E me ensinaram a reconhecer a voz do vento negro, e o seu odor, o seu sabor. Tomavam no braço um cordeiro, sopravam a negra lã, e a raiz do velo aparecia branca. Tomavam um passarinho na mão, sopravam as negras plumas macias e as raízes das plumas aparecem pintadas de amarelo, de vermelho, de azul. Sopravam sobre o reboco de uma casa, e sob a negra fuligem deixada pela carícia do vento transparecia a brancura da cal. Afundavam os dedos na negra crina de um cavalo, e entre os dedos o pelo baio reaparecia. Os cães negros que brincavam na pracinha do vilarejo, toda vez que passavam atrás de uma paliçada ou atrás de um muro, a protegido do vento, se acendiam daquela cor fulva que é a cor dos cães cossacos, e já se apagavam tão logo mergulhavam no vento. Um velho desenterrou com as unhas uma pedra branca afundada no terreno, recolheu-a na palma da mão, jogou-a no rio do vento: parecia uma estrela apagada, uma negra estrela que afundasse na clara corrente do dia. Aprendi assim a reconhecer o vento negro pelo odor, que é o odor da erva seca, do sabor amargo e forte como o sabor das folhas de louro, e pela voz, que é maravilhosamente triste, plena de uma profunda noite.

No dia seguinte, fui a Dorogo, a três horas de Konstantinovka. Era já tarde, e o meu cavalo estava cansado. Fui a Dorogo visitar aquele famoso *kolkhoz*, onde se criavam os melhores cavalos de toda a Ucrânia. Parti de Konstantinovka perto das cinco da tarde, e contava chegar a Dorogo antes da noite. Mas as recentes chuvas tinham mudado a pista em um fosso cheio de lama e submergido as pontes sobre os riachos, bastante frequentes naquela região, forçando-me a subir ou a descer ao longo da margem à procura de um vau. E eu estava ainda longe de Dorogo quando o sol afundou na terra com um baque surdo, lá no fundo do horizonte. O sol, na estepe, põe-se de repente, cai na relva como uma pedra, com o baque de uma pedra que golpeia a terra. Apenas deixara Konstantinovka, fui acompanhado em um longo trecho por um grupo de cavaleiros húngaros que iam a Stalino. Cavalgavam fumando longos cachimbos, e de vez em quando paravam falando entre si. Tinham vozes macias e cantantes. Achei que se consultassem sobre a estrada a tomar, mas a certo ponto o sargento que os comandava me perguntou em alemão se eu queria vender o meu cavalo. Era um cavalo cossaco, conhecia todo odor, todo sabor, toda voz da estepe. "É meu amigo" respondi "eu não vendo os amigos." O sargento húngaro me olhou sorrindo. "É um belo cavalo" disse "mas não deve ter custado muito dinheiro. Pode me dizer onde o roubou?" Sabia como se responde aos ladrões de cavalos, e respondi. "Sim, é um belo cavalo, corre como o vento por todo o dia, sem se cansar, mas tem lepra." Eu o encarava, e ria. "Tem lepra?" disse o sargento. "Não acredita?" disse "se não acredita, toque-o, e verá que ele lhe passará lepra." E acariciando o flanco do cavalo com a ponta do pé prossegui lentamente sem voltar-me para trás. Ouvi-o rir e gritar por um bom pedaço, insultando-me: depois com o rabo do olho vi que tinham desviado para o rio, e galopavam em grupo fechado, agitando os braços. Depois de poucos quilômetros encontrei alguns cavaleiros romenos que viviam de rapinar, pois levavam, jogados de viés na sela, pilhas de túnicas de seda e de peles de carneiro, roubadas por certo em algum vilarejo tártaro. Perguntaram-me aonde ia: "A Dorogo" respondi. Queriam acompanhar-me, disseram, até Dorogo, para defender-me no caso de algum mau encontro, a estepe, acrescentaram, sendo percorrida por bandos de predadores húngaros, mas tinham os cavalos cansados. Desejaram-me boa viagem e se afastaram, voltando-se para trás de vez em quando para saudar-me com a mão.

Era já quase noite quando avistei ao longe, adiante de mim, um brilho de fogos. Era por certo o vilarejo de Dorogo. De repente reconheci o odor do vento, e o meu coração gelou. Olhei minhas mãos: estavam negras, secas, como carbonizadas. E negras estavam as árvores escassas, esparsas aqui e ali pela estepe, negras as pedras, negra a terra: mas o ar estava ainda claro, e parecia de prata. O último fogo do dia morria no céu atrás de mim, e os selvagens cavalos da noite corriam ao meu encontro a galope do extremo horizonte do oriente, levantando negras nuvens de poeira.

Senti no meu rosto passar a negra carícia do vento, a negra noite do vento encher-me a boca. Um silêncio denso e viscoso como uma água lodosa estagnava sobre a estepe. Curvei-me sobre o pescoço do cavalo, lhe falei na orelha em voz baixa. O cavalo escutava as minhas palavras relinchando docemente e voltava para mim o grande olho oblíquo, aquele seu grande olho escuro, pleno de uma loucura melancólica e casta. Estava então já descida a noite, os fogos do vilarejo de Dorogo estavam bastante vizinhos, quando, de repente, ouvi vozes humanas passarem altas sobre a minha cabeça.

Alcei os olhos: e pareceu-me que uma dupla fila de árvores flanqueavam naquele ponto a estrada, curvando os ramos sobre a minha cabeça. Mas não via os troncos, nem os galhos, nem as folhas, percebi somente a presença de árvores em torno de mim, uma presença estranha, algo de forte na negra noite, algo de vivo murado no negro muro da noite. Detive o cavalo, apurei o ouvido. Ouvi claramente falar sobre a minha cabeça, vozes humanas passarem no ar negro, altas sobre a minha cabeça. "*Wer da?*" gritei "Quem vem lá?"

Diante de mim, lá embaixo, no fundo do horizonte, um leve clarão rosado se difundia no céu. As vozes passavam altas sobre a minha cabeça, eram mesmo palavras humanas, palavras alemãs, russas, hebraicas. As vozes eram fortes, e se falavam entre si, mas um pouco estrídulas: às vezes duras, às vezes frias e frágeis, como o vento, e sempre se rompiam no fundo das palavras com aquele tinido de vidro que bate em uma pedra. Então gritei de novo: "*Wer da?* Quem vem lá?".

"Quem é? O que quer? Que é? Que é?" responderam algumas vozes, correndo altas sobre a minha cabeça.

O lábio do horizonte estava róseo e transparente como a casca de um ovo, parecia mesmo que um ovo, lá no fundo do horizonte, saía lentamente fora do ventre da terra.

"Sou um homem, sou um cristão" disse.

Um riso estrídulo correu no céu negro, perdeu-se longe na noite. E uma voz, mais alta que as outras, gritou: "Ah, é um cristão, você?". Eu respondi: "Sim, sou um cristão". Uma risada de escárnio acolheu as minhas palavras e, correndo alto sobre a minha cabeça, se distanciou, indo apagar-se pouco a pouco lá embaixo na noite.

"E não se envergonha de ser cristão?" gritou a voz.

Eu me calava. Curvado sobre o pescoço do cavalo, o rosto afundado na crina, calava-me.

"Por que não responde?" gritou a voz.

Eu me calava, olhando o horizonte clarear pouco a pouco. Um dourado lume, semelhante à transparência de uma casca de ovo, se expandia lentamente no céu. Era mesmo um ovo que nascia lá embaixo, que despontava pouco a pouco do solo, que surgia lentamente da profunda e negra tumba da terra.

"Por que calou?" gritou a voz.

E eu ouvi alto sobre a minha cabeça um fustigar, como de ramos agitados pelo vento, um murmúrio, como de folhas ao vento, e um riso raivoso, e palavras duras, e algo correr no céu negro como uma asa, roçando-me o rosto. Eram por certo pássaros, grandes pássaros negros, talvez fossem corvos, que despertos do sono alçavam voo, fugiam remando com as oleosas asas negras. "Quem é" gritei "pelo amor de Deus, respondam-me." O clarão da lua se difundia no céu. Era mesmo um ovo que nascia lá embaixo do ventre da noite, era mesmo um ovo que nascia do ventre da terra, que se elevava lentamente do horizonte. Pouco a pouco vi as árvores que flanqueavam a estrada sair da noite, talhar-se contra o céu dourado, e negras sombras moverem-se lá no alto, entre os ramos.

Um grito de horror se rompeu na minha garganta. Eram homens crucificados. Eram homens pregados aos troncos das árvores, os braços abertos em cruz, os pés juntos, fixados ao tronco por longos pregos, ou por fios de ferro retorcidos em torno dos tornozelos. Alguns tinham a cabeça abandonada sobre o ombro, outros sobre o peito, outros levantavam o rosto a mirar a lua nascente. Muitos estavam vestidos com o negro cafetã hebraico, muitos estavam nus, e a sua carne resplandecia castamente na tépida frieza da lua. Semelhante ao ovo túrgido da vida, que nos sepulcros etruscos da Tarquinia os mortos levantam entre dois dedos, símbolo da fecundidade e da eternidade, a lua saía do solo, se equilibrava no céu, branca e fria como um ovo. Iluminando os rostos barbudos, as negras olheiras, as bocas arreganhadas, os membros contorcidos dos homens crucificados.

Ergui-me sobre os estribos, estendi as mãos para um deles, tentei com as unhas arrancar os pregos que lhe transfixavam os pés. Mas vozes de desdém se levantaram em torno, e o homem crucificado gritou. "Não me toque, maldito."

"Não quero lhe fazer mal" gritei "pelo amor de Deus, deixe que lhe dê ajuda!"

Uma risada horrível correu de árvore em árvore, de cruz em cruz, e vi as cabeças moverem-se para cá e para lá, as barbas agitarem-se, as bocas abrirem-se e fecharem-se: e ouvi o ranger dos dentes.

"Dar ajuda?" gritou a voz do alto "E por quê? Talvez porque tenha piedade de nós? Porque é um cristão? Vá, responda: porque é um cristão? E crê que essa seja uma boa razão? Tem piedade de nós por ser um cristão?" Eu me calei, e a voz retomou mais forte: "Aqueles que nos meteram na cruz, acaso não são cristãos como você? Acaso são cães, cavalos, ou ratos, os que nos pregaram a estas árvores? Ah! Ah! Ah! Um cristão!".

Eu curvava a cabeça sobre o pescoço do cavalo, e me calava.

"Vá, responda! Com que direito pretende nos dar ajuda? Com que direito pretende ter piedade de nós?"

"Não fui eu" gritei "não fui eu que os preguei nas árvores. Não fui eu!"

"Sei disso" disse a voz com um inexprimível acento de doçura e de ódio "Eu sei, foram os outros, foram todos os outros como você."

Naquele momento chegou de longe um gemido, era um lamento alto e forte. Era um pranto jovem quebrado pelo soluço da morte, e um murmúrio veio até nós, de árvore em árvore. Vozes ofegantes gritavam: "Quem é? Quem é? Quem morre lá embaixo?". E outras vozes lamentosas respondiam, perseguindo-nos de cruz em cruz: "É David, é David de Samuel, é David filho de Samuel, é David, é David...". Com aquele nome repetido de árvore em árvore vinham a nós um soluçar contido, um pranto frágil e rouco, e gemidos, imprecações, urros de dor e de raiva.

"Era ainda um rapaz" disse a voz.

Então alcei os olhos, e iluminado pela lua bastante alta, pelo branco e frio reflexo daquele ovo equilibrado no céu escuro, vi aquele que me falava: era um homem nu do rosto de prata, descarnado e barbudo. Tinha os braços abertos em cruz, as mãos pregadas a dois grossos galhos que partiam do tronco da árvore. Olhava-me fixo, com olhos cintilantes, e de repente gritou: "Que piedade é a sua? Que quer que façamos da sua piedade? Cuspimos em cima, sobre a sua piedade, *ja napliwaiu! Ja napliwaiu!*" E vozes cheias de raiva repetiram em torno: "*Ja napliwaiu! Ja napliwaiu!*" Cuspo em cima, cuspo em cima!

"Pelo amor de Deus" gritei "não me expulse! Deixe que eu o despregue da sua cruz! Não rejeite a minha mão: é a mão de um homem."

Um riso malvado se elevou em torno, ouvi os ramos gemerem sobre a minha cabeça, um frêmito horrível difundir-se pelas folhas.

"Ah! Ah! Ah!" gritou o homem crucificado "Ouviu? Quer tirar-nos da cruz! E não se envergonha! Raça imunda de cristãos, que nos torturam, que nos pregam nas árvores e depois vêm nos oferecer a sua piedade! Gostariam de salvar a sua alma, eh? Têm medo do inferno? Ah! Ah! Ah!"

"Não me expulsem" gritei "não rejeitem a minha mão, pelo amor de Deus!"

"Quer nos tirar da cruz?" disse o homem crucificado com voz grave e triste "E depois? Os alemães nos matarão como cães. E também a você, matarão você como um cão raivoso."

"Matarão a nós como cães" repeti dentro de mim, curvando a cabeça.

"Se quer nos ajudar, se quer abreviar os nossos sofrimentos... dispara na nossa cabeça, um a um. Vá, por que não dispara? Por que não acaba conosco? Se tem verdadeiramente piedade de nós, dispara, dá-nos o tiro de misericórdia. Vá, por que não dispara? Tem por acaso medo que os alemães matem você porque teve piedade de nós?" Assim dizendo me olhava fixo, e eu me sentia transfixar por aqueles negros olhos cintilantes.

"Não, não" gritei "tenham piedade de mim, não me peçam isso, pelo amor de Deus! Não me peçam uma coisa semelhante, não disparei nunca em um homem, não sou um assassino, não quero me tornar um assassino!" E batia a cabeça, chorando e gritando, no pescoço do cavalo.

Os homens crucificados calavam-se, os ouvia respirar, ouvia um sibilo rouco escapar entre os seus dentes, sentia os olhares pesarem sobre mim, os olhos de fogo queimar-me a face inundada de lágrimas, atravessar-me o peito.

"Se tem piedade de mim, mate-me!" gritou o homem crucificado "Oh, dispare-me um tiro na cabeça! Oh, dispare-me na cabeça, tenha piedade de mim! Pelo amor de Deus, mate-me, oh, mate-me, pelo amor de Deus!"

Então, todo doendo e chorando e com dolorosa fadiga movendo os braços sobrecarregados de um enorme peso, pus a mão no quadril, empunhei a coronha da pistola. Lentamente soergui o cotovelo, tirei a pistola do coldre e, levantando-me sobre os estribos, com a esquerda agarrando a crina do cavalo para não escorregar da sela, tanto estava débil e aturdido, e oprimido pelo horror, ergui a pistola, a apontei na face do homem crucificado e naquele instante o olhei. Vi a sua boca negra, cavernosa, desdentada, o seu nariz adunco de narinas cheias de grumos de sangue, a sua barba desgrenhada, os seus negros olhos cintilantes.

"Ah, maldito!" gritou o homem crucificado "É esta a sua piedade? Não sabe fazer outra coisa, covarde? Prega-nos nas árvores e depois nos mata com um tiro na cabeça? É esta a sua piedade, covarde?" E duas, três vezes me cuspiu na face.

Eu recaí sobre a sela, enquanto um riso horrível corria de árvore em árvore. Espicaçado pelas esporas, o cavalo se moveu, pegou trote: e eu ia de cabeça baixa, agarrado com as duas mãos no cabeçote da sela, passei sob aqueles homens crucificados, e cada um deles me cuspia em cima, gritando: "Covarde! Cristão maldito!". Senti as cusparadas flagelarem-me o rosto, as mãos, e cerrei os dentes, todo curvado sobre o pescoço do cavalo, sob aquela chuva de cuspe.

Assim cheguei a Dorogo, e caí da sela entre os braços de alguns soldados italianos da guarnição naquele perdido vilarejo da estepe. Eram da cavalaria ligeira do Regimento de Lodi, e comandava-os um subtenente lombardo da cavalaria ligeira, muito jovem, quase um menino. À noite me assaltou a febre, e até clarear delirei, velado pelo jovem oficial. Não sei o que gritei no delírio, mas quando retomei a consciência o oficial me disse que eu não tinha nenhuma culpa da horrível sorte caída sobre aqueles infelizes, e que ainda aquela manhã uma patrulha alemã tinha fuzilado um camponês surpreendido ao dar de beber àqueles homens crucificados. Eu comecei a gritar, "Não quero mais ser um cristão" gritava "tenho repulsa de ser um cristão, um maldito cristão!" e me debatia para que me deixassem ir dar de beber àqueles desgraçados, mas o oficial e dois dos soldados me mantiveram quieto no leito. Por longo tempo me debati, até que desmaiei: quando retomei os sentidos, fui assaltado por um novo acesso de febre e delirei por todo aquele dia e a noite seguinte.

No dia seguinte permaneci no leito, muito debilitado para levantar-me. Olhava através dos vidros da janela o céu branco sobre a estepe amarela, as nuvens verdes no fundo do horizonte, escutava as vozes dos camponeses e dos soldados que passavam diante da cerca da horta. O jovem oficial me disse aquela tarde que não podendo evitar aquelas coisas horríveis devíamos procurar esquecê-las, para não nos arriscarmos a ficar loucos, e acrescentou que se me sentisse melhor me acompanharia no dia seguinte a visitar o *kolkhoz* de Dorogo e a famosa criação de cavalos. Mas agradeci a sua cortesia, e disse que queria tornar o mais depressa possível a Konstantinovka. No terceiro dia me levantei do leito e pedi licença ao oficial (recordo que o abracei, e que abraçando-o eu tremia); embora me sentisse privado de forças me pus na sela e, acompanhado de dois soldados da cavalaria, parti para Konstantinovka nas primeiras horas da tarde.

Saímos do vilarejo em trote curto; quando pegamos a estrada flanqueada de árvores, fechei os olhos e, dando esporadas no cavalo, avancei a galope entre as duas terríveis fileiras de homens crucificados. Cavalgava todo curvado sobre a sela, de olhos fechados, cerrando os dentes. De repente freei o cavalo. "O que é este silêncio?" gritei "por que este silêncio?"

Tinha reconhecido aquele silêncio. Abri os olhos, olhei. Aqueles horríveis Cristos pendiam inertes das suas cruzes, os olhos arregalados, a boca arreganhada, e me olhavam fixo. O vento negro corria para cá e para lá pela estepe como um cavalo cego, movia os trapos que cobriam aqueles pobres corpos feridos e contorcidos, agitava as folhas das árvores – e nem o mais leve murmúrio corria pelas copas. Negros corvos estavam apoiados, imóveis, sobre os ombros dos mortos, e me olhavam fixo.

Era um silêncio horrível. A luz era morta, o odor da relva, a cor das folhas, das pedras, das nuvens errantes no céu cinza, tudo estava morto no fundo daquele imenso, vazio, gélido silêncio. Esporeei o cavalo, que empinou, pôs-se a galope. E fugi gritando e chorando através da estepe, no vento negro que corria para cá e para lá no dia claro, como um cavalo cego.

Tinha reconhecido aquele silêncio. No inverno de 1940, para fugir da guerra e dos homens, para curar-me daquele repulsivo mal que a guerra faz nascer no coração dos homens, me refugiei em Pisa, em uma casa morta, no fundo de uma das ruas mais belas e mais mortas daquela belíssima e morta cidade. Tinha comigo Febo, o meu cão Febo, que recolhi morrendo de fome na praia de Marina Corta, na ilha de Lipari, que curei, criei e, crescido na minha morta casa de Lipari, fora o meu único companheiro durante meus desertos anos de exílio naquela triste ilha, tão cara ao meu coração.

Não havia nunca querido tanto bem a uma mulher, a um irmão, a um amigo, quanto a Febo. Era um cão como eu. Por ele escrevi as páginas afetuosas de *Un cane come me*. Era um ser nobre, a mais nobre criatura que eu jamais havia encontrado na vida. Era daquela família de labradores, raros agora e delicados, vindos antigamente das fronteiras da Ásia com as primeiras migrações jônicas, que os pastores de Lipari chamam *cerneghi*. São os cães que os escultores gregos esculpiam nos baixos-relevos das tumbas. "Afastam a morte" dizem os pastores de Lipari.

Tinha a pele da cor da lua, rósea e dourada, da cor da lua sobre o mar, da cor da lua sobre as escuras folhas dos limões e das laranjas, sobre as escamas dos peixes mortos que o mar, depois da tempestade, deixava na orla, diante da porta da minha casa. Tinha a cor da lua sobre o mar grego de Lipari, da lua no verso da *Odisseia*, da lua sobre aquele selvagem mar de Lipari que Ulisses navegou para chegar à solitária orla de Éolo, o rei dos ventos. Da cor da lua morta, pouco antes da aurora. Chamava-o de Caneluna.

Não se afastava nunca um único passo de mim. Seguia-me como um cão. *Digo que me seguia como um cão*. A sua presença, na minha pobre casa de Lipari, flagelada sem descanso pelo vento e pelo mar, era uma presença maravilhosa. À noite, ele iluminava o meu quarto com o claro calor de seus olhos lunares. Tinha os olhos de um azul pálido, da cor do mar quando a lua se põe. Sentia a sua presença como a de uma sombra, a da minha sombra. Ele era como o reflexo do meu espírito. Ajudava-me, apenas com a sua presença, a reencontrar o desprezo dos homens, que é a primeira condição da serenidade e da sabedoria na vida humana. Sentia que se assemelhava a mim, e outra coisa não era senão a imagem da minha consciência, da minha vida secreta. O retrato de mim mesmo, de tudo o que há de mais profundo, de mais íntimo, de mais próprio em mim: o meu subconsciente e, por assim dizer, o meu espectro.

Dele, bastante mais que dos homens, da sua cultura, da sua vaidade, aprendi que a moral é gratuita, que é um fim em si mesma, que não se propõe nem mesmo a salvar o mundo (nem mesmo a salvar o mundo!), mas somente a criar sempre novos pretextos para o seu desinteresse, para o seu livre jogo. O encontro de um homem e de um cão é sempre o encontro de dois espíritos livres, de duas formas de dignidade, de duas morais gratuitas. O mais gratuito, o mais romântico dos encontros. Daqueles que a morte ilumina com seu pálido esplendor, semelhante à cor de uma lua morta sobre o mar, no céu verde da aurora.

Reconhecia nele os meus movimentos mais misteriosos, os meus instintos secretos, as minhas dúvidas, os meus espantos, as minhas esperanças. Minha era a sua dignidade perante os homens, meus a sua coragem e o seu orgulho perante a vida, meu o seu desprezo pelos fáceis sentimentos do homem. Mas mais do que eu ele era sensível aos obscuros presságios da natureza, à invisível presença da morte, que sempre gira tácita e suspeitosa em torno dos homens. Ele sentia vir de longe pelo ar noturno as tristes larvas dos sonhos, semelhantes àqueles insetos mortos que o vento traz não se sabe de onde. E em certas noites, aconchegado aos meus pés no meu quarto nu de Lipari, ele seguia em torno de mim, com os olhos, uma aparência invisível, que se aproximava, se afastava, restava longas horas a espiar-me atrás do vidro da janela. De vez em quando, se a misteriosa presença se avizinhava até roçar-me a testa, Febo rosnava ameaçador, o pelo hirto no dorso: e eu ouvia um grito lamentoso distanciar-se na noite, morrer pouco a pouco.

Era o mais caro dos meus irmãos, o meu verdadeiro irmão, esse que não trai, que não humilha. O irmão que ama, que ajuda, que entende, que perdoa. Somente quem sofreu longos anos de exílio em uma ilha selvagem, e retornando entre os homens se vê esquivar e fugir como um leproso de todos os que um dia, morto o tirano, farão os heróis da liberdade, somente esse homem sabe o que possa ser um cão para um homem. Febo me fixava sempre com uma repreensão nobre e triste no seu olhar afetuoso. Provava então uma estranha vergonha, quase um remorso, pela minha tristeza, uma espécie de pudor diante dele. Sentia que, naqueles momentos, Febo me desprezava: com dor, com um terno afeto, mas certamente havia no seu olhar uma sombra de piedade e, junto, de desprezo. Era não só o meu irmão, mas o meu juiz. Era o guardião da minha dignidade e, ao mesmo tempo, direi com antiga voz grega, o meu *doruforema*.

Era um cão triste, dos olhos graves. Todas as tardes passávamos longas horas na alta soleira ventosa da minha casa, olhando o mar. Oh, o grego mar da Sicília, oh, a vermelha escarpa de Scilla, lá, diante de Cariddi, e o cume nevado do Aspromonte, e o dorso branco do Etna, o Olimpo da Sicília. Verdadeiramente não há no mundo, como canta Teócrito, nada mais belo que o contemplar do alto de uma costa o mar da Sicília. Acendiam-se sobre os montes os fogos dos pastores, saíam as barcas rumo ao alto encontro com a lua, e o grito lamentoso das conchas marinhas, com as quais os pescadores se chamam no mar, se distanciava na argêntea névoa lunar. A lua surgia sobre a escarpa de Scilla, e o Stromboli, o alto, inacessível vulcão no meio do mar, ardia como um fogo solitário dentro da profunda floresta turquesa da noite. Olhávamos o mar, aspirando o odor amargo do sal, e o odor forte e inebriante dos laranjais, e o odor do leite de cabra, dos ramos de zimbro acesos nas lareiras, e aquele odor quente e profundo de mulher que é o odor da noite siciliana, quando as primeiras estrelas se elevam pálidas no fundo do horizonte.

Então, um dia, fui conduzido com os ferros nos pulsos de Lipari a outra ilha, e dali, depois de longos meses, à Toscana. Febo seguiu-me de longe, escondendo-se entre os barris de aliche e os rolos de cordame sob a ponte do *Santa Marina*, o pequeno vapor que de tanto em tanto vai de Lipari a Nápoles, e entre as cestas de peixes e de tomates no vaporeto que faz o trajeto entre Nápoles, Ischia e Ponza. Com aquela coragem que é própria dos covardes, e é o único mérito que têm os servos para terem também eles direito à liberdade, a gente parava a olhar-me com olhos cheios de reprovação e de desprezo, insultando-me entre os dentes. Somente os *lazzaroni* estendidos ao sol nas docas do porto de Nápoles me sorriam às escondidas, cuspindo no chão entre os sapatos dos *carabinieri*. Eu me voltava para trás de vez em quando para aguardar Febo, que me seguia, e via-o caminhar com o rabo entre as pernas ao longo dos muros, pelas ruas de Nápoles, da Immacolatella ao Molo Beverello, com uma maravilhosa tristeza nos olhos claros.

Em Nápoles, enquanto caminhava algemado entre os *carabinieri* na Via Partenope, duas senhoras se aproximaram sorrindo: eram a mulher de Benedetto Croce e Minnie Casella, a mulher do meu caro Gaspare Casella. Saudaram-me com a gentileza materna das mulheres italianas, enfiaram flores entre as algemas e os meus pulsos, e a senhora

Croce pediu aos *carabinieri* que me levassem para beber, para me refrescar. Fazia dois dias que não comia. "Façam-no ao menos caminhar na sombra" disse a senhora Croce. Era o mês de junho, e o sol batia na cabeça como um martelo. "Grato, não tenho necessidade de nada" disse "pediria somente para dar de beber ao meu cão."

Febo estava parado a poucos passos de nós, e olhava no rosto da senhora Croce com uma intensidade quase dolorosa. Era aquela a primeira vez que via o rosto da bondade humana, da piedade e da cortesia femininas. Cheirou por longo tempo a água, antes de beber. Quando, alguns meses depois, vim transferido para Lucca, fui fechado naquela prisão onde permaneci por um tempo. E quando saí em meio aos guardas, para ser conduzido ao meu novo lugar de deportação, Febo me esperava diante da porta do cárcere, magro e enlameado. Os seus olhos brilhavam claros, cheios de uma horrível doçura.

Outros dois anos durou o meu exílio, e por dois anos vivemos na pequena casa no fundo do bosque, onde em um quarto morávamos Febo e eu, e no outro os *carabinieri* de guarda. Finalmente recuperei a minha liberdade, o que naqueles tempos era a liberdade, e para mim foi como sair de um quarto sem janelas para entrar em um apertado quarto sem paredes. Fomos morar em Roma: e Febo estava triste, parecia que o espetáculo da minha liberdade o humilhava. Ele sabia que a liberdade não é um fato humano, que os homens não podem, e talvez não saibam, ser livres, que a liberdade, na Itália, na Europa, fede como a escravidão.

Por todo o tempo que passamos em Pisa, ficávamos quase todo o dia fechados em casa e só perto do meio-dia saíamos a passeio ao longo do rio, ao longo do belo rio pisano, o Arno cor de prata, nos belos cais ao longo do Arno, claros e frios: depois íamos à Piazza dei Miracoli, onde está a torre inclinada que faz Pisa famosa no mundo. Subíamos na torre e, de cima, contemplávamos a planície pisana até Livorno, até Massa, e os pinhais, e o mar lá longe, as pálpebras luminosas do mar, e os Alpes Apuanos brancos de neve e de mármore. Aquela era a minha região, aquela era a minha região toscana, aquelas eram as minhas florestas e o meu mar, aqueles eram os meus montes, aquelas eram as minhas terras, aqueles eram os meus rios.

Ao anoitecer íamos nos sentar no parapeito do Arno (aquele estreito parapeito de pedra no qual Lord Byron, durante os seus dias de exílio em Pisa, galopava no seu belo alazão, entre os gritos de pavor dos pacatos cidadãos) e olhávamos o rio correr arrastando nas claras correntes folhas queimadas pelo inverno e as nuvens de prata do antigo céu de Pisa.

Febo passava longas horas aconchegado aos meus pés, e de vez em quando se levantava, se aproximava da porta, virava-se a me olhar, eu ia abrir a porta: e Febo saía, voltava depois de uma hora, depois de duas horas, ofegante, o pelo alisado pelo vento, os olhos clareados pelo frio sol do inverno. À noite, ele levantava a cabeça para escutar as vozes do rio, a voz da chuva no rio. E eu, às vezes acordando, sentia sobre mim o seu olhar tépido e leve, a sua presença viva e afetuosa no quarto escuro, e aquela sua tristeza, aquele seu vago pressentimento da morte.

Um dia saiu, e não voltou mais. Esperei até o fim da tarde e caída a noite corri pelas ruas, chamando-o pelo nome. Noite alta, voltei para casa, me pus no leito, com o rosto virado para a porta entreaberta. De quando em quando eu chegava à janela, e o chamava por um tempo, gritando. Ao clarear corri novamente pelas ruas desertas, entre as mudas fachadas das casas que, sob o céu lívido, pareciam de papel sujo.

Nem bem se fez dia, corri até o canil municipal. Entrei numa sala cinza, onde, fechados em fétidas gaiolas, gemiam cães de garganta ainda marcada pelo aperto do laço de captura. O guarda me disse que talvez o meu cão tivesse ido parar debaixo de um carro, ou fora roubado, ou jogado no rio por algum bando de jovens descabeçados. Aconselhou-me a dar um giro pelos canis, quem sabe Febo não se encontrava na loja de algum canil?

Por toda a manhã corri de canil em canil, e finalmente um tosador de cães, em uma lojinha perto da Piazza dei Cavalieri, me perguntou se tinha estado na Clínica Veterinária da Universidade, à qual os ladrões de cães vendiam por pouco dinheiro os animais para experiências clínicas. Corri para a Universidade, mas já passara do meio-dia, a Clínica Veterinária estava fechada. Voltei para casa, sentia na cavidade dos olhos algo de frio, de duro, de liso, me parecia ter olhos de vidro.

À tarde voltei à Universidade, entrei na Clínica Veterinária, o coração me batia, quase não podia caminhar, tão debilitado e oprimido estava pela ansiedade. Perguntei pelo médico de plantão, disse-lhe o meu nome. O médico, um jovem louro, míope, de sorriso cansado, cortesmente me acolheu, e fixou-me longamente antes de responder que faria todo o possível para me ajudar.

Abriu uma porta, entramos em uma grande sala clara, iluminada, de piso de linóleo azul. Ao longo das paredes estavam alinhados um ao lado do outro, como leitos em clínicas para crianças, estranhos berços em forma de violoncelo: em cada um daqueles berços estava estendido sobre o dorso um cão de ventre aberto, ou de crânio separado, ou de peito escancarado.

Finos fios de aço, enrolados naquele mesmo tipo de parafusos de madeira que nos instrumentos musicais servem para tensionar as cordas, mantinham abertos os lábios daquelas horrendas feridas: via-se o coração nu pulsar, os pulmões, as veias dos brônquios, semelhantes a ramos de árvore, inflarem justo como faz a copa de uma árvore ao sopro do vento, o vermelho, luzidio fígado contrair-se devagar, devagar, leves frêmitos correrem na polpa branca e rosada do cérebro como em um espelho embaçado, o emaranhado dos intestinos desembaraçar-se preguiçoso como um nó de serpentes ao sair da letargia. E nenhum gemido saia das bocas semicerradas dos cães crucificados.

À nossa entrada, todos os cães haviam revirado os olhos para nós, fixando-nos com um olhar suplicante, e ao mesmo tempo cheio de atroz suspeita: seguiam com os olhos qualquer gesto nosso, espiavam-nos com lábios trêmulos. Imóvel no meio da sala, eu sentia um sangue gélido me subir pelos membros; pouco a pouco virava de pedra. Não podia descerrar os lábios, não podia mover um passo. O médico me apoiou a mão no braço e disse-me: "Coragem". Aquela palavra me derreteu o gelo dos ossos, lentamente me mexi, curvei-me sobre o primeiro berço. E pouco a pouco eu progredia de berço em berço, o sangue me voltava ao rosto, o coração se abria de esperança. De repente, vi Febo.

Estava estendido sobre o dorso. O ventre aberto, uma sonda imersa no fígado. Olhava-me fixo, e os olhos estavam cheios de lágrimas. Tinha no olhar uma maravilhosa doçura. Respirava levemente, com a boca semicerrada, sacudido de um tremor horrível. Olhava-me fixo, e uma dor atroz me escavava o peito. "Febo" disse em voz baixa. E Febo olhava-me com uma maravilhosa doçura nos olhos. Eu vi Cristo nele, vi Cristo no seu crucifixo, vi Cristo que me olhava com os olhos cheios de uma doçura maravilhosa. "Febo" disse em voz baixa, curvando-me sobre ele, acariciando-lhe a testa. Febo me beijou a mão, e não deu um gemido.

O médico aproximou-se, tocou meu braço. "Não poderei interromper a experiência" disse "é proibido. Mas por você... Darei uma injeção. Não sofrerá."

Eu peguei as mãos do médico entre as minhas mãos e disse, enquanto as lágrimas me regavam o rosto: "Jura-me que não sofrerá".

"Adormecerá para sempre" disse o médico "gostaria que a minha morte fosse doce como a sua."

Eu disse: "Fecharei os olhos. Não quero vê-lo morrer. Mas apresse-se, apresse-se".

"Um átimo só" disse o médico, e se afastou sem rumor, deslizando no macio tapete de linóleo. Foi ao fundo da sala, abriu um armário.

Permaneci em pé diante de Febo, eu tremia horrivelmente, as lágrimas me sulcavam o rosto. Febo olhava-me fixo, e nem o mais leve gemido saía da sua garganta, olhava-me fixo com uma maravilhosa doçura nos olhos. Até os outros cães, estendidos de dorso nos seus berços, olhavam-me fixo, com uma doçura maravilhosa, e nem o mais leve gemido saía das suas gargantas.

De repente, um grito de pavor me rompeu o peito: "Por que este silêncio?" gritei, "Que silêncio é este?"

Era um silêncio horrível. Um silêncio imenso, gélido, morto, um silêncio de neve.

O médico aproximou-se de mim com uma seringa na mão. "Antes de operar" disse "cortamos as cordas vocais."

Despertei molhado de suor. Cheguei à janela, olhei as casas, o mar, o céu sobre a colina de Posillipo, a ilha de Capri errante sobre o horizonte na caligem rósea do amanhecer. Reconheci a voz do vento, a sua voz negra. Vesti-me depressa, sentei-me na beira do leito, e esperei. Sabia que esperava algo de triste, de doloroso: não podia impedir que algo de triste, de doloroso, viesse ao meu encontro.

Perto das seis um jipe parou debaixo da minha janela, ouvi baterem na porta. Era o tenente Campbell, da PBS. Durante a noite tinha chegado por fonograma do Grande Quartel General de Caserta a ordem para que eu fosse me juntar ao Coronel Jack Hamilton diante de Cassino. Era já tarde, devíamos partir de imediato. Pus a bolsa a tiracolo, enfiei o ombro na alça do fuzil-metralhadora e subi no jipe.

Campbell era um jovem alto, louro, dos olhos azuis manchados de branco. Eu já tinha várias vezes ido ao fronte com ele, agradava-me a sua fleuma sorridente, a sua gentileza no perigo. Era um rapaz triste, nascido no Wisconsin, e talvez já soubesse que não voltaria mais para casa, que seria morto por uma mina, alguns meses depois, na estrada entre Bolonha e Milão, dois dias antes do fim da guerra. Falava pouco, era tímido e, falando, enrubescia.

Apenas passada a ponte de Cápua, encontramos os primeiros comboios de feridos. Eram os dias dos inúteis, sanguinários ataques contra as defesas alemãs de Cassino. Em certo ponto entramos na zona de fogo. Grandes projéteis caíam com fragor horrendo sobre Via Casilina. Ao *check-point* a três quilômetros das primeiras casas de Cassino, um sargento da MP nos parou e nos fez ficar abrigados sob um talude, à espera de que a tempestade de granadas se acalmasse.

Mas o tempo passava, fazia-se tarde. Para chegar ao observatório de artilharia, onde o Coronel Hamilton nos esperava, decidimos deixar a Via Casilina e nos lançar pelos campos, onde a chuva de projéteis era mais escassa. "*Good luck*" disse-nos o sargento da MP.

Campbell jogou o jipe na vala, voltou pelo talude à estrada, começou a escalar uma encosta pedregosa, através de imenso olival que entre áridas ondulações se estende por trás das colinas fronteiras a Cassino. Algum outro jipe passara por aqueles lugares antes de nós, estavam ainda frescos na terra os rastros das rodas. Em certos trechos, onde o terreno era argiloso, as rodas do nosso jipe giravam furiosamente em falso, e devíamos prosseguir bem devagar por entre as grandes pedras que atravancavam a encosta.

De repente, lá embaixo, diante de nós, em uma valeta fechada entre duas ondulações nuas, vimos jorrar uma fonte de terra e de pedras, e o estrondo surdo de uma explosão que repercutiu de colina em colina. "Uma mina" disse Campbell, que procurava seguir o rastro das rodas para evitar o perigo das minas, bastante frequentes naquela zona. Em certo ponto ouvimos vozes e lamentos, e entre as oliveiras divisamos, a uma centena de passos de nós, um grupo de homens em torno de um jipe capotado. Outro jipe estava parado a pouca distância, com as rodas traseiras retorcidas pela explosão da mina.

Dois soldados americanos, feridos, estavam sentados no capim, outros se ocupavam em torno de um homem estendido de costas. Os soldados olharam com desprezo o meu uniforme, e um deles, um sargento, disse a Campbell: "*What the hell he's doing here, this bastard?*".

"AFHQ" respondeu Campbell "*Italian liaison officer*".

"Desça" disse o sargento voltando-se para mim de modo brusco. "Dê lugar ao ferido."

"O que há?" perguntei, saltando do jipe.

"Está ferido no ventre. É preciso levá-lo de imediato ao hospital."

"*Let me see*" disse "deixe-me vê-lo."

"*Are you a doctor?*"

"Não, não sou um médico" disse, e me curvei sobre o ferido.

Era um jovem louro, esbelto, quase um rapaz, de rosto pueril. De um enorme talho no ventre os intestinos extravasavam lentamente para baixo das pernas, emaranhando-se entre os joelhos em um grande nó azulado.

"Dê-me um cobertor" disse eu.

Um soldado me trouxe um cobertor, que estendi sobre o ventre do ferido. Depois chamei de lado o sargento e lhe disse que o ferido não podia ser transportado, que era melhor não o tocar, deixá-lo onde estava, e enquanto isso mandar Campbell com o jipe ir buscar um médico.

"Estive na outra guerra" disse "vi dezenas e dezenas de ferimentos como aquele, não há nada a fazer. São ferimentos mortais. A única coisa com que devemos nos preocupar é a de não o deixar sofrer. Se o levarmos ao hospital, morrerá na estrada com dores atrozes. É melhor deixá-lo morrer assim, sem sofrer. Não há outra coisa a fazer."

Os soldados estavam reunidos em torno de nós, e me fixavam em silêncio.

Campbell disse: "O Capitão tem razão. Vou a Cápua buscar um médico, e levarei comigo os dois menos feridos".

"Não podemos deixá-lo aqui" disse o sargento "no hospital talvez possam operá-lo, aqui não podemos fazer nada. É um crime deixá-lo morrer."

"Sofrerá atrozmente, e morrerá antes de chegar ao hospital" disse "prestem atenção, deixem-no estar onde está, não o toquem."

"Você não é um médico" disse o sargento.

"Não sou um médico" disse "mas sei do que se trata. Vi dezenas e dezenas de soldados feridos no ventre. Sei que não se deve tocá-los, que não se pode transportá-los. Deixem-no morrer em paz. Por que querem fazê-lo sofrer?"

Os soldados estavam calados, olhando-me fixo. O sargento disse: "Não podemos deixá-lo morrer assim, como um animal".

"Não morrerá como um animal" disse eu "adormecerá como um menino, sem dor. Por que quer fazê-lo sofrer? Morrerá do mesmo jeito, mesmo se chegar vivo ao hospital. Tenha confiança em mim, deixe-o estar onde está, não o faça sofrer. O médico virá e me dará razão."

"*Let's go*, vamos" disse Campbell, virando-se para os dois feridos.

"*Wait a moment, Lieutenant*" disse o sargento "espera um momento. Você é um oficial americano, cabe a você decidir. Em todo caso, é testemunha de que, se o rapaz morrer, não será culpa nossa. Será culpa deste oficial italiano."

"Não creio que será culpa sua" disse Campbell "eu não sou um médico, não entendo de ferimentos, mas conheço este Capitão italiano e sei que é uma pessoa de bem. Que interesse pode haver em aconselhar-nos a não levar aquele pobre rapaz ao hospital? Se nos aconselha a deixá-lo aqui, penso que devemos ter confiança nele e seguir o seu conselho. Não é um médico, mas tem mais experiência que nós em caso de guerra e de feridos." E voltando-se para mim, acrescentou: "Está disposto a tomar a responsabilidade de não deixar levar aquele pobre rapaz ao hospital?".

"Sim" respondi "assumo a inteira responsabilidade de não deixar transportá-lo ao hospital. Pois, se deve morrer, é melhor que morra sem sofrimento."

"*That's all*" disse Campbell "e agora, vamos."

Os dois menos feridos subiram no jipe de Campbell, que se foi pela encosta pedregosa e bem depressa desapareceu por entre as oliveiras.

O sargento me fixou em silêncio por alguns instantes, semicerrando os olhos, então disse: "E agora? Que devemos fazer?".

"É preciso distrair aquele pobre rapaz, diverti-lo. Contar-lhe histórias, não deixar tempo para refletir que está mortalmente ferido, para perceber que está morrendo."

"Contar-lhe histórias?" disse o sargento.

"Sim, contem-lhe histórias divertidas, mantenham-no alegre. Se lhe deixam tempo para refletir, perceberá que está ferido de morte e sentirá mal, sofrerá."

"Não me agradam as comédias" disse o sargento "não somos bastardos italianos, não somos comediantes. Se quer bancar o *pulcinella*, então banque. Mas se Fred morrer, vai se haver comigo."

"Por que me insulta?" disse "Não é culpa minha se não sou um puro-sangue como todos os americanos... ou como todos os alemães. Já lhe disse que o pobre rapaz morrerá: mas sem sofrer. Responderei por seus sofrimentos, não por sua morte."

"*That's right*" disse o sargento. E, virando-se para os outros que me haviam escutado em silêncio olhando-me fixo, acrescentou: "Vocês são todos testemunhas: este italiano sujo pretende...".

"*Shut up!*" gritei "Basta destes estúpidos insultos! Vieram à Europa para insultar-nos ou para fazer a guerra aos alemães?"

"Em lugar daquele pobre rapaz americano" disse o sargento semicerrando os olhos e apertando os punhos "deveria ser um de vocês. Por que vocês mesmos não os expulsam, os alemães?"

"Por que não ficaram em sua casa? Ninguém os chamou. Deviam deixar-nos brigar, nós mesmos, com os alemães."

"*Take it easy*" disse o sargento com um riso maldoso "não são bons para nada na Europa, não são bons senão para morrer de fome."

Todos os outros se puseram a rir, e me olharam.

"Certo" disse "não somos bastante bem nutridos para ser heróis como vocês. Mas eu estou aqui com vocês, corro os mesmos perigos que vocês. Por que me insulta?"

"*Bastard people*" disse o sargento.

"Bela raça de heróis a de vocês" disse eu "dez soldados alemães e um cabo bastam para resistirem a vocês por três meses."

"*Shut up!*" gritou o sargento dando um passo na minha direção.

O ferido emitiu um gemido, e todos nos voltamos.

"Sofre" disse o sargento empalidecendo.

"Sim" disse "sofre. Sofre por culpa nossa. Tem vergonha de nós. Em vez de ajudá-lo, estamos aqui nos cobrindo de insultos. Mas eu sei por que me insulta. Porque sofre. Desagrada-me ter-lhe dito certas palavras. Crê que também eu não sofra?"

"*Don't worry, Captain*" disse o sargento com um sorriso tímido, e ruborizou ligeiramente.

"*Hello, boys*" disse o ferido levantando-se sobre os cotovelos.

"Está com ciúmes de você" disse acenando ao sargento "queria estar ferido como você, para poder voltar para casa."

"É uma verdadeira injustiça" gritou o sargento batendo a mão no peito "Pode-se saber por que você deve voltar para casa, na América, e nós não?"

O ferido sorriu: "Para minha casa" disse.

"Daqui a pouco virá a ambulância" eu disse "e o levará ao hospital de Nápoles. E dentro de um par de dias partirá de avião para a América. É mesmo um rapaz de sorte."

"É uma verdadeira injustiça" disse o sargento "você irá para casa, e nós ficaremos aqui a mofar. Eis como nos tornaremos todos, se ficarmos um outro tanto de tempo nesta maldita Cassino!" E curvando-se, recolheu uma mãozada de lama, a esfregou no rosto, se desgrenhou os cabelos com as duas mãos e pôs-se a fazer caretas. Todos os soldados em torno riam, e o ferido sorriu.

"Mas os italianos virão tomar o nosso lugar" disse um soldado pondo-se adiante "e nós iremos para casa." E estendendo uma mão arrancou-me o chapéu de oficial dos Alpes, de longa pena negra, enfiou-o na cabeça e começou a saltar diante do ferido, fazendo caretas e gritando: "*Vino! Spaghetti! Signorina!*".

"*Go on*" gritou o sargento dando-me um empurrão.

Eu enrubesci. Repugnava-me bancar o palhaço. Mas devia entrar no jogo, fui eu a propor aquela triste comédia, e não podia me recusar a bancar o palhaço. Caso se tratasse de bancar o palhaço para salvar a pátria, a humanidade, a liberdade, eu teria recusado. Sabíamos todos, na Europa, que há mil modos de bancar o palhaço: também de bancar o herói, o covarde, o traidor, o revolucionário, o salvador da pátria, o mártir da liberdade, são todos modos de bancar o palhaço. Mesmo aquele de encostar um homem no paredão e disparar no seu ventre, mesmo aquele de perder ou de vencer a guerra são modos como tantos outros de bancar o palhaço. Mas então não podia me recusar a bancar o palhaço para ajudar um pobre rapaz americano a morrer sem dor. Na Europa, somos justos, acontece sempre de se ter de bancar o palhaço por muito menos! E depois, aquele era um modo nobre, um modo generoso de bancar o palhaço, e não podia me recusar: tratava-se de não fazer sofrer um homem. Comeria terra, mastigaria pedras, engoliria esterco, trairia minha mãe, para poder ajudar um homem, ou um animal, a não sofrer. A morte não me faz medo: não a odeio, não me desgosta, não é, no fundo, coisa que me preocupe. Mas o sofrimento eu o odeio, e mais o dos outros, homens ou animais, que o meu. Estou disposto a tudo, a qualquer covardia, a qualquer heroísmo, para não fazer sofrer um ser humano, para ajudar um homem a não sofrer, a morrer sem dor. Assim, embora sentisse o rubor me subir à fronte, estava feliz de poder bancar o palhaço, não tanto por conta da pátria, da humanidade, da honra nacional, da glória, da liberdade, mas por minha conta, para ajudar um pobre rapaz a não sofrer, a morrer sem dor.

"*Chewing-gum! Chewing-gum!*" gritei, pondo-me a saltar diante do ferido: e fazia caretas, fingia mastigar um enorme *chewing-gum*, ter os dentes ligados por um emaranhado de fios da goma, não poder abrir a boca, não poder respirar, nem falar, nem cuspir. Até que, depois de muitos esforços, fingi finalmente desembaraçar os dentes e abrir a boca, a lançar um grito de triunfo: "*Spam! Spam!*". Ao grito, que evocava o horrendo *spam*, patê de carne de porco, orgulho de Chicago, que é o habitual, execradíssimo alimento dos soldados americanos, todos desataram a rir, e o próprio ferido repetiu sorrindo: "*Spam! Spam!*".

Tomados de repentino furor, todos se puseram a saltar para cá e para lá, agitando os braços, fingindo ter os dentes ligados pelo emaranhado de fios da goma do *chewing-gum*, não poder respirar, não poder falar e, agarrando com as duas mãos o maxilar inferior, tentavam abrir à força a boca: e até eu saltava daqui para ali, gritando em coro com os outros: "*Spam! Spam!*". Enquanto que, do lado de lá da colina, retroava sombrio, feroz, monótono, o "*Spam! Spam! Spam!*" das artilharias de Cassino.

De repente, fresca, sonora, risonha, uma voz ressoou no fundo do alto bosque de oliveiras e chegou até nós repercutindo entre os troncos claros, manchados de sol: "Ohoho! Ohoho!". Todos nós paramos e olhamos para o lugar de onde vinha a voz. Por entre o argênteo tremular das ramagens das oliveiras, contra o céu cinza pontuado aqui e ali de manchas verdes, por entre as pedras avermelhadas e os zimbros azuis inchados pela névoa, um negro descia lentamente o declive. Era um jovem alto, magro, de pernas longuíssimas. Tinha um saco nos ombros e caminhava um pouco curvo, roçando apenas o terreno com as solas de borracha: arreganhava a boca vermelha gritando: "Ohoho! Ohoho!" e balançava a cabeça como se uma imensa, alegre dor lhe queimasse o coração. O ferido voltou lentamente o rosto para o negro, e um sorriso infantil lhe subiu aos lábios.

Chegando a poucos passos de nós, o negro parou, depôs por terra o saco, com um tinido de garrafas, e, passando a mão na testa, com aquela sua voz pueril, disse: "*Oh, you're having a good time, isn't it?*".

"O que tem nesse saco?" perguntou o sargento.

"Batatas" disse o negro.

"*I like potatoes*" disse o sargento. E voltando-se para o ferido acrescentou: "Também a você agradam as batatas, não é verdade?".

"*Oh, yes!*" disse Fred rindo.

"O rapaz está ferido, e lhe agradam as batatas" disse o sargento "espero que não recuse uma batata a um ferido americano!"

"As batatas fazem mal aos feridos" disse o negro com voz chorosa "as batatas são a morte para um ferido."

"Dê-lhe uma batata" disse o sargento com voz ameaçadora, e entrementes, voltando as costas para o ferido, fazia ao negro com a boca e com os olhos sinais misteriosos.

"*Oh, no, oh, no!*" disse o negro procurando entender os sinais do sargento "as batatas são a morte."

"Abra o saco" disse o cabo.

O negro começou a lamentar-se balançando a cabeça "Ohi! Ohi! Ohiohioi!" e, enquanto se curvava, abria o saco, dele tirava uma garrafa de vinho tinto. Levantou-a, olhou-a contra aquele pouco de sol sujo que filtrava através da névoa, fez estalar a língua e, lentamente arreganhando a boca e arregalando os olhos, emitiu um verso animalesco: "Uha! Uha! Uha!" que todos em torno imitaram com alegria pueril.

"Dê-me aqui" disse o sargento. Destampou a garrafa com a ponta de uma faca, verteu um pouco de vinho em um copo de lata que um soldado lhe estendia e, levantando o copo, disse ao ferido: "À sua saúde, Fred", e bebeu.

"Dê-me um pouco" disse o ferido "tenho sede."

"Não" disse eu "não deve beber."

"Por que não?" disse o sargento olhando-me de viés "um bom copo de vinho lhe fará bem."

"Um homem ferido no ventre não deve beber" eu disse em voz baixa "quer matá-lo? O vinho queimará os intestinos, isso o fará sofrer de modo atroz. Começará a gritar."

"*You bastard*" disse o sargento.

"Dê-me o copo" disse eu em voz alta "quero beber também eu à saúde desse afortunado rapaz."

O sargento passou-me um copo cheio de vinho, e levantando-o eu disse: "Bebo à sua saúde, e à saúde dos que lhe são caros, de todos aqueles que estarão esperando no campo de aviação. À saúde da sua família".

"*Thank you*" disse o ferido sorrindo "e também à saúde de Mary."

"Bebamos todos à saúde de Mary" disse o sargento. E voltando-se para o negro acrescentou: "Fora as outras garrafas".

"*Oh, no, oh, no!*" gritou o negro com voz lamentosa "se querem vinho vão procurá-lo como eu fiz. *Oh, no, oh, no!*"

"Não se envergonha de recusar um pouco de vinho a um companheiro ferido? Dê-me aqui" disse o sargento com voz severa, tirando do saco as garrafas uma a uma e estendendo-as aos companheiros. Todos tinham sacado um copo de seu embornal, e todos levantamos os copos.

"À saúde da bela, da cara, da jovem Mary" disse o sargento levantando o copo, e todos bebemos à saúde da bela, da cara, da jovem Mary.

"Quero beber também eu à saúde de Mary" disse o negro.

"Certo" disse o sargento "e depois cantarei em homenagem a Fred. Sabem por que devo cantar em homenagem a Fred? Porque Fred em dois dias partirá de avião para a América."

"*Oho!*" disse o negro arregalando os olhos.

"E sabe quem estará esperando-o no campo de aviação? Diga você, Fred" acrescentou o sargento voltando-se para o ferido.

"*Mamy*" disse com voz fraca Fred "*Daddy*, e meu irmão Bob..." interrompeu-se e empalideceu ligeiramente.

"... seu irmão Bob..." disse o sargento.

O ferido calara-se, respirando com dificuldade. Então disse: "... minha irmã Dorothy, Tia Leonora". E calou-se.

"... e Mary..." disse o sargento.

O ferido acenou que sim com a cabeça e, semicerrando os lábios, sorriu.

"E o que faria" disse o sargento voltando-se para o negro "se você fosse a Tia Leonora? Iria também você, naturalmente, ao campo de aviação para esperar Fred, não é verdade?"

"*Oh, oh!*" disse o negro "Tia Leonora? Eu não sou Tia Leonora!"

"Como! Você não é Tia Leonora?" disse o sargento olhando ameaçador para o negro e fazendo-lhe estranhos sinais com a boca.

"*I'm not Aunt Leonor!*" disse o negro com voz chorosa.

"*Yes! You are Aunt Leonor!*" disse o sargento apertando os punhos.

"*No, I'm not*" disse o negro sacudindo a cabeça.

"Mas, sim! Você é Tia Leonora!" disse o ferido rindo.

"*Oh, yes!* Mas está certo, eu sou Tia Leonora!" disse o negro elevando os olhos para o céu.

"*Of course, you are Aunt Leonor!*" disse o sargento "*You are a very charming old lady! Look, boys!* Não é verdade que é uma cara, velha senhora, a cara, velha Tia Leonora?"

"*Of course!*" disseram os outros "*He's a very charming lady!*"

"*Look at the boy*" disse eu ao sargento "olhe o Fred."

O ferido fixava o negro com olhos atentos e sorria. Parecia feliz. Um rubor lhe iluminava a testa, grossas gotas de suor lhe regavam o rosto.

"Sofre" disse o sargento em voz baixa, apertando-me o braço com força.

"Não, não sofre" eu disse.

"Morre, não vê que morre?" disse o sargento com voz estrangulada.

"Morre docemente" disse eu "sem sofrer."

"*You bastard*" disse o sargento olhando-me com ódio.

Naquele momento Fred emitiu um gemido e tentou levantar-se sobre os cotovelos. Tinha se tornado horrivelmente pálido, a cor da morte desceu de repente sobre a sua testa, apagando-lhe os olhos.

Todos nos calamos, até o negro se calou, fixando o ferido com um olhar de espanto.

O canhão troava sombrio e profundo lá embaixo, atrás da colina. Eu vi o vento negro vagar aqui e ali entre as oliveiras, tingir de uma sombra triste as copas, as pedras, os arbustos. Vi o vento negro, ouvi a sua voz negra, e estremeci.

"Morre, oh, morre!" disse o sargento apertando os punhos.

O ferido tinha recaído de costas, tinha reaberto os olhos, e olhava em torno sorrindo.

"Tenho frio" disse.

Tinha começado a chover. Era uma chuvinha fina e gelada, que fazia nas folhas das oliveiras um longo, doce sussurro.

Tirei meu capote, envolvi as pernas do ferido. Também o sargento tirou o capote, cobriu as espáduas do moribundo.

"Sente-se melhor? Tem ainda frio?" disse o sargento.

"Grato, estou melhor" disse o ferido agradecendo com um sorriso.

"Cante!" disse o sargento ao negro.

"*Oh, no*" disse o negro "tenho medo."

"Cante!" gritou o sargento levantando os punhos.

O negro recuou, mas o sargento o agarrou por um braço: "Ah, não quer cantar?" disse "Se não cantar, mato você".

O negro se sentou no chão e começou a cantar. Era uma canção triste, o lamento de um negro doente, sentado na margem de um rio, sob uma branca chuva de flocos de algodão.

O ferido pôs-se a gemer, e as lágrimas inundaram-lhe o rosto.

"*Shut up*" gritou o sargento ao negro.

O negro calou, e fixou o sargento com os seus olhos de cão doente.

"Não me agrada a sua canção" disse o sargento "é triste, e não diz nada. Cante outra."

"*But...*" disse o negro "*that's a marvellous song.*"

"Eu digo que não diz nada" gritou o sargento, "olhe o Mussolini, nem mesmo a Mussolini agrada a sua canção" e apontou o dedo para mim.

Todos se puseram a rir, e o ferido voltou a cabeça olhando-me surpreso.

"Silêncio!" gritou o sargento "deixe falar o Mussolini. *Go on,* Mussolini!"

O ferido ria, estava feliz. Todos se juntaram em torno de mim, e o negro disse: "*You're not Mussolini. Mussolini is fat. He's an old man. You're not Mussolini*".

"Ah, você crê que eu não seja Mussolini?" disse "Olhe-me" e abri as pernas, apoiei as mãos nos quadris, requebrando as ancas, joguei a cabeça para trás, inflei as bochechas e, empurrando para a frente o queixo, projetei os lábios e gritei: "Camisas Negras de toda a Itália! A guerra que gloriosamente perdemos está finalmente vencida. Os nossos amados inimigos, obtendo o voto de todo o povo italiano, desembarcaram finalmente na Itália para ajudar-nos a combater os nossos odiados aliados alemães. Camisas Negras de toda a Itália, viva a América!".

"Viva Mussolini!" gritaram todos rindo, e o ferido tirou os braços de baixo da coberta e bateu palmas debilmente.

"*Go on, go on!*" disse o sargento.

"Camisas Negras de toda a Itália..." gritei. Mas então me calei, e segui com os olhos um grupo de moças que desciam por entre as oliveiras rumo a nós. Algumas eram já mulheres, outras meninas. Vestidas de farrapos de uniformes alemães ou americanos, os cabelos apertados na testa por um trapo, vinham ao nosso encontro desentocadas das cavernas e dos escombros das casas, onde selvagemente vivia naqueles dias a população dos entornos de Cassino, atraídas pelo eco de nossas risadas, pelo canto do negro e talvez pela esperança de alguma comida. Tinham entretanto não o aspecto de mendicantes, mas um aspecto nobre e orgulhoso: e eu me senti enrubescer, tive vergonha de mim. Não que a sua miséria, a sua selvageria me humilhassem: sentia que tinham descido mais profundamente que eu no abismo da humilhação, que sofreram mais que eu, e tinham entretanto no olhar, nos modos, no sorriso, um orgulho mais vivo, e mais nu, que o meu. Aproximaram-se, e ficaram reunidas em grupo a olhar em silêncio ora o ferido, ora um ou outro de nós.

"*Go on, go on!*" disse o sargento olhando-me ameaçador.

"Não posso" repeti. Sentia-me ruborizar, tinha vergonha de mim.

"Se não..." disse o sargento dando um passo adiante.

"Não se envergonha de mim?" disse eu.

"Não entendo" disse o sargento "por que deveria envergonhar-me de você."

"Nós nos arruinamos, nós nos jogamos na lama, nós nos cobrimos de vergonha: mas não tenho o direito de rir das nossas vergonhas."

"Não entendo você. De que fala?" disse o sargento olhando-me surpreso.

"Ah, não entende? Melhor assim."

"*Go on*" disse o sargento.

"Não posso" respondi.

"*Oh, please, Captain*" disse o ferido "*please, go on!*"

Eu olhei sorrindo o sargento: "Desculpe-me" eu disse "se não consigo fazer-me entender. Não faz mal. Desculpe-me". E projetando os lábios, requebrando os quadris, levantando o braço na saudação romana, gritei: "Camisas Negras! Os nossos aliados americanos finalmente desembarcaram na Itália para ajudar-nos a combater os nossos aliados alemães. A sagrada tocha do fascismo não está apagada. Foi aos nossos aliados americanos que eu confiei a tocha do fascismo! Das longínquas costas da América, ela continuará a iluminar o mundo. Camisas Negras de toda a Itália, viva a América fascista!".

Um coro de risos acolheu as minhas palavras. O ferido batia palmas, e também as moças, reunidas em grupo diante de mim, batiam palmas, olhando-me com estranhos olhos.

"*Go on, please*" disse o ferido.

"Basta de Mussolini" disse o sargento "não me agrada ouvir Mussolini gritar Viva a América." E voltando-se para mim acrescentou: "*Do you understand?*".

"Não, não entendo" disse eu "toda a Europa grita Viva a América."

"*I don't like it*" disse o sargento. E, próximo das moças, gritou: "Senhoritas, dançar!".

"*Ya, ya!*" disse o negro "Vinho, senhoritas!" e tirando do bolso uma pequena harmônica a encostou nos lábios e começou a tocar. O sargento enlaçou uma moça e começou a dançar, e todos os outros o imitaram. Eu me sentei no chão perto do ferido e lhe apoiei a mão na testa. Estava fria e molhada de suor.

"Divertem-se" eu disse. "Para esquecer a guerra, é preciso mesmo dançar de vez em quando."

"São bons rapazes" disse o ferido.

"Oh, sim" disse eu "os soldados americanos são bons rapazes. Têm o coração simples e bom. *I like them.*"

"*I like Italian people*" disse o ferido, e estendendo uma mão me tocou o joelho, e sorriu.

E eu agarrei a sua mão entre as minhas e virei o rosto. Senti um nó na garganta, quase não podia respirar. Não posso ver sofrer um ser humano. Queria antes matá-lo com as minhas mãos do que vê-lo sofrer. Subia-me um rubor na face ao pensamento de que aquele pobre rapaz estendido na lama, com o ventre rasgado, era um americano. Queria que fosse um italiano, um italiano como eu, mais do que um americano. Não podia suportar o pensamento de que aquele rapaz americano sofresse por culpa nossa, sofresse também por minha culpa.

Virei o rosto e olhei aquela estranha festa campestre, aquele pequeno Watteau pintado por Goya. Era uma cena viva e delicada: aquele ferido estendido no chão, aquele negro que tocava a harmônica apoiado no tronco de uma oliveira, aquelas moças esfarrapadas, pálidas, descarnadas, enlaçadas àqueles belos soldados americanos de rostos rosados, naquele argênteo bosque de oliveiras, entre aquelas ondulações nuas pontuadas de pedras vermelhas na relva verde, sob aquele céu cinza, velho, percorrido por sutis veias azuis, aquele céu semelhante à pele de uma velha. E pouco a pouco senti a mão do moribundo esfriar entre as minhas, pouco a pouco se abandonar.

Então levantei um braço, e dei um grito. Todos se detiveram olhando-me, depois se aproximaram, curvaram-se sobre o ferido. Fred estava abandonado de costas e tinha fechado os olhos. Uma máscara branca lhe cobria o rosto.

"Morre" disse o sargento em voz baixa.

"Dorme. Adormeceu sem sofrer" eu disse acariciando a cabeça do rapaz morto.

"Não o toque!" gritou o sargento empurrando-me para trás brutalmente com um braço.

"Está morto" disse eu em voz baixa "não grite."

"É culpa sua se está morto" gritou o sargento "foi você quem o fez morrer, matou-o, você! Está morto por culpa sua, na lama, como um animal. *You bastard!*" E me golpeou o rosto com o punho.

"*You bastard!*" gritaram os outros reunindo-se ameaçadores em torno de mim.

"Está morto sem sofrer" eu disse "está morto sem se sentir morrer."

"*Shut up, you son of a bitch*" gritou o sargento batendo-me no rosto.

Eu caí de joelhos, um filete de sangue me escorreu da boca. Todos se jogaram sobre mim, golpeando-me com murros e chutes. Deixava-me apanhar sem me defender, não gritei, não disse uma palavra. Fred morreu sem sofrer. Teria dado a minha vida para ajudar aquele pobre rapaz a morrer sem dor. Cai sobre os joelhos, e todos me golpeavam com murros e chutes. E eu pensava que Fred tinha morrido sem sofrer.

De repente ouvimos o barulho de um carro, um estridor de freios.

"Que é?" gritou a voz de Campbell.

Todos se afastaram de mim, e se calaram. Eu permaneci de joelhos junto ao morto, o rosto inundado de sangue, e calei-me.

"O que fez esse homem?" disse o Capitão médico Schwartz, do hospital americano de Caserta, aproximando-se de nós.

"É este bastardo italiano" disse o sargento olhando-me com ódio, enquanto as lágrimas lhe regavam o rosto "é este italiano sujo que o fez morrer. Não quis que o levássemos ao hospital. Fez com que morresse como um cão."

Eu me levantei com custo e fiquei de pé, em silêncio.

"Por que impediu que fosse levado ao hospital?" disse Schwartz. Era um homem pequeno, pálido, dos olhos negros.

"Teria morrido do mesmo modo" disse eu "teria morrido na estrada, entre os mais atrozes sofrimentos. Não queria que sofresse. Estava ferido no ventre. Morreu sem sofrer. Não se sentiu morrer. Morreu como um menino."

Schwartz me fixou em silêncio, depois se aproximou do morto, levantou a coberta, contemplou longamente a horrenda ferida. Deixou cair a coberta, se voltou para mim, apertou em silêncio a minha mão.

"*I thank you for his mother*" disse "eu lhe agradeço pela mãe dele."

VII
O almoço do General Cork

"O tifo hemorrágico" disse o General Cork "está fazendo progressos inquietantes em Nápoles. Se a violência da doença não diminuir, serei forçado a retirar as tropas americanas da cidade."

"Por que preocupar-se tanto?" disse "vê-se que não conhece Nápoles."

"Pode ser que eu não conheça Nápoles" disse o General Cork "mas os meus serviços sanitários conhecem o piolho que dissemina o tifo hemorrágico."

"Não é um piolho italiano" eu disse.

"E nem tampouco americano" disse o General Cork "de fato, é um piolho russo. Foi trazido a Nápoles da Rússia por soldados italianos veteranos."

"Dentro de poucos dias" disse "não se terá mais um só piolho russo em Nápoles."

"*I hope so*" disse o General Cork.

"Não acredita, por certo, que os piolhos napolitanos, os piolhos dos becos de Forcella e do Pallonetto, farão frente aos quatro miseráveis piolhos russos."

"Peço" disse o General Cork "que não fale desse modo dos piolhos russos."

"Não havia nenhuma alusão política nas minhas palavras" disse eu "quis dizer que os piolhos napolitanos comerão vivos os pobres piolhos russos, e o tifo hemorrágico desaparecerá. Verá: eu conheço Nápoles."

Todos se puseram a rir, e o Coronel Eliot disse: "Acabaremos todos como os piolhos russos se ficarmos muito tempo na Europa".

Um riso pudico correu ao longo da mesa.

"E por quê?" disse o General Cork "Todos, na Europa, amam os americanos."

"Sim, mas não amam os piolhos russos" disse o Coronel Eliot.

"Não entendo o que quer dizer" disse o General Cork "nós não somos russos, somos americanos."

"*Of course, we are Americans, thanks God!*" disse o Coronel Eliot "mas os piolhos europeus, uma vez que tenham comido os piolhos russos, nos comerão."

"*What?*" exclamou Mrs. Flat.

"Mas nós não somos... *ehm... I mean... we are not...*" disse o General Cork fingindo tossir no guardanapo.

"*Of course! We are not... ehm... I mean...* naturalmente nós não somos piolhos" disse o Coronel Eliot ruborizando e olhando em torno triunfalmente.

Todos desataram a rir e, quem sabe por que, olharam para mim. Senti-me um piolho, como nunca havia me sentido na vida.

O General Cork voltou-se para mim com um gracioso sorriso.

"*I like Italian people*" disse "*but...*"

O General Cork era um verdadeiro *gentleman*, quero dizer, um verdadeiro *gentleman* americano. Tinha aquela ingenuidade, aquela candura, aquela limpidez moral, que fazem tão caros, tão humanos os *American gentlemen*. Não era um homem culto, não possuía aquela cultura humanística que dá um tão nobre e poético tom às boas maneiras dos senhores europeus, mas era um "homem", tinha aquela qualidade humana que falta aos homens da Europa: sabia corar. Tinha um pudor delicadíssimo e um senso preciso, viril, dos próprios limites. Era também ele persuadido, como todos os bons americanos, que a América é a primeira nação do mundo, e os americanos o povo mais civilizado, mais honesto da terra: e, naturalmente, desprezava a Europa. Mas não desprezava os povos vencidos somente porque são povos vencidos.

Uma vez recitei para ele aquele verso do *Agamenon* de Ésquilo: "*Se respeitam os templos e os Deuses dos vencidos, os vencedores se salvarão*", e ele tinha me olhado um instante em silêncio. Depois tinha me perguntado quais Deuses os americanos, para se salvar, deveriam respeitar na Europa.

"A nossa fome, a nossa miséria, a nossa humilhação" eu tinha lhe respondido.

O General Cork tinha me oferecido um cigarro, tinha-o acendido, depois me tinha dito sorrindo:

"Há outros Deuses na Europa, e admiro que você os tenha omitido."

"Quais?" perguntei.

"Os delitos, os rancores de vocês, e me desagrada não poder acrescentar: o orgulho."

"Não temos mais orgulho na Europa" disse eu.

"Eu sei" disse o General Cork "e é um grande pecado."

Era um homem sereno e justo. Tinha o aspecto jovem, embora tivesse já passado dos cinquenta, parecia não ter mais de quarenta anos. Alto, magro, ágil, musculoso, de espáduas largas, quadris estreitos, tinha longas pernas e braços longos, mãos finas e brancas. O rosto era descarnado e rosado, onde o nariz aquilino, muito grande, talvez, em comparação com a boca puerilmente fina e estreita, contrastava com a juvenil doçura dos olhos. Agradava-me falar com ele, e ele parecia ter por mim não somente simpatia, mas respeito. Ele por certo sentia obscuramente que eu, por pudor, buscava esconder-lhe: que diante de mim não era um vencedor, mas simplesmente "um outro homem".

"*I like Italian people*" disse o General Cork "*but...*"

"*But?*" disse eu.

"Os italianos são um povo simples, bom, cordial: especialmente os napolitanos. Mas espero que a Europa não seja toda como Nápoles."

"Toda a Europa é como Nápoles" eu disse.

"Como Nápoles?" exclamou o General Cork profundamente surpreso.

"Quando Nápoles era uma das mais ilustres capitais da Europa, uma das maiores cidades do mundo, havia de tudo em Nápoles: havia Londres, Paris, Madri, Viena, havia toda a Europa. Agora que decaiu, em Nápoles não restou senão Nápoles. O que esperam encontrar em

Londres, em Paris, em Viena? Encontrarão Nápoles. É o destino da Europa tornar-se Nápoles. Se ficarem um pouco de tempo na Europa, vocês mesmo se tornarão napolitanos."

"*Good Gosh!*" exclamou o General Cork empalidecendo.

"*Europe is a bastard country*" disse o Coronel Brand.

"O que não entendo" disse o Coronel Eliot "é o que viemos fazer na Europa. Vocês têm mesmo necessidade de nós para expulsar os alemães? Por que não os expulsam sozinhos?"

"Por qual razão devemos ter tanto trabalho" disse eu "quando vocês não querem nada mais que vir à Europa para fazer a guerra por nossa conta?"

"*What? What*" gritaram todos em torno da mesa.

"E se continuarem nesse passo" eu disse "acabarão por se tornar mercenários da Europa."

"Os mercenários são pagos" disse Mrs. Flat com voz severa "com o que nos pagarão vocês?"

"Nós lhe pagaremos com as nossas mulheres" respondi.

Todos riram: depois se calaram e me olharam com ar impactado.

"Você é um cínico" disse Mrs. Flat "um cínico e um insolente."

"É muito desagradável para vocês o que diz" disse o General Cork.

"Sem dúvida" eu disse "é doloroso para um europeu dizer certas coisas. Mas por que deveremos mentir entre nós?"

"O estranho" disse o General Cork quase para desculpar-me "é que você não é um cínico. Você é o primeiro a sofrer com o que diz: mas lhe agrada fazer mal a você mesmo."

"Do que se surpreende?" disse eu "sempre foi assim, infelizmente: as mulheres dos vencidos vão para a cama com os vencedores. Teria acontecido o mesmo também na América, se tivessem perdido a guerra."

"*Never!* Nunca!" exclamou Mrs. Flat corando de desdém.

"Pode ser" disse o Coronel Eliot "mas me agrada pensar que as nossas mulheres se comportariam diversamente. Uma qualquer diferença deve sempre haver entre nós e os europeus, em especial entre nós e os povos latinos."

"A diferença" eu disse "é esta: que os americanos compram os seus inimigos, e que nós os vendemos."

Todos me olharam surpresos.

"*What a funny idea*" disse o General Cork.

"Tenho a suspeita" disse o Major Morris "de que os europeus tenham já começado a nos vender, para vingarem-se do fato de que nós os compramos."

"É justo assim" disse eu "recordam do que foi dito de Talleyrand? Que tinha vendido todos aqueles que o tinham comprado. Talleyrand era um grande europeu."

"Talleyrand? Quem era?" perguntou o Coronel Eliot.

"*He was a great bastard*" disse o General Cork.

"Desprezava os heróis" disse eu "sabia por experiência que na Europa é mais fácil bancar o herói que o covarde, que cada pretexto é bom para bancar o herói, e que a política, no fundo, não é senão uma fábrica de heróis. A matéria-prima, por certo, não falta: os melhores heróis, *the most fashionable*, são os feitos com esterco. Muitos daqueles que hoje bancam os heróis gritando: Viva a América, ou Viva a Rússia são os mesmos que ontem bancavam os heróis gritando: Viva a Alemanha. Toda a Europa é assim. Os verdadeiros homens de bem são os que não fazem profissão nem de heróis nem de covardes, são aqueles que ontem não gritavam Viva a Alemanha, e hoje não gritam nem Viva a América nem Viva a Rússia. Não se esqueçam nunca, se querem entender a Europa, que os verdadeiros heróis morrem, que os verdadeiros heróis estão mortos. Os vivos..."

"Crê que hoje sejam muitos os heróis na Europa?" perguntou-me o Coronel Eliot.

"Milhões" respondi.

Todos se puseram a rir, revirando-se para trás no espaldar das poltronas.

"A Europa é um estranho lugar" disse o General Cork quando o riso dos comensais se extinguiu "comecei a entender a Europa no mesmo dia em que desembarcamos em Nápoles. A aglomeração de gente era tal, nas vias principais da cidade, que os nossos tanques não podiam passar para correr atrás dos alemães. A multidão passeava tranquilamente no meio das ruas, conversando e gesticulando como se nada acontecesse. Fui obrigado a fazer imprimir depressa grandes cartazes, onde pedia cortesmente à população de Nápoles que caminhasse nas calçadas e deixasse livre o pavimento das vias, para permitir aos nossos tanques perseguir os alemães."

Uma explosão de risadas acolheu as palavras do General Cork. Não há povo no mundo que saiba rir assim de coração aberto como os americanos. Riem como meninos, como escolares em férias. Os alemães não riem nunca por conta própria, mas sempre por conta de algum outro. Quando estão à mesa, riem cada um por conta do próprio vizinho à mesa. Riem como comem: têm sempre medo de não comer o suficiente, comem sempre levando em conta algum outro. E assim riem como se temessem não rir o bastante. Mas sempre riem ou muito cedo, ou muito tarde, nunca no momento justo. O que dá ao riso deles aquela sensação de fora de hora, e mais, de fora do tempo, que é tão particular a cada ato deles, a cada sentimento. Poderia ser dito que eles riem sempre por alguém que não riu no momento justo, ou por alguém que não riu antes deles, ou por alguém que não rirá depois. Os ingleses riem como se somente eles soubessem rir, como se eles somente tivessem o direito de rir. Riem como riem todos os ilhotas: só quando estão bem seguros de não serem vistos das costas de nenhum continente. Se têm dúvida de que, das *falaises* de Calais ou de Boulogne, os franceses os veem rir, ou riem deles, logo conferem ao rosto estudada gravidade. A tradicional política inglesa nos confrontos da Europa consiste toda em impedir que das *falaises* de Calais ou de Boulogne aqueles malditos europeus os vejam rir, ou riam deles. Os povos latinos riem por rir, porque amam rir, porque "o riso faz bom o sangue", e porque, suspeitosos, vaidosos e orgulhosos como são, creem que como riem sempre dos outros, e nunca de si mesmos, isso prova que não é possível rir deles. Não riem nunca para dar prazer a alguém. Também eles, como os americanos, riem por conta própria: entretanto, diversamente daquele dos americanos, o riso deles não é nunca gratuito. Riem sempre por qualquer coisa. Mas os americanos, ah, os americanos, embora riam sempre por conta própria, sempre riem por nada, às vezes mais do que o necessário, mesmo que saibam ter já rido bastante: e não se preocupam nunca, em especial à mesa, no teatro ou no cinema, em saber se riem pela mesma coisa pela qual riem os outros. Riem todos juntos, estejam em vinte ou estejam em cem mil ou em dez milhões: mas sempre cada um por conta própria. E o que os distingue de cada outro povo da terra, o que melhor revela o espírito dos seus costumes, a sua vida social, da sua civilização, é que não riem nunca sós.

Mas aqui, interrompendo o riso dos comensais, a porta se abriu, e na soleira apareceram alguns garçons em libré, sustentando com ambas as mãos imensas bandejas de prata maciça.

Depois da sopa de creme de cenoura, condimentada com Vitamina D e desinfetada com uma solução de 2% de cloro, chegava à mesa o horrível *spam*, o patê de carne de porco, orgulho de Chicago, estendido em fatias de cor púrpura sobre uma espessa manta de milho cozido. Reconheci que os garçons eram napolitanos, mais que pela libré azul com lapelas vermelhas, da casa do Duque de Toledo, pela máscara de espanto e de desgosto impressa no rosto deles. Nunca vi rostos mais do que aqueles cheios de desprezo. Era o alto, antigo, obsequioso, livre desprezo da vassalagem napolitana por tudo o que é rude patronagem estrangeira. Os povos que têm uma antiga, e nobre, tradição de escravidão, e de fome, não respeitam senão aqueles patrões que tenham gostos refinados e esplêndidas maneiras. Não há nada de mais humilhante para um povo reduzido à servidão que um patrão de maneiras rudes, de gostos grosseiros. Entre os tantos patrões estrangeiros, o povo napolitano não conservou boa recordação senão de dois franceses, Roberto d'Angiò e Gioacchino Murat, porque o primeiro sabia escolher um vinho e julgar um molho, e o segundo não somente o que fosse uma sela inglesa, mas sabia com suprema elegância cair do cavalo. O que vale atravessar o mar, invadir um país, vencer a guerra, coroar-se a fronte com o louro dos vitoriosos e depois não saber estar à mesa? Que raça de heróis eram esses americanos, que comiam milho como as galinhas?

Spam frito e milho cozido! Os garçons regiam as bandejas com as duas mãos, virando a cara como se levassem à mesa uma cabeça de Medusa. O vermelho violáceo do *spam*, que, frito, toma tons enegrecidos, de carne apodrecida ao sol, e o amarelado desbotado do milho, todo veiado de branco, que no cozimento se empapa e vem a assemelhar-se ao milho encontrado por vezes no papo de uma galinha morta afogada, se refletiam palidamente nos altos, embaçados espelhos de Murano, que nas paredes da sala se alternavam com as antigas tapeçarias da Sicília.

Os móveis, as molduras douradas, os retratos dos Grandes de Espanha, o Triunfo de Vênus pintado no teto por Luca Giordano, toda a imensa sala do palácio do Duque de Toledo, onde o General Cork oferecia aquela tarde um almoço em honra de Mrs. Flat, General em chefe das WACs da Quinta Armada americana, se tingiu pouco a pouco do violáceo brilho do *spam* e do morto reflexo lunar do milho. As antigas glórias da casa Toledo não tinham nunca conhecido tão triste mortificação. Aquela sala que tinha acolhido os "triunfos" aragoneses e angevinos, as festas em honra de Carlos VIII de França e de Ferrante d'Aragona, as danças, os torneios de amor da esplêndida nobreza das Duas Sicílias, mergulhou docemente em uma opaca luz de aurora mortiça.

Os garçons inclinaram as bandejas aos comensais, e a horrenda refeição começou. Eu tinha os olhos fixos no rosto dos garçons, absorto na contemplação do desgosto deles e do desprezo deles. Aqueles garçons vestiam a libré da casa Toledo, me reconheceram, sorriram para mim: eu era o único italiano que sentaria àquele estranho banquete, era o único que poderia compreender e compartilhar da humilhação deles. *Spam* frito e milho cozido! E ao olhar o desgosto que anestesiava as mãos enluvadas de branco deles, percebi de repente, na orla daquelas bandejas, uma coroa: mas não era a coroa do Duque de Toledo.

Perguntava-me de qual casa, e por qual matrimônio, por qual herança, por qual aliança, tinham chegado aquelas bandejas até o palácio do Duque de Toledo, quando, baixando os olhos para o meu prato, pareceu-me reconhecê-lo. Era um dos pratos do famoso serviço de porcelana da casa Gerace. Pensei com triste afeto em Jean Gerace, em seu belo palácio do Monte di Dio, arruinado pelas bombas, em seus tesouros de arte, quem sabe por onde dispersos. Corri com os olhos ao longo da beirada da mesa e, diante dos comensais, vi reluzir as célebres porcelanas pompeianas de Capodimonte, às quais

Sir William Hamilton, Embaixador de Sua Majestade Britânica na Corte de Nápoles, tinha dado o nome de Emma Hamilton: e com o nome de "Emma", extrema e patética homenagem à infeliz musa de Orazio Nelson, são chamados exatamente em Nápoles aqueles pratos que Capodimonte replicou do único modelo reavido por Sir William Hamilton nas escavações de Pompeia.

Eu estava feliz e comovido que aquelas porcelanas, de tão antiga e ilustre origem, e de tão caro nome, honrassem a mesa do bravo General Cork. E sorri de prazer, pensando que Nápoles, vencida, humilhada, destruída por bombardeios, lívida pela angústia e pela fome, podia agora oferecer aos seus libertadores uma tão amável testemunha das suas antigas glórias. Cortês cidade, Nápoles! Nobre país, a Itália! Estava orgulhoso e comovido que as Graças, as Musas, as Ninfas, as Vênus, os Amores, recorrentes ao longo da orla das belas louças, confundissem o rosa delicado das suas carnes, o tênue azul das suas túnicas, o ouro afetuoso dos cabelos com o brilho vinoso do horrendo *spam*.

Aquele *spam* chegava da América, de Chicago. Quão distante era Chicago de Nápoles nos felizes anos de paz! E agora a América estava ali, naquela sala; Chicago estava ali, naquela sala; Chicago estava ali, naqueles pratos de porcelana de Capodimonte, sagrados à memória de Emma Hamilton. Ah, que desgraça ser feito como eu sou feito! Aquele almoço naquela sala, em torno daquela mesa, diante daqueles pratos, me parecia um piquenique sobre uma tumba.

Salvou-me da comoção a voz do General Cork.

"Crê que haja na Itália" me perguntou "um vinho mais saboroso do que este delicioso vinho de Capri?"

Aquela tarde, em honra de Mrs. Flat, além do costumeiro leite em caixa, do costumeiro café, do chá habitual e do habitual suco de ananás, tinha chegado à mesa também o vinho. O General Cork tinha por Nápoles um afeto quase amoroso, até chamar "*a delicious Capri wine*" aquele vinhozinho branco de Ischia, que leva o nome do Epomeu, o alto vulcão apagado que se eleva no coração daquela ilha.

Toda vez que a situação no fronte de Cassino concedia um pouco de trégua às suas preocupações, o General Cork me chamava ao seu escritório e depois de me dizer que estava cansado, que não estava bem, que tinha necessidade de dois ou três dias de repouso, me perguntava sorrindo se não parecia que o ar de Capri lhe tinha feito bem. Eu respondia: "Mas certamente! O ar de Capri é feito em especial para dar boa forma os generais americanos". E assim, depois daquela pequena comédia ritual, partíamos de lancha para Capri, junto com o Coronel Jack Hamilton e algum outro oficial do Estado Maior.

Seguíamos a costa dominada pelo Vesúvio até Pompeia, cortávamos o golfo de Castellammare até a altura de Sorrento, e, ao mirar as imensas, profundas grutas escavadas a pique na costa, o General Cork dizia: "Não entendo como as Sereias teriam podido viver naquelas úmidas e escuras grutas". E me pedia notícias daquelas "*dear old ladies*" com a mesma tímida curiosidade com a qual, antes de convidá-la para o almoço, tinha pedido ao Coronel Jack Hamilton notícias de Mrs. Flat.

Mrs. Flat, aquela *dear old lady*, tinha discretamente dado a entender ao General Cork que gostaria muitíssimo de ser convidada para um almoço em estilo renascentista. Aquela tarde, pouco antes de sentar-se à mesa, o General Cork tinha chamado Jack e eu ao seu escritório, e nos havia mostrado com orgulho o cardápio do almoço.

Jack observou ao General Cork que, em um almoço em estilo renascentista, o peixe cozido deveria ser servido antes do frito, não depois. De fato, no cardápio, o peixe cozido vinha depois do *spam* e do milho. Mas o que perturbou Jack foi o nome do peixe: "Sereia com maionese".

"Sereia com maionese?" disse Jack.

"*Yes, a Syren... I mean... not an old lady of the sea... of course!*" respondeu o General Cork, um pouco embaraçado "não uma daquelas mulheres com rabo de peixe... *I mean... not a Syren... I mean...* um peixe, um peixe de verdade, daqueles que em Nápoles chamam de sereia."

"Uma Sereia? Um peixe?" disse Jack.

"*A fish...* um peixe" disse o General Cork enrubescendo "*a very good fish*. Eu nunca o provei, mas me disseram que é um peixe muitíssimo bom." E voltando-se para mim me perguntou se aquela qualidade de peixe era adequada a um almoço em estilo renascentista.

"A dizer a verdade" respondi "a mim me parece que seria mais adequado a um almoço em estilo homérico."

"Em estilo homérico?" disse o General Cork.

"*I mean... yes...* em estilo homérico, mas uma Sereia vai bem com todos os molhos" respondi, muito para tirá-lo do embaraço: e entretanto me perguntava que raça de peixe poderia ser aquela.

"*Of course!*" exclamou o General Cork com um suspiro de alívio.

Como todos os Generais do US Army, o General Cork tinha um sacro terror dos Senadores e dos Clubes femininos da América. Desgraçadamente, Mrs. Flat, chegada de avião poucos dias antes dos Estados Unidos para assumir o comando das WACs da Quinta Armada, era mulher do famoso Senador Flat e Presidente do mais aristocrático clube feminino de Boston. O General Cork estava aterrorizado com isso.

"Será bom se a convidar a passar alguns dias na sua bela casa de Capri" havia-me dito, com ar de dar-me um conselho, talvez com a esperança de afastar, ao menos por alguns dias, Mrs. Flat do Grande Quartel General.

Mas eu o fiz observar que, se a minha casa lhe fosse agradável, Mrs. Flat sem dúvida a requisitaria para fazer dela um clube de mulheres, um *rest camp* das suas WACs.

"Ah, não tinha pensado nesse perigo" tinha respondido o General Cork empalidecendo.

Ele considerava a minha casa de Capri como o seu *rest camp* pessoal, e era ciumento dela mais do que eu mesmo. Quando tinha de escrever algum relatório para o War Departament, ou algum plano de operação a colocar em prática, ou quando tinha necessidade de alguns dias de repouso, chamava-me no seu escritório e me perguntava: "Não lhe parece que um pouco de ar de Capri me faria bem?".

Não queria consigo outros senão Jack e eu, e alguma vez seu ajudante de campo. De Sorrento seguíamos a costa até a altura de Massa Lubrense, e dali cortávamos através das Bocche di Capri apontando a proa para os Faraglioni.

Tão logo despontava do mar o promontório do Massulo, e na extrema ponta do promontório aparecia a minha casa, um sorriso pueril iluminava o rosto do General Cork.

"Ah, aqui entendo que as Sereias tivessem a sua casa" dizia "esta é verdadeiramente a pátria das Sereias."

E explorava com olhos brilhantes de alegria as cavernas escavadas nos flancos do Monte de Tibério, as enormes rochas que se levantam das vagas aos pés da vertiginosa parede a pique de Matromania: e lá embaixo, a levante, as Sirenuse, as ilhazinhas ao largo de Positano, que então os pescadores chamavam os Galli, onde Massine, aluno de Diaghilev, possuía uma antiga torre flagelada pelas ondas e pelos ventos e habitada somente por um mudo, abandonado Pleyel de teclado verde de mofo.

"Eis lá Pesto!" dizia eu, acenando para a longa costa arenosa que fecha o horizonte a oriente.

E o General gritava: "Ah, aqui que eu gostaria de viver!".

Não existem no mundo senão dois Paraísos para ele: a América e Capri, que ele chamava às vezes pelo afetuoso nome de "*little America*". Capri seria sem dúvida para ele um Paraíso perfeito, se aquela ilha bendita não tivesse definhado também ela sob a tirania de um eleito regimento de *extraordinary women*, como as chama Compton Mackenzie, todas mais ou menos Condessas, Marquesas, Duquesas, Princesas, quase todas não muito jovens, e ainda feias, que formavam a aristocracia feminina de Capri. E sabe-se que a tirania moral, intelectual e social das mulheres velhas e feias é a pior que há no mundo.

Já declinantes rumo à idade das amarguras e das recordações, já oprimidas pela comiseração de si mesmas e desse seu complexo sentimento, entre todos o mais patético, levadas a buscar na sua restrita sociedade feminina uma triste consolação do passado, uma vã compensação do amor perdido, aquelas decadentes Vênus estavam reunidas em torno de uma princesa romana, a quem favoreceram na juventude muitos sucessos masculinos e femininos. Estava essa Princesa já perto dos cinquenta anos: alta, gorda, tinha o rosto duro, a voz rouca, e uma suspeita de barba já lhe sombreava o queixo frouxo. Por temor dos ameaçadores bombardeios, fugira de Roma, não confiando na proteção prometida pelo Vaticano na cidade de César e de Pedro, ou, como se dizia então, duvidando que o guarda-chuva do Papa não bastasse para proteger Roma da chuva de bombas. E se refugiara em Capri, onde reunira em torno de si tudo o que ainda restava daquela fileira de Vênus, esplêndidas um tempo e então humilhadas e murchas, que na idade de ouro da Marquesa Luisa Casati e de Mimì Franchetti tinham feito de Capri a Acrópole da graça e da beleza femininas e do amor pelas mulheres sós.

Para estabelecer a sua tirania na ilha, a Princesa soube habilmente se aproveitar da decadência, sobrevinda por causa da guerra, da Condessa Edda Ciano e da sua corte de belas e jovens mulheres: as quais, na grande pobreza de homens que Capri sofria naqueles anos, ficavam reduzidas a mimar o amor e a disputar alguns quatro ou cinco jovenzinhos que da vizinha Nápoles acorreram a Capri para ganhar, como eles diziam, a vida em paz durante a guerra. Mas o que mais tinha ajudado a Princesa a afirmar a sua tirania em toda a ilha fora o anúncio do iminente desembarque americano na Itália. A Condessa Edda Ciano e a sua jovem corte tinham com grande pressa abandonado Capri, refugiando-se em Roma: e a Princesa tinha restado como única dona da ilha.

Todo dia, à tarde, aquelas decaídas Vênus se reuniam em uma vila solitária da Piccola Marina, situada a meio caminho entre a vila de Teddy Gerard e a de Gracie Fields. O que acontecia naquelas reuniões secretas delas não é dado saber. Parece que se deleitavam com música, com poesia, com pintura e, acrescentavam alguns, com whisky. O que não pode ser colocado em dúvida é que aquelas gentis mulheres, em termos de gostos e sentimentos, ficaram, até naqueles anos de guerra, fiéis a Paris, a Londres e a Nova Iorque, isto é, à Rue de la Paix, à Mayfair e ao *Harper's Bazaar*, e por aquela sua fidelidade tinham sofrido insultos e deboches de toda sorte. E quanto à arte, ficaram fiéis a D'Annunzio, a Debussy e a Zuloaga, que eram os seus Schiaparelli em termos de poesia, de música e de pintura. E antiquado era o gosto delas no vestir, ainda inspirado nos motivos que a Marquesa Casati trinta anos antes tornara célebres em toda a Europa.

Vestiam longas jaquetas de *tweed* cor de tabaco, capas de veludo violeta, e traziam envolvidos em torno da testa enrugada altos turbantes de seda branca ou vermelha, ricas de fechos de ouro, de pedras semipreciosas, de pérolas, que as faziam semelhantes à Sibila Cumana de Domenichino. Vestiam também não saias, mas largas calças de veludo de Lion, de cor verde ou turquesa, das quais os pés despontavam pequenos, calçados de sandálias de ouro, como os pezinhos das Rainhas nas miniaturas góticas dos *Libri d'Ore*. Assim vestidas, e graças à suas atitudes hieráticas, tinham o aspecto de Sibilas, ou de Pitonisas, e com tal nome eram justo comumente chamadas. Quando atravessavam a praça de Capri, rígidas e fatais, de cara fechada, os gestos duros, orgulhosos e absortos, as pessoas as olhavam passar com um vago senso de inquietude. Mais que respeito, incutiam temor.

Em 16 de setembro de 1943, os americanos desembarcaram em Capri, e à primeira notícia daquele feliz evento a praça se lotou do povo em festa: e eis chegarem em grupo pela rua da Piccola Marina, penetrarem na multidão, abrirem espaço naquele aglomerado só com o mover dos olhos, e reunirem-se na primeira fila, em torno da Princesa, as severas Sibilas. Quando os primeiros soldados americanos desembocaram na praça, caminhando curvos, com os fuzis-metralhadoras empunhados, quase como esperassem encontrar-se de um momento ao outro com o inimigo, e se encontraram defronte do grupo das Sibilas, pararam espantados, e muitos deram um passo atrás.

"Vivam os Aliados! Viva a América!" gritaram as enrugadas Vênus com as suas vozes roucas, mandando beijos com as pontas dos dedos para os "libertadores". Tendo acorrido para encorajar a fileira dos seus soldados, que já retrocediam, e lançando-se imprudentemente muito adiante, o General Cork foi circundado pelas Sibilas, envolvido por dez braços, suspenso, levado embora carregado. Desapareceu, e não se soube mais nada dele até o fim da tarde, quando foi visto atravessar a soleira do Hotel Quisisana com os olhos arregalados e um ar perdido e culpado.

Na tarde seguinte aconteceu no Quisisana um grande baile de gala em honra dos "libertadores", e em tal ocasião o General Cork realizou um gesto digno de memória. Devia abrir o baile com a "*first lady*" de Capri: e não havia dúvida de que a primeira dama de Capri era a Princesa. Enquanto a orquestra do Quisisana tocava "Stardust", o General Cork olhou uma a uma as maduras Vênus, enfileiradas em torno da Princesa, que já sorria, já erguia lentamente os braços. No rosto do General Cork estava a sombra do espanto da noite anterior.

De repente o seu semblante se iluminou, o seu olhar atravessou a cerca das Sibilas e pousou numa moça morena, peituda, de belíssimos olhos negros, de boca larga e vermelha, toda pontuada de negra penugem no colo e nas bochechas, que apreciava a festa confusa entre as garçonetes do hotel surgidas à porta da despensa. Era Antonietta, a roupeira do Quisisana. O General Cork sorriu, abriu o passo entre as Sibilas, atravessou sem nem sequer ver as fileiras das belas e jovens mulheres de espáduas nuas, de olhos brilhantes, aglomeradas atrás da Princesa e das suas enrugadas Ninfas, e abriu o baile nos braços peludos de Antonietta.

Foi um escândalo enorme, pelo qual ainda tremem os Faraglioni. Que esplêndido exército, o americano! Que General maravilhoso, o General Cork! Atravessar o Atlântico para promover a conquista da Europa, desembarcar na Itália, desbaratar os exércitos inimigos, entrar em Nápoles como libertador, conquistar Capri, a ilha do amor, e celebrar a vitória abrindo o baile com a roupeira do Quisisana! Os americanos, carece reconhecer, são mais *smart* que os ingleses. Quando Winston Churchill, alguns meses depois, desembarcou em Capri, andou tomando café da manhã nas pedras de Tragara, justo abaixo da minha casa. Mas não foi tão chique como o General Cork. Deveria ao menos ter convidado para o café da manhã Carmelina, a camareira da Trattoria dei Faraglioni.

Durante os dias que ele passava na minha casa de Capri, o General Cork se levantava ao amanhecer e, sozinho, ia a passeio no bosque ao lado dos Faraglioni, ou se encarapitava nas rochas que caem a pique na minha casa do lado de Matromania, ou, se o mar estava calmo, saía de barco comigo e com Jack para pescar entre as pedras abaixo do Salto de Tibério. Agradava-lhe sentar à mesa comigo diante de um copo de vinho de Capri, extraído dos vinhedos do Sordo. A minha adega era bem provida de vinhos e de licores, mas ao melhor borgonha, ao melhor bordô, ao vinho do Reno, ou da Mosela, ao mais real conhaque, ele preferia o simples, honesto vinho das vinhas do Sordo, no Monte de Tibério. À noite, depois do jantar, íamos nos esticar diante da lareira, sobre as peles de camurça que cobrem as lajes de pedra do piso: é uma imensa lareira, e ao fundo da fornalha está encaixado um cristal de Jena. Através das chamas vê-se o mar sob a lua, os Faraglioni surgindo das ondas, as rochas de Matromania e o bosque de pinheiros e de azinheiros que se estende atrás da minha casa.

"Quer contar a Mrs. Flat" disse-me sorrindo o General Cork "o seu encontro com o Marechal Rommel?"

Para o General Cork, eu não era nem o Capitão Curzio Malaparte, *the Italian liaison officer*, nem o autor de *Kaputt*: eu era a Europa. Era a Europa, toda a Europa, com as suas catedrais, as suas estátuas, os seus quadros, os seus poemas, a sua música, os seus museus, as suas bibliotecas, as suas batalhas vencidas e perdidas, as suas glórias imortais, os seus vinhos, as suas comidas, as suas mulheres, os seus heróis, os seus cães, os seus cavalos, a Europa culta, refinada, espirituosa, divertida, inquietante e incompreensível. Ao General Cork aprazia ter a Europa à sua mesma mesa, no seu automóvel, no seu posto de comando no fronte de Cassino ou de Garigliano. Aprazia-lhe poder dizer à Europa: "Fale-me de Schumann, de Chopin, de Giotto, de Michelangelo, de Rafael, daquele *damned fool of* Baudelaire, daquele *damned fool of* Picasso, fale-me de Jean Cocteau". Aprazia-lhe poder dizer à Europa: "Narre para mim em poucas palavras a história de Veneza, conte-me o argumento da *Divina comédia*, fale-me de Paris e do Maxim's". Aprazia-lhe poder dizer à Europa, em qualquer momento, à mesa, no carro, na trincheira, no avião: "Conte-me um pouco que vida leva o Papa, qual é o seu esporte preferido, diga-me se é verdade que os Cardeais têm amantes".

Um dia, tendo ido com o Marechal Badoglio a Bari, que era então a capital da Itália, fui apresentado a Sua Majestade, o Rei, que me tinha cortesmente perguntado se eu estava contente pela minha missão junto ao Comando Aliado. Respondi à Sua Majestade que estava contente, mas que nos primeiros tempos a minha situação era muito difícil: a princípio não era senão *the bastard Italian liaison officer*, depois pouco a pouco tornara-me *this fellow*, e por ora era *the charming Malaparte*.

"Até o povo italiano" disse sua Majestade, o Rei, com um sorriso triste "sofreu a mesma metamorfose. A princípio era *the bastard Italian people*, agora, graças a Deus, tornou-se *the charming Italian people*. Quanto a mim..." acrescentou, e calou-se. Queria talvez dizer que para os americanos ele tinha permanecido *the Little King*.

"O mais difícil" eu disse "é fazer entender àqueles bons rapazes americanos que nem todos os europeus são malfeitores."

"Se conseguir convencer que há gente honesta também entre nós" disse Sua Majestade, o Rei, com um sorriso misterioso "dará prova de ser verdadeiramente muito bravo, e será bem reconhecido pela Itália e pela Europa."

Mas não era fácil convencer de certas coisas aqueles bons rapazes americanos. O General Cork me perguntava o que seriam, no fundo, a Alemanha, a França, a Suíça. "O Conde de Gobineau" eu respondi "definiu a Alemanha como *les Indes de l'Europe*. A França" respondi "é uma ilha circundada de terra. A Suíça é uma floresta de abetos de *smoking*." Todos me olharam surpresos, exclamando "*Funny!*". Depois me perguntou, corando, se era verdade que em Roma havia "uma casa... *ehm... I mean...* uma casa de tolerância para os padres". Eu respondi: "Dizem que há uma, muito elegante, na Via Giulia". Todos me olharam surpresos, exclamando "*Funny!*". Depois me perguntou por que o povo italiano, antes da guerra, não havia feito a revolução para caçar Mussolini. Eu respondi: "Para não dar um desgosto a Roosevelt e a Churchill, que, antes da guerra, eram grandes amigos de Mussolini". Todos me olharam surpresos, exclamando: "*Funny!*". Depois me perguntou o que seria um Estado totalitário. Eu respondi: "É um Estado onde tudo o que não é proibido é obrigatório". E todos me olharam surpresos, exclamando: "*Funny!*".

Eu era a Europa. Era a história da Europa, a civilização da Europa, a poesia, a arte, todas as glórias e todos os mistérios da Europa. E me sentia ao mesmo tempo oprimido, destruído, fuzilado, invadido, libertado, me sentia covarde e herói, *bastard* e *charming*, amigo e inimigo, vencido e vencedor. E me sentia também uma pessoa de bem: mas era difícil fazer entender àqueles honestos americanos que há gente honesta também na Europa.

"Quer contar a Mrs. Flat, por favor" disse-me sorrindo o General Cork "o seu encontro com o General Rommel?"

"Um dia, em Capri, a minha fiel *house-keeper*, Maria, veio advertir-me que um general alemão, acompanhado de seu ajudante de campo, estava no átrio e desejava visitar a casa. Era a primavera de 1942, pouco antes da batalha de El Alamein. A minha licença acabara, no dia seguinte eu devia partir para a Finlândia. Axel Munthe, que tinha decidido retornar à Suécia, me pedira para acompanhá-lo até Estocolmo. 'Estou velho, Malaparte, estou cego' tinha-me dito para sensibilizar-me 'peço-lhe para acompanhar-me, viajaremos no mesmo avião'. Embora soubesse que Axel Munthe, não obstante os seus olhos negros, não era cego (a cegueira era uma sua engenhosa invenção para enternecer os românticos leitores de *La storia di San Michele*: quando lhe convinha, via muitíssimo bem), não podia recusar-me a acompanhá-lo: e lhe havia prometido de partir com ele no dia seguinte.

Fui ao encontro do General alemão, o fiz entrar na minha biblioteca. O General, observando o meu uniforme de Alpino, me perguntou em qual fronte eu me encontrava. 'No fronte finlandês' respondi. 'Invejo você' disse-me 'eu sofro com o calor. E na África faz muito calor.' E sorriu com uma sombra de tristeza, tirou o boné, passou a mão na fronte. Vi com espanto que tinha um crânio de estranhíssima forma: alto, fora de medida, ou melhor, alongado, semelhante a uma enorme pera amarela. Acompanhei-o de cômodo em cômodo por toda a casa, da biblioteca à adega, e quando tornamos ao imenso átrio dos janelões abertos sobre a mais bela paisagem do mundo, ofereci-lhe um copo de vinho do Vesúvio, dos vinhedos de Pompeia. Disse: '*Prosit*' levantando o copo, bebeu tudo de um gole, depois, antes de se ir, me perguntou se tinha comprado a minha casa já pronta, ou se eu a tinha desenhado e construído. Respondi-lhe – e não era verdade – que tinha comprado a casa já pronta. E com um amplo gesto da mão, indicando-lhe a parede a pique de Matromania, os três rochedos gigantescos dos Faraglioni, a península de Sorrento, as ilhas das Sereias, nas longitudes azuis da costa de Amalfi, e o remoto brilho dourado da orla de Pesto, disse-lhe: 'Eu desenhei a paisagem'.

'*Ach, so!*' exclamou o General Rommel. E, depois de ter-me apertado a mão, saiu.

Eu permaneci na porta a olhá-lo enquanto subia a íngreme escada, talhada na rocha, que da minha casa leva a Capri. De repente o vi parar, volver-se de um lance, fixar-me longamente com um olhar duro: depois voltar-se e ir embora."

"*Wonderful!*" gritaram todos em torno da mesa, e o General Cork me olhou com olhos cheios de simpatia.

“No seu lugar” disse Mrs. Flat com um frio sorriso, “não teria recebido em minha casa um general alemão.”

“Por que não?” perguntei atônito.

“Os alemães” disse o General Cork “eram então aliados dos italianos.”

“Pode ser” disse Mrs. Flat com ar desprezivo “mas eram alemães.”

“Tornaram-se alemães depois do desembarque de vocês em Salerno” disse eu, “até então eram simplesmente nossos aliados.”

“Teria feito melhor” disse Mrs. Flat elevando a cabeça com orgulho “em receber na sua casa generais americanos.”

“Então, na Itália” eu disse “não era fácil encontrar generais americanos, nem mesmo no mercado negro.”

“*That's absolutely true*” disse o General Cork enquanto todos riam.

“É uma resposta muito fácil, a sua” disse Mrs. Flat.

“Não saberá nunca” disse eu “quanto é difícil uma semelhante resposta. De todo modo, o primeiro oficial americano que entrou na minha casa se chamava Siegfried Reinhardt. Era nascido na Alemanha, tinha combatido, de 1914 a 1918, no exército alemão, havia emigrado para a América em 1929.”

“Era, portanto, um oficial americano” disse Mrs. Flat.

“Certo, era um oficial americano” disse eu, e pus-me a rir.

“Não entendo o que há para rir” disse Mrs. Flat.

Eu me voltei para Mrs. Flat e a olhei. Não sabia por que, mas me agradava olhá-la. Endossava um esplêndido vestido de noite de seda violeta, com guarnições amarelas, muito decotado, e aquele violeta, aquele amarelo davam um quê de eclesiástico e de fúnebre, ao mesmo tempo, à palidez rósea do rosto, reavivado ao alto das bochechas por uma leve sombra de ruge, ao brilho um pouco vítreo dos olhos, que tinha redondos e verdes, à fronte alta e estreita, e à extinta chama violácea dos cabelos: que, sem dúvida ainda negros alguns anos antes, ela tingira havia pouco, daquela cor fulva com a qual os cabeleireiros se empenham a esconder os cabelos grisalhos. Mas aquela cor de fogo, em vez de enganar os anos, os traía, revelando mais profundas as rugas, mais apagados os olhos, e mais tênue a rósea cera do rosto.

Como todas as Red Cross e as WACs do exército americano, que todo dia chegavam em voos dos Estados Unidos com a esperança de entrar vitoriosas em Roma ou em Paris em todo o esplendor da sua elegância, e de não fazer má figura aos olhos das suas rivais da Europa, também Mrs. Flat trouxe consigo, na sua bagagem, um vestido de noite, última criação, *Summer 1943*, de alguma grande costureira de Nova Iorque. Sentava-se ereta, rígida, os cotovelos apertados aos flancos, as mãos levemente apoiadas na beirada da mesa, na atitude predileta das Madonas e das Rainhas dos pintores italianos do Quattrocento. O rosto era lúcido e claro, parecia um rosto de porcelana antiga, aqui e ali crestado pelo tempo. Era uma mulher não mais jovem, de não além dos cinquenta anos: e, como advém a muitas mulheres americanas quando envelhecem, a cor rósea das bochechas não estava ainda apagada, nem se feito opaca, mas apurada, e quase tornada mais pura, mais inocente. Portanto, mais que uma mulher madura de aspecto juvenil, parecia pelo rosto uma jovenzinha envelhecida pela magia de unguentos e pela arte de hábeis cabeleireiros, uma menina travestida de velha. O que de absolutamente puro tinha aquela face, na qual a Juventude e a Velhice se debatiam como em uma balada de Lorenzo, o Magnífico, eram os olhos: de uma bela cor verde de água marinha, onde os sentimentos subiam à superfície ondulando como verdes algas.

O amplo decote do vestido deixava entrever uma espádua redonda e branquíssima, e brancos eram os braços nus até acima do cotovelo. Tinha o pescoço longo e flexível, aquele pescoço de cisne que para Sandro Botticelli era o sinal de perfeição da beleza feminina. Eu olhava Mrs. Flat, e me dava prazer olhá-la: talvez por aquele ar cansado, e ao mesmo tempo pueril, do rosto, ou por aquele orgulho e aquele desprezo dos olhos, da boca pequena de lábios finos, de pálpebra levemente franzida.

Sentava-se Mrs. Flat na sala de um antigo, nobre palácio napolitano, de arquitetura solene e faustosa, pertencente a uma das mais ilustres famílias da nobreza de Nápoles e da Europa: porque os Duques de Toledo não cedem o passo nem aos Colonna, nem aos Orsini, nem aos Polignac, nem aos Westminster, exceto, em certas ocasiões, aos Duques d'Alba. E diante daquela mesa suntuosamente guarnecida, no fulgor dos cristais de Murano e das porcelanas de Capodimonte, sob o teto pintado por Luca Giordano, entre aquelas paredes revestidas dos mais belos e preciosos tapetes árabe-normandos da Sicília, deliciosamente destoava. Mrs. Flat era a imagem perfeita daquela que teria sido uma americana do Quattrocento, educada em Florença na corte de Lorenzo, o Magnífico, ou em Ferrara na corte dos Estensi, ou em Urbino na corte dos Della Rovere, e cujo *livre de chevet* fosse não o *Blue Book*, mas o *Cortegiano* de Messer Baldassare Castiglione.

Fosse a cor violeta do seu vestido, ou as guarnições amarelas (o violeta e o amarelo são as cores dominantes na paisagem cromática do Renascimento), ou fosse aquela alta fronte estreita, ou o brilho branco e róseo do rosto, tudo, também as unhas laqueadas, o penteado dos cabelos, os *clips* de ouro no seio, tudo fazia dela uma americana contemporânea das mulheres de Bronzino, de Ghirlandaio, de Botticelli. Até mesmo a graça, que nas belíssimas e misteriosas mulheres retratadas por aqueles famosos pintores parece profundamente embebida de crueldade, adquiria nela uma inocência nova, tal que Mrs. Flat parecia um monstro de pudor e de virgindade. E pareceria sem dúvida mais antiga que as mesmas Vênus e que as mesmas Ninfas de Botticelli, se algo no seu rosto, na luminosidade da sua pele, semelhante a uma máscara de porcelana, nos seus redondos olhos verdes, arregalados e fixos, não tivesse recordado certas imagens coloridas da *Vogue* ou do *Harper's Bazaar* para a publicidade de algum "Institut de Beauté" ou de alguma fábrica de conservas alimentícias, ou melhor, para não muito ofender o amor próprio de Mrs. Flat, se não tivesse recordado a cópia moderna de um quadro antigo, com aquele quê de muito limpo, de muito novo, tem o verniz na cópia moderna de uma antiga tela. Era, ousaria dizer, um quadro de autor, mas falso. Se não temesse causar desprazer a Mrs. Flat, acrescentaria que era daquele mesmo estilo renascentista, mas já contaminado de gosto barroco, da famosa sala branca do palácio dos Duques de Toledo, onde estávamos naquela tarde reunidos em torno da mesa do General Cork. Era um pouco como Toutchevitch, aquele personagem de *Anna Karenina* de Tolstói, que era do mesmo estilo Luiz XV do salão da Princesa Betsy Tverskaia.

Mas o que sob a máscara em estilo renascentista traía em Mrs. Flat uma mulher moderna, *in tune with our times*, uma típica americana, era a voz, o gesto, e o orgulho que transparecia em cada palavra sua, do seu olhar, do seu sorriso: a voz tinha magra e cortante, o gesto autoritário e *sofisticated* ao mesmo tempo, o orgulho impaciente, exacerbado daquele particular esnobismo de Park Avenue para o qual não existem outros seres dignos de respeito senão Príncipes e Princesas, Duques e Duquesas, em uma palavra, a "nobreza"; e mais a "nobreza" falsa que aquela autêntica. Mrs. Flat estava ali, sentada à nossa mesa, ao lado do General Cork: mas quão distante de nós! Ela voava em espírito nas sublimes esferas onde cintilam, como astros de ouro, as Princesas, as Duquesas, as Marquesas da antiga Europa. Sentou-se ereta, a cabeça levemente jogada para trás, o olhar fixo em uma invisível nuvem errante em um invisível céu turquesa: e, seguindo o seu olhar, me apercebi em certo ponto que Mrs. Flat tinha os olhos fixos em uma tela pendurada na parede defronte a ela, onde era representada a jovem Princesa de Teano, avó materna do Duque de Toledo, que perto de 1860 tinha iluminado com a sua beleza e com a sua graça os últimos tristes dias da Corte dos Bourbons de Nápoles. E não pude deixar de sorrir, observando que a Princesa de Teano sentava-se também ela ereta, a cabeça levemente jogada para trás, os olhos voltados ao céu, na mesma atitude de Mrs. Flat.

O General Cork surpreendeu o meu sorriso, seguiu o meu olhar, e também ele sorriu.

"O nosso amigo Malaparte" disse o General Cork, "conhece todas as Princesas da Europa."

"*Really?*" exclamou Mrs. Flat corando de prazer e baixando lentamente os olhos sobre mim: e entre os seus lábios descerrados em um sorriso de admiração vi o brilho dos dentes, o cândido fulgor daqueles maravilhosos dentes americanos, contra os quais nada podem os anos, e parecem até mesmo verdadeiros, tanto são brancos, iguais, intactos. Aquele sorriso me cegou, me fez baixar as pálpebras com um arrepio de medo. Era aquele terrível brilho dos dentes que na América é o primeiro feliz anúncio da velhice, o último lampejo que todo americano, enquanto desce sorrindo ao túmulo, lança, extrema saudação, ao mundo dos vivos.

"Não todas, por sorte!" respondi abrindo os olhos.

"Conhece a Princesa Esposito?" disse Mrs. Flat "é a *first lady* de Roma, *a real Princess.*"

"A Princesa Esposito?" respondi "não existe uma Princesa com um nome semelhante."

"Pretende talvez que não exista a Princesa Carmela Esposito?" disse Mrs. Flat franzindo as pálpebras e olhando-me com frio desprezo "é uma querida amiga minha. Poucos meses antes da guerra foi minha hóspede em Boston, com seu marido, o Príncipe Gennaro Esposito. É prima do seu Rei e possui, naturalmente, um magnífico palácio em Roma, justo junto ao Palazzo Reale. Não vejo a hora que Roma seja libertada, para depressa levá-la ao cumprimento das mulheres da América."

"Sinto, mas não existe, nem pode existir, uma Princesa Esposito" respondi. "Esposito é o nome que o Istituto degli Innocenti dá às crianças abandonadas, aos filhos de pais ignorados."

"Espero que não queira fazer-me crer" disse Mrs. Flat "que todas as Princesas, na Europa, conheçam os próprios pais."

"Não pretendo tanto" respondi "quero dizer que, na Europa, as Princesas, quando são verdadeiras Princesas, se sabe como nascem."

"Entre nós, *in the States*" disse Mrs. Flat "não se pergunta nunca a ninguém, nem mesmo a uma Princesa, como nasce. A América é um país democrático."

"Esposito" eu disse "é um nome muito democrático. Nos becos de Nápoles, todos se chamam Esposito."

"*I don't care*" disse Mrs. Flat "não me importa saber se todos, em Nápoles, se chamam Esposito. O que sei é que a minha amiga Princesa Carmela Esposito é uma verdadeira Princesa. É muito estranho que não a conheça. É prima do seu Rei, e isso me basta. Em Washington, no State Department, me disseram que se portou muito bem durante a guerra. Foi ela quem persuadiu o seu Rei a prender Mussolini. É uma verdadeira heroína."

"Se portou-se bem durante a guerra" disse o Coronel Eliot "quer dizer que não é uma verdadeira Princesa."

"É uma Princesa" disse Mrs. Flat "*a real Princess.*"

"Nesta guerra" disse eu "todas as mulheres da Europa, Princesas ou porteiras, portaram-se muito bem."

"*That's true*" disse o General Cork. "As mulheres que tiveram relações com os alemães" disse o Coronel Brand "são relativamente poucas."

"Portaram-se portanto muito melhor que os homens" disse Mrs. Flat.

"Portaram-se tão bem quanto os homens" eu disse "embora de modo diverso."

"As mulheres da Europa" disse Mrs. Flat com acento irônico "se portaram muito bem também com os soldados americanos: muito melhor que os homens, não é verdade, General?"

"*Yes... no... I mean...*" respondeu o General Cork corando.

"Não há qualquer diferença" disse eu "entre uma mulher que se prostitui com um alemão e uma mulher que se prostitui com um americano."

"*What?*" exclamou Mrs. Flat com voz rouca.

"Do ponto de vista moral" eu disse "não há qualquer diferença."

"Há uma muito importante" disse Mrs. Flat enquanto todos calavam, ruborizados "os alemães são bárbaros, e os soldados americanos são bons rapazes."

"Sim" disse o General Cork "são bons rapazes."

"*Oh, sure!*" exclamou o Coronel Eliot.

"Se tivessem perdido a guerra" disse eu "nenhuma mulher na Europa lhes dignaria um sorriso. As mulheres preferem os vencedores aos vencidos."

"Você é um imoral" disse Mrs. Flat com voz fria.

"As nossas mulheres" eu disse "não se prostituíram com vocês porque são belos e porque são bons rapazes, mas porque venceram a guerra."

"*Do you think so, General?*" perguntou Mrs. Flat voltando bruscamente o rosto para o General Cork.

"*I think... yes... no... I think...*" respondeu o General Cork batendo as pálpebras.

"Vocês são um povo feliz" disse eu "não podem entender certas coisas."

"Nós americanos" disse Jack, olhando-me com olhos cheios de simpatia "não somos felizes, somos afortunados. *We are not happy, we are fortunate.*"

"Gostaria que todos na Europa" disse lentamente Mrs. Flat "fossem afortunados como nós. Por que não procuram vocês também ser afortunados?"

"Nos basta ser felizes" respondi "*porque nós somos felizes.*"

"Felizes?" exclamou Mrs. Flat olhando-me com olhos espantados "como podem ser felizes, quando as suas crianças morrem de fome e as suas mulheres não se envergonham de prostituírem-se por um pacote de cigarros? Vocês não são felizes: são imorais."

"Com um pacote de cigarros" disse eu em voz baixa "compram-se três quilos de pão." Mrs. Flat corou, e me deu prazer vê-la corar.

"As nossas mulheres são todas dignas de respeito" eu disse "mesmo aquelas que se vendem por um pacote de cigarros. Todas as mulheres honestas de todo o mundo, mesmo as mulheres honestas da América, deveriam aprender com as pobres mulheres da Europa como poder prostituir-se com dignidade para saciar a fome. Sabe o que é a fome, Mrs. Flat?"

"Não, graças a Deus. E você?" disse Mrs. Flat. Percebi que lhe tremiam as mãos.

"Tenho um profundo respeito por todos aqueles que se prostituem por fome" respondi "se tivesse fome, e não pudesse saciá-la de outro modo, não hesitaria um instante a vender a minha fome por um pedaço de pão, por um pacote de cigarros."

"A fome, a fome, sempre o mesmo pretexto" disse Mrs. Flat.

"Quando retornar à América" disse eu "terá ao menos aprendido este fato horrível e maravilhoso: que a fome, na Europa, se pode comprar como um objeto qualquer."

"O que pretendeu dizer por comprar a fome?" perguntou-me o General Cork.

"Pretendi dizer comprar a fome" respondi. "Os soldados americanos acreditam comprar uma mulher, e compram a sua fome. Acreditam comprar o amor, e compram um pedaço de fome. Se fosse um soldado americano, compraria um pedaço de fome e o levaria à América para fazer dele um presente à minha mulher, para mostrar-lhe o que se pode comprar na Europa com um pacote de cigarros. É um belo presente, um pedaço de fome."

"As desgraçadas que se vendem por um pacote de cigarros" disse Mrs. Flat "não têm o aspecto de famintas. Têm um ar de estar muitíssimo bem."

"Fazem ginástica sueca com a pedra-pomes" disse eu.

"*What?*" exclamou Mrs. Flat arregalando os olhos.

"Quando estava deportado na ilha de Lipari" eu disse "os jornais franceses e ingleses anunciaram que eu estava muito doente, e acusaram Mussolini de crueldade contra os condenados políticos. Estava, de fato, muito doente, e se temia que estivesse tuberculoso. Mussolini deu ordem à polícia de Lipari de fazer-me fotografar em atitude esportiva e enviar a fotografia a Roma, ao Ministero degli Interni, que a deveria publicar nos jornais para mostrar que eu gozava de boa saúde. Assim, uma manhã, veio a mim um funcionário de polícia com um fotógrafo, e me ordenou assumir uma atitude esportiva.

'Não faço esporte em Lipari' respondi.

'Nem ao menos um pouco de ginástica sueca?' disse o funcionário de polícia.

'Sim' respondi 'faço um pouco de ginástica sueca com a pedra-pomes.'

'Está bem' disse o funcionário de polícia 'fotografarei você enquanto faz ginástica com a pedra-pomes.' E aproximou-se, como se quisesse dar-me um conselho para a minha saúde: 'Não é uma ginástica muito fatigante. Deverá exercitar-se com algo mais pesado, para desenvolver os músculos do peito. É preciso'.

'Fica-se preguiçoso em Lipari' respondi 'e depois, quando se é deportado para uma ilha, para que servem os músculos?' 'Os músculos' disse o funcionário de polícia 'servem mais que o cérebro. Se tivesse tido um pouco mais de músculos, não estaria aqui.'

Lipari possui a maior jazida de pedra-pomes que há na Europa. A pomes é muito leve, tão leve que flutua na água. Fomos a Canneto, onde estão as minas de pomes, e recolhi um enorme bloco daquela porosa e leve pedra, que pelo aspecto parecia um bloco de granito de uma dezena de toneladas, mas que na realidade pesava apenas um par de quilos, ergui-o sobre a minha cabeça com ambos os braços, sorrindo. O fotógrafo fez disparar a objetiva, e assim fui retratado naquela atitude atlética. Os jornais italianos publicaram a fotografia, e minha mãe me escreveu: 'Estou feliz de ver que está bem, e que se tornou forte como um Hércules'.

Veja, Mrs. Flat: para aquelas desgraçadas que se vendem por um pacote de cigarros, a prostituição não é senão que uma espécie de ginástica com a pedra-pomes."

"*Ah! Ah! Ah! Wonderful!*" gritou o General Cork, enquanto uma alegre risada corria todo o entorno da mesa. Mrs. Flat, espantada e quase apavorada, corou, e se voltou ao General Cork.

"Mas eu não entendo!" gritou Mrs. Flat.

"Não passa de uma piada" disse o General Cork, rindo "*nothing but a joke, a marvellous joke!*" e pôs-se a tossir para esconder o prazer que lhe dava aquela piada. "É uma piada muito boba" disse severamente Mrs. Flat "e me surpreende que um italiano possa rir de certas coisas."

"Está segura de que Malaparte ria?" disse Jack. Percebi que estava comovido. Olhava-me fixo, sorrindo para mim com simpatia.

"*Anyway, I don't like jokes*" disse Mrs. Flat.

"Por que não lhe agradam as piadas?" disse eu. "Se tudo o que advém em torno de nós, na Europa, não fosse uma piada, crê que nos fariam chorar? Que bastaria chorar?"

"Você não sabe chorar" disse Mrs. Flat.

"Por que queria que chorasse? Talvez porque nos bailes, que as suas WACs organizam para divertir os oficiais e os soldados americanos, vocês convidam gentilmente as nossas mulheres, mas proíbem aos seus maridos, aos seus noivos, aos seus irmãos a acompanhá-las? Queria talvez que chorasse porque na América não existem prostitutas suficientes a serem mandadas à Europa para divertir os seus soldados? Ou deveria chorar porque o convite de vocês às nossas mulheres de irem ao baile *sozinhas* não é uma *invitation à la valse*, mas um convite à prostituição?"

"Na América" respondeu Mrs. Flat olhando-me espantada "não há nada de mal em convidar para uma festa de baile uma mulher sem o marido."

"Se os japoneses tivessem invadido a América" disse eu "e se tivessem se comportado com as suas mulheres como vocês se comportaram aqui com as nossas, o que diria, Mrs. Flat?"

"Mas nós não somos japoneses!" exclamou o Coronel Brand. "Os japoneses são homens de cor" disse Mrs. Flat.

"Para os povos vencidos" eu disse "todos os vencedores são homens de cor."

Um silêncio constrangedor acolheu as minhas palavras. Todos me olhavam espantados e condoídos: eram homens simples, honestos, eram americanos, os mais puros e os mais justos entre os homens, e me olhavam com muda simpatia, espantados e condoídos de que a verdade, nas minhas palavras, os constrangesse a corar. Mrs. Flat tinha baixado os olhos, e calara-se.

Depois de alguns instantes, o General Cork se voltou para mim: "Penso que tenha razão" disse.

"*Do you **really** think Malaparte is right?*" perguntou em voz baixa Mrs. Flat.

"Sim, penso que tenha razão" respondeu lentamente o General Cork "também os nossos soldados estão indignados de *dever* tratar os italianos, homens e mulheres, de um modo que eles julgam... *yes... I mean...* pouco correto. Mas não é culpa minha. A conduta que nós *devemos* usar para com os italianos foi-nos ditada por Washington."

"Por Washington?" exclamou Mrs. Flat.

"Sim, por Washington. O jornal da Quinta Armada, *Stars and Stripes*, publica todo dia numerosas cartas de GIs que repetem o mesmo argumento, quase as mesmas palavras de Malaparte. Os GIs, Mrs. Flat, são cidadãos de um grande país, onde a mulher é respeitada."

"*Thank God!*" exclamou Mrs. Flat.

"Eu leio atentamente, todo dia, as cartas que os nossos soldados enviam ao *Stars and Stripes*: e justo no domingo passado dei ordem que para os nossos bailes, de agora em diante, não sejam convidadas somente as mulheres, mas também os seus maridos, ou os seus irmãos. Creio ter agido bem."

"Penso também que agiu bem" disse Mrs. Flat "mas não me surpreenderia se Washington o desaprovasse."

"Washington aprovou a minha decisão" disse o General Cork com um sorriso irônico "mas também sem a aprovação de Washington pensaria ter agido bem, tanto mais depois do último escândalo."

"Qual escândalo?" perguntou Mrs. Flat, dobrando levemente a cabeça sobre o ombro.

"Não é por certo uma história divertida" disse o General Cork. E narrou que alguns dias antes um rapaz de dezoito anos matou a tiros de pistola, em plena Via Chiaia, a própria irmã, porque, não obstante a proibição da família, tinha ido a um baile em um clube de oficiais americanos. "A multidão" acrescentou o General Cork "aplaudiu o assassino."

"*What?*" gritou Mrs. Flat.

"A multidão errou" disse o General Cork "mas..." Duas noites antes, algumas moças napolitanas de boa família, que tinham imprudentemente aceitado o convite para uma festa de baile em um clube de oficiais americanos, tinham sido levadas a passar, do vestíbulo do clube, a uma sala usada pela Pro Station, onde foram obrigadas, à força, a submeterem-se a uma consulta médica. Toda a Nápoles tinha lançado um grito de desdém.

"Denunciei à Corte Marcial" acrescentou o General Cork "os responsáveis por tal vergonha."

"Cumpriu o seu dever" disse Mrs. Flat corando.

"*Thank you*" disse o General Cork.

"As moças italianas" disse o Major Morrison "têm direito ao nosso respeito. São moças de bem, tão dignas de respeito quanto as nossas moças americanas."

"*I agree with you*" disse Mrs. Flat "*but I can't agree with Malaparte.*"

"Por que não?" disse o General Cork. "Malaparte é um bom italiano, é nosso amigo, e nós lhe queremos muito bem."

Todos me olharam sorrindo, e Jack, que estava sentado defronte a mim, me piscou o olho.

Mrs. Flat virou-se, considerando-me com um olhar em que a ironia, o despeito, a malignidade se fundiam em um espanto benévolo, e me sorriu: "*You are fishing for compliments, aren't you?*" disse.

Naquele momento a porta abriu-se, e na soleira, precedidos pelo mordomo, apareceram quatro lacaios de libré trazendo ao modo antigo, sobre uma espécie de prancha recoberta de magnífico brocado vermelho com o brasão dos Duques de Toledo, um enorme peixe acomodado em uma imensa bandeja de prata maciça. Um "oh!" de alegria e de admiração correu ao longo da mesa, e exclamando "Eis a Sereia!" o General Cork se voltou a Mrs. Flat e se inclinou.

O mordomo, ajudado pelos lacaios, depôs a bandeja no meio da mesa, diante do General Cork e de Mrs. Flat, e recuou alguns passos.

Todos olhamos o peixe, e nos chocamos. Um débil grito de horror fugiu dos lábios de Mrs. Flat, e o General Cork empalideceu.

Uma menina, alguma coisa que se assemelhava a uma menina, estava estendida de costas no meio da bandeja, sobre um leito de verdes folhas de alface, dentro de uma grande guirlanda de róseos ramos de coral. Tinha os olhos abertos, os lábios semicerrados: e olhava com um olhar de surpresa o *Triunfo de Vênus* pintado no teto por Luca Giordano. Estava nua: mas a pele escura, luzente, da mesma cor violeta do vestido de Mrs. Flat, modelava, justo como um vestido colante, as suas formas ainda imaturas e já harmoniosas, a doce curva dos quadris, a leve saliência do ventre, os pequenos seios virgens, as espáduas largas e cheias.

Podia ter não mais que oito ou dez anos, se bem que à primeira vista, tanto era precoce, de forma já femininas, parecesse ter quinze. Aqui e ali rompida, ou empapada pelo cozimento, em especial nas espáduas e nos quadris, a pele deixava entrever pelos cortes e as rachaduras a carne tenra, ora argêntea, ora dourada: tal que parecia estar vestida de violeta e de amarelo, justo como Mrs. Flat. E como Mrs. Flat tinha o rosto (que o calor da água fervente tinha feito esguichar fora da pele como um fruto muito maduro fora da sua casca) semelhante a uma luzente máscara de porcelana antiga, e os lábios salientes, a fronte alta e estreita, os olhos redondos e verdes. Os braços eram curtos, uma espécie de barbatana terminando em ponta, em forma de mão sem dedos. Um tufo de cerdas lhe despontava no topo da cabeça, que pareciam cabelos, e desciam aos lados do pequeno rosto, todo recolhido e como esgrouvinhado, numa espécie de esgar semelhante a um sorriso, em torno da boca. Os quadris, longos e esbeltos, acabavam, justo como diz Ovídio, *in piscem*, em rabo de peixe. Jazia aquela menina em seu caixão de prata, e parecia dormir. Mas, por um imperdoável esquecimento do cozinheiro, dormia como dormem os mortos que ninguém teve o piedoso cuidado de abaixar as pálpebras: de olhos abertos. E olhava os tritões de Luca Giordano soprar nas suas conchas marinhas, e os delfins, atrelados ao coche de

Vênus, galopar sobre as ondas, e Vênus nua sentada no áureo coche, e o branco e róseo cortejo das suas Ninfas, e Netuno, com o tridente em punho, correr sobre o mar puxado pelo ardor dos seus brancos cavalos, sedentos ainda do inocente sangue de Hipólito. Olhava o *Triunfo de Vênus* pintado no teto, aquele mar turquesa, aqueles argênteos peixes, aqueles verdes monstros marinhos, aquelas brancas nuvens errantes no fundo do horizonte, e sorria estática: era aquele o seu mar, era aquela sua pátria perdida, o país dos seus sonhos, o feliz reino das Sereias.

Era a primeira vez que via uma menina cozida, uma menina escaldada: e calado, constrito por um temor sacro. Todos, em torno da mesa, estavam pálidos de horror.

O General Cork ergueu os olhos ao rosto dos comensais e com voz trêmula exclamou: "Mas não é um peixe!... É uma menina!".

"Não" eu disse "é um peixe."

"Está seguro de que seja um peixe, um *verdadeiro* peixe?" disse o General Cork passando a mão na fronte molhada de frio suor.

"É um peixe" disse eu "é a famosa Sereia do Aquário."

Depois da libertação de Nápoles, os Aliados tinham, por razões militares, proibido a pesca no golfo: entre Sorrento e Capri, entre Capri e Ischia, o mar estava barrado por campos minados e percorrido por minas vagantes, que faziam perigosa a pesca. Nem os Aliados, especialmente os ingleses, confiavam em deixar os pescadores sair ao largo, por temor que levassem informações aos submarinos alemães, ou os abastecerem de nafta, ou pusessem ainda em perigo as centenas e centenas de naves de guerra, de transportes militares, de *Liberty ships* ancorados no golfo. Desconfiar dos pescadores napolitanos! Crer que sejam capazes de semelhantes delitos. Mas assim é: a pesca era proibida.

Em toda a Nápoles era impossível achar não digo um peixe, mas uma espinha de peixe: nem uma sardinha, nem uma escorpena, nem uma lagosta, uma tainha, um polvinho, nada. Tal que o General Cork, quando oferecia um almoço a algum alto oficial aliado, a um Marechal Alexander, a um general Juin, a um general Anders, ou a algum importante homem político, a um Churchill, a um Wishinski, a um Bogomolov, ou a alguma Comissão de Senadores americanos, vindos de avião de Washington para recolher as críticas dos soldados da Quinta Armada aos seus generais, e as suas opiniões, os seus conselhos sobre problemas mais graves da guerra, pegou o hábito de mandar pescar o peixe para a sua mesa no Aquário de Nápoles: que, depois do de Mônaco, é talvez o mais importante da Europa.

Nos almoços do General Cork o peixe era, por isso, sempre fresquíssimo, e de espécie rara. Ao almoço que ele tinha dado em honra do general Eisenhower, tinham comido o famoso "polvo gigante", oferecido ao Aquário de Nápoles pelo Imperador da Alemanha Guilherme II. Os célebres peixes japoneses, chamados "dragões", doação do Imperador do Japão, Hirohito, foram sacrificados na mesa do General Cork em honra de um grupo de Senadores americanos. A enorme boca desses monstruosos peixes, as brânquias amarelas, as barbatanas negras e púrpuras, semelhantes às do morcego, o rabo verde e ouro, a fronte hirta de pontas, e crestada como o elmo de Aquiles, tinham profundamente deprimido o ânimo dos Senadores, já preocupados pelo andamento da guerra contra o Japão. Mas o General Cork, cujas virtudes militares acompanham as qualidades do perfeito diplomata, tinha erguido o moral dos seus hóspedes entoando *Johnny got a zero*, a famosa canção dos aviadores americanos do Pacífico, que todos cantaram em coro.

Nos primeiros tempos, o General Cork tinha mandado pescar o peixe para a sua mesa nos viveiros do Lago de Lucrino, célebre pelas ferozes e deliciosas moreias que Lúculo, o qual tinha a sua vila nas proximidades de Lucrino, nutria com a carne dos seus escravos. Mas os jornais americanos, que não perdiam nenhuma ocasião para mover ásperas críticas ao Alto Comando do US Army, tinham acusado o General Cork de "*mental cruelty*", por ter ele obrigado os seus hóspedes, "respeitáveis cidadãos americanos", a comer as moreias de Lúculo. "Pode dizer-nos o General Cork" haviam ousado estampar em alguns jornais "com qual carne ele nutre as suas moreias?"

Foi em seguida a tal acusação que o General Cork tinha dado ordem de pescar de agora em diante o peixe para a sua mesa no Aquário de Nápoles. Assim, de um em um, todos os peixes mais raros, e mais famosos, do Aquário foram sacrificados pela "*mental cruelty*" do

General Cork: até o heroico peixe espada, doado por Mussolini (que foi servido cozido, com contorno de batatas cozidas), e o belíssimo atum, doado por Sua Majestade Vittorio Emanuele III, e as lagostas da Ilha de Wight, graciosa doação de Sua Majestade Britânica George V.

As preciosas ostras perlíferas que SA o Duque d' Aosta, Vice-rei da Etiópia, tinha enviado em doação ao Aquário de Nápoles (eram ostras perlíferas das costas da Arábia, defronte a Massaua) tinham alegrado o almoço que o General Cork ofereceu a Wishinski, Vice-Comissário soviético para os Negócios Estrangeiros, então representante da URSS na Comissão Aliada na Itália. Wishinski ficara muito surpreso de achar, em alguma das suas ostras, uma pérola rósea, da cor da lua nascente. E tinha erguido os olhos do prato, encarando o General Cork com o mesmo olhar com o qual teria olhado o Emir de Bagdá em um almoço das *Mil e uma noites*.

"Não cuspa o caroço" lhe tinha dito o General Cork "é delicioso."

"Mas é uma pérola!" tinha exclamado Wishinski.

"*Of course, it is a pearl! Don't you like it?*"

Wishinski engolira a pérola murmurando entre os dentes em russo, "Estes podres capitalistas!".

E não menos surpreso pareceu Churchill quando, convidado ao almoço do General Cork, deparou no prato um estranho peixe, redondo e fino, da cor do aço, semelhante ao disco dos antigos discóbolos.

"O que é?" perguntou Churchill.

"*A fish*, um peixe" respondeu o General Cork.

"*A fish?*" disse Churchill observando atentamente aquele estranhíssimo peixe.

"Como se chama este peixe?" perguntou o General Cork ao mordomo.

"É uma torpedina" respondeu o mordomo.

"*What?*" disse Churchill.

"*A torpedo*" disse o General Cork.

"*A torpedo?*" disse Churchill.

"*Yes, of course, a torpedo*" disse o General Cork e, voltando-se para o mordomo, lhe perguntou o que seria uma torpedina.

"Um peixe elétrico" respondeu o mordomo.

"*Ah, yes, of course*, um peixe elétrico!" disse o General Cork voltando-se para Churchill: e todos os dois se encararam, sorrindo, com os talheres de peixe erguidos no ar, sem ousar tocar a "torpedina".

"Está seguro de que não seja perigoso?" perguntou Churchill depois de alguns instantes de silêncio.

O General Cork voltou-se para o mordomo:

"Crê que seja perigoso tocá-lo? Está carregado de eletricidade."

"A eletricidade" respondeu mordomo no seu inglês pronunciado à napolitana "é perigosa quando está crua: cozida, não faz mal."

"Ah!" exclamaram a uma voz Churchill e o General Cork e dando um suspiro de alívio tocaram o peixe elétrico com a ponta do garfo.

Mas um belo dia os peixes do Aquário acabaram: não restava senão a famosa Sereia (um exemplar bastante raro daquela espécie de "sirenoide" que, pela sua forma quase humana, deu origem à antiga lenda das Sereias) e alguns maravilhosos ramos de coral.

O General Cork, que tinha o louvável hábito de ocupar-se pessoalmente das mínimas coisas, tinha perguntado ao mordomo que qualidade de peixe se poderia pescar no Aquário para o almoço em honra de Mrs. Flat.

"Restou bem pouco" tinha respondido o mordomo "uma Sereia e alguns ramos de coral."

"É um bom peixe, a Sereia?"

"Excelente!" tinha respondido o mordomo sem pestanejar.

"E os corais?" tinha perguntado o General Cork que quando se ocupava dos seus almoços era particularmente meticuloso "São bons para comer?"

"Não, os corais não. São um pouco indigestos."

"Então, nada de corais."

"Podemos pô-los como contorno" tinha sugerido, imperturbável, o mordomo.

"*That's fine!*"

E o mordomo escreveu na lista do almoço: "Sereia com maionese e contorno de corais".

E agora todos olhavam chocados, mudos pela surpresa e pelo horror daquela pobre menina morta, estendida de olhos abertos na bandeja de prata, sobre um leito de verdes folhas de alface, no meio de uma guirlanda de róseos ramos de coral.

Acontece com frequência, percorrendo os miseráveis becos de Nápoles, de entrever em algum *basso*, pela porta escancarada, um morto estendido sobre o leito, no meio de uma guirlanda de flores. E não é raro ver uma menina morta. Mas não tinha nunca visto uma menina morta estendida no meio de uma guirlanda de corais. Quantas pobres mães napolitanas teriam desejado para os seus pequenos mortos uma tão maravilhosa guirlanda de corais! Os corais são semelhantes aos ramos de pêssego em flor, dá alegria olhá-los, dão um quê de alegre, de primaveril, aos cadáveres de crianças. Eu olhava aquela pobre menina fervida e tremia de piedade e de orgulho dentro de mim. Maravilhoso país, a Itália! pensei. Qual outro povo no mundo se pode permitir o luxo de oferecer, a um exército estrangeiro que destruiu e invadiu a sua pátria, uma Sereia com maionese e contorno de corais? Ah! dava gosto perder a guerra, só para ver aqueles oficiais americanos, aquela orgulhosa mulher americana, sentados pálidos e atônitos de horror em torno de uma Sereia, de uma deidade marinha estendida morta em uma bandeja de prata, sobre a mesa de um general americano!

"*Disgusting!*" exclamou Mrs. Flat cobrindo os olhos com as mãos.

"*Yes... I mean... yes...*" balbuciava pálido e trêmulo o General Cork.

"Leve embora, leve embora essa coisa horrenda!" gritou Mrs. Flat.

"Por quê?" disse eu "é um peixe excelente."

"Mas deve ser um engano! *I beg pardon... but...* deve ser um engano... *I beg pardon...*" balbuciou, com um lamento de dor, o pobre General Cork.

"Asseguro que é um peixe excelente" disse eu.

"Mas não podemos comer *that...* aquela menina... *that poor girl!*" disse o Coronel Eliot.

"Não é uma menina" eu disse "é um peixe."

"General" disse Mrs. Flat com voz severa "espero que não me obrigue a comer *that... this... that poor girl!*"

"Mas é um peixe!" disse o General Cork "é um ótimo peixe! Malaparte disse que é excelente. *He knows...*"

"Não vim para a Europa para que o *seu* amigo Malaparte, *and you*, me obriguem a comer carne humana" disse Mrs. Flat com voz trêmula de desdém "deixemos a estes *barbarous Italian people to eat children at dinner. I refuse. I am an honest American woman. I don't eat Italian children!*"

"*I'm sorry, I'm terribly sorry*" disse o General Cork enxugando a fronte molhada de suor "mas todos em Nápoles comem esta espécie de menin... *yes... I mean... no... I mean... that sort of fish...* Não é verdade, Malaparte, que *that sort of children... of fish... is excellent?*"

"É um peixe excelente" respondi "e que importa se tem o aspecto de uma menina? É um peixe. Na Europa, os peixes não são obrigados a assemelhar-se a um peixe..."

"Nem sequer na América!" disse o General Cork, alegre de achar finalmente alguém que tomava a sua defesa.

"*What?*" gritou Mrs. Flat.

"Na Europa" disse eu "os peixes são livres, ao menos os peixes! Ninguém proíbe a um peixe assemelhar-se, que eu saiba, a um homem, a uma menina, a uma mulher. E este é um peixe, mesmo se... De resto" acrescentei "que coisa acreditava vir comer na Itália? O cadáver de Mussolini?"

"*Ah! Ah! Ah! Funny!*" gritou o General Cork com um riso muito estridente para ser sincero "Ah! Ah! Ah!". E todos os outros lhe fizeram coro, com uma risada em que a perplexidade, a dúvida e a alegria estranhamente se debatiam. Eu não amei nunca os americanos, não amarei nunca os americanos, como naquela tarde, naquela mesa, diante daquele horrível peixe.

"Não pretende, espero" disse Mrs. Flat, pálida de ira e de horror "não pretende fazer-me comer aquela horrível coisa! Você esquece que sou uma americana! Que diriam em Washington, General, que diriam no War Department, se soubessem que nos seus almoços se comem meninas cozidas... *boiled girls?*"

"*I mean... yes... of course...*" balbuciou o General Cork, voltando a mim um olhar suplicante.

"*Boiled girls with maionese!*" acrescentou Mrs. Flat com voz gélida.

"Você esqueceu o contorno de corais" eu disse, como quisesse, com aquelas palavras, justificar o General Cork.

"*I don't forget corals!* Não esqueço os corais!" disse Mrs. Flat fulminando-me com os olhos.

"*Get out!*" gritou de repente o General Cork ao mordomo, indicando-lhe com o dedo a Sereia "*Get out that thing!*".

"*General, wait a moment, please*" disse o Coronel Brown, o capelão do Quartel General "*we must bury that... that poor fellow.*"

"*What?*" exclamou Mrs. Flat.

"Carece sepultar este... esta... *I mean...*" disse o capelão.

"*Do you mean...*" disse o General Cork.

"*Yes, I mean bury*" disse o capelão.

"*But... it's a fish...*" disse o General Cork.

"Pode ser que seja um peixe" disse o capelão "mas tem mais o ar de uma menina... Permitam-me insistir: é nosso dever sepultar esta menina... *I mean, that fish. We are Christians.* Não somos por acaso cristãos?"

"Eu duvido!" disse Mrs. Flat encarando o General Cork com um frio olhar de desprezo.

"*Yes, I suppose...*" respondeu o General Cork.

"*We must bury it*" disse o Coronel Brand.

"*All right*" disse o General Cork "mas onde devemos enterrá-lo? Eu diria para jogá-lo no lixo. Parece a coisa mais simples."

"Não" disse o capelão "não se sabe nunca. Não é de fato seguro que seja um verdadeiro peixe. Carece dar-lhe uma sepultura mais decente."

"Mas em Nápoles não há cemitérios para os peixes?" disse o General Cork voltando-se para mim.

"Não creio que haja" disse eu "os napolitanos não enterram os peixes, eles os comem."

"Podemos enterrá-lo no jardim" disse o capelão.

"Esta é uma boa ideia" disse o General Cork, desanuviando o rosto "podemos enterrá-lo no jardim." E, voltando-se para o mordomo, acrescentou "Peço-lhe, vá enterrar esta coisa... este pobre peixe no jardim."

"Sim, senhor General" disse o mordomo inclinando-se, enquanto os lacaios erguiam o brilhante caixão de prata maciça, onde jazia a pobre Sereia morta, e a depunham sobre a prancha.

"Disse para enterrá-lo" disse o General Cork: "proíbo de o comerem na cozinha!".

"Sim, senhor General" disse o mordomo "mas é um pecado! Um peixe tão bom!"

"Não é seguro que seja um peixe" disse o General Cork "e proíbo-os de comê-lo!"

O mordomo se inclinou, os lacaios se foram rumo à porta levando na prancha o brilhante caixão de prata, e todos seguimos com um olhar triste aquele estranho cortejo fúnebre.

"Será bom" disse o capelão levantando-se "que eu vá para supervisionar a sepultura. Não quero ter nada na consciência."

"*Thank you, Father*" disse o General Cork, enxugando a fronte, e com um suspiro de alívio olhou timidamente Mrs. Flat.

"*Oh, Lord!*" exclamou Mrs. Flat erguendo os olhos ao céu.

Estava pálida, e as lágrimas lhe brilhavam nos olhos. Deu-me prazer que estivesse comovida, fiquei profundamente grato por aquelas suas lágrimas. Eu a tinha julgado mal: Mrs. Flat era uma mulher de coração. Se chorava por um peixe, ela acabaria por certo um dia ou outro por ter piedade também do povo italiano, por chorar também pelos lutos e pelos sofrimentos do meu pobre povo.

VIII
Triunfo de Clorinda

"O exército americano" disse o Príncipe de Candia "tem o mesmo odor doce e tépido das mulheres louras."

"*Very kind of you*" disse o Coronel Jack Hamilton.

"É um esplêndido exército. É uma honra e um prazer, para nós, sermos vencidos por um exército semelhante."

"É verdadeiramente muito gentil" disse Jack sorrindo.

"Desembarcaram na Itália com muita cortesia" disse o Marquês Antonino Nunziante "antes de entrar na nossa casa bateram na porta, como fazem todas as pessoas bem educadas. Se não tivessem batido, não teríamos aberto."

"A dizer a verdade, batemos um pouco forte demais" disse Jack "tão forte que toda a casa cedeu."

"Esse não é senão um insignificante particular" disse o Príncipe de Candia "o importante é que bateram. Espero que não se lamentem pelo modo com o qual os acolhemos."

"Não poderíamos desejar hospedeiros mais corteses" disse Jack "não nos resta senão pedir-lhes desculpas por ter vencido a guerra."

"Estou certo de que acabariam por pedir-nos desculpa" disse o Príncipe de Candia com aquele seu ar inocente e irônico de velho senhor napolitano.

"Não somos os únicos a dever pedir-lhes desculpa" disse Jack "também os ingleses venceram a guerra: mas não lhes pedirão nunca desculpa."

"Se os ingleses" disse o Barão Romano Avezzana, que tinha sido Embaixador em Paris e em Washington e permaneceu fiel às grandes tradições da diplomacia europeia "esperam que nós peçamos desculpa a eles por termos perdido a guerra, se enganam. A política italiana é baseada no princípio fundamental de que há sempre algum outro que perde a guerra por conta da Itália."

"Estou curioso por saber" disse Jack rindo "quem perdeu, desta vez, a guerra por sua conta."

"Os russos, naturalmente" respondeu o Príncipe de Candia.

"Os russos?" exclamou Jack profundamente surpreso. "E por quê?"

"Faz alguns dias" respondeu o Príncipe de Candia "estava no almoço do Conde Sforza. Estava também o Vice-Comissário soviético para os Estrangeiros, Wishinski. A certo ponto Wishinski contou ter perguntado a um rapaz napolitano se sabia quem tinha vencido a guerra. 'Os ingleses e os italianos', respondeu o rapaz. 'E por quê?' 'Porque os ingleses são primos dos americanos, e os italianos são primos dos franceses.' 'E dos russos, o que pensa? Crê que venceram a guerra também eles?' perguntou Wishinski ao rapaz. 'Eh, não, os russos a perderam' respondeu o rapaz. 'E por quê?'. 'Porque os russos, pobrezinhos, são primos dos alemães.'"

"*Wonderful!*" exclamou Jack enquanto todos, em torno da mesa, riam.

Alto, magro, o rosto queimado do sol e do vento marinho, o Príncipe de Candia era um exemplar perfeito daquela nobreza napolitana que, entre as mais antigas e as mais ilustres da Europa, aos esplêndidos modos acompanha um espírito livre, no qual a ironia dos grandes senhores franceses dos Settecento tempera o orgulho do sangue espanhol. Tinha os cabelos brancos, os olhos claros, a boca de lábios finos. A sua pequena cabeça de estátua, as suas mãos leves de longos dedos afilados faziam contraste com as suas largas espáduas de atleta, com a sua elegância viril de homem forte exercitado nos esportes violentos.

Sua mãe era inglesa: e do sangue inglês tinha o olhar frio, a lentidão sóbria e segura dos gestos. Depois de ter na juventude rivalizado com o Príncipe Jean Gerace em conduzir não a moda de Paris e de Londres a Nápoles, mas a moda de Nápoles a Londres e a Paris, tinha renunciado havia muitos anos aos prazeres mundanos para não ter relações com aquela "nobreza" de homens refeitos, que Mussolini tinha trazido à ribalta da vida política e social. Por longo tempo não tinha feito mais falar de si. O seu nome tornou repentinamente à boca de todos quando, em 1938, por ocasião da visita de Hitler a Nápoles, tinha-se recusado a participar do almoço oficial oferecido em honra do Führer. Detido, e preso por algumas semanas no cárcere de Poggioreale, foi depois exilado por Mussolini nas suas terras da Calábria. O que lhe tinha valido a fama de homem honesto e de italiano livre, que não eram, naqueles tempos, títulos a se desprezar, se bem que perigosos.

E mais afetuosa honra lhe veio, nos dias da libertação, pela sua recusa em fazer parte do grupo de senhores napolitanos selecionados para oferecer ao General Clark as chaves da cidade. De cuja recusa se justificou sem altivez, com simples garbo, dizendo que não era costume da sua família fornecer as chaves da cidade aos invasores de Nápoles, e que ele não fazia senão seguir o exemplo daquele seu antepassado, Berardo de Candia, que tinha recusado render homenagem ao Rei Carlos VIII da França, conquistador de Nápoles, embora também Carlos VIII tivesse, em seu tempo, fama de libertador. "Mas o General Clark é o nosso libertador!" tinha exclamado Sua Excelência o Prefeito, que antes tivera a estranha ideia de oferecer as chaves da cidade ao General Clark. "Não o ponho em dúvida" havia respondido com simplicidade cortês o Príncipe de Candia "mas eu sou um homem livre, e somente os servos carecem de ser libertados." Todos esperavam que o General Clark, para humilhar o orgulho do Príncipe de Candia, o mandasse prender, como era uso nos dias da libertação. Mas o General Clark o tinha convidado para almoçar e o tinha acolhido com perfeita cortesia, dizendo-se alegre em conhecer um italiano que tinha o senso da dignidade.

"Também os russos" disse a Princesa Consuelo Caracciolo "são gente muito bem educada. Outro dia, na Via Toledo, o carro de Wishinski esmagou o pequinês da velha Duquesa de Amalfi. Wishinski desceu do carro, recolheu ele mesmo o pobre pequinês e, depois de ter expressado a sua profunda condolência à Duquesa, rogou permitir-lhe acompanhá-la no seu automóvel até o palácio de Amalfi. 'Agradeço, prefiro voltar para casa a pé' lhe respondera com orgulho a velha Duquesa, lançando um olhar de desprezo para a bandeirinha vermelha, com a insígnia da foice e do martelo, içada sobre o capô. Wishinski se inclinou em silêncio, voltou a subir no carro e se afastou rapidamente. Somente então a Duquesa se deu conta de que o seu pobre cão morto tinha ficado no automóvel de Wishinski. No dia seguinte Wishinski lhe mandou de presente uma lata de marmelada. A Duquesa a provou e, com um grito de horror, caiu no chão desmaiada: aquela marmelada tinha o sabor de cachorro morto. Eu também a provei: asseguro que tinha mesmo o sabor de marmelada de cachorro."

"Os russos, quando são bem educados, são capazes de tudo" disse Maria Teresa Orilia.

"Está segura de que era marmelada de cachorro?" perguntou Jack profundamente surpreso "Talvez fosse caviar."

"Provavelmente" disse o Príncipe de Candia "Wishinski quis render homenagem à nobreza napolitana, que está entre as mais antigas da Europa. Não somos talvez dignos de receber de presente marmelada de cachorro?"

"São certamente dignos de algo melhor" disse ingenuamente Jack.

"De todo modo" disse Consuelo "eu prefiro a marmelada de cachorro ao *spam* de vocês."

"O nosso *spam*" disse Jack "não é senão a marmelada de porco."

"Outro dia" disse Antonino Nunziante "voltando para casa, encontrei um negro que comia à mesa com a família do meu porteiro. Um belo negro, muito cortês. Disse-me que, se os soldados americanos não comessem *spam*, a esta hora teriam já conquistado Berlim."

"Eu tenho muita simpatia pelos negros" disse Consuelo "têm ao menos a cor das suas opiniões."

"*Leurs opinions sont très blanches*" disse Jack "*ce sont de véritables enfants.*"

"Há muitos negros no exército americano?" perguntou Maria Teresa.

"*Il y a des nègres partout*" respondeu Jack "*même dans l'armée américaine.*"

"Um oficial inglês, o Capitão Harari" disse Consuelo "contou-me que na Inglaterra há muitos soldados negros americanos. Uma tarde, em almoço na Embaixada dos Estados Unidos em Londres, o Embaixador perguntou a Lady Windermere como encontraria os soldados americanos. 'São muito simpáticos' respondeu Lady Windermere, 'mas não entendo por que trouxeram com eles todos aqueles pobres soldados brancos.'"

"Não entendo nem mesmo eu!" disse Jack rindo.

"Se não fossem negros" disse Consuelo "seria muito difícil distingui-los dos brancos. Os soldados americanos usam todos o mesmo uniforme."

"*Oui, naturellement*" disse Jack "*mais il faut quand même un oeil très exercé pour les distinguer des autres*".

"Outro dia" disse o Barão Romano Avezzana "estava na Piazza San Ferdinando, junto a um rapaz intencionado a lustrar os sapatos de um soldado negro. A certo ponto o negro perguntou ao rapaz: 'É italiano, você?'. O pequeno napolitano lhe respondeu 'Eu? Não, sou um negro'."

"Esse rapaz" disse Jack "tem muito senso político."

"Quer dizer que tem muito senso histórico" disse o Barão Romano Avezzana. "Eu me pergunto" disse Jack "por que o povo napolitano ama os negros."

"Os napolitanos são bons" respondeu o Príncipe de Candia "e amam os negros porque também os negros são bons."

"São, por certo, melhores que os brancos, são muito generosos, mais humanos" disse Maria Teresa "as crianças não se enganam nunca, e as crianças preferem os negros aos brancos."

"Também as mulheres não se enganam nunca" disse o Barão Romano Avezzana, suscitando os gritos de desdém de Consuelo e de Maria Teresa.

"Não entendo" disse Antonino Nunziante "por que os negros se envergonham de ser negros. Por acaso nós nos envergonhamos de ser brancos?"

"Os soldados negros" disse Consuelo "para convencer as moças napolitanas a namorarem com eles, contam que são brancos como os outros, mas que na América, antes de embarcarem para a Europa, foram tingidos de negro, para poder combater de noite sem serem vistos pelo inimigo. Quando, depois da guerra, voltarem à América, rasparão fora da pele a tintura negra, e se tornarão brancos."

"*Ah, c'est amusant!*" exclamou Jack, rindo tão de coração, que os olhos dele se encheram de lágrimas.

"Certas vezes" disse o Príncipe de Candia "eu me envergonho de ser um branco. Por sorte, não sou somente um branco, sou também um cristão."

"O que nos faz imperdoáveis" disse o Barão Romano Avezzana "é justo o fato de sermos cristãos."

Eu estava calado e escutava, oprimido por um obscuro pressentimento. Calado, ia passeando o olhar pelas paredes enriquecidas com vermelhas pinturas pompeianas, sobre os belos móveis dourados do tempo do Rei Murat, sobre os grandes espelhos venezianos, sobre o teto com afrescos de alguns pintores educados ao gosto espanhol da corte de Carlo III de Bourbon. O palácio dos Príncipes de Candia não está entre os mais antigos de Nápoles: é da idade esplêndida, e miserável, do máximo rigor da dominação espanhola, quando os senhores napolitanos, abandonados os antigos, tristes palácios em torno da Porta Capuana e ao longo do Decumano, começaram a construir as mais suntuosas mansões no Monte di Dio.

Embora a sua arquitetura seja daquele pesado barroco espanholado, em grande voga no reino das Duas Sicílias antes que Vanvitelli invocasse em honra a clássica simplicidade dos antigos, os interiores do palácio dos Príncipes de Candia revelam o influxo da graça e das agradáveis invenções daquele fantasioso espírito que em Nápoles, nas coisas da arte, mais que às elegâncias francesas, se inspirou naquele tempo nos estuques e nas encáusticas de Herculano e de Pompeia, há pouco devolvidos à luz pela douta curiosidade dos Bourbon. Das pinturas e dos jogos ornamentais daquelas duas antigas cidades, por tantos séculos sepultadas na sua tumba de lavas e de cinzas, descendem de fato aquelas danças de Cupidos pintados nas paredes e aqueles triunfos de Vênus, aqueles Hércules cansados apoiados em colunas coríntias, aquelas Dianas caçadoras e aqueles *vendeurs d'Amours* que mais tarde tornaram-se assunto favorito da arte ornamental francesa. Nas portas são incrustados grandes espelhos de reflexos azuis, que entre os vermelhos brilhos dos estuques pompeianos põem uma sombra turquesa de mar naquelas róseas carnes femininas, naquelas negras cabeleiras e naquele vago branquejar de túnicas.

Chovia do teto uma transparente luz verde: e se erguiam o rosto, o olhar dos comensais penetrava em uma profunda selva, onde, através do intrincado das ramagens, brilhava um céu azul de brancas nuvens esparsas. Nas margens de um rio mulheres nuas, imersas na água até o joelho, ou estendidas sobre uma relva de verde denso e luzente (não era o verde de Pussino, declinante em tons amarelos e turquesas, nem o verde violeta de Claude Lorrain) ignoravam, ou talvez negligenciassem, os Faunos e os Sátiros que as espiavam de trás dos ramos das árvores. Além do rio, longe, apareciam castelos ameados coroando ondulações espessas de vegetação. Guerreiros emplumados, de couraças cintilantes, galopavam pelo vale, outros com as espadas levantadas combatiam entre si, outros, caídos sob o cavalo tombado, apoiavam o cotovelo na terra tentando reerguer-se. E matilhas de cães corriam em caça atrás de cervos brancos, de longe seguidos por cavalheiros de gibões azuis e escarlates.

O verde reflexo da relva e das folhas que chovia do teto resvalava docemente nas douraduras dos móveis, nos forros de cetim amarelo das poltronas, nos leves tons rosa e celeste do imenso tapete Aubusson, nas brancas Esfinges dos candelabros de Capodimonte, alinhados no meio da mesa, que uma antiga toalha de renda siciliana esplendidamente cobria. Nada recordava, naquela rica sala, a angústia, as ruínas, os lutos de Nápoles: exceto os rostos pálidos e magros dos comensais e a modéstia das comidas.

Durante toda a guerra, o Príncipe de Candia, como muitos outros senhores napolitanos, não tinha deixado a infeliz cidade, então reduzida a um amontoado de frangalhos e escombros. Depois dos terríveis bombardeios americanos no inverno de 1942, não tinha ficado em Nápoles senão a plebe e algumas famílias da mais antiga nobreza. Dos senhores, parte havia buscado refúgio em Roma e em Florença, parte nas suas terras na Calábria, na Apúlia, nos Abruzzi. A burguesia rica estava refugiada em Sorrento e na costa de Amalfi, e a burguesia pobre estava esparsa nos arredores de Nápoles, especialmente nos lugares ao longo das encostas do Vesúvio, pela universal persuasão, quem sabe lá por que nascida e como, de que os bombardeiros aliados não ousariam desafiar a cólera do vulcão.

Talvez esse convencimento nascera da antiga crença popular de que o Vesúvio fosse a divindade tutelar de Nápoles, o *totem* da cidade: um Deus cruel e vingativo, que vez por outra sacudia terrivelmente a terra, fazia desmoronar templos, palácios, habitações, queimava nos seus rios de fogo os seus próprios filhos, sepultando as suas casas sob um manto de cinzas ardentes. Um Deus cruel, mas justo, que punia Nápoles dos seus pecados e junto velava sobre seus destinos, sobre sua miséria, sobre sua fome, pai e juiz, carrasco e Anjo guardião do seu povo.

Senhora da cidade permaneceu a plebe. Ninguém no mundo, nem as chuvas de fogo, nem as pestilências, conseguirá nunca expulsar a plebe de Nápoles dos seus pardieiros, dos seus sórdidos becos. A plebe napolitana não foge da morte. Não abandona as suas casas, as suas igrejas, as relíquias dos seus Santos, os ossos dos seus mortos, para buscar escape longe dos seus altares e das suas tumbas. Mas, quanto mais grave e iminente é o perigo, quando a cólera enche as casas de prantos, ou a chuva de fogo e de cinzas ameaça sepultar a cidade, a plebe de Nápoles usa há séculos e séculos alçar o olhar no rosto dos *signori* para espiar nele os sentimentos, os pensamentos, os propósitos, e do seu comportamento medir a grandeza do flagelo, indagar a esperança de saúde, tomar exemplo de coragem, de piedade, de fé em Deus.

Depois de cada um daqueles terríveis bombardeios, que por três anos torturaram a infeliz cidade, a plebe do Pallonetto e da Torretta via sair, à hora usual, dos portões dos antigos palácios do Monte di Dio e da Riviera di Chiaia, destroçados pelas bombas e enegrecidos pela fumaça dos incêndios, os verdadeiros *signori* de Nápoles, aqueles que não tinham se dignado a fugir, que por orgulho, e talvez ainda um pouco por preguiça, não tinham se rebaixado a incomodar-se por tão pouco: mas continuavam, como se nada tivesse acontecido e nada acontecesse, os seus hábitos dos tempos bons e seguros. Vestidos impecavelmente, as luvas intactas, uma flor fresca no ilhós da lapela, se encontravam toda manhã, saudando-se com modos afáveis, diante das ruínas do Hotel Excelsior, entre os muros desmoronados do Círculo dos canoeiros, no cais do pequeno porto de Santa Lucia amontoado de cascos capotados, ou nas calçadas do Caflisch. O mau cheiro atroz dos corpos mortos sepultados sob os escombros empestava o ar, mas nem o mais leve frêmito passava no rosto daqueles velhos *gentlemen*, que ao estrondo dos bombardeiros americanos erguiam entediados os olhos ao céus, murmurando, com um inefável sorriso de desdém: "Eis ali, aqueles cafonas".

Acontecia sempre, sobretudo de manhã, de ver passar pelas vias desertas, pontuadas de cadáveres abandonados e já inchados, de carcaças de cavalos, de veículos revirados pelas explosões, algum velho tílburi, orgulho dos cocheiros ingleses, e até algum antiquado *char-à-bancs*, puxados por magros pangarés, dos poucos restantes nas esquálidas estrebarias depois das últimas requisições pelo exército. Passavam conduzindo velhos senhores da geração do Príncipe Jean Gerace, em companhia de jovens mulheres de rosto pálido e sorridente. Surgida nos sórdidos becos da Toledo e da Chiaia, a pobre gente vestida de farrapos, o rosto emaciado, os olhos luzidios de fome e de insônia, a fronte obscurecida pela angústia, saudava sorrindo os *signori*: que do alto dos seus coches trocavam com os desvalidos aqueles familiares gestos de saudação, aqueles mudos atos do rosto, aquele arquear afetuoso da sobrancelha, que em Nápoles valem tanto mais que as palavras.

"Estamos contentes em vê-lo com boa saúde, *signo'*" diziam os gestos de familiar obséquio dos *lazzaroni*. "*Grazie, Gennari', grazie, Cuncetti'*" respondiam os gestos afetuosos dos senhores. "*Nun ne potimmo cchiù, signo', nun ne potimmo cchiù!*" diziam os olhares e as mesuras da pobre gente. "*Pazienza, figliuoli, ancora nu poco 'e pazienza! Anche 'sta noia passerà*" respondiam os senhores com os acenos de cabeça e de mão. E os *lazzaroni* elevando os olhos ao céu pareciam dizer: "Esperamos que o Senhor nos ajude!".

Porque Príncipes e *lazzaroni*, senhores e pobres, se conhecem todos em Nápoles, há séculos e séculos, de geração em geração, de pai para filho. Conhecem-se pelo nome, são todos parentes entre si, por aquele afetuoso parentesco que desde tempo imemorável corre entre a plebe e a antiga nobreza, entre os pardieiros do Pallonetto e os palácios de Monte di Dio. Desde tempo imemorial os senhores e a plebe vivem juntos: nas mesmas vias, nos mesmos palácios, o povinho nos *bassi*, naqueles antros escuros que se abrem ao nível da rua, os senhores nas ricas salas douradas dos pavimentos nobres. Por séculos e séculos, as grandes famílias da nobreza têm nutrido e protegido a plebe amontoada nos becos em torno dos seus palácios, não mais por espírito feudal, nem somente por caridade cristã, mas por dever, diria, de parentesco. Há muitos anos também os senhores são pobres: e o povinho tem quase o ar de desculpar-se por não poder ajudá-los. Plebe e nobreza têm em comum a alegria das núpcias e dos nascimentos, a ânsia das doenças, as lágrimas dos lutos: e não há *lazzarone* que não seja acompanhado ao cemitério pelo senhor do seu bairro, nem senhor que não tenha atrás do seu féretro uma turba plangente de *lazzaroni*. É antigo dito, e popular, em Nápoles que os homens são iguais não somente defronte à morte, mas também defronte à vida.

A nobreza napolitana, defronte à morte, tem estilo diverso daquele da plebe: acolhe-a não com as lágrimas, mas com o sorriso, quase com galanteria, como se acolhe uma mulher amada, uma jovem esposa. Na pintura napolitana, os casamentos e as exéquias retornam com uma cadência insistente, como na pintura espanhola: são representações de caráter macabro e ao mesmo tempo galante, pintadas por obscuros pintores que continuam ainda hoje a grande tradição de El Greco e de Spagnoletto, humilhada de maneira anônima e fácil. E era antigo costume, em vigor até poucos anos atrás, que as mulheres da nobreza fossem sepultadas envoltas no seu branco véu de esposa.

Justo defronte a mim, atrás das espáduas do Príncipe de Candia, pendia na parede uma grande tela, onde era figurada a morte do Príncipe Filippo de Candia, pai de nosso anfitrião. Dominada pela avara tristeza e pela malignidade dos verdes e dos turquesas, da fadiga de certos amarelos desfeitos, da impertinência dos brancos crus e frios, aquela tela estranhamente contrastava com a festiva riqueza da mesa, cintilante de pratas angevinas e aragonesas e de porcelanas de Capodimonte, e coberta pela imensa toalha de antiga renda da Sicília, onde os motivos ornamentais árabes e normandos se entrelaçavam nos temas tradicionais dos ramos de romã e de louro curvos sob o peso de frutos, de flores, de pássaros, em um céu cheio de cintilantes astros. O velho Príncipe Filippo de Candia, sentindo a morte aproximar-se, iluminara a festa na sala de baile, endossara o seu uniforme de alto dignitário da Soberana Ordem de Malta e, suportado pelos seus servos, fizera solene ingresso na imensa sala vazia resplandecente de luzes, apertando na mão contraída um buquê de rosas. O obscuro pintor, que pelo modo de dispor os brancos sobre brancos se revelava um longínquo imitador de Toma, o tinha retratado em pé no meio da sala, na luzente solidão do pavimento historiado de preciosos mármores, enquanto, inclinando-se, oferecia o buquê de rosas à invisível Senhora. E estava morto em pé, nos braços dos seus servos, enquanto a plebe do beco do Pallonetto, chegada à soleira da porta escancarada, contemplava em silêncio, com religioso respeito, a morte daquele grande senhor napolitano.

Algo me perturbava naquela tela. Não era a face de cera do moribundo, nem a palidez dos servos, nem a riqueza faustosa da imensa sala cintilante de espelhos, de mármores, de douraduras: mas o buquê de rosas apertado no punho do moribundo. Aquelas rosas, de vermelho vivo e tenro, pareciam de carne, feitas de rósea e tépida carne de mulher. Uma inquieta sensualidade exalava daquelas rosas, e junto uma doçura pura e afetuosa: como se a presença da morte não empanasse a viva e nítida delicadeza das pétalas carnosas, mas reavivasse nelas aquele senso de triunfo, que é o senso lábil, e eterno, das rosas.

Aquelas mesmas rosas, floridas nas mesmas serras, jorravam em tufos perfumosos dos antigos vasos de prata negra dispostos no meio da mesa: e mais do que a comida escassa e humilde, composta de ovos, de batatas cozidas e de pão negro, mais do que os chupados e pálidos rostos dos comensais, aquelas rosas davam um sentido fúnebre à candura dos linhos, à própria riqueza das pratas, dos cristais, das porcelanas, evocavam uma presença invisível, despertavam em mim um pensamento doloroso, um pressentimento do qual não sabia livrar-me e que profundamente me perturbava.

"O povo napolitano" disse o Príncipe de Candia "é o mais cristão da Europa." E contou que em 9 de setembro de 1943, quando os americanos desembarcaram em Salerno, o povo napolitano, embora desarmado, se rebelou contra os alemães. A luta feroz nas ruas e nos becos de Nápoles durou três dias. O povo, que tinha contado com a ajuda dos Aliados, combatia com o furor do desespero. Mas os soldados do General Clark, que deveriam dar mão forte à cidade em revolta, estavam agarrados à costa de Pesto, e os alemães bateram em suas mãos com os saltos das pesadas botas ferradas, para obrigá-los a soltar a presa e rechaçá-los ao mar. O povo, crendo-se abandonado, gritou à traição: os homens, as mulheres, as crianças combatiam chorando de dor e de raiva. Depois de três dias de luta atroz, os alemães, que, caçados pelo furor popular, já tinham começado a retirar-se pela estrada de Cápua, voltaram com força, ocuparam a cidade e se abandonaram a represálias terríveis.

Os prisioneiros alemães caídos nas mãos do povo eram muitas centenas. Os heroicos e infelizes napolitanos não sabiam o que fazer. Deixá-los livres? Os prisioneiros teriam massacrado os mesmos que os tinham capturado e colocado em liberdade. Degolá-los? O povo de Nápoles é cristão, não é um povo de assassinos. Assim, os napolitanos ligaram mãos e pés dos prisioneiros, os amordaçaram e os esconderam no fundo dos seus pardieiros, na espera da chegada dos Aliados. Mas no entanto carecia nutri-los, e o povo morria de fome. O cuidado de custodiar os prisioneiros foi dado às mulheres: que, extinto nelas o furor do massacre, e o ódio cedendo à piedade cristã, tiravam a pobre e escassa comida da boca das suas crianças para nutrir os prisioneiros, dividindo com eles a sopa de feijão ou de lentilhas, a salada de tomates, o pouco e miserável pão. E não somente os nutriam, mas os lavavam e os curavam como crianças de fraldas. Duas vezes ao dia, antes de tirar-lhes a mordaça para alimentá-los, neles batiam de sã consciência, por medo, para que, livres da mordaça, não chamassem por ajuda, gritando aos companheiros que passavam pela rua. Mas, não obstante as necessárias surras e a escassa nutrição, os prisioneiros, que nada mais podiam senão dormir, engordavam como galinhas na gaiola.

Finalmente, aos primeiros dias de outubro, depois de um mês de angustiante espera, os americanos entraram na cidade. E no dia seguinte, nos muros de Nápoles, apareceram grandes cartazes nos quais o Governador americano convidava a população a entregar, dentro de vinte e quatro horas, os prisioneiros alemães às autoridades aliadas, prometendo um prêmio de quinhentas liras por cada prisioneiro. Mas uma comissão de populares visitou o Governador, lhe demonstrou que, dados os preços a que tinham subido os feijões, as lentilhas, os tomates, o azeite e o pão, o preço de quinhentas liras por prisioneiro era muito baixo.

"Procure entender, Excelência! Por menos de mil e quinhentas libras por cabeça não podemos dar-lhe os prisioneiros. Nós não queremos ter um ganho, mas tampouco perder!"

O Governador americano foi inflexível: "Eu disse quinhentas liras, nem um tostão a mais."

"Está bem, Excelência, e *noi ce li tenimmo*" disseram os populares, e foram-se.

Alguns dias depois o Governador fez afixar nos muros outros cartazes, nos quais prometia mil liras por cada prisioneiro.

A comissão de populares voltou ao Governador e declarou que outros dias tinham passado, que os prisioneiros tinham apetite e continuavam a comer, que enquanto isso os preços dos víveres aumentavam e que mil liras por cabeça era pouco.

"Procure entender, Excelência! Todo dia que passa, o preço dos prisioneiros aumenta. Hoje, por menos de duas mil liras por cabeça, não podemos dá-los. Nós não queremos fazer uma especulação, queremos simplesmente recuperar as despesas. Por duas mil liras, Excelência, um prisioneiro é de graça!"

O Governador se enfureceu: "Eu disse mil liras, nem um tostão a mais! E se dentro de vinte e quatro horas não entregarem os prisioneiros, ponho-os todos atrás das grades!".

"Meta-nos então na prisão, Excelência, manda fuzilar-nos se assim lhe agrada, mas o preço é esse, e nós não podemos vender-lhe os prisioneiros por menos de duas mil liras por cabeça. Se não os quiser, faremos sabão deles!"

"*What?*" gritou o Governador.

"Faremos sabão deles" disseram os populares com voz doce, e se foram.

"E ferveram de verdade os prisioneiros para fazer sabão?" perguntou Jack empalidecendo.

"Quando na América" pensou o Governador "souberem que em Nápoles, por culpa minha, se faz sabão com os prisioneiros alemães, o menos que me pode acontecer é perder o posto." E pagou duas mil liras por cada prisioneiro.

"*Wonderful!*" gritou Jack. "*Ah! Ah! Ah! Wonderful!*" Jack ria tão de coração, que todos riam somente de vê-lo.

"Mas chora!" exclamou Consuelo.

Não, Jack não chorava. As lágrimas lhe regavam o rosto, mas não chorava. Era aquele o seu modo infantil e generoso de rir.

"É uma história maravilhosa" disse Jack enxugando as lágrimas "mas crê que, se o Governador tivesse recusado comprar os prisioneiros ao preço de duas mil liras por cabeça, os napolitanos os teriam fervido de verdade para fazer sabão?"

"O sabão é raro em Nápoles" respondeu o Príncipe de Candia "mas o povo napolitano é bom."

"O povo napolitano é bom, mas por um pedaço de sabão é capaz de tudo" disse Consuelo acariciando com o dedo a borda de um cálice de cristal da Boêmia. Consuelo Caracciolo é espanhola, tem a beleza doce, da cor do mel, própria das mulheres louras, e aquele sorriso irônico, aquele frio sorriso no rosto tímido, que é boa parte da graça orgulhosa das espanholas louras. O som longo, claro, vibrante que Consuelo tirava com o dedo do cálice de cristal se difundia na sala e pouco a pouco se fazia mais forte, tomava um timbre metálico, parecia invadir o céu, vibrar longe no verde lume da lua, semelhante ao zumbido de uma hélice de aeroplano.

"Escutem" disse de repente Maria Teresa.

"Que é?" perguntou Marcello Orilia levando a mão à orelha. Marcello fora por muitos anos mestre da caça de Nápoles, e agora endossava o seu distinto *pink coat* como roupa de quarto, na sua bela casa de Chiatamone de frente para o mar. O piedoso fim de seus puros-sangues, requisitados pelo exército no início da guerra e mortos de fome e de frio na Rússia, a nostalgia dos *meetings* de caça às raposas nos Astroni, a lenta, orgulhosa decadência de Elena d'Orléans, Duquesa de Aosta, de quem era devoto havia quarenta anos e que envelhecia na sua Reggia di Capodimonte, a sua longa cabeça apoiada nos seus longos ossos como uma coruja em seu poleiro, o tinham envelhecido e abatido.

"O Anjo vem" disse Consuelo, indicando o céu com o dedo.

Enquanto as vozes dos comensais se extinguiam e todos apuravam os ouvidos para aquele zumbido de abelhas errantes no céu de Posillipo (um céu de água verde, onde uma pálida lua subia como uma medusa das transparentes profundezas marinhas), eu olhava Consuelo, e pensava nas mulheres dos pintores espanhóis, nas mulheres de Giacomo Ferrer, de Alonso Berruguete, de Giacomo Huguet, de cabelos transparentes da cor da asa das cigarras, que nas comédias de Fernando de Rojas e de Gil Vicente falam de pé, com longos e lentos gestos. Nas mulheres de El Greco, de Velásquez, de Goya, de cabelos da cor do mel frio, que nas comédias de Lope de Vega, de Calderón de la Barca, de Ramon de la Cruz falam com voz estridente, caminhando na ponta dos pés. Nas mulheres de Picasso, de cabelos da cor do *Scaferlati doux*, de olhos negros e luzentes semelhantes a sementes da melancia, que olham de viés entre as tiras de papel de jornal coladas no rosto. Também Consuelo olha de viés, o rosto apoiado no ombro, a negra pupila assomada à borda do olho, como em um peitoril. Também Consuelo tem "*los ojos graciosos*" da canção de Melibea e de Lucrecia na *Celestina*, que humilham "*los dulces árboles sombrosos*". Também Consuelo é alta, magra, de longos braços soltos, de longos dedos transparentes, como certas mulheres de El Greco, aquelas "*vertes grenouilles mortes*" de pernas abertas, de dedos separados.

La media noche es pasada
y no viene

cantarolava Consuelo acariciando com o dedo o cálice de cristal.

"Vem, Consuelo, vem, o seu enamorado" disse Maria Teresa.

"É sim, vem o meu *noivo*, o meu amante vem" disse Consuelo rindo.

Nós estávamos sentados imóveis, em silêncio, em torno da mesa, o rosto voltado para as grandes janelas. O zumbido da hélice se avizinhava, se distanciava, errando à deriva sobre as longas ondas do vento noturno. Era sem dúvida um aeroplano alemão, que vinha soltar as suas bombas sobre o porto lotado de centenas de navios americanos. Todos escutavam, um pouco pálidos, o som longo e vibrante do cristal da Boêmia, aquele zumbido de abelha errante no verde clarão lunar.

"Por que a antiaérea não dispara?" disse em voz baixa Antonino Nunziante.

"Os americanos acordam sempre tarde" respondeu em voz baixa o Barão Romano Avezzana, que durante a sua longa permanência na América, onde fora Embaixador da Itália, se persuadira de que os americanos levantam cedo de manhã, mas acordam tarde.

De repente, ouvimos uma voz longínqua, uma voz enorme, e a terra tremeu.

Levantamos da mesa e, abertas as janelas, debruçamos sobre o profundo abismo que, do lado voltado para Posillipo, se abre aos pés do escarpado Monte di Dio, no qual ergue-se o palácio dos Príncipes de Candia. Como do alto de um castelo elevado ao topo de um monte o olho discorre e explora a subjacente planície, assim o nosso olhar abarcava toda a imensa extensão de casas que, da colina de Posillipo, desce ao longo do mar até a muralha a pique do Monte di Dio. A lua expandia o seu dulcíssimo lume sobre as casas e seus jardins, dourando os peitoris das janelas e as beiradas dos terraços. As árvores, entre os muros das hortas, transbordavam daquele tenro lume, como de mel, e os pássaros, entre os ramos, dentro das sebes de lavanda, entre as luzidias folhas dos loureiros e das magnólias, haviam despertado com aquela enorme voz distante, e cantavam.

Pouco a pouco aquela voz se avizinhava, enchia o céu, semelhante a uma imensa nuvem sonora, e, quase tornando-se sensível aos olhos, fazia mais densa e turvava a claridade leve da lua. Subia dos bairros baixos ao longo do mar, se propagava de casa em casa, de rua em rua, até que se tornou um clamor, um grito, um alto pranto humano.

Afastamo-nos das janelas e penetramos na sala contígua, que dava no jardim do lado oposto do Monte di Dio, na direção do porto. Das vidraças escancaradas se divisava o abismo glauco e dourado do mar, o porto fumarento, e lá, defronte a nós, pálido, aflorando da áurea caligem da lua, o Vesúvio. Esplendia no meio do céu a lua, equilibrada sobre a espádua do Vesúvio como a ânfora de terracota sobre o úmero da carregadora de água. Longe, na orla do horizonte, vagava a ilha de Capri, de uma delicada cor de violeta, e o mar, estriado de correntes aqui brancas, ali verdes, lá púrpuras, tinha uma sonoridade argêntea naquela triste, e afetuosa, paisagem. Como em uma velha e desbotada estampa, aquele mar, aqueles montes, aquelas ilhas, aquele céu, e o Vesúvio com a alta fronte coroada de fogo, tinham na noite serena um aspecto patético e doce, aquela palidez que é própria da beleza da natureza chegada quase ao limite do sofrimento: e me doíam dentro do coração como uma pena de amor.

Consuelo estava sentada diante de mim sobre o braço de uma poltrona, perto de uma das vidraças abertas para a noite. Eu a via de perfil: o rosto louro, a áurea cabeleira, o brilho níveo do colo se dissolviam no dourado clarão lunar, assim me aparecia, com a graça imóvel e dolente que têm as estátuas sem cabeça. Estava vestida de seda cor de marfim, e aquela cor de carne tomava no reflexo da lua uma palidez opaca de antigo mármore.

Eu sentia a presença do perigo como uma presença estranha, como algo fora de mim, de profundamente diverso de mim, como um objeto que eu pudesse olhar, tocar. Agrada-me ficar desligado pelo perigo: poder estender o braço de olhos fechados e roçar o perigo, como acontece no escuro roçar com a mão um objeto frio. E já estava para estender o braço, para roçar com a minha mão a mão de Consuelo, não por outro pensamento movido senão por aquele de tocar algo estranho a mim, algo que estivesse fora de mim, quase para fazer do perigo iminente sobre nós e da minha própria perturbação um objeto, quando um estrondo horrível rasgou a noite serena.

A bomba tinha caído no beco do Pallonetto, justo além do muro que cinta o jardim. Por alguns instantes não ouvimos senão o surdo estrépito de muros desmoronando: depois um gemer sufocado, um chamar ainda incerto e esparso, um único urro, um único pranto, um correr precipitado de gente tomada de terror, um bater furioso no portão de ingresso ao palácio, e as vozes dos servos tentando dominar um clamor confuso: que pouco a pouco subia, se avizinhava, até que um grito altíssimo rompeu na contígua biblioteca. Escancaramos a porta e aparecemos na soleira.

Em pé no meio da sala, que um candelabro suportado por um servo apavorado e indignado iluminava com uma luz avermelhada, estava um bando de mulheres desgrenhadas, quase nuas em grande parte, que, estreitadas umas às outras, uivavam e gemiam ora com agudos gritos bestiais, ora com um ganido rouco e feroz. Todas tinham o rosto voltado para a porta pela qual tinham entrado, como temendo que a morte as perseguisse e entrasse por aquela porta. Não se voltaram nem mesmo quando, elevando a voz, tentamos encorajá-las e amansar o seu espanto.

Quando finalmente se voltaram, retrocedemos atônitos. Aqueles rostos eram de bestas: descarnados, exangues, coalhados de crostas e de manchas que a princípio me pareceram de sangue, e depois vi serem de terra. O olho era turvo e fixo, a boca suja de lodo. Nas testas molhadas de suor se erguiam os cabelos enfurecidos, que recaíam sobre as espáduas e sobre o peito em tufos desordenados e cerrados. Muitas, surpreendidas no sono, estavam quase nuas, e tentavam com selvagem pudor esconder o seio murcho e as ossudas espáduas com a ponta de uma coberta ou com os braços cruzados. Em emboscada no meio daquela bestial turba feminina, faces pálidas e apavoradas de crianças nos espiavam por entre as saias, com uma estranha violência no olhar fixo.

Havia sobre uma mesa um monte de jornais, que o Príncipe de Candia fez distribuir, pelos criados acorridos, àquelas infelizes, para que cobrissem as carnes nuas. Eram, aquelas mulheres, vizinhas de casa, se assim se pode dizer, do nosso anfitrião, que as chamava pelo nome como por antiga familiaridade. Encorajadas seja pela tépida luz dos candelabros, que os criados tinham enquanto isso disposto aqui e ali sobre o soco da biblioteca e sobre a mesa, seja pela nossa presença e mais pela do Príncipe de Candia, *'o signore*, como essas o chamavam, seja por se acharem naquela rica sala de paredes suavizadas pelo dourado reflexo das encadernações dos livros e pelo doce brilho dos bustos de mármore alinhados na estante da biblioteca, foram pouco a pouco acalmadas, nem mais gritavam tão selvagemente, mas gemiam, ou rezavam a meia voz, invocando a misericórdia da Virgem; até que calaram: e só de quando em quando, ao inesperado choro de uma criança, ou a um grito que se alçasse longe na noite, rompiam em um surdo gemido, não mais de besta, mas de cão ferido.

O anfitrião disse-lhes, com voz alta e breve, que se sentassem. Fez trazer cadeiras, poltronas, almofadas, e todas aquelas infelizes silenciosamente se aconchegaram, e silenciaram. O anfitrião fez distribuir vinho, desculpando-se de não poder dar-lhes pão, porque não o havia, tanto aqueles tempos eram difíceis mesmo para o senhor: e deu ordem que se preparasse o café para as crianças.

Mas quando os criados, vertido o vinho nos copos e pousados os jarros na mesa, se retiraram para o fundo da sala, atendendo às ordens dos patrões, vimos de repente com surpresa de um canto da biblioteca desembocar um homem pequeno, curvo, que, avizinhando-se da mesa, tomou com as duas mãos um daqueles jarros ainda cheios e, indo de uma mulher a outra, encheu os seus copos, até que o jarro ficou vazio. Avizinhando-se então do anfitrião, e desajeitadamente inclinando-se, disse com voz rouca: "Com vossa licença, Excelência" e, vertendo de um outro jarro um copo de vinho, o bebeu de um gole.

Nós percebemos, então, que era corcunda. Era um homem de seus cinquenta anos, calvo, de rosto longo e magro, bigodudo, com olhos negros e peludos. Alguma risada surgiu aqui e ali pela sala, uma voz o chamou pelo nome: "Gennariello!" e àquela voz, que devia ser-lhe conhecida, o corcunda se voltou, e sorriu a uma mulher não mais jovem, gorda e flácida de corpo, mas magríssima de rosto, que se avizinhava estendendo-lhe os braços. Todas lhe foram súbito em torno, e uma estendia o copo, outra tentava tomar-lhe da mão o jarro, uma outra, enfim, como invadida de sacro furor, ia lhe friccionando o flácido seio na corcunda, rindo grosseiramente e gritando: "*Vi', vi', che fortuna! Vi' che fortuna m'ha da veni!*".

O anfitrião tinha feito aceno aos criados para deixar estar, e olhava com assombro e desgosto aquela cena, que talvez em outro momento o teria feito sorrir, ou mesmo o teria divertido. Eu me achava junto a Jack, e o observei: olhava também ele a cena, mas com um olhar severo, no qual o assombro se debatia com o desdém. Consuelo e Maria Teresa estavam escondidas atrás das nossas espáduas, mais por pudor que por medo. E enquanto isso o corcunda, que todas elas conheciam, e era, como soubemos depois, um vendedor ambulante de fitas, de pentes e de cabelos postiços, que fazia todo dia o giro nos pardieiros do Pallonetto, estava aceso, não sei se de vinho ou de vontade, e tinha começado a recitar uma sua pantomima, cujo assunto parecia dever ser algum fato mitológico, as aventuras terrenas de algum deus ou a metamorfose de algum belo jovenzinho. Eu prendi a respiração, apertando forte o braço de Jack para adverti-lo que ficasse atento e para comunicar-lhe um pouco do extraordinário prazer que me dava aquela inusitada cena.

Voltou-se em princípio ao anfitrião, para inclinar-se e dizer "com licença vossa", e feitos alguns rapapés, que ele acompanhava com caretas e pequenos gritos guturais, o corcunda tinha pouco a pouco se inflamado, e corria para cá e para lá pela sala, agitando os braços, batendo as duas mãos juntas no peito e botando para fora da sua boca sons obscenos, ganidos, rotas palavras. Alongava os braços no ar, abrindo e fechando as mãos como se quisesse recolher algo que voasse, pássaro, ou nuvem, ou anjo, ou uma flor jogada de uma janela, ou uma ponta de veste fugidia: e uma primeira mulher, depois outra, depois outra ainda, os dentes cerrados, os rostos brancos, os olhos fixos, ofegando como tomadas de uma comoção irrefreável, se levantaram e foram à sua volta. E uma o golpeava com o quadril, outra tentava acariciar-lhe o rosto, outra ainda lhe agarrar com ambas as mãos a enorme corcunda, enquanto as outras mulheres, as crianças, e os mesmos criados, como assistissem a uma agradável e inocente comédia, da qual lhes fosse familiar o argumento e penetrassem o sentido oculto, riam e incitavam os comediantes a bater palmas, com palavras ásperas e truncadas, e com o menear dos membros.

Entretanto outras mulheres tinham seguido as primeiras, e agora em torno do corcunda se amontoava uma furiosa matilha de fêmeas, que, falando todas juntas, primeiro em voz baixa, depois com voz sempre mais alta e precipitada, enfim com um gritar enlouquecido que saía confusamente das suas bocas espumosas, tinham apertado o corcunda em um círculo ameaçador, e iam nele batendo não diferente do que faria uma multidão de mulheres enfurecidas contra um sátiro que tivesse atentado à honra de uma menina.

O corcunda se protegia, defendia o rosto com ambos os braços, se lançava de cabeça baixa contra o círculo que o empurrava sempre mais para perto, e dava com a fronte ora no ventre dessa, ora no seio dessa outra, sempre gritando aquelas suas palavras arrevesadas com uma fúria, um terror, um prazer que, ao fim, romperam em um grito longo, altíssimo, desesperado, e assim uivando se lançou de repente no chão, se revirou sobre o dorso disforme, como tentasse proteger a corcunda da fúria das suas perseguidoras. As quais o jogaram de costas, rasgando-lhe as vestes, desnudando-o à força, mordendo-lhe as suas carnes e tentando revirá-lo de costas, como faz o pescador quando, trazida à margem uma tartaruga, se esforça para revirá-la sobre o dorso. Súbito ouvimos um fragor horrendo, uma nuvem de poeira entrou pelas janelas, e o sopro das explosões apagou as velas.

No imprevisto silêncio não se ouvia senão o arfar rouco dos peitos e o baque que fazem os muros ruindo. Depois um uivo confuso se elevou na sala, um gemer, um suspirar forte, um chorar alto e estridente, e ao lume das velas, que os criados se apressaram a reacender, distinguimos sobre o pavimento um emaranhado de mulheres imóveis, ofegantes, os olhos arregalados, e no meio delas o corcunda todo rasgado e lívido: que, tão logo tornou a luz se levantou, escalou o emaranhado círculo de mulheres e fugiu pela porta.

"Não tenham medo, não se movam" alertava gritando o nosso anfitrião àquelas infelizes, que, aferradas às próprias crianças e apertando-as no peito, se precipitaram para a porta tomadas de terror "aonde querem ir? Fiquem aqui, não tenham medo!" enquanto os criados, em pé na soleira, erguiam os braços para deter e rechaçar aquela turba de mulheres enlouquecidas pelo susto. Mas naquele ponto se ouviu um grande tumulto na antecâmara, e um grupo de homens, trazendo nos braços uma jovenzinha que parecia desmaiada, surgiu na porta.

Como a loba nas florestas do Setentrião, perseguida pelos caçadores e pelos cães, se enfurna com o lobozinho ferido no fundo do bosque e, movida pelo instinto materno mais forte do medo, busca refúgio na casa do lenhador, e raspa a sua porta, e chama, e ao homem aterrorizado mostrando a prole ensanguentada pede com a voz e com seus atos para entrar, pôr-se a salvo no seguro calor da casa, assim aqueles infelizes buscavam fuga da morte no palácio do *signore*, mostrando-lhe da soleira o corpo ensanguentado da jovenzinha.

"Faça entrar, faça entrar" disse o nosso anfitrião aos criados, afastando com o gesto a turba das mulheres: e ajudando ele mesmo abriu caminho para aquele grupo de homens, que ele precedia na sala, volvendo os olhos em torno para achar onde depor aquela pobre jovem.

"Ponha-a aqui" disse varrendo a mesa com o braço, sem cuidar dos copos e dos jarros, que rolaram no pavimento.

Apenas depositada na mesa, a jovenzinha pareceu sem vida. Jazia inanimada, um braço abandonado ao lado, o outro apoiado levemente sobre o seio esquerdo, esmagado pelo peso de uma trave ou de um bloco. Mas aquela horrível morte não tinha deformado o rosto nem lhe tinha dado aquela expressão de espanto e, junto, de surpresa que têm os mortos recém-desenterrados dos escombros. Os olhos eram doces, a fronte serena, os lábios sorridentes. Tudo parecia frio e inerte naquele corpo sem vida, exceto o olhar e o sorriso, que eram tépidos e estranhamente vivos. Aquele cadáver, estendido sobre aquela mesa, dava à cena um tom claro e quieto, fazia da sala, daquela gente, uma paisagem plena de serenidade, dominada pela indiferença alta e simples da natureza.

O anfitrião tinha tomado o pulso da moça, e calara. E todos em torno fitavam em silêncio o rosto do *signore*, na espera não só do seu juízo, mas da sua decisão, como devesse ele só decidir, e tivesse ele só o poder, se a moça estava ainda viva ou já morta, e da sua decisão somente dependesse a sorte da infeliz jovem: tanta é na plebe de Nápoles a confiança nos *signori*, e o hábito secular de depender, para a vida e para a morte, deles.

"Deus a levou" disse finalmente o anfitrião. E àquelas palavras todos se puseram a gritar, a arrancar os cabelos, a bater-se no rosto e no peito com os punhos fechados, a invocar em alta voz o nome da morta, "Concetti'! Concetti'!" e duas feias velhas lançaram-se sobre a pobre jovem, e iam beijando-a e abraçando-a com selvagem fúria, a cada tanto sacudindo-a como para despertá-la, e gritavam: "*Scètate, Concetti'! Oh, scètate, Concetti'!*". Aquele grito era tão pleno de raivosa reprovação, de furor desesperado, e tão ameaçador, que eu esperava ver as duas velhas baterem na morta.

"Tirem-na dali" disse o nosso anfitrião aos criados: que arrancaram com força bruta as duas velhas do corpo da infeliz jovem, e afastaram as outras mulheres com uma violência que me teria indignado se não fosse piedosa, docemente soergueram a pobre morta e com uma estranha delicadeza a transportaram para a sala de almoço, depondo-a estendida sobre a antiga renda da Sicília que recobria a imensa mesa.

A jovenzinha estava quase nua, como estão os cadáveres desenterrados dos escombros de um bombardeio. E o anfitrião, soerguendo as pontas da preciosa toalha, cobriu aquelas nuas carnes. Mas a mão de Consuelo pousou-lhe no braço, e Consuelo disse: "Vá, deixe-nos fazer isso, é coisa de mulheres". Todos saímos com o anfitrião da sala de almoço, onde ficaram somente Consuelo, Maria Teresa e algumas daquelas mulheres, talvez parentes da pobre morta.

Sentados na sala que dá para o jardim, no escuro, olhávamos o Vesúvio e a argêntea extensão do mar, onde o vento levantava as douradas escamas da lua, fazendo-as cintilar como escamas de peixe. Um odor forte de mar, que se mesclava ao hálito claro e fresco do jardim perfumado pelo úmido sono das flores e pelo frêmito da erva noturna, entrava pelas vidraças escancaradas. Era um odor vermelho e quente, lembrando alga e caranguejo, que no ar frio, já percorrido pelos lânguidos arrepios da primavera iminente, suscita a imagem de uma tenda escarlate ondulante ao vento. Uma nuvem de pálido verde se alçava lá ao fundo da montanha de Agerola. Eu pensava nas laranjas que o pressentimento da primavera fazia já maduras nos jardins de Sorrento, e me parecia ouvir um solitário canto de marinheiro vagar triste no mar.

Era já quase a aurora. O ar estava tão transparente, que as verdes veias do céu ressaltavam na profundeza azul desenhando estranhos arabescos semelhantes às nervuras de uma folha. Todo o céu tremia na brisa matutina como uma folha: o canto dos pássaros nos jardins subjacentes e aquele frêmito que o pressentimento do dia difunde nas árvores faziam uma música doce e triste. A aurora surgia não tanto do horizonte, mas do fundo do mar, como um enorme caranguejo rosa, entre as selvas de coral purpúreas semelhantes aos cornos de um bando de cervos errantes nos profundos pastos marinhos. O golfo, entre Sorrento e Ischia, era como uma rósea concha aberta: Capri longe, pálida pedra nua, mandava um morto brilho de pérola.

O odor vermelho do mar era pleno de mil leves sussurros, do pipilar de pássaros, do ruflar de asas, uma erva de verde ácido despontava sobre as ondas de vidro. Uma nuvem branca se alçava da cratera do Vesúvio, subia ao céu como um grande veleiro. A cidade estava ainda envolta na negra névoa da noite: mas já fracas luzes se acendiam aqui e ali no fundo dos becos. Eram os lumes das imagens sacras que, proibidas durante a noite pela ameaça dos bombardeios, os fiéis reacendem ao despontar do dia nos tabernáculos: e as estátuas de cera e de papel machê pintadas, figurando as almas do Purgatório, imersas em um maço de chamas como em um maço de flores vermelhas, se acendem de improviso aos pés da Virgem vestida de azul. A lua, então declinante, expandia sobre os telhados, onde ainda persiste o fumo das explosões, o seu pálido silêncio. Fora do Vicolo di Santa Maria Egiziaca saía um pequeno cortejo de meninas vestidas de cândidos véus, um rosário envolto em torno do pulso, um livrinho negro entre as mãos enluvadas de branco. De um jipe parado diante de uma Pro Station dois negros seguiam com os grandes olhos brancos o cortejo das comungantes. A Virgem, no fundo dos tabernáculos, esplêndida como uma gota de céu azul.

Uma estrela atravessou o firmamento, se extinguiu nas ondas entre Capri e Ischia. Era o mês de março, a doce estação na qual as laranjas muito maduras, quase podres, começam a cair dos ramos com um baque macio, como as estrelas dos altos jardins do céu. Eu olhava o Vesúvio, todo verde no clarão da lua: e um sutil horror me invadia pouco a pouco. Não tinha nunca visto o Vesúvio de uma cor tão estranha: estava verde como a face desfeita de um morto. E me olhava.

"Vamos ver o que faz Consuelo" disse o nosso anfitrião depois de longo silêncio.

Nós assomamos à porta, e uma cena extraordinária se ofereceu aos nossos olhos. A jovenzinha jazia toda nua: e Maria Teresa a ia lavando e enxugando, ajudada por algumas daquelas mulheres que lhe estendiam a tigela de água tépida, a garrafa de Água de Colônia, a esponja, as toalhinhas, enquanto Consuelo, erguendo a cabeça com uma mão, penteia com a outra os longos cabelos negros. Nós contemplamos da soleira aquela cena doce e viva: a luz dourada dos candelabros, o reflexo azul dos espelhos, o delicado brilho das porcelanas e dos cristais, e aquelas verdes paisagens pintadas nas paredes, aqueles longínquos castelos, aqueles bosques, aqueles rios, aqueles prados, onde cavaleiros cobertos de ferro, encimados por ondulantes e longas plumas vermelhas e turquesas, galopavam um contra o outro, alçando as cintilantes espadas, como os heróis e as heroínas de Tasso nas pinturas de Salvator Rosa, davam àquela cena a aura patética de um episódio de Jerusalém libertada. A jovenzinha morta estendida nua sobre a mesa era Clorinda, e aquelas eram as exéquias de Clorinda.

Todos em torno calaram, se ouvia somente o gemer submisso da turba maltrapilha e desgrenhada de mulheres chegadas à porta da biblioteca e o choro de uma criança, que talvez não chorasse de medo, mas de surpresa, perturbada por aquela cena doce e triste, pelo tépido lume de velas, pelos gestos misteriosos daquelas duas jovens e belíssimas mulheres ricamente vestidas, curvadas sobre aquele cadáver branco e nu.

Em um instante Consuelo descalçou os sapatinhos de seda, as meias e, com gestos rápidos e leves, os calçou na morta. Depois tirou a jaqueta de cetim, a saia, as vestes íntimas. Despojava-se lentamente, tinha o rosto lindíssimo, os olhos iluminados por um estranho, fixo brilho. As mulheres associadas à porta uma a uma entravam, juntavam as mãos, e rindo e chorando, os rostos radiantes de surpreendente alegria, contemplavam a jovenzinha estendida sobre seu rico leito de morte, na sua esplêndida acomodação fúnebre. Vozes dolentes e ao mesmo tempo alegres se elevavam em torno, "*Oh, bella! Oh, bella!*" e outros rostos apareciam na soleira, homens, mulheres, crianças entravam, juntavam as mãos, gritavam: "*Oh, bella! Oh, bella!*". E muitos se ajoelharam rezando, como diante de uma imagem sacra ou de alguma miraculosa Madona de cera.

"*'O miracolo! 'O miracolo!*" gritou inesperada uma voz estrídula.

"*'O miracolo! 'O miracolo!*" gritaram todos movendo-se para trás, como temessem roçar com os seus miseráveis trapos o esplêndido vestido de cetim da pobre Concettina, miraculosamente transfigurada pela morte em Princesa das Fadas, em estátua da Madona. Em breve toda a plebe do Beco do Pallonetto, chamada pela voz do milagre, aglomerou-se à porta, e um ar de festa invadiu a sala. Vieram velhas com velas acesas e rosários, entoando litanias, seguidas de mulheres e de jovens que portavam flores e toda aquela doçaria que é antigo hábito, em Nápoles, comer nos velórios fúnebres. Outras traziam vinho, outras, limões e frutas. Outras, crianças em faixas, ou aleijadas, ou doentes, para que tocassem a "miraculada".

Outras, e eram todas muitíssimo jovens, soberbas de olhos e de cabelos, o rosto pálido e ameaçador, as espáduas nuas cobertas com xales de cores violentas, circundaram a mesa, onde jazia Concettina, e entoaram aqueles antiquíssimos cantos fúnebres, com os quais o povo napolitano acompanha os seus mortos, recordando e chorando os bens da vida, o único bem, o amor, evocando os dias felizes, e as afetuosas noites, e os beijos e as carícias, e as amorosas lágrimas, e faz a despedida deles na soleira do lugar proibido. Eram cantos fúnebres, e pareciam de amor, tanto eram suavemente modulados e aquecidos por uma sensualidade triste e resignada.

Aquela multidão festivamente chorosa se movia na sala como em uma praça de algum bairro popular de Nápoles em dia de festa, ou de luto: e ninguém, nem mesmo as jovens cantoras, embora fizessem círculo em torno dela e a tocassem, parecia aperceber-se da presença de Consuelo, que, quase nua, toda branca e trêmula, estava em pé perto da morte, olhando-a fixo no rosto com um estranho olhar, não sei se de medo ou de algum misterioso sentimento. Até que Maria Teresa, amorosamente sustentando-a entre os braços, a tirasse fora da multidão.

Enquanto as duas misericordiosas mulheres, uma abraçada à outra, trêmulas e em lágrimas, subiam lentamente a escada, um grito terrível cortou a noite, e um imenso brilho de sangue iluminou o céu.

IX
A chuva de fogo

O céu, a oriente, rasgado por uma imensa ferida, sangrava, e o sangue tingia de vermelho o mar, o horizonte se desagregava, ruindo em um abismo de fogo. Chocada por profundos solavancos, a terra tremia, as casas oscilavam sobre as fundações, e já se ouviam os baques surdos das telhas e dos entulhos que, destacando-se dos telhados e das cornijas dos terraços, precipitavam sobre o lastro das ruas, sinais premonitórios de uma universal ruína. Um rangido horrendo corria no ar, como de ossos quebrados, esmagados. E sobre aquele alto estrépito, sobre os prantos, sobre os urros de terror do povo, que corria para cá e para lá tateando pelas vias como cego, se alçava, cortando o céu, um terrível grito.

O Vesúvio urrava na noite, cuspindo sangue e fogo. Do dia que viu a última ruína de Herculano e de Pompeia, sepultadas vivas na tumba de cinzas e de pedras, não fora nunca ouvida no céu uma tão horrenda voz. Uma gigantesca árvore de fogo subia altíssima fora da boca do vulcão: era uma imensa, maravilhosa coluna de fumo e de chamas, que afundava no firmamento até tocar os pálidos astros. Ao longo dos flancos do Vesúvio, rios de lava desciam para os vilarejos esparsos no verde dos vinhedos. O brilho sanguíneo da lava incandescente era tão vivo, que, por um imenso espaço em torno, os montes e a planície eram percorridos com incrível violência. Bosques, rios, casas, prados, campos, sendas apareciam nítidos e precisos, como nunca acontece de dia: e a lembrança do sol era já longínqua e desmaiada.

Viam-se os montes de Agerola e as cristas do Avellino dividirem-se de repente, desvelando os segredos dos seus verdes vales, de suas selvas. E embora a distância entre o Vesúvio e o Monte di Dio, do alto do qual contemplávamos, mudos de horror, aquele maravilhoso espetáculo, fosse de muitos quilômetros, o nosso olho, explorando e perscrutando a campanha vesuviana, pouco antes quieta sob a lua, divisava, como aproximados e ampliados por uma forte lente, homens, mulheres, animais fugirem pelos vinhedos, pelos campos, pelos bosques, ou errarem entre as casas dos vilarejos, que as chamas já lambiam por toda parte. E não só capturava os gestos, as atitudes, mas discernia até os hirtos cabelos, as desgrenhadas barbas, os olhos fixos e as bocas escancaradas. Parecia até mesmo ouvir o ronco sibilo que irrompia dos peitos.

O aspecto do mar era talvez mais horrível do que o aspecto da terra. Até onde chegava o olhar, parecia não mais que uma dura e lívida costa, toda pontuada de buracos semelhantes aos sinais de alguma monstruosa varíola: e sob aquela imóvel crosta se adivinhava a urgência de uma extraordinária força, de um furor a custo retido, como que o mar ameaçasse soerguer-se da profundeza, romper o seu duro casco de tartaruga, para fazer guerra à terra e apagar os seus horrendos furores. Diante de Portici, de Torre del Greco, de Torre Annunziata, de Castellammare, se divisavam barcos afastarem-se em grande pressa da perigosa margem, com a única, desesperada ajuda dos remos, pois o vento, que sobre a terra soprava com violência, sobre o mar caía como um pássaro morto, e outras barcas corridas de Sorrento, de Meta, de Capri, para trazer socorro aos desventurados habitantes dos povoados marinhos, isolados pela fúria do fogo. Torrentes de lama desciam lentas para baixo dos flancos do Monte Somma, envolvendo-se em si mesmas como negras serpentes, e onde as torrentes de lama encontravam os rios de lava, as altas nuvens de vapor purpúreo se erguiam, e um sibilo horrendo chegava acima de nós, qual o estridor do ferro ardente imerso na água.

Uma imensa nuvem negra, semelhante ao saco da sépia (e *seccia* é chamada justo tal nuvem), recheada de cinzas e de lapílis ardentes, ia se arrancando com custo do cume do Vesúvio e, impelida pelo vento, que por miraculosa sorte de Nápoles soprava de noroeste, se arrastava lentamente no céu rumo a Castellammare di Stabia. O estrépito que fazia aquela negra nuvem recheada de lapílis rolando no céu era semelhante ao rangido de um carro carregado de pedras, que se mete por uma estrada convulsionada. De tanto em tanto, de algum rasgo da nuvem, se descarregava sobre a terra e sobre o mar um dilúvio de lapílis, que caíam sobre os campos e sobre a dura crosta das ondas com o fragor exato de um carro de pedras que descarrega a sua carga: e os lapílis, tocando o terreno e a dura crosta marinha, erguiam halos de pó avermelhado, que se expandia no céu obscurecendo os astros. O Vesúvio gritava terrivelmente nas trevas vermelhas daquela espantosa noite, e um pranto desesperado se elevava da infeliz cidade.

Eu apertava o braço de Jack, e o sentia tremer. De rosto pálido, Jack contemplava aquele infernal espetáculo, o horror, o espanto, a maravilha se confundiam nos seus olhos arregalados. "Vamos" lhe disse, trazendo-o pelo braço. Saímos e, pelo Vicolo di Santa Maria Egiziaca, fomos para a Piazza Reale. Os muros daquele estreito beco estavam percorridos por tal furor de luzes vermelhas, que caminhávamos como cegos, tateando. De todas as janelas, gente desnuda jorrava agitando os braços, com altos gritos e prantos estrídulos chamando-se uns aos outros, e aqueles que fugiam pelas ruas erguiam o rosto gritando também e chorando, sem parar nem ralentar a precipitada fuga. Por toda parte gente de aspecto miserável e feroz, uns vestidos de trapos, outros nus, acorria portando velas e tochas para as Madonas e os Santos dos tabernáculos, ou ajoelhada na calçada invocava em alta voz a ajuda da Virgem e de San Gennaro, batendo no peito e lacerando-se no rosto com selvagens lágrimas.

Como acontece em um grande e desesperado perigo, que uma imagem sacra, ou o débil clarão de uma vela em um tabernáculo, chama de repente ao coração a recordação de uma fé há tanto tempo negligenciada e reacende esperanças, arrependimentos, temores e a confiança há tempo negada, ou esquecida, em Deus, e o homem que tinha esquecido Deus para e, atônito, comovido, contempla a sacra imagem e o coração lhe treme, todo aceso de amor, assim aconteceu com Jack. Parou de repente diante de um tabernáculo e cobriu o rosto com as mãos, gritando: "*Oh, Lord! Oh, my Lord!*".

Àquele grito respondeu do fundo do tabernáculo um piado, como de passarinhos. E ouvimos um débil bater de asas, um frêmito como de pássaros em um ninho. Jack recuou espantado. "Não tenha medo, Jack" disse apertando-lhe o braço "são os pássaros da Madona." Naqueles terríveis anos, tão logo as sirenes de alarme anunciavam avizinhar-se os bombardeiros inimigos, todos os pobres passarinhos de Nápoles iam refugiar-se nos tabernáculos. Eram pardais, eram andorinhas, de plumas arrepiadas, de redondos olhos luzentes sob a pálpebra branca. Escondiam-se no fundo dos tabernáculos como em um ninho, estreitados um ao outro e tremendo, entre as estátuas de cera e de papel machê das almas do Purgatório. "Creia que os tenha espantado?" perguntou-me Jack em voz baixa. E nos afastamos na ponta dos pés, para não espantar os passarinhos da Madona.

Velhos quase nus, das canelas descarnadas e esbranquiçadas, caminhavam segurando-se aos muros, a fronte envolta de cândidos cabelos arrepiados pelo vento do medo, e vinham gritando muitas palavras, que me pareciam latinas, e talvez fossem mágicas fórmulas rituais de maldição, ou de exortação a arrepender-se, a confessar em alta voz os próprios pecados, a preparar-se cristãmente para a morte. Bandos de mulheres do povo de face alterada prosseguiam em fúria, quase correndo, apertadas umas às outras como guerreiros em assalto a uma fortaleza, e correndo gritavam, para aquela gente que gesticulava e chorava nas janelas, insultos obscenos e ameaças, exortando-a a se arrepender das comuns infâmias, pois que era finalmente chegado o dia do juízo, e o castigo de Deus não pouparia nem mulheres, nem velhos, nem crianças. Àqueles insultos e àquelas ameaças a gente das janelas respondia com altos prantos, com injúrias atrozes e imprecações nefandas, às quais da rua a multidão fazia eco com gemidos e gritos, estendendo os punhos ao céu e soluçando horrivelmente.

Tínhamos da Piazza Reale subido a Santa Teresella degli Spagnoli: e à medida que descíamos para a Toledo, crescia o tumulto, mais frequentes se faziam as cenas de medo, de furor e de piedade, e mais orgulhoso e ameaçador o aspecto do povo. Perto da Piazza delle Carrette, diante de um bordel famoso pela sua clientela negra, uma multidão de mulheres enfurecidas gritava e socava, tentando abater a porta que as meretrizes tinham embarricado em grande fúria. Até que a multidão irrompeu na casa, e saiu arrastando pelos cabelos desnudas putas e soldados negros ensanguentados e aterrorizados, a quem a visão do céu em chamas, das nuvens de lapílis suspensas sobre o mar e do Vesúvio envolto em seu horrendo sudário de fogo, fazia humildes como crianças apavoradas. O assalto aos bordéis se acompanhava daqueles aos fornos e aos açougues. O povo, como sempre, ao seu cego furor mesclava a sua antiga fome. Mas o fundo daquele furor fanático não era a fome: era o medo, que se tornava em ira social, em ânsia de vingança, em ódio de si mesmo e dos outros. Como sempre, a plebe atribuía àquele desmesurado flagelo um significado de punição celeste, via na ira do Vesúvio a cólera da Virgem, dos Santos, dos Deuses do Olimpo cristão, carrancudo contra os pecados, a corrupção, os vícios dos homens. E junto com o arrependimento, com a dolorosa ânsia de expiar, com a ávida esperança de ver punidos os malvados, com a ingênua confiança na justiça por tão cruel e injusta natureza, junto com a vergonha da própria miséria, de que o povo tem uma triste consciência, despertava na plebe, como sempre, o vil sentimento da impunidade, origem de tantos atos nefandos, e a miserável persuasão que em tão grande ruína, em tão imenso tumulto, tudo seja lícito e justo. Desse modo se viram naqueles dias cumprir atos torpes e belíssimos, com cega fúria ou com fria razão, quase com um maravilhoso desespero: tanto podem, nas almas simples, o medo e a vergonha dos próprios pecados.

E tal era também o fundo dos meus sentimentos, e dos de Jack, defronte a tão inumano flagelo. Não mais somente na amizade, no afeto, na piedade dos vencidos e dos vencedores éramos ligados um ao outro: mas também naquele medo, e naquela vergonha. Jack estava humilhado e perturbado defronte ao horrendo convulsionamento da natureza. E como ele todos aqueles soldados americanos, pouco antes tão seguros de si mesmos e desdenhosos, orgulhosos da sua qualidade de homens livres, que então fugiam para cá e para lá na multidão, abrindo passagem com a fúria dos punhos e dos cotovelos, e revelavam a desordem da alma na desordem do uniforme e dos atos; e uns corriam mudos com a face perturbada, outros cobriam os olhos com as mãos gemendo, alguns em bandos rixosos, outros solitários, e todos espreitando em torno como cães perseguidos.

No labirinto dos becos que descem até Toledo e Chiaia, o tumulto se fazia a cada passo mais denso e furioso: porque advém das comoções populares como no corpo humano das comoções do sangue, que em uma mesma parte tende a recolher-se e a fazer violência, ora no coração, ora no cérebro, ora nessa ou naquela víscera. Dos mais distantes bairros da cidade o povo descia a recolher-se naqueles que desde os mais antigos tempos são reputados os lugares sacros de Nápoles: na Piazza Reale, em torno dos Tribunali, do Maschio Angioino, do Duomo, onde é custodiado o milagroso sangue de San Gennaro. Lá o tumulto era imenso, e tomava às vezes o aspecto de uma rebelião. Os soldados americanos, confusos naquela espantosa multidão que os levava ora para cá ora para lá na sua rapina, virando-os e batendo-lhes, tal a tempestade infernal de Dante, pareciam também eles invadidos por um terror e por um furor antigos. Tinham o rosto sujo de suor e de cinzas, os uniformes em farrapos. Então humilhados homens também eles, não mais homens livres, não mais orgulhosos vencedores mas miseráveis vencidos, em poder da cega fúria da natureza; também eles incinerados até o fundo da alma pelo fogo que queimava o céu e a terra.

De quando em quando um sombrio, sufocado estrondo, propagando-se pelas misteriosas profundezas da terra, sacudia o pavimento sob os nossos pés, fazia estremecer as casas. Uma voz rouca, profunda saía gargalhando dos poços, das bocas dos esgotos. As fontes sopravam vapores sulfurosos, ou ejetavam jorros de lava fervente. Aquele subterrâneo estrondo, aquela profunda voz, aquela lama fervente desentocavam das vísceras da terra a miserável plebe que naqueles dolorosos anos, para subtrair-se aos impiedosos bombardeios, tinha-se enfurnado para viver nos meandros do antigo aqueduto angevino, escavado no subsolo de Nápoles, dizem os arqueólogos, desde os primeiros habitantes da cidade, que foram gregos, ou fenícios, ou pelágicos, aqueles homens misteriosos vindos do mar. Do aqueduto angevino, e da sua estranha população, fala já Boccaccio na novela de Andreuccio da Perugia. Desembocavam aqueles infelizes do seu sujo inferno, fora dos escuros antros, dos túneis, dos poços, das bocas dos esgotos, trazendo sobre as espáduas os míseros pertences, ou, novos Enéas, o velho pai, ou os tenros filhos, ou o "pecuriello", o cordeiro pascal, que nos dias da Páscoa (eram a propósito os dias da Semana Santa) alegra até a mais esquálida casa napolitana, e é sacro, porque é a imagem de Cristo.

Aquela "ressurreição", a que a coincidência da Páscoa dava um sentido atroz, o ressurgir do sepulcro daqueles bandos maltrapilhos, era sinal seguro de grave e iminente perigo. Porque isso que não podiam nem a fome, nem a cólera, nem o terremoto, que é, por antiga crença, a ruína dos palácios e dos pardieiros, mas respeita as grutas e os túneis escavados sob as fundações de Nápoles, podiam os rios de lama fervente com que o maligno Vesúvio se aprazia em expulsar dos esgotos, como ratos, aqueles pobrezinhos.

Aquelas turbas de larvas sujas de lama, que desembocavam de toda parte do subsolo, aquela multidão que, semelhante a um rio na cheia, precipitava espumando rumo à cidade baixa, e as rixas, os uivos, as lágrimas, as blasfêmias, os cantos, os medos e as fugas repentinas, as lutas ferozes em torno de um tabernáculo, de uma fonte, de uma cruz, de um forno, faziam por toda a cidade um horrendo e surpreendente tumulto, que vinha fluindo da marina, na Via Partenope, na Via Caracciolo, na Riviera di Chiaia, nas ruas e nas praças que de Granili a Mergellina se defrontam com o mar: quase que o povo, no seu desespero, somente do mar esperasse salvação, ou que as ondas apagassem as chamas que devoravam a terra, ou que a piedade miraculosa da Virgem ou de San Gennaro lhe desse o poder de caminhar sobre as águas e fugir.

Mas chegada à marina, da qual se abria o pavoroso espetáculo do Vesúvio ardente, das correntes de lava serpenteantes ao longo dos flancos do vulcão, dos vilarejos em chamas (o revérbero do enorme incêndio se expandia até a ilha de Capri, errante no horizonte, até as montanhas do Cilento brancas de neve), a multidão caía de joelhos: e à vista do mar, todo coberto de uma horrível pele manchada de verde e de amarelo como a pele de um repugnante réptil, com altos prantos, com uivos bestiais, com blasfêmias selvagens, invocava socorro ao céu. E muitos se lançavam nas ondas, esperando poder nelas pisar, e miseravelmente se afogavam, incitados pelas imprecações e pelas atrozes injúrias da plebe enfurecida e ciumenta.

Depois de muito errar desembocamos finalmente na imensa praça, dominada pelo Maschio Angioino, que se abre diante do porto. E lá, defronte a nós, todo envolto no seu manto de púrpura, nos aparece o Vesúvio. Aquele espectral César da cabeça de cão, sentado no seu trono de lavas e de cinzas, dividia o céu com a fronte coroada de chamas e, horrivelmente, ladrava. A árvore de fogo que saía da sua garganta afundava profundamente na abóbada celeste, desaparecia nos abismos superiores. Rios de sangue jorravam das suas vermelhas goelas escancaradas, e a terra, o céu, o mar tremiam.

A multidão que lotava a praça tinha rostos planos e fulgurados, crestados de sombras brancas e negras, como em uma fotografia com espocar de magnésio. Algo daquilo que de imóvel, de gelado, de cruel, há na fotografia estava naqueles olhos arregalados e fixos, naqueles vultos atentos, nas fachadas das casas, nos objetos e quase nos gestos. O brilho do fogo batia nos muros, acendia as calhas e as cornijas dos terraços: e contra o céu sanguíneo, de um tom sombrio, tendendo ao violeta, aquela gengiva vermelha que orlava os tetos contrastava com efeitos alucinantes. Bandos de pessoas arrastavam-se ao mar, desentocadas dos cem becos que de toda parte desembocam na praça, e caminhavam com o rosto voltado para o alto, para as negras nuvens, recheadas de lapílis incandescentes, que rolavam no céu a pique sobre o mar, de lapílis ardentes que sulcavam o ar turvo, guinchando, como cometas. Clamores terríveis se erguiam da praça. E de vez em quando um profundo silêncio caía sobre a multidão: rompido de quando em quando por um gemido, por um pranto, por um grito repentino, um grito solitário que súbito morria sem franja de eco, como um grito sobre o nu cume de um monte.

Lá no fundo da praça, bandos de soldados americanos faziam força contra as cancelas que fecham o porto, tentando quebrar as grossas barras de ferro. As sirenes dos navios invocavam ajuda com roucos gritos lamentosos, sobre as pontes, ao longo das amuradas, se formavam em grande fúria piquetes de marinheiros armados, lutas ferozes se acendiam nos moles e sobre as passarelas, entre os marinheiros e as turmas de soldados, enlouquecidos de terror, que assaltavam os navios para buscar fuga da ira do Vesúvio. Aqui e ali, perdidos na multidão, soldados americanos, ingleses, polacos, franceses, negros erravam atônitos e desorientados, e uns apertavam pelo braço mulheres chorosas, procurando abrir caminho na aglomeração, e parecia que as houvessem roubado, outros se deixaram arrastar pela corrente, estupefatos pela crueldade e pela novidade do enorme flagelo. Negros quase nus, como se tivessem naquela multidão reencontrado a antiga floresta, giravam no tumulto com as narinas dilatadas e vermelhas, os redondos olhos brancos ejetados da negra fronte, cercados de bandos de prostitutas seminuas também elas, ou envoltas nos sacros mantos de seda amarela, verde, escarlate dos bordéis. E alguns entoavam certas ladainhas próprias, outros gritavam palavras misteriosas com agudíssima voz, outros invocavam em cadência o nome de Deus. "*Oh, God! Oh, my God!*" gesticulando com os braços sobre aquele mar de cabeças e de faces desorientadas, e tinham os olhos fixos no céu como se espiassem, através da chuva de cinzas e de fogo, o lento voo de um anjo armado de uma espada flamejante.

Então a noite declinava, e o céu, lá embaixo no rumo de Capri e sobre as espáduas matosas dos montes de Sorrento, ternamente empalidecia. O mesmo fogo do Vesúvio perdia algum quê do seu terrível brilho, tomava transparências verdes, e as chamas se faziam róseas, quais imensas pétalas de rosa que o vento espalhava no ar. Os rios de lava, à medida que a névoa noturna cedia à incerta luz da alvorada, pareciam apagar-se, tornavam-se opacos, mudavam-se em negras serpentes: como faz o ferro ardente que, deixado na bigorna, pouco a pouco se cobre de flocos negros, no qual brilham, morrendo, centelhas azuis e verdes.

Naquela infernal paisagem, que a aurora extraía lentamente do profundo ventre da flamejante noite, tudo ainda jorrando vermelha treva como um arbusto de coral no fundo marinho (a virgem luz do dia lavava o pálido verde dos vinhedos, a antiga prata das oliveiras, o denso turquesa dos ciprestes e dos pinheiros, o ouro sensual das giestas), os negros rios de lava resplandeciam com funéreo brilho, daquele negro afogueado que têm certos crustáceos na orla do mar, castigados pelo sol, ou certas pedras escuras reavivadas pela chuva. Pouco a pouco, lá embaixo atrás de Sorrento uma mancha vermelha surgia no horizonte, lentamente dissolvendo-se no ar, e todo o céu, atravancado de amarelas nuvens sulfúreas, se tingia daquele transparente sangue. Até que inesperado o sol rompeu fora do tumulto das nuvens, e branco apareceu, semelhante à pálpebra de um pássaro moribundo.

Um imenso clamor se ergueu da praça. A multidão estendia os braços para o sol nascente, gritando: "*'O sole! 'O sole!*" como se fosse aquela a primeira vez que o sol surgia sobre Nápoles. E talvez fosse aquela verdadeiramente a primeira vez que o sol surgia sobre Nápoles fora do abismo do caos, no tumulto da criação, no fundo do mar não ainda de todo criado. E como sempre em Nápoles depois do terror, dos lutos e das lágrimas, o retorno do sol depois de tão interminável e angustiante noite mudou o horror e o pranto em alegria e em festa. Surgiram aqui e ali as primeiras palmas, as primeiras alegres vozes, os primeiros cantos, e aqueles breves gritos guturais, modulados nos antiquíssimos temas melódicos do primordial medo, do prazer, do amor, com os quais o povo napolitano exprime, ao modo dos animais, que é o modo maravilhosamente ingênuo e inocente, a alegria, o assombro e aquele feliz medo que sempre acompanha nos homens e nos animais a reencontrada alegria e o assombro de viver.

Bandos de rapazes corriam entre a multidão de um lado ao outro da praça, gritando: "*È fornuta! È fornuta!*", e aquela voz "Acabou! Acabou!" era o anúncio do fim seja do flagelo, seja da guerra. A multidão respondia: "*È fornuta! È fornuta!*", porque sempre a aparição do sol engana o povo napolitano, lhe dá a falsa esperança do fim das suas desventuras e dos seus sofrimentos. Um carro puxado por um cavalo entrou pela Via Medina, e aquele cavalo suscitou o alegre assombro da multidão, como se fosse aquele o primeiro cavalo da criação. Todos gritavam "*'U bi! 'U bi!* 'O cavalo! 'O cavalo!". E eis que de todo lado, como por encanto, ergueram-se as vozes dos vendedores ambulantes que ofereciam imagens sacras, e rosários, e amuletos, e ossos de morto, e cartões figurando cenas de antigas erupções do Vesúvio, e estatuetas de San Gennaro, que parou com um gesto a inundação de lava às portas de Nápoles.

De repente se ouviu altíssimo no céu um ronco de motores, e todos ergueram os olhos.

Uma esquadrilha de caças americanos tinha levantado voo do campo de Capodichino e se arremessava contra a enorme nuvem negra, a "sépia", inchada de lapílis incandescentes, que o vento pouco a pouco empurrava em direção a Castellammare. Depois de alguns instantes se ouviu o tic toc das metralhadoras, e a horrível nuvem pareceu parar, fazendo frente ao assalto. Os caças americanos tentavam destruir a nuvem com as rajadas das suas metralhadoras, fazer precipitar a avalanche de lapílis ardentes no trecho do mar que se estende entre o Vesúvio e Castellammare, para tentar salvar a cidade de uma ruína certa. Era uma empresa desesperada, e a multidão suspendeu a respiração. Um profundo silêncio caiu sobre a praça.

Dos rasgos que as rajadas das metralhadoras abriram nos flancos da nuvem negra, precipitaram no mar torrentes de lapílis inflamados, erguendo altas fontes de água vermelha, e árvores de vapor verdíssimo, e cometas de cinzas ardentes, e maravilhosas rosas de fogo, que lentamente se dissolviam no ar. "'*U bi! U bi!*'" gritava a multidão batendo palmas. Mas a horrível nuvem, tangida pelo vento que soprava do setentrião, se avizinhava sempre mais de Castellammare.

De repente, um dos caças americanos, semelhante a um falcão de prata, se lançou fulminante contra a "sépia", rasgou-a com os bicos, penetrou no rasgo e, com um choque horrendo, explodiu dentro da nuvem: que se abriu como uma imensa rosa negra e se precipitou no mar.

O sol então estava alto. O ar se fazia pouco a pouco mais denso, um véu de cinzas escurecia o céu e sobre a fronte do Vesúvio se condensava um halo cor de sangue, rompido por verdes relâmpagos. O trovão grunhiu remoto, atrás do negro muro do horizonte, riscado por amarelos raios.

Nas ruas em torno do Grande Quartel General Aliado a aglomeração era tal, que devíamos abrir passagem com violência. A multidão, amontoada diante da sede do GQG esperava muda um sinal de esperança. Mas as notícias das regiões golpeadas pelo flagelo se faziam de hora em hora mais graves. As casas dos vilarejos no entorno de Salerno desmoronaram sob a chuva de lapílis. Uma tempestade de cinzas se enfurecia havia algumas horas sobre a ilha de Capri, e ameaçava sepultar os vilarejos entre Pompeia e Castellammare.

À tarde o General Cork pediu a Jack que fosse para a zona de Pompeia, onde maior era o perigo. A pista da autoestrada estava coberta de um espesso tapete de cinzas, sobre o qual as rodas do nosso jipe giravam com um chiar doce de seda. Um estranho silêncio estava no ar, rompido de vez em quando pelos rumores do Vesúvio. Surpreendeu-me o contraste entre o movimento e o gritar dos homens e a muda imobilidade dos animais, que, parados sob a chuva de cinzas, olhavam em torno com olhos cheios de um doloroso assombro.

Atravessamos de vez em quando amarelas nuvens de vapor sulfúreo. Filas de carros americanos subiam lentamente a autoestrada, levando socorro de víveres, de remédios e de roupas para as desgraçadas populações do Vesúvio. Uma treva verde envolvia a funérea campanha. Apenas passada Herculano uma chuva de lama quente nos açoitou o rosto por um longo trecho. A pico sobre nós, o Vesúvio rosnava ameaçador, vomitando altas fontes de pedras ardentes, que recaíam sobre a terra guinchando. Pouco antes de Torre del Greco nos surpreendeu uma repentina chuva de lapílis. Nós nos abrigamos atrás do muro de uma casa, perto da marina. O mar estava de uma maravilhosa cor verde, parecia uma tartaruga de cobre antigo. Um veleiro sulcava lentamente a dura crosta do mar, onde a chuva de lapílis saltava com um crepitar sonoro.

No lugar onde estávamos se estendia, abrigado por uma alta rocha que o protegia do vento, um pequeno prado, pontuado de arbustos de rosmarino e de giestas floridas. A relva era de um verde muitíssimo ácido, um verde cru e luzente, de um brilho tão vivo, tão inesperado, tão novo, que parecia naquele instante criado: um verde ainda virgem, surpreendido no momento da sua criação, nos primeiros instantes da criação do mundo. Aquela relva descia até quase tocar o mar: que, por contraste, parecia de um verde já esgotado, como se o mar pertencesse a um mundo já antigo, em remoto tempo criado.

Em torno de nós a campanha, sepultada sob as cinzas, era aqui e ali queimada e convulsionada pela louca violência da natureza, por aquele recorrente caos. Grupos de soldados americanos, o rosto fechado dentro de máscaras de borracha e de cobre semelhantes a capacetes de antigos guerreiros, iam vagando pela campanha, e levavam macas, recolhiam feridos, conduziam grupos de mulheres e de crianças para uma fila de carros parada na autoestrada. Alguns mortos estavam estendidos na margem da estrada, perto de uma casa desmoronada: tinham o rosto cimentado dentro uma casca de cinza branca e dura, tal que parecia haver um ovo no lugar da cabeça. Eram mortos ainda informes, não de todo criados, os primeiros mortos da criação.

Os lamentos dos feridos vinham até nós de uma zona posta para lá do amor, para lá da piedade, para lá da fronteira entre o caos e a natureza já composta na ordem divina da criação: eram a expressão de um sentimento não ainda conhecido pelos homens, de uma dor não ainda sofrida pelos seres viventes para ela criados, eram a profecia do sofrimento, que vinha até nós de um mundo ainda em gestação, ainda imerso no tumulto do caos.

E ali, naquele breve mundo de relva verde, apenas saído do caos, ainda fresco do trabalho da criação, ainda virgem, um grupo de homens escapados do flagelo dormiam estendidos de costas, o rosto voltado para o céu. Tinham rostos belíssimos, da pele não conspurcada pela cinza e pela lama, mas clara, como que lavada pela luz: eram rostos novos, apenas modelados, da fronte alta e nobre, dos lábios puros. Estavam estendidos no sono, sobre aquela relva verde, como homens escapados do dilúvio sobre o cume do primeiro monte emerso das águas.

Uma moça, em pé na margem arenosa, lá onde a relva verde morria nas ondas, se penteava olhando o mar. Olhava o mar como uma mulher se mira em um espelho. Daquela relva nova, apenas criada, ela nova na vida, ela apenas nascida, se mirava no antigo espelho da criação com um sorriso de feliz assombro, e o reflexo do mar antigo tingia de um verde esgotado os seus longos, macios cabelos, a sua pele lisa e branca, as suas mãos pequenas e fortes. Penteava-se lentamente, e o seu gesto era já de amor. Uma mulher vestida de vermelho, sentada sob uma árvore, amamentava a sua criança. E o seio, projetado fora do corpete vermelho, era branquíssimo, resplandecia como o primeiro fruto de uma árvore apenas surgido da terra, como o seio da primeira mulher da criação. Um cão, aconchegado perto dos homens adormecidos, seguia com os olhos os gestos lentos e serenos da mulher. Algumas ovelhas pastavam a relva, e de vez em quando erguiam a testa, olhando o mar verde. Aqueles homens, aquelas mulheres, aqueles animais estavam vivos, estavam salvos. Lavados dos seus pecados. Já absolvidos da covardia, da miséria, da fome, dos vícios e dos delitos dos homens. Tinham já descontado a morte, e a descida ao inferno, e a ressurreição.

Éramos também nós, Jack e eu, escapados do caos, seres viventes apenas criados, apenas chamados à vida, apenas ressuscitados da morte. A voz do Vesúvio, aquele alto e rouco latido, chegava ameaçadora até nós fora da nuvem de sangue que envolvia a fronte do monstro. Vinha até nós através das trevas sanguíneas, através da chuva de fogo: uma voz desapiedada, implacável. Era a mesma voz da convulsionada e malvada natureza, a mesma voz do caos. Estávamos na fronteira entre o caos e o criado, estávamos na margem da "*bonté, ce continent enorme*", na primeira ponta do mundo apenas criado. E a terrível voz que chegava até nós através da chuva de fogo, aquele alto e rouco latido, era a voz do caos que se rebelava contra as leis divinas da criação, que mordia a mão do Criador.

De repente o Vesúvio lançou um terrível grito. O grupo de soldados americanos, reunidos perto dos carros parados na autoestrada, se retraiu perplexo, se debandou, e muitos, invadidos de terror, fugiram para cá e para lá rumo à beira do mar. Também Jack recuou alguns passos, se voltou para trás. Eu o agarrei por um braço: "Não tenha medo" lhe disse "olhe aqueles homens, Jack".

Jack voltou o rosto, olhou os homens estendidos no sono, a moça que se penteava mirando-se no espelho do mar, a mulher que amamentava a sua criança. Eu teria querido dizer-lhe: "Deus acaba de criá-los, contudo são os seres mais antigos da terra. Aquele é Adão e aquela é Eva, recém-paridos do caos, recém-subidos do inferno, recém-ressuscitados do sepulcro. Olhe-os, são recém-nascidos, e já sofreram todos os pecados do mundo. Todos os homens, em Nápoles, na Itália, na Europa, são como aqueles homens. São imortais. Nascem na dor, morrem na dor, e ressurgem puros. São os Cordeiros de Deus, trazem nos seus ombros todos os pecados e toda a dor do mundo".

Mas me calei. E Jack me olhou, e sorriu.

Voltamos na tarde tempestuosa, sob a chuva de fogo. Rumo a Portici reencontramos o verde antigo da relva e das folhas, os antigos brotos das árvores, o antigo jogo da luz nos vidros das janelas. Eu pensava na gentileza daqueles soldados estrangeiros curvos sobre os feridos e sobre os mortos, na sua comovida e atônita piedade. Pensava naqueles homens estendidos no sono sobre a margem do caos, na sua eternidade. Jack estava pálido, e sorria. Voltei para olhar o Vesúvio, aquele monstro horrendo da cabeça de cão, que latia no fundo do horizonte, entre o fumo e as chamas, e disse em voz baixa: "Piedade, piedade. Piedade também para você".

X
A bandeira

Ameaçado na retaguarda pela ira do Vesúvio, o exército americano, há tantos meses parado diante de Cassino, finalmente se moveu: jogou-se adiante, rompeu o fronte de Cassino e, se espalhando no Lácio, se aproximou de Roma.

Estendidos na relva na borda da antiga cratera extinta do lago de Albano, semelhante a uma bacia de cobre cheia de água negra, olhamos Roma lá embaixo, no fundo da planície, onde preguiçoso dormia ao sol o *flavus Tiber*. Esparsos disparos ressoavam secos no vento tépido. A cúpula de São Pedro balançava no horizonte sob um imenso castelo de nuvens brancas, que o sol feria com as suas flechas de ouro. Eu pensei, corando, em Apolo e nas suas flechas de ouro. Longe, fora de uma névoa azul, surgia o níveo Soratte. O verso de Horácio me subiu aos lábios, e corei. E disse em voz baixa: "Roma cara". Jack me olhou, e sorriu.

Do alto dos bosques de Castel Gandolfo, onde Jack e eu, deixada de manhã a coluna do General Cork, tínhamos alcançado a Divisão Marroquina do General Guillaume, Roma, golpeada pelo reflexo ofuscante do sol nas nuvens brancas, aparecia com um lívido candor de gesso: semelhante àquelas cidades de pedra clara que aparecem no fundo do horizonte nas paisagens da Ilíada.

As cúpulas, as torres, os campanários, a geometria rigorosa das casas dos bairros novos, que de San Giovanni in Laterano descem no verde vale da Ninfa Egéria, para as tumbas dos Barberini, pareciam feitos de uma dura matéria branca, veiada de sombras azuis. Negros corvos se alçaram das vermelhas tumbas da Via Appia. Eu pensei nas águias dos Césares, e corei. Esforcei-me para não pensar na Deusa Roma sentada no Capitólio, nas colunas do Fórum, na púrpura dos Césares. "*The glory that was Rome*" disse comigo, corando. Naquele dia, naquele momento, naquele lugar, não queria pensar na eternidade de Roma. Agradava-me pensar em Roma como em uma cidade mortal, povoada de homens mortais.

Tudo parecia imóvel e sem respiração naquela parada luz ofuscante. O sol estava já alto, começava a fazer calor, uma branca névoa transparente velava a imensa planície vermelha e amarela do Lácio onde o Tibre e o Aniene se enlaçavam como duas serpentes no amor. Nos prados ao longo da Via Appia se viam galopar cavalos desatrelados, como em uma tela de Pussino ou de Claude Lorrain, e remota no horizonte lampejar às vezes a verde pálpebra do mar.

Os *goumiers* do General Guillaume estavam acampados na selva de cinéreas e oliveiras e de escuras azinheiras, que dos flancos do Monte Cave desce docemente para morrer no verde claro dos vinhedos e no ouro do trigo. A vila papal de Castel Gandolfo surgia abaixo de nós, na alta costa íngreme do lago de Albano. Sentados à sombra das oliveiras e das azinheiras, com as pernas cruzadas, os fuzis atravessados sobre os joelhos, os *goumiers* miravam com olhos ávidos a multidão feminina que passeava entre as árvores no parque da vila papal, em grande parte freiras, e agricultoras dos Castelli Romani destruídos pela guerra, que o Santo Padre tinha recolhido sob a sua proteção. Um bando de pássaros cantava entre os ramos das oliveiras e das azinheiras. O ar era doce aos lábios, como aquele nome que eu ia repetindo em voz baixa: "Roma, Roma, Roma cara".

Um sorriso leve, imenso, corria como um arrepio de vento pela campanha romana: era o sorriso do Apolo de Veio, o sorriso cruel, irônico, misterioso do Apolo etrusco. Teria gostado de voltar a Roma, a minha casa, não com a boca cheia de palavras sonoras, mas com aquele sorriso nos lábios. Temia que a libertação de Roma não fosse uma festa de família, uma festa íntima, mas um dos usuais pretextos a triunfos, a declamações, a hinos. Esforçava-me para pensar em Roma não como uma imensa fossa comum, onde os ossos dos Deuses e dos homens jaziam na desordem entre as ruínas dos templos e dos Fóruns, mas como uma cidade humana, uma cidade de homens simples e mortais, onde tudo é humano, onde a miséria e a humilhação dos Deuses não aviltam a grandeza do homem, não dão à liberdade humana o valor de uma herança traída, de uma glória usurpada e corrompida.

A última recordação que tinha de Roma era a de uma fétida cela da prisão de Regina Coeli. E então, aquele meu retorno à casa em um dia de vitória (vitória estrangeira, sob armas estrangeiras, no Lácio percorrido e devastado por exércitos estrangeiros) me reconduzia a pensamentos, a afetos simples e francos. Mas já ouvia ressoar no ouvido o estrépito das trompas e dos címbalos, as orações de Cícero e os cantos de triunfo: e estremecia.

Isso pensava, estendido na relva, mirando Roma ao longe, e chorava. Jack, estendido junto a mim, apertava uma tenra folha nos lábios, e com ela imitava a voz dos pássaros, que cantavam entre os ramos das árvores. Uma paz leve respirava no ar, na relva, nas folhas.

"Não chore" disse Jack com afetuosa reprovação "os pássaros cantam, e você chora?"

Os pássaros cantavam, e eu chorava. As palavras tão simples, tão humanas de Jack, fizeram-me corar. Aquele estrangeiro vindo de além do mar, aquele americano, aquele homem cordial, generoso, sensível, tinha encontrado no fundo do seu coração as palavras justas, as palavras verdadeiras, que eu procurava inutilmente dentro de mim, fora de mim, as únicas que convinham naquele dia, naquele momento, naquele lugar. Os pássaros cantavam, e eu chorava! Olhava Roma tremer no fundo do espelho transparente da luz, chorando: e eu estava feliz.

Naquele ínterim ouvimos ressoar no bosque vozes festivas e nos voltamos. Era o General Guillaume, acompanhado de um grupo de oficiais franceses. Tinha os cabelos cinzentos de poeira, o rosto queimado de sol, marcado pela fatiga, mas os olhos brilhantes, a voz juvenil.

"*Voilà Rome!*" disse descobrindo a cabeça.

Tinha já visto aquele gesto, tinha já visto um general francês descobrir a testa diante de Roma, nos bosques de Castel Gandolfo, nos daguerreótipos desbotados da coleção Primoli, que o velho Conde Primoli me mostrava um dia na sua biblioteca, nos quais o Marechal Oudinot, circundado de um bando de oficiais franceses de calças vermelhas, saúda Roma daquele mesmo bosque de azinheiras e de oliveiras onde estávamos naquele momento.

"*J'aurais préféré voir la Tour Eiffel, à la place de la coupole de Saint Pierre*" disse o tenente Pierre Lyautey.

O General Guillaume voltou-se rindo: "*Vous ne la voyez pas*" disse "*car elle se cache juste derrière la coupole de Saint Pierre*".

"*C'est drôle, je suis ému comme si je voyais Paris*" disse o Major Marchetti.

"*Vous ne trouvez pas*" disse Pierre Lyautey "*qu'il y a quelque chose de français, dans ce paysage?*"

"*Oui, sans doute*" disse Jack "*c'est l'air français qu'y ont mis le Poussin et Claude Lorraine.*"

"*Et Corot*" disse o General Guillaume.

"*Stendhal aussi a mis quelque chose de français dans ce paysage*" disse o Major Marchetti.

"*Aujourd'hui, pour la première fois*" disse Pierre Lyautey "*je comprends pourquoi Corot, en peignant le Pont de Narni, a fait les ombres bleues.*"

"*J'ai dans ma poche*" disse o General Guillaume, puxando um livro do bolso da jaqueta "*les Promenades dans Rome. Le Général Juin, lui, se promène avec Chateaubriand dans sa poche. Pour comprendre Rome, messieurs, je vous conseille de ne trop vous fier à Chateaubriand. Fiez-vous à Stendhal. Il est le seul français qui ait compris Rome et l'Italie. Si j'ai un reproche à lui faire, c'est de ne pas voir les couleurs du paysage. Il ne dit pas un traître mot de vos ombres bleues.*"

"*Si j'ai un reproche à lui faire*" disse Pierre Lyautey "*c'est d'aimer mieux Rome que Paris.*"

"*Stendhal n'a jamais dit une chose pareille*" disse o General Guillaume apertando os cílios.

"*En tout cas, il aime mieux Milan que Paris.*"

"*Ce n'est qu'un dépit d'amour*" disse o Major Marchetti "*Paris était une maîtresse qui ravait trompé bien des fois.*"

"*Je n'aime pas, Messieurs*" disse o General Guillaume "*vous entendre parler ainsi de Stendhal. C'est un de mes plus chers amis.*"

"*Si Stendhal était encore Consul de France à Civitavecchia*" disse o Major Marchetti "*il serait sans doute, en ce moment, parmi nous.*"

"*Stendhal aurait fait un magnifique officier des goums*" disse o General Guillaume. E voltando-se com um sorriso para Pierre Lyautey, acrescentou: "*Il vous ravirait toutes les jolies femmes qui vous attendent ce soir à Rome*".

"*Les jolies femmes qui m'attendent ce soir, ce sont les petites filles de celles qui attendaient Stendhal*" disse Pierre Lyautey, que tinha muitas amizades na sociedade feminina de Roma, e contava almoçar aquela tarde mesmo no Palazzo Colonna.

Eu escutava comovido aquelas vozes francesas, aquelas palavras francesas voarem docemente no ar verde, aquele acento rápido e leve, aquele garboso e afetuoso riso tão próprio dos franceses. E me sentia cheio de vergonha e de pudor, como se fosse culpa minha que a cúpula de São Pedro não fosse *la Tour Eiffel.* Gostaria de desculpar-me com eles, tentar persuadi-los de que não era mesmo culpa minha. Teria preferido também eu, naquele momento (porque sabia que ficariam felizes), que aquela cidade lá embaixo, no fundo do horizonte, não fosse Roma, mas Paris. E calei-me, escutando aquelas palavras francesas voarem docemente em torno por entre os ramos das árvores: fingia não perceber que aqueles duros soldados, aqueles bravos franceses estavam comovidos, que tinham os olhos brilhantes de lágrimas, e tentavam esconder a sua comoção com aquele falar ligeiro e risonho.

Permanecemos em longo silêncio, olhando a cúpula de São Pedro oscilar docemente lá ao fundo da planície.

"*Vous en avez de la veine!*" disse-me de repente o General Guillaume batendo a mão no meu ombro: e eu senti que pensava em Paris.

"Desagrada-me" disse Jack "ter de deixá-los. Mas é já tarde, e o General Cork nos espera."

"A Quinta Armada americana conquistará Roma mesmo sem vocês... e sem nós" disse o General Guillaume com uma ponta de dolorosa ironia na voz. E mudando de tom, com um sorriso triste e ao mesmo tempo zombeteiro, acrescentou: "Farão a refeição na nossa mesa, e depois os deixarei partir. A coluna do General Cork não se porá em movimento, com a permissão do Santo Padre, antes de duas ou três horas. Vamos, senhores, o *kouskous* nos espera".

Em uma breve clareira, à sombra de grandes azinheiros povoados de pássaros, estavam dispostas em fila algumas mesas, que os *goumiers* tinham tirado de alguma casa de fazenda abandonada. Acomodamo-nos à mesa, e o General Guillaume, indicando dois frades magros como lagartos e negros, que circulavam entre os marroquinos, contou que, propagada nos arredores a voz da chegada dos *goumiers*, todos os camponeses tinham fugido fazendo o sinal da cruz como se já sentissem odor de enxofre, e que um bando de frades tinha logo acorrido aos conventos vizinhos para converter os *goumiers* à religião de Cristo. O General Guillaume tinha mandado um oficial pedir aos frades que não causassem aborrecimento aos *goumiers*, mas os frades lhe haviam respondido que tinham ordem de batizar todos os marroquinos, porque o Papa não queria turcos em Roma. O Santo Padre, de fato, tinha lançado por rádio uma mensagem ao Comando Aliado, exprimindo o desejo de que a Divisão marroquina fosse parada às portas da Cidade Eterna.

"O Papa errou" acrescentou rindo o General Guillaume "se aceita ser libertado por um exército de protestantes, não vejo por qual razão não deveria consentir que entre os seus libertadores estivessem também muçulmanos."

"O Santo Padre" disse Pierre Lyautey "se mostraria talvez menos severo com os muçulmanos se soubesse quão alta opinião os *goumiers* têm da sua potência." E contou que aquelas três mil mulheres refugiadas na vila papal tinham causado uma enorme impressão nos marroquinos: "Três mil esposas!". O Papa era sem dúvida o mais potente monarca do mundo.

"Tocou a mim" disse o General Guillaume "circundar de sentinelas a muralha da vila papal, para impedir aos *goumiers* de fazer a corte às mulheres do Papa."

"Agora entendo" disse Jack "por que o Papa não quer turcos em Roma."

Todos disparamos a rir, e a Pierre Lyautey disse que uma grande surpresa esperava os Aliados na Cidade Eterna. Parecia, até, que

Mussolini tinha permanecido em Roma, que havia preparado acolhimentos triunfais aos Aliados e que esperava os seus libertadores no balcão do Palazzo Venezia, para dar-lhes as boas-vindas com um dos seus usuais magníficos discursos.

"Muito me surpreenderia" disse o General Guillaume "que Mussolini deixasse escapar uma semelhante ocasião."

"Estou seguro de que os americanos o aplaudirão entusiasticamente" disse Pierre Lyautey.

"Eles o aplaudiram por vinte anos" disse eu "e não há nenhuma razão para não continuarem a aplaudi-lo."

"É certo" disse o Major Marchetti "que, se os americanos não o tivessem aplaudido durante vinte anos, não se encontrariam um belo dia na necessidade de desembarcar na Itália."

"Além do discurso de Mussolini" disse Jack "teremos certamente também a bençāo do Santo Padre da Sacada de São Pedro."

"O Papa é pessoa cortês" disse eu "e não os mandará de certo para a América sem a Sua santa benção."

Nesse ponto, enquanto um *goumier*, a cabeça coberta por uma aba do seu casaco marrom, como um sacerdote antigo em ato de sacrifício, se avizinhava da nossa mesa trazendo uma bandeja tenramente iluminada por uma grande rosa de fatias de presunto, ouvimos um choque surdo ressoar entre as árvores e avistamos alguns *goumiers* correrem através do bosque, atrás da cozinha.

"Uma outra mina!" exclamou o General Guillaume levantando-se da mesa. "Peço-lhes, senhores, que me desculpem: vou ver do que se trata." E seguido de alguns oficiais se afastou rumo ao lugar de onde tinha vindo o estrondo.

"É já o terceiro *goumier* que salta, desde de manhã" disse o Major Marchetti.

O bosque estava semeado de minas alemãs, daquelas que os americanos chamavam *booby traps*: os marroquinos, vagando entre as árvores, punham-lhes o incauto pé, e saltavam no ar.

"Os *goumiers*" disse Pierre Lyautey "são incorrigíveis. Não sabem habituar-se à civilização moderna. Mesmo as *booby traps* são um elemento da civilização moderna."

"Em toda a África do Norte" disse Jack "os indígenas imediatamente se acostumaram com a civilização americana. Desde quando desembarcamos na África, é inegável que as populações do Marrocos, da Argélia e da Tunísia têm feito grandes progressos."

"Quais progressos?" perguntou, surpreso, Pierre Lyautey.

"Antes do desembarque americano" disse Jack "o árabe ia a cavalo e sua mulher o seguia a pé, atrás da cauda do cavalo, com a criança nas costas e uma grande trouxa em equilíbrio na cabeça. Desde quando os americanos desembarcaram na África do Norte, as coisas estão profundamente mudadas. O árabe, é verdade, vai sempre a cavalo, e sua mulher continua a acompanhá-lo a pé, como antes, com a criança no dorso e o fardo na cabeça. Mas não caminha mais atrás da cauda do cavalo: agora caminha antes do cavalo. Pelas minas."

Um estrondo de risadas acolheu as palavras de Jack, e, ouvindo rir os senhores oficiais, os marroquinos esparsos no bosque ergueram o rosto, contentes que os seus oficiais estivessem de bom-humor. Naquele momento chegou o General Guillaume: tinha a fronte pontuada de gotículas de suor, mas parecia mais colérico que comovido.

"Menos mal" disse retomando o seu lugar à mesa "menos mal que desta vez não há um morto. Somente um ferido. Mas o que posso fazer? É por acaso culpa minha? Deverei amarrá-los às árvores, para impedir que vão a cutucar as minas com a ponta do pé! Não posso fuzilá-lo, por certo, aquele desgraçado, para ensiná-lo a não saltar para o ar!"

Essa vez, por sorte, o imprudente *goumier* escapou por pouco: a mina não lhe tinha levado senão uma mão, cortada de todo.

"Não consegui ainda encontrar a mão" acrescentou o General Guillaume "quem sabe lá onde terá ido parar!"

Depois do presunto vieram à mesa as trutas do Liri, de um prata turquesa com tênues reflexos verdes. Depois foi a vez do *kouskous*, o famoso prato árabe, honra da Mauritânia e da Sicília sarracena, que é carneiro cozido dentro de uma crosta de sêmola, luzente como as áureas couraças das heroínas de Tasso. E o dourado vinho dos Castelli Romani, um rico vinho de Frascati, nobre e afetuoso como uma ode de Horácio, acendia o rosto e as palavras dos comensais.

"*Vous aimez le kouskous?*" perguntou Pierre Lyautey voltando-se para Jack.

"*Je le trouve excellent!*" respondeu Jack.

"A Malaparte" disse Pierre Lyautey com um sorriso irônico "certamente não agrada."

"E por que não deveria agradar-lhe?" perguntou Jack profundamente surpreso.

Eu me calei, sorrindo, sem erguer os olhos do prato.

"Ao ler *Kaputt*" respondeu Pierre Lyautey "diria que Malaparte não se alimenta senão de corações de rouxinol, em pratos de antiga porcelana de Meissen e de Nymphenburg, à mesa de Altezas Reais, de Duquesas e de Embaixadores."

"Durante os sete meses que passamos juntos diante de Cassino" disse Jack "eu nunca vi Malaparte comer coração de rouxinol com Altezas Reais ou Embaixadores."

"Malaparte tem sem dúvida uma imaginação muito viva" disse o General Guillaume rindo "e verão que, no seu próximo livro, a nossa pobre refeição no campo se tornará um banquete real, e eu me tornarei uma espécie de Sultão do Marrocos."

Todos riam, olhando-me. Sem erguer os olhos do prato, eu me calei.

"Querem saber" disse Pierre Lyautey "o que dirá Malaparte no seu próximo livro desta nossa refeição?" E com muita amenidade pôs-se a descrever a mesa ricamente provida não mais no recôndito daquele bosque, na alta margem do lago de Albano, mas em uma sala da vila papal de Castel Gandolfo. Descreveu, com algum arguto anacronismo, as louças de porcelana de Cesare Borgia, a prataria do Papa Sisto, obra de Benvenuto Cellini, os cálices de ouro do Papa Giulio II, os garçons papais atarefados em torno da nossa mesa, enquanto um coro de vozes brancas, do fundo da sala, entoava, em honra ao General Guillaume e aos seus bravos oficiais, o "*Super flumina Babylonis*" de Palestrina. Todos, às palavras de Pierre Lyautey, riam amavelmente, somente eu não ria: sem erguer os olhos do prato, sorria, calado.

"Gostaria de saber" disse Pierre Lyautey voltando-se a mim com garbosa ironia "o que há de verdadeiro em tudo aquilo que conta em *Kaputt*."

"Não há qualquer importância" disse Jack "se o que Malaparte conta é verdadeiro ou falso. A questão a ser posta é bem outra: se o que ele faz é arte ou não."

"Não gostaria de ser descortês com Malaparte, que é meu hóspede" disse o General Guillaume "mas penso que em *Kaputt* ele brinque com seus leitores."

"Nem eu quero ser descortês com você" replicou Jack vivamente "mas penso que esteja errado."

"Não nos fará crer" disse Pierre Lyautey "que a Malaparte tenha realmente acontecido tudo o que conta em *Kaputt*. E será possível que aconteça tudo a ele? A mim não acontece nunca nada!"

"Está bem seguro?" disse Jack semicerrando os olhos.

"Peço que me desculpem" disse eu finalmente voltando-me ao General Guillaume "se sou forçado a revelar-lhes que há pouco, nesta mesma mesa, me aconteceu a mais extraordinária aventura da minha vida. Não perceberam, porque sou um hóspede bem educado. Mas do momento que põem em dúvida a verdade do que narro nos meus livros, permitam que lhes conte o que me aconteceu faz pouco tempo, aqui, diante de vocês."

"Estou curioso para saber o que aconteceu de tão extraordinário" respondeu rindo o General Guillaume.

"Recordam do delicioso presunto que abriu o nosso jantar? Era um presunto da montanha de Fondi. Vocês combateram naquelas montanhas, que surgem nas costas de Gaeta, entre Cassino e os Castelli Romani, e saberão portanto que nas montanhas de Fondi se criam os melhores porcos de todo o Lácio e de toda a Ciociaria. São os porcos dos quais fala, com tanto amor, São Tomás de Aquino, que era justo das montanhas de Fondi. São porcos sagrados, e fuçam diante do adro das igrejas, nos pequenos lugares dos altos cumes de Ciociaria: a sua carne tem um perfume de incenso, a sua banha é doce como a cera virgem."

"*C'était en effet un sacré jambon*" disse o General Guillaume.

"Depois do presunto das montanhas de Fondi vieram à mesa as trutas do Liri. Belo rio, o Liri. Nas suas verdes margens muitos dos vossos *goumiers* caíram com o rosto na relva, sob o fogo das metralhadoras alemãs. Recordam das trutas do Liri? Finas, argênteas, com um leve reflexo verde nas delicadas barbatanas de um prata mais escuro, mais antigo. Semelham, as trutas do Liri, às trutas da Floresta Negra: às *Blauforellen* do Neckar, o rio dos poetas, o rio de Hölderlin, e às do Titisee, e às *Blauforellen* do Danúbio em Donaueschingen, onde o Danúbio tem as nascentes. Aquele rio real nasce no parque do castelo dos Príncipes de Fürstenberg, em uma banheira de mármore branco, semelhante a um berço, ornada de estátuas neoclássicas. Naquele berço de mármore, onde oscilam os cisnes negros cantados por Schiller, vão beber ao crepúsculo os cervos e os gamos. Mas as trutas do Liri são talvez mais claras, mais transparentes, do que as *Blauforellen* da Floresta Negra: o verde argênteo das suas leves escamas, semelhantes à cor da prata antiga dos candelabros das igrejas de Ciociaria, não cede ao argênteo turquesa das *Blauforellen* do Neckar e do Danúbio, que têm os secretos reflexos azuis das cândidas porcelanas de Nymphenburg. A terra que o Liri banha é uma terra antiga e nobre, entre as mais antigas e nobres da Itália: e há pouco me comovi ao ver as trutas do Liri dobradas em forma de coroa com a cauda na rósea boca, no modo mesmo como os antigos figuravam a serpente, símbolo da eternidade, em forma de guirlanda com a cauda na boca, nas colunas de Micenas, de Pesto, de Selinunte, de Delfos. E recordam do sabor das trutas do Liri, delicado e fugaz como a voz daquele nobre rio?"

"*Elles étaient délicieuses!*" disse o General Guillaume.

"E enfim apareceu sobre a mesa, na imensa bandeja de cobre, o *kouskous*, de sabor barbárico e delicado. Mas o carneiro do qual é feito esse *kouskous* não é um carneiro marroquino do Atlante, dos ardentes pastos de Fez, de Teroudan, de Marrakesh. É um carneiro das montanhas de Itri, sobre Fondi, onde reinava Fra Diavolo. Sobre os montes de Itri, na Ciociaria, cresce uma erva semelhante ao mentastro, mas mais grossa, de sabor que lembra o da sálvia, e que os habitantes daquelas montanhas, com antiga voz grega, chamam *kallimeria*: é uma erva com a qual as mulheres grávidas fazem uma bebida propiciatória dos partos, uma erva cipriota, da qual os carneiros de Itri são ávidos. É justo aquela erva, a *kallimeria*, que dá aos carneiros de Itri aquela gordura rica, de mulher grávida, e aquela preguiça feminina, aquela voz grossa, aquele olhar cansado e lânguido que têm as mulheres grávidas e os hermafroditas. Carece olhar no prato com os olhos bem abertos quando se come o *kouskous*: o branco marfim da sêmola, na qual é cozido o carneiro, não é de fato tão delicado aos olhos como o sabor é delicado ao palato?"

"*Ce kouskous, en effet, est excellent!*" disse o General Guillaume.

"Ah, se tivesse fechado os olhos, comendo esse *kouskous*! Pois agora mesmo, no quente e vivo sabor da carne de carneiro, me ocorreu de repente perceber um gosto adocicado e, sob os meus dentes, uma carne mais fria, mais macia. Olhei no prato e me horrorizei. Entre a sêmola vi despontar primeiro um dedo, depois dois dedos, depois cinco, e finalmente uma mão com unhas pálidas. Uma mão de homem."

"*Taisez-vous!*" exclamou o General Guillaume com voz sufocada.

"Era uma mão de homem. Certamente era a mão do desgraçado *goumier*, que a explosão da mina tinha cortado de todo, atirada dentro da grande caçarola de cobre, onde cozinhava o nosso *kouskous*. Que podia fazer? Fui educado no Colégio Cicognini, que é o melhor colégio da Itália, e desde rapaz me ensinaram que não carece nunca, por nenhuma razão, perturbar uma alegria comum, um baile, uma festa, um almoço. Fiz força para não empalidecer, para não gritar, e me pus tranquilamente a comer a mão. A carne era um pouco dura, não deu tempo de cozinhar."

"*Taisez-vous, pour l'amour de Dieu!*" gritou o General Guillaume com voz rouca, afastando o prato que tinha adiante. Todos estavam lívidos, e me fixavam com os olhos arregalados.

"Sou um hóspede bem educado" disse eu "e não é culpa minha se, enquanto roía em silêncio a mão daquele pobre *goumier*, sorrindo como se nada houvesse para não perturbar uma tão aprazível refeição, vocês cometeram a imprudência de caçoar de mim. Não carece nunca zombar de um hóspede enquanto ele está devorando a mão de um homem."

"Mas não é possível! Não posso crer que..." balbuciou Pierre Lyautey, o rosto verde, comprimindo uma mão sobre a boca do estômago.

"Se não acreditam" disse eu "olhem aqui, no meu prato. Veem estes ossinhos? São as falanges. E estas, alinhadas na beira do prato, são as cinco unhas. Queiram desculpar-me se, não obstante a minha boa educação, não tenha sido capaz de mandar para dentro as unhas."

"*Mon Dieu!*" gritou o General Guillaume tragando um copo de vinho de um gole só.

"Aprenderão assim a pôr em dúvida" disse Jack rindo "o que Malaparte conta nos seus livros."

Naquele momento chegou da planície um disparo distante, depois outro, depois outro ainda. O canhão de um Sherman soou claro e breve da parte de Frattocchie.

"*Ça y est!*" exclamou o General Guillaume erguendo-se de imediato.

Todos ficamos de pé e, derrubando os bancos, sobrepassando a mesa, corremos para a borda do bosque, de onde o olho explorava toda a campanha romana, da foz do Tibre ao Aniene.

Da Via Appia, para lá do Bivio delle Frattocchie, vimos erguer-se uma nuvem azul, ouvimos chegar até nós o rumor remoto de cem, de mil motores, e Jack e eu lançamos um grito de alegria divisando a interminável coluna da Quinta Armada americana desenvolver-se, partir rumo a Roma.

"*Au revoir, mon Général!*" gritou Jack agarrando a mão do General Guillaume.

Todos os oficiais franceses, em torno a nós, calaram-se.

"*Au revoir*" disse o General Guillaume. E acrescentou em voz baixa: "*Nous ne pouvons pas vous suivre. Nous devons rester là*".

Tinha os olhos úmidos de lágrimas. Eu lhe apertei a mão em silêncio.

"Venham encontrar-me, quando quiserem" me disse o General Guillaume com um sorriso triste "encontrarão sempre um lugar na minha mesa, e a minha mão amiga."

"*Votre main, aussi?*"

"*Allez au diable!*" gritou o General Guillaume.

Jack e eu pusemo-nos em corrida pelo declive, bosque abaixo, rumo ao lugar onde tínhamos deixado o nosso jipe.

"*Ah, ah! Bien joué, Malaparte! Un tour formidable!*" gritava Jack correndo "Aprenderão assim a pôr em dúvida o que conta em *Kaputt!*"

"Viu a cara que fizeram? Pensei que estivessem todos para vomitar!"

"*Une sacrée farce,* Malaparte; ah? Ah! Ah!" gritava Jack.

"Viu com que arte dispus no prato aqueles ossinhos de carneiro? Pareciam mesmo os ossos de uma mão!"

"Ah! Ah! Ah! *Merveilleux!*" gritava Jack correndo "parecia mesmo uma mão, o esqueleto de uma mão!"

Assim ríamos correndo entre as árvores. Chegamos ao nosso jipe, pulamos nele, nos pusemos em desenfreada corrida pela estrada de Castel Gandolfo abaixo, chegamos à Via Appia, subimos a coluna em um turbilhão de poeira e, ao fim, fomos enfiar o nosso jipe atrás do jipe do General Cork, que, precedido de alguns Sherman, guiava a coluna da Quinta Armada na conquista de Roma.

Raros disparos perfuravam aqui e ali o ar poeirento. Um odor de menta e de arruda vinha ao nosso encontro no vento, e parecia um odor de incenso, o odor das mil igrejas de Roma. O sol já declinava, e no céu purpúreo, carregado de infladas nuvens drapeadas à maneira das nuvens nos céus dos pintores barrocos, o ronco de mil aviões escavava imensos poços, onde os rios de sangue do crepúsculo precipitavam.

Diante de nós os Sherman prosseguiam lentamente com alto ronco de ferragens, disparando alguns tiros de canhão de quando em quando. De repente, a uma volta da estrada, lá no fundo da planície, atrás dos vermelhos arcos dos aquedutos, atrás das tumbas de tijolos de cor sanguínea, sob aquele céu barroco, Roma apareceu branquíssima em um vórtice de fogo e de fumo, como se um imenso incêndio a devorasse.

Um grito se elevou, correu de uma cabeça a outra da coluna: "Roma! Roma!". Dos jipes, dos tanques, dos caminhões, milhares e milhares de rostos cobertos por uma branca máscara de poeira se direcionavam à cidade distante, envolta pelas chamas do crepúsculo: e eu senti dissolver na minha voz rouca o ódio, o rancor, a angústia e toda a tristeza, toda a felicidade daquele instante longamente esperado, e agora tão dolorosamente temido. Naquele instante Roma me apareceu dura, cruel, fechada, como uma cidade inimiga. E um obscuro senso de temor e de vergonha me invadiu, como se estivesse cometendo um sacrilégio.

Diante dos escombros enfumaçados do aeroporto de Ciampino, a coluna parou. Dois "Tigres" alemães, revirados de costas, barravam a estrada. Alguma rajada dispersa passava sibilando sobre as nossas cabeças. Os soldados americanos, do alto dos tanques, dos caminhões, dos jipes, riam e tagarelavam, alegres e descuidados, mastigando o seu *chewing-gum*.

"Esta estrada" disse eu a Jack "está semeada de obstáculos. Por que não sugere ao General Cork deixar a Via Appia Nuova e tomar a Via Appia Antica?"

Naquele momento o General Cork se voltou e, agitando uma carta topográfica, fez a Jack um aceno com a cabeça. Jack saltou do jipe e, avizinhando-se do General Cork, pôs-se a confabular com ele, indicando com o dedo um ponto na carta.

"O General Cork" disse Jack voltando-se para mim "quer saber se não há uma estrada mais curta e mais segura para ir a Roma."

"Se eu fosse o General Cork," respondi "tomaria a esquerda, por aquela travessa, chegaria à Via Appia Antica a cerca de um quilômetro e meio das Tumbas dos Horácios e dos Curiácios e, passando por Capo di Bove, entraria em Roma pela Via dei Trionfi e a Via dell'Impero. É mais longa, mas mais bela."

Jack voltou ao General Cork, e retornou depois de alguns instantes.

"O General" disse "pergunta se você quer guiar a coluna."

"Por que não?"

"Pode nos garantir que não cairemos em uma emboscada?"

"Não posso garantir nada. Estamos em guerra, creio."

Jack voltou a confabular com o General Cork, e depois de alguns instantes veio dizer-me que o General Cork queria saber se a Via Appia Antica era, *em geral*, mais segura.

"O que quer dizer *em geral?*" perguntei a Jack "talvez queira dizer *no usual?* Em tempo de paz é uma estrada seguríssima. Agora não sei."

"Em geral" respondeu Jack "quer provavelmente dizer em particular."

"Não sei se em particular é a mais segura, mas é certo a mais bela. É a via mais nobre do mundo, a via que leva às Termas de Caracalla, ao Coliseu e ao Capitólio."

Jack correu a confabular com o General Cork, e voltou pouco depois para dizer-me que o General queria saber qual era a estrada pela qual os Césares entravam em Roma.

"Quando voltavam do Oriente, da Grécia, do Egito, da África" respondi "os Césares entravam em Roma pela Via Appia Antica."

Jack se afastou a correr, e voltou para dizer-me que o General Cork vinha da América e por isso decidiu entrar em Roma pela Via Appia Antica.

"Estaria surpreso" respondi a Jack "se tivesse escolhido outra estrada." E acrescentei que pela Via Appia Antica passaram Mário, Sila, Júlio César, Cícero, Pompeu, Antônio, Cleópatra, Augusto, Tibério e todos os outros Imperadores, e que por isso podia passar também o General Cork.

Jack correu ao General Cork, lhe falou em voz baixa, e o General, voltando-se para mim com o rosto risonho, me gritou. "*Okay!*"

"Vamos!" disse-me Jack subindo no jipe.

Ultrapassamos o jipe do General Cork, tomamos a frente da coluna, justo atrás dos Sherman, viramos pela estradinha que da Via Appia Nuova, defronte ao aeroporto de Ciampino, leva à Via Appia Antica e pouco depois desembocamos naquela nobre via, a via mais nobre do mundo, pavimentada por grandes lastros de pedra nos quais são ainda visíveis os dois sulcos escavados pelas rodas dos carros romanos.

"*What's that?*" me gritou o General Cork, indicando as tumbas que, sombreadas por ciprestes e por pinheiros, ladeiam a Via Appia Antica.

"São as tumbas" respondi "das mais nobres famílias da antiga Roma."

"*What?*" gritou o General Cork no terrível fragor das esteiras dos Sherman.

"*The tombs of the noblest roman families!*" gritou Jack.

"*The noblest what?*" gritou o General Cork. "*The tombs of the 400 of the roman Mayflower!*" gritou Jack.

A voz passou de carro em carro ao longo de toda a coluna, e os soldados americanos, em pé nos tanques, nos caminhões, nos jipes, gritavam "*gee!*" fazendo disparar as suas Kodak.

Em pé também eu no jipe, estendia o dedo para cada tumba e gritava ao acaso: "Aquela é a tumba de Lúculo, *the most famous drunkard of the ancient Rome*, aquele é o sepulcro de Júlio César, e aquela é a tumba de Sila, aquela de Cícero, aquela a tumba de Cleópatra...".

O nome de Cleópatra passou de boca em boca, de carro em carro, e o General Cork me gritou: "*A famous signorina, wasn't she?*".

Quando chegamos diante da tumba do Ator, eu disse a Jack para parar um momento e, acenando para as máscaras cênicas de mármore incrustadas no alto muro de tijolos vermelhos que, semelhante a uma coxia, a um cenário de teatro, surge junto ao grande mausoléu redondo, gritei: "Aquela é a tumba de Cota, o mais célebre ator romano!".

"*Who's who?*" gritou o General Cork.

"*A most famous roman actor!*" gritou Jack.

"*I want an autograph!*" gritou um GI, e uma multidão de soldados americanos pulou dos carros, lançando-se ao assalto do muro, que em poucos instantes se cobriu de assinaturas.

"*Go on! Go on!*" gritou o General Cork.

Naquele momento ergui os olhos e vi, sentado sobre os degraus da rústica escada de pedra que sobe ao mausoléu, um soldado alemão. Era quase um rapaz, louro, os cabelos desgrenhados, o rosto coberto por uma máscara de poeira onde os olhos claros esplendiam docemente como os olhos mortos de um cego. Sentado com ar cansado, ausente, o rosto para cima, as duas mãos apoiadas no degrau de pedra, e quase destacado de tudo, da guerra, da paisagem, da hora. Respirava profundamente, arfando, como um náufrago apenas chegado à margem. Ninguém se apercebeu dele.

"*Go on! Go on!*" gritava o General Cork.

A coluna retomou a marcha e, pouco depois, diante aos dois altos túmulos herbosos, quase duas pirâmides de terra, coroados de ciprestes e de pinheiros, sob o qual dormem os Horácios e os Curiácios, disse a Jack para parar.

"Estas são as tumbas dos Horácios e dos Curiácios!" gritei, e brevemente narrei em voz alta a história dos três Horácios e dos três Curiácios, do desafio, do combate, do malicioso engano do último Horácio, da irmã que o vencedor transfixou com a sua espada na soleira de casa, para puni-la por amar um dos três irmãos Curiácios mortos.

"*What? What the hell with the sister?*" gritou o General Cork.

"*Where's the sister?*" gritaram algumas vozes. E todos os GIs da coluna saltaram em terra, se encarapitaram sobre as duas altas pirâmides ervosas, às quais as imensas copas dos pinheiros e os ágeis ciprestes dão a romântica cor de uma tela de Pussino ou de Boecklin. Também o General Cork quis subir no cume de uma das duas tumbas, e Jack e eu o seguimos.

Do alto do túmulo, na hora em que o incêndio do crepúsculo tinha se apagado, Roma aparecia fosca e ao mesmo tempo afetuosa na verde transparência da tarde. Uma imensa nuvem verde pendia sobre as cúpulas, as torres, as colunas, os telhados povoados de marmóreas estátuas. Aquela luz verde que chovia do céu semelhava uma daquelas chuvas verdes que às vezes, no início da primavera, caem sobre o mar; parecia até uma chuva de erva verde que caía do céu sobre a cidade, e as casas, os telhados, as cúpulas, os mármores esplendiam como um macio prado primaveril.

Um grito de surpresa explodiu do peito dos soldados amontoados sobre os túmulos: e, como suscitado por aquele grito, um negro voo de corvos se alçou longe dos rústicos muros aurelianos que fecham Roma entre a Porta Latina e a tumba de Caio Céstio. As negras asas mandavam brilhos ora verdes, ora sanguíneos. Divisavam-se daquele cimo os prados e as hortas da Via Appia e da Via Ardeatina, o bosquezinho da Ninfa Egéria, as moitas de juncos em torno da igrejinha onde dormem os Barberini, os vermelhos arcos dos aquedutos e, lá embaixo, além do Capo di Bove, rumo à Porta San Sebastiano, a grande torre de ameias da tumba de Cecilia Metella. No fundo da imensa bacia verde que, pontuada de pinheiros, de ciprestes e de sepulcros, lentamente inclina para os *links* de golfe de Acquasanta, surgiam inesperadas as primeiras casas de Roma, aqueles altíssimos muros brancos de cimento e cintilantes de vidro, contra os quais o respiro verde e vermelho da campanha romana morria como no ventre de uma vela.

Grupos de homens corriam aqui e ali pela planície, e de vez em quando paravam incertos, olhando em torno, tornavam a correr hesitantes, como bestas perseguidas por cães: e outros grupos de homens os sobrepujavam por todo lado, os apertavam, fechavam-lhes a fuga e a salvação. O crepitar seco da fuzilaria chegava até nós no vento marino, que trazia aos lábios um doce sabor de sal. Eram os últimos confrontos entre as retaguardas alemãs e os bandos de *partigiani*: e a transparência de aquário da tarde dava àquela cena de caça um acento patético, do qual reencontrava na memória o som, a cor vaga e remota. Era uma tarde doce e verde, como aquela tarde na qual do alto dos muros os Troianos seguiam com ânsia os últimos confrontos da sangrenta jornada, e Aquiles, semelhante a um astro luzente, surgia do rio, já corria através da planície do Escamandro rumo aos muros de Ílio.

Naquele momento vi a lua surgir detrás das costas selvosas dos montes de Tivoli, uma lua enorme, gotejante de sangue, e disse a Jack: "Olha lá embaixo: não é a lua, é Aquiles".

O General Cork me olhou surpreso: "É a lua" disse.

"Não, é Aquiles" disse Jack.

E eu me pus a recitar em voz baixa, em grego, os versos da *Ilíada*, nos quais Aquiles surge do Escamandro "similar ao lutuoso astro do outono chamado Orion". E, quando me calei, Jack prosseguiu, olhando a lua surgir sobre os montes do Lácio, e escandia os hexâmetros homéricos ao modo cantante da sua Virginia University.

"*I must remember to you, gentlemen...*" disse com voz severa o General Cork: mas se calou, desceu lentamente da tumba dos Horácios, subiu no carro e deu com tom raivoso a ordem da partida. "*Go on, go on*" gritava, e parecia não só irritado, mas profundamente surpreso. A coluna pôs-se em movimento, e perto de Capo di Bove, onde surge a tumba do atleta, nos coube atrasar para dar tempo aos GIs de cobrir de assinaturas a estátua do pugilista. "*Go on! Go on!*" gritava o General Cork, mas junto a Capo di Bove, defronte da célebre taberna chamada "*Qui non si muore mai*", indicando a placa me voltei para o General Cork e gritei: "Aqui não se morre nunca!".

"*What?*" gritou o General Cork procurando superar com a voz o ronco da ferragem das esteiras dos Sherman e o clamor festivo dos GIs.

"*Here we never die*" gritou Jack.

"*What? We never dine?*" gritou o General Cork.

"*Never die!*" repetiu Jack.

"*Why not?*" gritou o General Cork "*I will dine, I'm hungry! Go on! Go on!*".

Mas diante da tumba de Cecilia Metella eu disse a Jack para parar um momento e, voltando-me para trás, gritei ao General Cork que aquela era a tumba de uma dentre as mais nobres matronas da antiga Roma, daquela Cecilia Metella que foi companheira de Sila.

"*Silla? Who was this guy?*" gritou o General Cork.

"*Silla, the Mussolini of the ancient Rome*" gritou Jack. E eu perdi pelo menos dez minutos para fazer entender ao General Cork que Cecilia Metella "*wasn't Mussolini's wife*", não era a mulher de Mussolini. A voz correu de carro em carro, e uma multidão de GIs se lançou ao assalto da tumba de Cecilia Metella, *the Mussolini's wife*. Finalmente retomamos a marcha, descemos para as Catacumbas de São Calixto, subimos para São Sebastião e chegando diante da igrejinha do *Quo Vadis* gritei ao General Cork que ele precisava parar mesmo a custo de conquistar Roma por último, porque aquela era a igreja do *Quo Vadis.*

"*Quo what?*" gritou o General Cork.

"*The Quo Vadis church!*" gritou Jack.

"*What? What means Quo Vadis?*" gritou o General Cork.

"*Where are you going?* Aonde vai?" respondi.

"*To Rome, of course!*" gritou o General Cork "Aonde quer que eu vá? Vou a Roma! *I'm going to Rome.*"

Em pé no jipe, eu contei então, em voz alta, que justo naquele ponto da estrada, diante daquela igrejinha, São Pedro tinha encontrado Jesus. Toda a coluna se passou a voz, e um GI gritou: "*Which Jesus?*".

"*The Christ, of course!*" gritou o General Cork com voz estrondosa.

Toda a coluna calou-se, e os GIs se amontoaram reverentes, em silêncio, diante da porta da igrejinha. Queriam entrar, mas estava fechada. Alguns se puseram então a fazer força com os ombros contra os batentes, outros a bater na porta com murros e chutes, e o mecânico de um Sherman, com uma barra de ferro, fazia alavanca para arrombá-la. Quando de repente a janela de um dos casebres defronte da igrejinha se abriu, uma mulher apareceu, jogou uma pedra contra os GIs, cuspiu na direção deles e gritou: "*Svergognati! Tedeschi puzzoni! Fii de mignotta!*".

"Diga àquela boa mulher que não somos alemães, somos americanos!" gritou o General Cork.

"Somos americanos!" gritei.

Àquelas palavras, todas as janelas das casas se escancararam de supetão, cem cabeças apareceram e um coro festivo se elevou de toda parte: "Viva os americanos! Viva a liberdade". Uma multidão de mulheres, de homens, de rapazes, armados de paus e de pedras, desembocou das portas e das cercas e, jogando aquelas rústicas armas, todos correram atrás dos GIs: "Os americanos! os americanos!".

Enquanto os GIs e a multidão se abraçavam com um alto clamor de festa, em uma bagunça indescritível, o General Cork, que em todo aquele alvoroço não tinha se movido do seu jipe, me chamou para perto e me perguntou em voz baixa se era verdade que São Pedro, justo naquele ponto, tinha encontrado Jesus Cristo.

"Por que não deveria ser verdade?" respondi "em Roma os milagres são a coisa mais natural do mundo."

"*Nuts!*" exclamou o General Cork. E depois de alguns instantes de silêncio me pediu que contasse palavra por palavra como fora aquele fato. Contei-lhe de São Pedro, do seu encontro com Jesus Cristo, da pergunta de São Pedro: "*Quo vadis, domine?* Aonde vai, Senhor?" e o General Cork pareceu muito perturbado com aquela minha fala: em especial com as palavras de São Pedro.

"Está mesmo seguro" me disse "de que São Pedro tenha perguntado ao Senhor aonde ia?"

"O que podia perguntar? Você, no lugar de São Pedro, o que teria perguntado a Jesus?"

"Naturalmente" respondeu o General Cork "também lhe teria perguntado aonde ia." E calou-se. Depois, sacudindo a cabeça, acrescentou: "Esta é Roma, então!". E não disse nada mais.

Antes de dar ordem à coluna de pôr-se em movimento, o General Cork, que não dispensava certa prudência, me pediu para perguntar a alguém, na pequena multidão festiva que nos cercava, quem estava em Roma.

Virei-me a um jovenzinho, que mais que os outros me parecia esperto, e lhe repeti a pergunta do General Cork.

"*E chi ci ha da esse, a Roma?*" respondeu ele "*Ce so 'li romani!*"

Eu traduzi a resposta do jovenzinho, e o General Cork corou ligeiramente: "*Of course*" exclamou "estão os romanos!" e erguendo o braço deu a ordem de retomar a marcha.

A coluna se sacudiu, se arrancou, e pouco depois entramos em Roma pelo arco da Porta de São Sebastião, penetrando pela estreita estrada encaixada entre os altos muros vermelhos cobertos de antigo mofo verde. Quando passamos diante das tumbas dos Scipioni, o General Cork se virou para mirar longamente o sepulcro do vencedor de Aníbal.

"*That's Rome!*" me gritou, e parecia comovido. Depois desembocamos defronte das Termas de Caracalla, e a massa imensa das ruínas imperiais, que a lua tocava com uma delicadeza maravilhosa, suscitou na coluna um coro de assobios entusiasmados. Os pinheiros, os ciprestes, os loureiros manchavam de brilhantes sombras verdes, quase negras, aquela paisagem de ruínas purpúreas e de relva clara.

Com um horrendo fragor de esteiras desembocamos de frente ao Palatino, curvado sob o peso das ruínas do Palazzo dos Césares, subimos a Via dei Trionfi, e de repente, imensa na quieta lua, surgiu diante de nós a massa do Coliseu.

"*What's that?*" gritou o General Cork tentando sobrepujar o coro dos assobios que se elevava da coluna.

"O Coliseu!" respondi.

"*What?*".

"*The Colisée!*" gritou Jack.

O General Cork subiu de pé sobre o jipe, considerou por instantes, em silêncio, o gigantesco esqueleto do Coliseu e, voltando-se para mim, com uma ponta de orgulho na voz, gritou: "Os nossos bombardeiros trabalharam bem!". Depois, como para desculpar-se, acrescentou, alargando os braços: "*Don't worry, Malaparte: that's war!*".

Naquele momento a coluna penetrava a Via dell'Impero: e enquanto, voltado ao General Cork, eu estendia a mão para o Fórum e a colina Capitolina, gritando: "Eis o Capitólio!" um clamor terrível me despedaçou a palavra nos lábios. Uma imensa multidão descia contra nós, gritando, pela Via dell'Impero. Eram mulheres, em grande parte, e pareciam mover-se ao assalto da nossa coluna. Desciam em corrida, descompostas, descabeladas, delirantes, agitando os braços, rindo, chorando, gritando: em um átimo fomos circundados, assaltados, sobrepujados, e a coluna desapareceu sob um emaranhado inextricável de pernas e de braços, sob uma floresta de cabelos negros, sob uma tenra montanha de seios floridos, de bocas carnudas, de espáduas brancas. ("Como de hábito" disse no dia seguinte, na sua prédica, o jovem cura da Igreja de Santa Catarina, na Corso Italia "como de hábito a propaganda fascista mentia, quando anunciava que o exército americano, se entrasse em Roma, assaltaria as nossas mulheres: foram as nossas mulheres que assaltaram e espancaram o exército americano"). E o estrépito dos motores e das esteiras se dissipou no uivo daquela multidão enlouquecida de alegria.

Mas quando estávamos na altura de Tor di Nona, um homem, que corria ao encontro da coluna, agitando os braços e gritando: "Viva a América!" escorregou, caiu, foi esmagado sob as esteiras de um Sherman. Um urro de horror se ergueu da multidão. Eu saltei em terra, aproximei-me e curvei-me sobre o desforme cadáver.

Um homem morto é um homem morto. Não é senão um homem morto. É mais, e talvez até menos, do que um cão ou um gato morto. Já me acontecera muitas vezes, nas estradas da Sérvia, da Bessarábia, da Ucrânia, ver estampado na lama da estrada um cão morto, esmagado pelas esteiras de um tanque. O perfil de um cão desenhado na ardósia da estrada com um lápis vermelho. Um tapete de pele de cão.

Em Jampol, no Dniester, na Ucrânia, em julho de 1941, me aconteceu de ver na poeira da rua, bem no meio do vilarejo, um tapete de pele humana. Era um homem esmagado pelas esteiras de um tanque. O rosto tinha tomado uma forma quadrada, o peito e o ventre foram alargados e postos de través, em forma de losango: as pernas abertas e os braços um pouco separados do tronco eram semelhantes às calças e às mangas de uma veste recém-passada, estendida sobre a tábua de passar. Era um homem morto, algo mais ou menos que um cão ou um gato morto. Não saberia dizer, agora, o que havia, naquele homem morto, a mais ou a menos do que em um cão ou em um gato morto. Mas então, naquela noite, no momento em que o vi estampado na poeira da rua, no meio do vilarejo de Jampol, teria talvez podido dizer o que havia nele a mais ou a menos do que em um cão ou em um gato morto.

Equipes de judeus em cafetã negro, armados de pás e de enxadas, iam recolhendo aqui e ali os mortos abandonados pelos russos no vilarejo. Sentado na soleira de uma casa derrocada, eu olhava a névoa subir ligeira e transparente das margens pantanosas do Dniester, e longe, sobre a outra margem, além do cotovelo do rio, espiralar lentamente no ar as negras nuvens de fumo que se erguiam das casas de Soroca. Semelhante a uma roda vermelha, o sol rodava em um turbilhão de poeira lá, no fundo da planície, onde perfis de carros, de homens, de cavalos, de vagões se entalhavam nítidos no brilho poeirento do crepúsculo.

No meio da estrada, ali, diante de mim, jazia o homem esmagado pelas esteiras de um tanque. Vieram alguns judeus e se puseram a raspar da poeira aquele perfil de homem morto. Devagar, devagar, soergueram com a ponta das pás as bordas daquele desenho como se levantam as pontas de um tapete. Era um tapete de pele humana, e a trama era uma sutil armadura óssea, uma teia de aranha de ossos esmagados. Parecia uma veste engomada, uma pele de homem engomada. A cena era atroz e ao mesmo tempo ligeira, delicada, remota. Os judeus falavam entre eles, e as vozes soavam distantes, doces, amortecidas. Quando o tapete de pele humana foi de todo destacado da poeira da rua, um daqueles judeus o enfiou pela parte da cabeça na ponta da pá, e com aquela bandeira se moveu.

O porta-bandeira era um jovem judeu de longos cabelos soltos sobre os ombros, do rosto magro, onde os olhos brilhavam com uma fixidez dolorosa. Caminhava de cabeça erguida, portando na ponta da pá, como uma bandeira, aquela pele humana que pendia e balançava ao vento justo como uma bandeira.

E eu disse a Lino Pellegrini, que se sentava ao meu lado: "É a bandeira da Europa, aquela, é a nossa bandeira."

"Não é a minha bandeira" disse Pellegrini "um homem morto não é a bandeira de um homem vivo."

"O que está escrito" disse eu "naquela bandeira?"

"Está escrito que um homem morto é um homem morto."

"Não" eu disse "leia bem: está escrito que um homem morto não é um homem morto."

"Não" disse Pellegrini "um homem morto não é senão um homem morto. O que quer que seja, um homem morto?"

"Ah, você não sabe o que é um homem morto. Se você soubesse o que é um homem morto não dormiria mais."

"Agora vejo" disse Pellegrini "o que está escrito naquela bandeira. Está escrito: carece que os mortos sepultem os mortos."

"Não, está escrito que aquela bandeira é a bandeira da nossa pátria, da nossa verdadeira pátria. Uma bandeira de pele humana. A nossa verdadeira pátria é a nossa pele."

Atrás do porta-bandeira vinha, com as pás no ombro, o cortejo dos coveiros, fechados nos seus cafetãs negros. E o vento fazia agitar a bandeira, movia os cabelos emplastrados de poeira e de sangue, hirtos sobre a larga fronte quadrada como a dura cabeleira de um santo em um ícone.

"Vamos ver sepultar a nossa bandeira" disse eu a Pellegrini.

Iam sepultá-la na vala comum escavada na entrada do vilarejo, rumo à margem do Dniester. Iam jogar no monturo da vala comum já plena de cadáveres queimados, de carcaças de cavalo sujas de sangue e de lama.

"Não é a minha bandeira" disse Pellegrini "sobre a minha bandeira está escrito: Deus, Liberdade, Justiça."

Eu me pus a rir, e ergui os olhos para a margem oposta do Dniester. Olhava a margem oposta do rio e pensava em Tarass Bulba. Gogol era ucraniano, tinha passado por ali, em Jampol, tinha dormido naquela casa, lá no fundo do vilarejo. E justo lá de cima, daquela alta margem íngreme, que os fiéis cossacos de Tarass Bulba se precipitaram a cavalo no Dniester. Ligado ao pau do suplício, Tarass Bulba incitava os seus cossacos a fugir, a lançar-se no rio, a pôr-se a salvo. Justo lá de cima, diante de Jampol, um pouco a montante de Soroca, Tarass Bulba olhava os seus fiéis cossacos fugir rápidos sobre seus magros cavalos peludos, perseguidos pelos polacos, e jogarem-se de cabeça no precipício, da alta borda do Dniester, e os polacos jogarem-se também eles no rio, esfacelar-se sobre a margem, justo lá, diante de mim. Sobre a margem íngreme apareciam e desapareciam nos bosques de acácias os cavalos de uma bateria da campanha italiana, e lá embaixo, sob os galpões, cobertos do zinco ondulado do *kolkhoz* de Jampol, centenas de carcaças de cavalos jaziam queimadas, ainda fumegantes.

O porta-bandeira, levando a sua bandeira, passava de cabeça erguida, os olhos fixos, tensos em uma atenção distante: com o mesmo olhar fixo e luzente de Dulle Griet. Caminhava justo como Dulle Griet, como Greta, a louca, de Peter Brueghel, que volta do mercado, a sua cesta pendurada no braço, os olhos fixos diante de si, e parece não ver, não ouvir o alvoroço demoníaco que a circunda, o pandemônio através do qual ela passa, violenta e teimosa, guiada pela sua loucura como por um invisível arcanjo. Caminhava reto, fechado no seu cafetã negro, e parecia não se aperceber do rio de carros, de homens, de cavalos, de caminhões, de reboques de artilharia que corria impetuoso através do vilarejo.

"Vamos" eu disse "ver sepultar a bandeira da nossa pátria."

E unidos ao cortejo dos coveiros, nos aviamos atrás da bandeira. Era uma bandeira de pele humana, a bandeira da nossa pátria, era a nossa mesma pátria. E assim fomos ver jogar a bandeira da nossa pátria, a bandeira da pátria de todos os povos, de todos os homens, no monturo da vala comum.

A multidão urrava, parecia enlouquecida de horror. Ajoelhada junto àquele tapete de pele humana, estendido no meio da Via dell'Impero, uma mulher ululava, se arrancava os cabelos, estendia os braços: e não sabia o que fazer, como abraçar o morto. Os homens estendiam o punho para os Sherman, gritando: "Assassinos!", repelidos brutalmente por alguns MP que, rodando os cassetetes, tentavam liberar a cabeça da coluna do aglomerado da multidão enfurecida.

Eu me avizinhei do General Cork e lhe disse: "Está morto".

"*Of course, he's dead!*" gritou o General Cork. E com voz irritada acrescentou: "Fariam melhor em buscar saber onde é a casa da viúva daquele desgraçado".

Abri caminho entre a multidão, abordei a mulher, ajudei-a a levantar-se e lhe perguntei como se chamava o morto e onde era a casa dele.

Ela parou de urrar e, sufocando os soluços, me fixava com ar apavorado, como se não entendesse o que lhe dizia. Mas outra mulher fez-se adiante, me disse o nome do morto, o da sua rua, o número da casa e acrescentou, com ar maldoso, que a mulher chorosa não era a esposa do morto, e nem ao menos parente, mas só sua vizinha de casa. Ao ouvir aquelas palavras, a pobrezinha pôs-se a urrar mais forte, a arrancar os cabelos com uma raiva bastante mais profunda e sincera do que a sua dor: até que a voz estrondosa do General Cork dominou o tumulto, e a coluna pôs-se em movimento. Um GI, passando, se inclinou do jipe e lançou uma flor sobre o informe corpo, outro imitou aquele gesto piedoso, e em breve um monte de flores cobriu o mísero despojo.

Na Piazza Venezia uma multidão imensa nos acolheu com um grito altíssimo, que se mudou em aplauso frenético quando um GI do Signal Corps, encarapitando-se no famoso balcão, pôs-se a arengar a multidão em dialeto italoamericano: "Acreditavam que viesse cá fora Mussolini para lhes falar, *eh, you bastards!* Mas hoje falo eu, John Esposito, soldado e livre cidadão americano, e lhes digo que não se tornarão nunca americanos, nunca!". A multidão urrava: "Nunca! Nunca!" e ria, batia palmas. O estrépito das esteiras dos Sherman cobria o imenso grito do povo.

Penetramos finalmente o Corso, subimos o Tritone, paramos diante do Hotel Excelsior. Pouco depois o General Cork mandou me chamar. Estava sentado em uma poltrona no meio do átrio, o capacete de aço sobre os joelhos, o rosto ainda todo borrado de poeira e de suor. Em uma poltrona junto à sua estava sentado o Coronel Brown, capelão do Quartel General.

O General Cork pediu-me para acompanhar o capelão em uma visita de condolência à família daquele desgraçado e a levar à viúva e aos órfãos uma soma recolhida entre os GIs da Quinta Armada.

"Diga à pobre viúva e aos órfãos" acrescentou "que... quero dizer que... tenho também uma esposa e dois filhos, na América, e... Não! minha esposa e os meus filhos não importam."

Aqui calou, e me sorriu. Percebi que estava profundamente perturbado.

Enquanto acompanhava o capelão, no seu jipe, para Tor di Nona, eu olhava em torno com tristeza. As ruas estavam cheias de soldados americanos bêbados e da multidão urrante. Rios de urina escorriam ao longo das calçadas. Bandeiras americanas e inglesas pendiam das janelas. Eram bandeiras de pano, não de pele humana. Chegamos a Tor di Nona, viramos em um beco e, pouco antes da Torre del Grillo, paramos diante de uma casa de pobre aspecto. Subimos uma escada, empurramos uma porta semicerrada, entramos.

A sala estava cheia de gente, que falava em voz baixa. No leito vi a horrível coisa. Uma mulher de olhos inchados de choro estava sentada junto à cabeceira. Voltei-me a ela e disse que tínhamos vindo para exprimir à família do morto os sentimentos de condolência do General Cork e de toda a Quinta Armada Americana. Acrescentei que o General Cork tinha colocado uma soma importante à disposição da viúva e dos órfãos.

A mulher respondeu que o pobrezinho não tinha esposa, nem filhos: era um desalojado dos Abruzzi que veio refugiar-se em Roma depois que o seu lugarejo, e a sua casa, foram destruídos pelos bombardeios americanos. E súbito acrescentou: "Desculpe-me, quis dizer alemães". O pobrezinho se chamava Giuseppe Leonardi, era de um lugarejo vizinho a Alfedena. Toda a sua família morrera sob as bombas, tinha ficado só, "e assim" disse a mulher "fazia um pouco de mercado negro. Mas pouco, pouco". O Coronel Brown estendeu à mulher um grosso envelope, que ela, hesitando, pinçou delicadamente com dois dedos e depôs sobre o criado-mudo. "Servirão para o funeral" disse.

Depois daquela breve cerimônia, todos se puseram a falar entre si em voz alta, e a mulher perguntou se o Coronel Brown era o General Cork. Respondi que era o capelão, um padre.

"Um padre americano!" exclamou a mulher e, erguendo-se, lhe ofereceu a sua cadeira, na qual o Coronel Brown, ruborizado e sem jeito, pôs-se a assentar, mas súbito se levantou, como se tivesse sido espetado por um alfinete.

Todos olhavam o "padre americano" com respeito, e de vez em quando se inclinavam, sorrindo-lhe com simpatia.

"E agora" me sussurrou o Coronel Brown "que devo fazer?" E acrescentou: "*I think... yes... I mean...* o que faria no meu lugar um padre católico?"

"Faça o que quiser" respondi "mas sobretudo não os faça perceber, pelo amor de Deus, que é um pastor protestante!"

"*Thank you*" disse o capelão empalidecendo e, avizinhando-se do leito, juntou as mãos e permaneceu absorto na oração.

Quando o Coronel Brown se voltou e se afastou do leito, a mulher enrubescendo me perguntou como se podia fazer para compor o corpo. De pronto não entendi. A mulher me indicou o morto. Era verdadeiramente uma coisa piedosa e horrível. Parecia um daqueles moldes de papel que usam os alfaiates, ou uma forma de papelão para tiro ao alvo. Aquilo que mais me perturbou foram os sapatos, esmagados, e aqui e ali furados por algo branco, talvez por algum ossinho. As duas mãos, que tinha recolhidas no peito (oh, sobre o peito!), pareciam duas luvas de algodão.

"Como se faz?" disse a mulher "não podemos sepultá-lo naquele estado."

Eu respondi que talvez se pudesse experimentar banhá-lo com um pouco de água quente: a água, talvez, poderia fazê-lo inchar, lhe daria um aspecto mais humano.

"Você gostaria de empapá-lo" disse a mulher "como se faz com..." e corando se interrompeu, como se um imprevisto pudor lhe tivesse extinguido a palavra na boca.

"Justo assim: empapá-lo" disse eu corando.

Alguém trouxe uma bacia cheia de água, desculpando-se que estivesse fria: não havia mais gás desde muitos dias, nem um pouco de carvão ou de lenha para acender o fogo.

"Paciência. Tentaremos com água fria" disse a mulher, e ajudada por uma comadre pôs-se com as mãos a borrifar a água sobre o morto: que, empapando-se, inchou, mas pouco, não mais do que a espessura de um feltro grosso.

Subiam de longe, da Via dell'Impero, da Piazza Venezia, do Fórum Trajano, da Suburra, os sons orgulhosos das trombetas e dos gritos de triunfo dos vencidos. Eu olhava a horrível coisa estendida sobre o leito, e ria por dentro, pensando que todos nós, naquela tarde, nos acreditávamos Brutos, Cássios, Aristógenes, e éramos todos, vencedores e vencidos, como aquela horrível coisa estendida sobre o leito: uma pele retalhada em forma de homem, uma pobre pele de homem. Voltei-me para a janela aberta e, vendo alta sobre os telhados a torre do Capitólio, ria dentro de mim pensando que aquela bandeira de pele humana era a nossa bandeira, a verdadeira bandeira de todos nós, vencedores e vencidos, a única bandeira digna de se desfraldar, aquela tarde, sobre a torre do Capitólio. Ria dentro de mim pensando naquela bandeira de pele humana desfraldada sobre a torre do Capitólio.

Fiz um sinal para o Coronel Brown, e nos dirigimos para a porta. Na soleira nós nos voltamos, inclinando-nos profundamente. Chegando ao fundo da escada, no vestíbulo escuro, o Coronel Brown parou: "Talvez, se o tivéssemos empapado com água quente" disse em voz baixa "teria inchado mais".

XI
O processo

Os rapazes sentados nos degraus de Santa Maria Novella, a pequena multidão de curiosos reunida em torno do obelisco, o oficial *partigiano* encavalado no banquinho aos pés da escadaria da igreja, com os cotovelos apoiados na mesinha de ferro tirada de algum café da praça, a equipe de jovens *partigiani* da Divisão comunista "Potente", armados de metralhadoras e alinhados sobre o adro diante dos cadáveres estendidos em desordem um sobre o outro, pareciam pintados por Masaccio no reboco do ar cinza. Iluminados a pino pela luz de gesso sujo que caía do céu nebuloso, todos calados, imóveis, os rostos voltados todos para o mesmo lado. Um fio de sangue escorria pelos degraus de mármore abaixo.

Os fascistas sentados na escadaria da igreja eram rapazes de quinze ou dezesseis anos, de cabelos livres sobre a fronte alta, os olhos negros e vivos no longo rosto pálido. O mais jovem, vestido de uma malha negra e de um par de calças curtas, que lhe deixavam nuas as pernas de canelas magras, era quase um menino. Havia também uma moça entre eles: muitíssimo jovem, de olhos negros e de cabelos soltos sobre os ombros, daquele louro escuro que se encontra com frequência na Toscana entre as mulheres do povo, sentada com o rosto para o alto, mirando as nuvens de verão sobre os telhados de Florença esmaltados pela chuva, aquele céu pesado e engessado, e cá e lá crestado, semelhante aos céus de Masaccio nos afrescos do Carmine.

Quando ouvimos os disparos, estávamos na metade da Via della Scala, perto dos Orti Oricellari. Desembocados na praça, fomos parar aos pés da escadaria de Santa Maria Novella, às costas do oficial *partigiano* sentado diante da mesinha de ferro.

Ao chiado dos freios dos dois jipes, o oficial não se moveu, não se virou. Mas depois de um instante estendeu o dedo para um daqueles rapazes e disse: "É a sua vez. Como se chama?".

"Hoje é a minha vez" disse o rapaz levantando-se "mas um dia ou outro será a sua."

"Como se chama?"

"Me chamo como me parece" respondeu o rapaz.

"*O che gli rispondi a fare, a quel muso de bischero?*" disse um companheiro sentado por perto.

"Respondi, para ensinar a ter educação, àquele *coiso*" respondeu o rapaz, enxugando com o dorso da mão a testa molhada de suor. Estava pálido, e lhe tremiam os lábios. Mas ria com ar desafiador, olhando fixo o oficial *partigiano*. O oficial baixou a cabeça e pôs-se a brincar com um lápis.

De repente os rapazes começaram a falar entre si rindo. Falavam com o acento popular de San Frediano, de Santa Croce, de Palazzolo. "E aqueles vagabundos estão olhando o quê? Ou nunca viram matar um cristão?"

"E como se divertem, aqueles mamelucos!"

"Queria vê-los no nosso lugar, *icché farebbero, quei finocchiacci!*"

"Aposto que se jogariam de joelhos!"

"Nós os ouviríamos estrilar como porcos, pobrezinhos!" Os rapazes riam, muito pálidos, fixando as mãos do oficial *partigiano*. "Olhe que gracioso, com aquele lenço vermelho no pescoço!"

"*O chi gli è?*"

"*O chi gli ha da essere? Gli è Garibaldi!*"

"O que me desagrada" disse o rapaz, em pé no degrau "é ter de ser morto por aqueles *bucaioli!*"

"*'Un la far tanto lunga, moccicone!*" gritou um da multidão.

"*Se l'ha furia, la venga lei al mi' posto*" rebateu o rapaz enfiando as mãos no bolso.

O oficial *partigiano* ergueu a cabeça e disse: "Depressa. Não me faça perder tempo. É a sua vez."

"Se é para não fazer perder tempo" disse o rapaz com voz de deboche "me mando rápido." E passando por cima dos companheiros foi se pôr diante dos *partigiani* armados de metralhadoras, junto ao monte de cadáveres, bem no meio da poça de sangue que se alargava no pavimento de mármore do adro.

"Cuidado para não emporcalhar os sapatos!" gritou um dos seus companheiros, e todos se puseram a rir.

Jack e eu saltamos de cima do jipe.

"*Stop!*" gritou Jack.

Mas naquele instante o rapaz gritou: "Viva Mussolini!" e caiu crivado de tiros.

"*Good Gosh!*" exclamou Jack, pálido como um morto.

O oficial *partigiano* soergueu o rosto e olhou Jack de alto a baixo.

"Oficial canadense?" disse.

"Não, coronel americano" respondeu Jack e, acenando aos rapazes sentados nos degraus da igreja, acrescentou: "Belo serviço, matar rapazes".

O oficial *partigiano* se voltou lentamente, lançou uma olhada oblíqua aos dois jipes carregados de soldados canadenses com fuzis-metralhadoras em punho, depois parou os olhos em mim, observou o meu uniforme e, pondo o lápis na mesa, me disse com um sorriso conciliador: "Por que não responde você ao seu americano?".

Olhei-o na face e o reconheci. Era um dos ajudantes de Potente, o jovem comandante da Divisão *partigiana* que tinha flanqueado as tropas canadenses no cerco e no assalto a Florença e foi morto alguns dias antes perto de Jack e de mim, em Oltrarno.

"O Comando aliado proibiu as execuções sumárias" disse eu "deixe estar aqueles rapazes, se não quer ter aborrecimentos."

"É um dos nossos e fala deste modo?" disse o oficial *partigiano*.

"Sou um dos seus, mas devo fazer respeitar as ordens do Comando aliado."

"Vi você alguma outra vez" disse o oficial *partigiano* "estava lá, quando Potente morreu?"

"Sim" respondi "estava junto dele. E daí?"

"Quer os cadáveres? Não sabia que se meteu a bancar o coveiro."

"Quero os vivos. Aqueles rapazes ali."

"Pegue aqueles já mortos" disse o oficial *partigiano* "deixo por pouco. Tem um cigarro?"

"Quero os vivos" eu disse estendendo-lhe o maço de cigarros "aqueles rapazes serão julgados por um tribunal militar."

"Por um tribunal?" disse o oficial *partigiano* acendendo um cigarro "que luxo!"

"Você não tem o direito de julgá-los."

"Eu não os julgo" disse oficial *partigiano* "eu os mato."

"Por que matá-los? Com que direito?"

"Com que direito?"

"Por que matar aqueles rapazes?" disse Jack.

"Mato porque gritam Viva Mussolini."

"Gritam Viva Mussolini porque os mata" disse eu.

"*Ma icché voglion quei due così?*" gritou uma voz da multidão.

"Queremos saber por que os mata" eu disse voltando-me para a multidão.

"Mata-os porque disparavam dos telhados" gritou outra voz.

"Dos telhados?" disse a moça rindo "Por quê? Nos tomam por gatos?"

"*La 'un si lasci impietosire*" gritou um jovenzinho saindo da multidão "eu digo, eles estavam nos telhados disparando!"

"Você os viu?"

"Eu não" disse o jovenzinho.

"E então por que diz que disparavam dos telhados?"

"Alguém devia estar nos telhados a disparar" disse o jovenzinho "*e ce n'è degli altri. La 'un sente?*"

Do fundo de Via della Scala chegava um pipocar esparso de tiros, rompido pelas rajadas das metralhadoras.

"Podia também ser você a disparar dos telhados" disse eu.

"*La guardi come la parla*" disse ele em tom ameaçador, dando um passo adiante.

Jack aproximou-se e me sussurrou ao ouvido: "*Take it easy*" e voltando-se fez um aceno aos soldados canadenses, que saltaram de cima dos jipes e vieram pôr-se atrás de nós, com os fuzis-metralhadoras em punho.

"*Ora s'appiccicano*" disse a moça.

"E você, por que interfere nos nossos negócios?" disse um dos rapazes olhando-me com ar maldoso "O que pensa? Que temos medo?"

"Tem mais medo ele de nós" disse a moça "não vê como está branco? *Dàgli un cordiale, poverino!*"

Todos se puseram a rir, e Jack disse ao oficial *partigiano*: "Aqueles rapazes levo eu em custódia. Serão julgados segundo a lei".

"Que lei?" disse o oficial *partigiano*.

"O Tribunal militar" disse Jack "devia matá-los súbito, no ato. Agora é muito tarde. Agora cabe à lei. Você não tem o direito de julgá-los."

"São amigos seus?" perguntou o oficial *partigiano* a Jack, com um sorriso de deboche.

"São italianos" eu disse.

"Italianos, aqueles?" disse o oficial *partigiano*.

"Por quê? Nos toma por turcos?" disse a moça "Cuidado aí, como se fosse um luxo sermos italianos!"

"Se são italianos" disse o oficial *partigiano* "onde entram os aliados? Os nossos assuntos resolvemos entre nós."

"Em família" eu disse.

"Isso, em família. E você, por que toma partido dos aliados? Se é dos nossos, deveria estar do nosso lado."

"São italianos" disse eu.

"Os italianos devem julgá-los os tribunais do povo!" gritou uma voz da multidão.

"*That's all*" disse Jack.

A um aceno seu os soldado canadenses circundaram os rapazes e os empurraram pelos degraus da igreja abaixo, rumo aos jipes.

O oficial *partigiano*, lívido, olhava fixo Jack apertando os punhos. De repente estendeu a mão e agarrou Jack por um braço.

"Mãos para baixo!" gritou Jack.

"Não" disse o outro sem se mover.

Enquanto isso saiu da igreja um frade. Era um frade grande, alto, gordo, do rosto redondo e vivo. Tinha uma vassoura na mão, e pôs-se a varrer o adro. O adro estava lotado de papelada, de palha, de cápsulas, de cartuchos. Quando viu o monte de cadáveres, e o sangue que escorria pelos degraus de mármore abaixo, parou, afastou as pernas, exclamando: "Ora essa, que coisa é esta?" e voltou-se aos *partigiani* alinhados com a metralhadora empunhada diante dos cadáveres, gritou: "Que maneira é esta de vir matar gente na porta da minha igreja? Fora daqui, vagabundos. Vão fazer destas coisas diante da casa de vocês, não aqui. Entenderam?".

"*La si cheti, signor frate!*" disse o oficial *partigiano* largando o braço de Jack. "Hoje não é dia!"

"Ah, não é dia?" gritou o frade "Eu vou lhe mostrar se não é dia!" E erguendo a vassoura pôs-se a bater sobre a cabeça do oficial *partigiano*. Primeiro friamente, com uma fúria refletida, mas pouco a pouco acalorada, dava golpes e gritava: "Que modo é este de vir sujar os degraus da minha igreja? Vão trabalhar, vagabundos, em vez de vir matar gente diante da minha casa!". E repetindo o som que fazem as donas de casa para enxotar as galinhas, baixava a vassoura ora na cabeça do oficial *partigiano*, ora na dos seus homens, e saltava de um a outro gritando: "Xô! Xô! Fora daqui, malcriados! Xô! Xô!". Até que, dono da situação, se virou e, sempre lançando palavrões e anátemas contra aqueles "vagabundos" e aqueles "imprestáveis", pôs-se raivosamente a varrer os degraus borrados de sangue.

A multidão se dispersou em silêncio.

"Encontrarei você, um dia ou outro!" me disse o oficial *partigiano* fixando-me nos olhos com ódio, e se afastou lentamente, voltando-se de vez em quando a olhar-me.

Eu disse a Jack: "Agradaria também a mim encontrá-lo um dia, aquele pobrezinho". Mas Jack se aproximou, pousou a mão no meu braço, sorrindo com tristeza, e eu percebi naquele momento que eu tremia todo e tinha os olhos cheios de lágrimas.

"Grato, padre" disse Jack ao frade.

O frade se apoiou no cabo da vassoura e disse: "Parece justo, senhores, que em uma cidade como Florença se tenha de matar os cristãos nos degraus das igrejas? Gente é sempre morta, e eu não encontro nada para criticar. Mas bem aqui, diante da minha igreja, diante de Santa

Maria Novella! Por que não vão matá-la nos degraus de Santa Croce? Lá há um prior que os deixaria fazer isso. Mas aqui não. Digo bem?"

"Nem aqui nem lá" disse Jack.

"Aqui não" disse o frade "aqui não quero. Viu como se faz? Certo é que por bem não se obtém nada. Precisamos da vassoura. Dei tantas daquelas vassouradas na cabeça dos alemães, por que não deveria dá-las também na dos italianos? E atentem bem, se desse na cabeça dos americanos virem sujar de sangue os degraus da minha igreja, eu os caçaria com a vassoura também. Você é americano?"

"Sim, sou americano" respondeu Jack.

"Neste caso, fica como não dito. Mas você me entende. Tenho também eu as minhas boas razões. Aprenda comigo: dê vassouradas."

"Somos militares" disse Jack "não podemos circular armados de vassoura."

"Mal. A guerra não se faz com fuzis" disse o frade "faz-se com a vassoura. Esta guerra, quero dizer. Aqueles vagabundos são bons filhotes, sofreram, e em certo sentido eu os entendo: mas os prejudica o fato de terem vencido. Nem bem um cristão vence, esquece que é cristão. Torna-se turco. Nem bem um cristão vence, adeus Cristo. Você é cristão?"

"Sim" disse Jack "sou ainda um cristão."

"Melhor assim" disse o frade "melhor cristão que turco."

"Melhor cristão que americano" disse Jack sorrindo.

"Entendo assim. Melhor cristão que americano. E depois... Até mais, senhores" disse o frade, e se foi, resmungando rumo à porta da igreja, com a sua vassoura ensanguentada em punho.

Eu estava cansado de ver matar gente. Havia quatro anos não fazia senão ver matar gente. Ver morrer gente é uma coisa, vê-la matar é outra. Parece que se faz parte de quem mata, de ser também você um daqueles que matam. Estava cansado, não podia mais. A vista de um cadáver, então, me fazia vomitar: não somente de desgosto, de horror, mas de raiva, de ódio. Começava a odiar os cadáveres. Acabada a piedade, começava o ódio. Odiar os cadáveres! Para entender em que abismo de desespero possa cair um homem, carece entender o que significa odiar os cadáveres.

Naqueles quatro anos de guerra eu não tinha nunca disparado contra um homem: nem contra um homem vivo, nem contra um homem morto. Permanecera cristão. Permanecer cristão, naqueles anos, queria dizer trair. Ser cristão queria dizer ser traidor, porque aquela suja guerra não era uma guerra contra os homens, mas contra Cristo. Por quatro anos via turmas de homens armados andar cercando Cristo, como o caçador vai cercando a caça. Na Polônia, na Sérvia, na Ucrânia, na Romênia, na Itália, por toda a Europa, por quatro anos, via bandos de homens pálidos irem dando busca nas casas, nos arbustos, nos bosques, nos montes, nos vales, para expulsar Cristo, para matá-lo como um cão raivoso. Mas eu permanecera cristão.

E então, havia dois meses e meio, desde quando, libertada Roma no princípio de junho, fomos postos a perseguir os alemães ao longo da Via Cassia e da Via Aurelia (Jack e eu devíamos manter as ligações entre os franceses do General Juin e os americanos do General Clark através dos montes e dos bosques de Viterbo, da Tuscania, das *maremme* de Grosseto, de Siena, de Volterra), começava também eu a sentir nascer dentro de mim a vontade de matar.

Quase toda noite me acontecia sonhar que disparava, que assassinava. Acordava molhado de suor, apertando a coronha da metralhadora. Não me tinha nunca acontecido ter semelhantes sonhos. Não tinha nunca sonhado, antes de então, que matava um homem. Disparava e via o homem cair molemente, lentamente. Mas não ouvia o tiro. O homem caía lentamente, molemente, no fundo de um silêncio quente e macio.

Uma noite Jack me ouviu gritar em sonho. Dormíamos no chão, debaixo de um Sherman, sob a chuva tépida de julho, em um bosque perto de Volterra, onde tínhamos alcançado a Divisão japonesa, uma Divisão americana formada por japoneses da Califórnia e do Havaí, que tinha a missão de atacar Livorno. Jack me ouviu gritar em sonho, e chorar, e ranger os dentes. Era justo como se um lobo se desvinculasse, lentamente, no fundo de mim, dos laços da minha consciência.

Aquela espécie de raiva homicida, aquela sede de sangue, tinha começado a me queimar entre Siena e Florença, quando percebemos que entre os alemães contra quem disparávamos havia também italianos.

Naqueles dias, a guerra de libertação contra os alemães vinha pouco a pouco mudando, para nós italianos, em uma guerra fratricida contra os outros italianos.

"*Don't worry*" me disse Jack "acontece o mesmo, infelizmente, em todos os países da Europa."

Não somente na Itália, mas em toda a Europa, uma atroz guerra civil vinha apodrecendo como um tumor dentro da guerra que os Aliados combatiam contra a Alemanha de Hitler. Para libertar a Europa do jugo alemão, os polacos matavam os polacos, os gregos os gregos, os franceses os franceses, os romenos os romenos, os iugoslavos os iugoslavos. Na Itália, os italianos que se ladeavam aos alemães não disparavam nos soldados aliados, mas nos italianos que se ladeavam aos Aliados: e, igualmente, os italianos que se ladeavam aos Aliados não disparavam nos soldados alemães, mas nos italianos que se ladeavam aos alemães. Enquanto os Aliados se faziam matar para libertar a Itália dos alemães, nós nos matávamos entre nós.

Era o usual, antigo mal italiano, que se reacendia em cada um de nós. Era a usual, suja guerra entre italianos, com o usual pretexto de libertar a Itália do estrangeiro. Mas aquilo que mais me horrorizava e me apavorava, naquele antigo mal, era que eu também me sentia tocado pelo contágio. Eu também me sentia sedento de sangue fraterno. Naqueles quatro anos consegui permanecer cristão: e então, meu Deus, eis que o meu coração estava podre de ódio, que eu também caminhava com o fuzil-metralhadora em punho, pálido como um assassino, eis que eu também me sentia queimado até no fundo das vísceras por uma horrível fúria homicida.

Quando atacamos Florença e, pela Porta Romana, pelo Bellosguardo, pelo Poggio Imperiale, penetramos nas ruas de Oltrarno, eu tirei o carregador da minha metralhadora e, entregando-o a Jack, lhe disse: "Ajude-me, Jack. Não quero me tornar um assassino". Jack me olhou sorrindo: estava pálido, e lhe tremiam os lábios. Pegou o carregador que lhe entregava e colocou-o no bolso. Depois tirei o carregador da minha Mauser e o estendi. Jack esticou a mão e, sempre sorrindo, com aquele seu sorriso triste e afetuoso, me tirou os carregadores que despontavam dos bolsos da minha jaqueta.

"Matarão você como um cão" disse.

"É uma belíssima morte, Jack. Sempre sonhei poder ser, um dia, morto como um cão."

No fundo da Via di Porta Romana, lá onde aquela rua entra obliquamente na Via Maggio, os franco-atiradores nos acolheram com um raivoso fogo de fuzilaria dos telhados e das janelas. Coube-nos saltar do jipe e avançar caminhando curvos ao longo dos muros, sob as balas que ricocheteavam miando no pavimento. Jack e os canadenses que estavam conosco respondiam ao fogo, e o Major Bradley, que comandava os soldados canadenses, se voltava de vez em quando me olhando surpreso e gritava: "Por que não disparou? É por acaso um *conscience objector?*".

"Não, não é um *conscience objector*" respondia Jack "é um italiano, um florentino. Não quer matar os italianos, os florentinos." E me olhava sorrindo com tristeza.

"Você se arrependerá!" gritava para mim o major Bradley "semelhante ocasião não acontecerá nunca mais na sua vida."

E os soldados canadenses se voltavam também me olhando surpresos e riam, gritando-me naquele seu francês com antigo acento normando: "*Veuillez nous excuser, mon Capitaine, mais nous ne sommes pas de Florence!*". Disparavam contra as janelas, rindo. Mas eu adverti nas suas palavras e nos seus risos uma simpatia afetuosa, um pouco triste.

Quinze dias durou a batalha nas ruas de Oltrarno, antes que conseguíssemos atravessar o rio e penetrar no coração da cidade. Estávamos encastelados na Pensione Bartolini, no último pavimento de um antigo edifício do Lungarno Guicciardini, e nos cabia caminhar curvados nos quartos para não sermos crivados de tiros dos alemães agachados atrás das janelas do Palazzo Ferroni, lá defronte a nós, além do Arno, na entrada da ponte Santa Trinità.

À noite, estendido junto aos soldados canadenses e aos *partigiani* da Divisão comunista "Potente", eu pressionava o rosto contra o revestimento de tijolos, fazendo força para não me levantar, para não descer à rua, para não circular pelas casas a disparar no ventre de todos aqueles que, escondidos nas adegas, esperavam tremendo o momento de poder, passado o perigo, correr na praça com as rosetas tricolores no peito e os lenços vermelhos no pescoço a gritar "Viva a liberdade!". Tinha desgosto daquele ódio que me comia o coração, mas devia agarrar-me com as unhas ao pavimento para não ir às casas e matar todos os falsos heróis que um dia, quando os alemães houvessem abandonado a cidade, sairiam dos seus esconderijos a gritar "Viva a liberdade!", olhando com desprezo, com piedade, com ódio os nossos rostos barbudos e os nossos uniformes rasgados.

"Por que não dorme?" me perguntava Jack em voz baixa. "Pensa nos heróis de amanhã?"

"Sim, Jack, penso nos heróis de amanhã."

"*Don't worry*" dizia Jack "acontecerá o mesmo em toda a Europa. São os heróis de amanhã que terão salvo a liberdade da Europa."

"Por que vieram nos libertar, Jack? Deviam deixar-nos apodrecer na escravidão."

"Daria toda a liberdade da Europa por um copo de cerveja gelada" dizia Jack.

"Um copo de cerveja gelada?" gritava o Major Bradley acordando de supetão.

Uma noite, enquanto estávamos para sair em patrulha nos telhados, um *partigiano* da "Potente" veio advertir-me que um oficial italiano de artilharia perguntava por mim. Era Giacomo Lombroso. Abraçamo-nos em silêncio, e eu tremia, olhando o seu rosto pálido, os seus grandes olhos cheios daquela estranha luz que têm os olhos de um judeu quando a morte pousa no seu ombro como uma coruja invisível. Fizemos um longo giro nos telhados, para expulsar os franco-atiradores aninhados atrás das chaminés e das mansardas, e ao retorno fomos nos estender no telhado da Pensione Bartolini, protegidos por uma chaminé.

Estendidos nas telhas quentes, na noite de verão rompida por relâmpagos de um temporal distante, falávamos em voz baixa entre nós, mirando a lua pálida subir lentamente no céu sobre as oliveiras de Settignano e de Fiesole, sobre os bosques de cipreste do Monte Morello, sobre a nua costa da Calvana. Lá embaixo, no fundo da planície, me parecia ver tremeluzir no clarão da lua os telhados da minha cidade.

E eu disse a Jack: "Aquela é Prato, Jack, aquela é a minha cidade. A casa da minha mãe é lá. Eu nasci perto da casa onde nasceu Filippino

Lippi. Lembra, Jack, da noite que passamos escondidos naquele bosque de ciprestes, nas colinas de Prato? Você recorda que víamos tremeluzir entre as oliveiras os olhos das Madonas e dos Anjos de Filippino Lippi?".

"Eram os pirilampos" disse Jack.

"Não, não eram os pirilampos: eram os olhos das Madonas e dos Anjos de Filippino Lippi."

"Por que está caçoando de mim? Eram os pirilampos" disse Jack.

Eram os pirilampos, mas as oliveiras e os ciprestes sob a lua pareciam mesmo pintados por Filippino Lippi.

Alguns dias antes Jack e eu, juntos com um oficial canadense, tínhamos ido em patrulha além das linhas alemãs para esclarecer se era verdade, como afirmavam os *partigiani*, que os alemães, preterindo defender Prato, a saída do vale do Bisenzio e a estrada que de Prato leva a Bolonha, tinham abandonado a cidade. Eu, conhecendo os lugares, fui dirigindo, Jack e o oficial canadense deveriam comunicar por rádio ao Comando da aviação americana se consideravam necessário novo e mais terrível bombardeamento de Prato. A morte da minha cidade dependia de Jack, do oficial canadense e de mim. Caminhávamos para Prato como os anjos para Sodoma. Íamos salvar Lot, e a família de Lot, da chuva de fogo.

Atravessado a vau o Arno perto de Lastra em Signa, em certo ponto tomamos ao longo a margem do Bisenzio o rio onde nasci, o "*felice Bisenzio*" de Marsilio Ficino e de Agnolo Firenzuola. Abaixo de Campi deixamos o rio para evitar os povoados, e depois de longo giro reencontramos o Bisenzio perto da ponte de Capalle. Dali, sempre ao longo da margem do rio, avançamos até a vista dos muros de Prato: subindo em Querce a costa da Retaia e atalhando ao meio a ponte sobre os Cappuccini, descemos para Filettole, e lá, escondidos em um bosque de ciprestes, passamos a noite, admirando o pálido brilho dos pirilampos entre as copas das oliveiras.

Eu dizia a Jack: "São os olhos das Madonas e dos Anjos de Filippino Lippi."

"Por que quer me meter medo?" disse Jack. "São os pirilampos."

E eu rindo lhe dizia: "Aquele tênue brilho lá embaixo, perto da fonte que canta na sombra, é o brilho dos véus da Salomé de Filippino Lippi".

"*The hell with your Salome!*" disse Jack "Por que quer zombar de mim? São os pirilampos."

"Carece ter nascido em Prato" dizia. "Carece ser conterrâneo de Filippino Lippi para entender que não são os pirilampos, mas os olhos dos Anjos e das Madonas de Filippino."

E Jack dizia suspirando: "Eu não sou, infelizmente, senão um pobre americano".

Depois nos calamos por longo tempo, e eu me senti pleno de afeto e de gratidão por Jack e por todos aqueles que, infelizmente, eram somente pobres americanos e arriscavam a vida por mim, pela minha cidade, pelas Madonas e pelos Anjos de Filippino Lippi.

A lua se pôs, e a aurora branqueou o céu sobre a Retaia. Eu olhava as casas de Coiano e de Santa Lucia, lá embaixo, além do rio, os ciprestes das Sacca, o cume ventoso do Spazzavento, e disse a Jack: "Lá é o lugar da minha infância. Lá eu vi o primeiro pássaro morto, o primeiro pirilampo morto, o primeiro homem morto. Lá eu vi a primeira árvore verde, o primeiro fio de erva, o primeiro cão".

E Jack me disse em voz baixa: "Aquele rapaz que corre lá embaixo, ao longo do rio, é você?".

"Sim, sou eu" respondia "e aquele cão branco é o meu pobre Belledo. Morreu quando eu tinha quinze anos, mas sabe que voltei, e me procura."

Na estrada de Coiano e de Santa Lucia passavam colunas de caminhões alemães, subiam para Vaiano, para Vernio, para Bolonha.

"Eles se vão" disse Jack.

Por muito que esquadrinhássemos com os nossos binóculos as colinas, os vales, os bosques, não divisamos rastro de arame farpado, de trincheiras, de postos de artilharia, nem depósitos de munições, nem tanques ou canhões antitanques de emboscada. A cidade parecia abandonada, não só pelos alemães, mas também pelos próprios habitantes. Nem um fio de fumo saía das chaminés das fábricas nem das casas: Prato parecia deserta, e extinta. E ainda em Prato, como em todas as cidades da Itália, como em todas as cidades da Europa, os falsos "resistentes", os falsos defensores da liberdade, os heróis de amanhã, estavam escondidos, pálidos e trêmulos, nas adegas. Os imbecis, os loucos se entregaram à *macchia*, com os bandos *partigiani*, e combatiam ao lado dos Aliados ou balançavam pendendo dos lampiões, nas praças da cidade: mas os sábios, os prudentes, todos aqueles que um dia, passado o perigo, ririam de nós, dos nossos uniformes sujos de lama, estavam lá, encolhidos nos seus seguros esconderijos, na espera de poder sair na praça a gritar: "Viva a liberdade!".

Eu disse sorrindo a Jack: "Estou verdadeiramente feliz que o homem louro tenha desposado a mulher morena".

"Também eu estou feliz" disse Jack. E sorrindo pôs-se a transmitir por rádio as palavras da mensagem convencional: "*O homem louro desposou a mulher morena*", que queria dizer: "Os alemães abandonaram Prato". Um cavalo pastava na margem verde do Bisenzio, um cão corria ladrando no areal, uma moça vestida de vermelho descia para a fonte de Filettole equilibrando na cabeça, com os dois braços alçados, uma bacia de cobre luzente. E eu sorria, feliz. As bombas dos *Liberators* não cegariam as Madonas e os Anjos de Lippi, não despedaçariam as pernas dos querubins de Donatello dançantes no púlpito do Duomo, não matariam a Madona de Mercatale, nem a Madona do Olivo, nem o Bacchino de Tacca, nem as Virgens de Luca della Robbia, nem a Salomé de Filippo Lippi, nem o San Giovanni delle Carceri. Não assassinariam minha mãe. Estava feliz, mas o coração me doía.

E também naquela tarde estendido junto a Jack e a Lombroso no telhado da Pensão Bartolini, admirando a lua pálida subir lentamente no céu, estava feliz, mas me doía o coração. Um odor de morte subia do abismo turquesa dos becos de Oltrarno, da profunda ferida argêntea do rio na palidez verde da noite de verão, e inclinando-me do telhado via lá embaixo, entre a ponte de Santa Trinità e a entrada da Via Maggio, estendido no pavimento, o alemão morto com o fuzil ainda em punho, a mulher morta com o rosto apoiado na cesta de compras cheia de tomates e de abobrinhas, o rapaz morto com uma garrafa vazia na mão, o cavalo morto entre os varais da carroça, o cocheiro morto sentado na boleia com as mãos no ventre e a cabeça dobrada sobre os joelhos.

Aqueles mortos, odiava-os. Todos os mortos. Eram eles os *estrangeiros*, os únicos, os verdadeiros *estrangeiros* na pátria comum de todos os homens vivos, na pátria comum, a vida. Os americanos vivos, os franceses, os polacos, os negros vivos pertenciam à minha mesma raça, a raça dos homens vivos, à minha mesma pátria, a vida, falavam como eu uma linguagem quente, viva, sonora, moviam-se, caminhavam, os seus olhos esplendiam, os seus lábios se abriam ao respirar, ao sorrir. Estavam vivos, eram homens vivos. Mas os mortos eram estrangeiros, pertenciam a outra raça, a raça dos homens mortos, a outra pátria, a morte. Eram os nossos inimigos, os inimigos da minha pátria, da pátria comum, a vida. Tinham invadido a Itália, a França, a Europa toda, eram os únicos, os verdadeiros *estrangeiros* na Europa vencida e humilhada, mas viva, os únicos, os verdadeiros inimigos da nossa liberdade. A vida, a nossa verdadeira pátria, a vida, devíamos defendê-la também contra eles, os mortos.

Agora entendo a razão daquele ódio, daquela fúria homicida que me mordia por dentro, que queimava as vísceras de todos os povos da Europa: era a necessidade de odiar qualquer coisa de vivo, de quente, de humano, de nosso, algo semelhante a nós, algo que fosse da nossa mesma raça, que pertencesse à nossa mesma pátria, a vida: não aqueles estrangeiros que tinham invadido a Europa, e imóveis, frios, lívidos, as olheiras vazias, oprimiam havia cinco anos a nossa pátria, a vida, sufocando a nossa liberdade, a nossa dignidade, o amor, a esperança, a juventude, sob o peso enorme da sua carne de aço. O que nos arremetia como lobos contra os nossos irmãos, que em nome da liberdade jogava os franceses contra os franceses, os italianos contra os italianos, os polacos contra os polacos, os romenos contra os romenos, era a necessidade de odiar algo semelhante a nós, de nosso, *algo em que pudéssemos nos reconhecer e odiar.*

"Viu como estava pálido o pobre Tani?" disse de repente Lombroso rompendo o longo silêncio.

Também ele pensava na morte. E já sabia que alguns dias depois, na manhã da libertação de Florença, voltando para casa depois de tão longo e tão doloroso tempo, e vacilando à sua porta, um homem escondido na adega da casa lhe teria disparado de baixo para cima, ferindo-o mortalmente na virilha. Talvez já soubesse que seria morto sozinho na calçada como um cão doente, debaixo do grito apavorado das primeiras andorinhas da aurora, já sabia talvez que a palidez da morte lhe velava a fronte, que o seu rosto estava branco e luzente como o rosto de Tani Masier.

Naquela mesma noite, voltando da nossa patrulha sobre os telhados de Oltrarno, enquanto atravessávamos os becos de Santo Spirito, que é atrás do Lungarno Guicciardini, procuramos abrigo de uma inesperada tempestade de morteiros dentro do corredor de uma casa. E eis que veio ao nosso encontro no escuro corredor uma sombra branca, uma gentil sombra de mulher sorrindo entre lágrimas. Era Tity Masier, que, sem me reconhecer, nos convidou a entrar em uma sala do térreo, uma espécie de adega, onde estavam estendidos sobre enxergas de palha algumas formas humanas. Eram sombras de homens, e eu súbito senti o odor da morte.

Uma daquelas sombras se ergueu sobre os cotovelos e me chamou pelo nome. Era um espectro belíssimo, semelhante àqueles jovens espectros que os antigos encontravam nas ruas poeirentas da Focide ou da Argolide, sob o sol do meio-dia, ou sentados na borda da fonte de Castália, em Delfos, ou à sombra do imenso bosque de oliveiras que de Delfos desce a Itea, que de Delfos, semelhante a um rio de argênteas folhas, desce ao mar.

Eu o reconheci, era Tani Masier: mas não sabia se já estava morto ou se ainda vivia e voltando-se me chamava pelo nome da soleira da noite. E senti o odor da morte, aquele odor que é semelhante a uma voz que canta, semelhante a uma voz que chama.

"Pobre Tani, não sabe que vai morrer" disse Giacomo Lombroso em voz baixa. E ele já sabia que a morte o esperava apoiada na sua porta, em pé na soleira da sua casa.

A cúpula de Brunelleschi balançava alta sobre os telhados de Florença, sobre o branco campanário de Giotto batiam os pálidos fulgores da lua, e eu pensava no pequeno Giorgio, o filho da minha irmã, aquele rapaz de treze anos adormecido em uma poça de sangue atrás da sebe de loureiros no jardim da minha irmã, lá em cima em Arcetri. O que queriam de mim, todos aqueles mortos estendidos sob a lua no pavimento das ruas, sobre as telhas dos telhados, nos jardins ao longo do Arno, o que queriam de nós?

Do profundo labirinto dos becos de Oltrarno subia um odor de morte, semelhante a uma voz que canta, a uma voz que chama. E depois, por quê? Pretendiam talvez fazer-nos crer que fosse melhor morrer?

Uma manhã passamos o rio e ocupamos Florença. Dos esgotos, das adegas, dos sótãos, dos armários, de debaixo dos leitos, das fendas nos muros, onde viviam havia um mês "clandestinamente", se desentocaram como ratos os heróis de última hora, os tiranos de amanhã: aqueles heroicos ratos da liberdade que um dia teriam invadido a Europa para edificar sobre as ruínas da opressão estrangeira o reino da opressão doméstica.

Atravessamos Florença em silêncio, de olhos baixos como intrusos e desmancha-prazeres, sob os olhares desprezivos dos *clowns* da liberdade cobertos de rosetas, de braceletes, de galões, de plumas de avestruz e com o rosto tricolor; perseguindo os alemães, penetramos nos vales do Apenino, subimos as montanhas. Sobre as cinzas ainda tépidas do verão caiu a fria chuva de outono, e por longos meses, diante da Linha Gótica, escutamos o murmúrio da chuva sobre os bosques de carvalhos e de castanhas de Montepiano, sobre os abetos do Abetone, sobre as brancas rochas de mármore dos Alpes Apuanos.

Depois veio o inverno, e de Livorno, onde era o Comando Aliado, subimos a cada três dias em linha ao setor Versilia-Garfagnana. Às vezes surpreendidos pela noite, íamos nos refugiar perto da 92ª Divisão Negra americana, na minha casa de Forte dei Marmi, que o escultor alemão Hildebrand, ajudado pelo pintor Boecklin, havia construído, no fim do século, sobre a praia deserta, entre o pinhal e o mar.

Passávamos a noite em torno da lareira, no grande átrio de afrescos de Hildebrand e de Boecklin. Os projéteis das metralhadoras dos alemães, aninhados no Cinquale, estalavam contra os muros da casa, o vento sacudia furiosamente os pinheiros, o mar uivava sob o céu sereno, onde Orion com belos sapatos corria com seu arco e a sua espada cintilante.

Uma noite Jack me disse em voz baixa: "Olhe Campbell".

Eu olhei Campbell: estava sentado diante da lareira entre os oficiais da 92ª Divisão Negra, e sorria. De início não entendi. Mas no olhar de Jack, fixo no rosto de Campbell, li uma tímida saudação, um afetuoso adeus, e também Campbell tinha nos olhos, quando ergueu o rosto e olhou Jack, uma tímida saudação, um afetuoso adeus. Vi sorrirem um ao outro e provei um dulcíssimo sentimento de inveja, um terno ciúmes. Naquele momento entendi que entre Jack e Campbell havia um segredo, que entre Tani Masier, Giacomo Lombroso e o meu pequeno Giorgio, o filho da minha irmã, havia um segredo que eles escondiam de mim, zelosos, sorrindo.

Uma manhã, um *partigiano* de Camaiore veio perguntar-me se eu queria ver o Magi. Quando alguns meses antes, perseguindo os alemães, estávamos juntos em Forte dei Marmi, eu fui, súbito, escondido de Jack, bater na porta do Magi. A casa estava abandonada. Alguns *partigiani* me disseram que o Magi tinha fugido no mesmo dia em que as nossas vanguardas entraram em Viareggio. Se o tivesse encontrado em casa, se quando bati na porta ele tivesse chegado à janela, talvez eu tivesse nele disparado. Não pelo mal que tinha feito a mim, não pelas perseguições que eu tinha sofrido depois das suas delações, mas pelo mal que tinha feito aos outros. Era uma espécie de Fouché do vilarejo. Alto, pálido, magro, de olhos velados, a sua casa era a mesma que Boecklin havia habitado por muitos anos quando pintava os seus Centauros, as suas Ninfas e a sua famosa Ilha dos mortos. Bati na porta e ergui os olhos esperando que ele chegasse à janela. Sob a janela está murada a lápide que recorda os anos passados por Boecklin em Forte dei Marmi. Lia as palavras da lápide e esperava com o fuzil-metralhadora em punho que a janela se abrisse. Naquele momento, se ele tivesse aparecido, talvez eu tivesse disparado.

Fui com o *partigiano* de Camaiore ver o Magi. Em um prado perto do vilarejo o *partigiano* acenou algo que despontava do terreno. "Ei-lo ali, o Magi" disse. Senti o odor da morte e Jack disse: "Vamos embora". Mas eu queria ver de perto que coisa era aquela que saía da terra e aproximando-me vi que era um pé ainda enfiado no sapato. A meia curta, de lã, cobria um pouco de carne negra, e o sapato mofado parecia enfiado em um bastão.

"Por que não enterram aquele pé?" eu disse ao *partigiano*.

"Não" respondeu o *partigiano* "ele há de ficar assim. Veio sua esposa, sua filha. Queriam o cadáver. Não, o cadáver é nosso. Depois voltaram com uma pá, e queriam enterrar o pé. Não, o pé é nosso. E ele há de ficar assim."

"É horrível" disse eu.

"Horrível? Outro dia havia dois pardais sobre aquele pé, que faziam amor, era engraçado ver aqueles dois pardais que faziam amor sobre o pé do Magi."

"Vá pegar uma pá" eu disse.

"Não" respondeu, teimoso, o *partigiano* "ele há de ficar assim."

Eu pensei no Magi fincado na terra com aquele pé de fora, para que não pudesse aconchegar-se na tumba e dormir. Era como se estivesse suspenso por aquele pé sobre um abismo. Para que não pudesse precipitar-se de cabeça no inferno. Aquele pé suspenso entre o céu e o inferno, imerso no ar, no sol, na chuva, no vento, e os pássaros que iam pousar sobre aquele pé, pipilando.

"Vá pegar uma pá" disse eu "peço-lhe por favor. Fez-me tanto mal quando vivo, agora que está morto gostaria de lhe fazer um pouco de bem. Era um cristão também ele."

"Não" respondeu o *partigiano* "não era um cristão. Se o Magi era um cristão, eu o que sou? Não podemos ser cristãos os dois, o Magi e eu."

"Há muitos modos de ser cristão" eu disse "também um canalha pode ser um cristão."

"Não" respondeu o *partigiano*. "Há um só modo de ser cristão. E depois, o que quer dizer, agora, ser cristão!"

"Se quer fazer-me um favor" disse "vá buscar uma pá."

"Uma pá?" disse o *partigiano* "se quiser, vou pegar uma serra. Em vez de enterrar a perna, eu a serro e dou aos porcos."

Naquela noite, sentados diante da lareira, na minha casa de Forte dei Marmi, escutávamos em silêncio o estouro dos projéteis das metralhadoras alemãs no muro da casa e nos troncos dos pinheiros. Eu pensava no Magi enfiado na terra com o pé de fora e começava a entender o que queriam de nós os mortos, todos os mortos estendidos nas estradas, nos campos, nos bosques.

Então eu começava a entender por que o odor da morte era semelhante a uma voz que canta, a uma voz que chama. Começava a entender por que todos os mortos nos chamavam. Queriam alguma coisa de nós, somente nós podíamos dar a eles o que pediam. Não, não era a piedade. Era outra coisa, algo de mais profundo, de mais misterioso. Não era a paz, a paz da tumba, do perdão, dos afetos. Era algo mais distante do homem, mais distante da vida.

Depois veio a primavera, e, quando nos movemos para o último assalto, fui mandado a guiar a Divisão japonesa para o ataque a Massa. De Massa penetramos até Carrara, e de lá, através do Apenino, descemos para Módena.

Foi quando vi o pobre Campbell estendido na poeira da estrada, em uma poça de sangue, que eu entendi o que queriam os mortos de nós. Algo de estranho ao homem, de estranho à vida mesma. Dois dias depois atravessamos o Pó e, rechaçando a retaguarda alemã, nos aproximamos de Milão. Então a guerra declinava, e começava o massacre, aquele terrível massacre entre italianos, nas casas, nas estradas, nos campos, nos bosques. Mas foi no dia em que vi Jack morrer que eu compreendi finalmente o que morria em torno de mim e dentro de mim. Jack morria sorrindo, e me olhava. Quando os seus olhos se apagaram, eu senti pela primeira vez na minha vida que um ser humano tinha morrido por mim.

No dia que entramos em Milão, deparamos com uma multidão urrante que tumultuava em uma praça. Subi no jipe e vi Mussolini suspenso pelos pés em um gancho. Estava inchado, branco, enorme. Pus-me a vomitar no assento do jipe: a guerra estava então acabada, e eu não podia fazer mais nada pelos outros, mais nada pelo meu país, nada mais do que vomitar.

Quando deixei o hospital militar americano, voltei a Roma e fui me alojar na casa de um amigo, o doutor Pietro Marziale, obstetra na Via Lambro 9, no fundo do novo bairro, esquálido e frio, que se estende além da Piazza Quadrata. A casa era pequena, de apenas três cômodos, e a mim coube dormir no estúdio, sobre um divã. Ao longo das paredes do estúdio se estendiam prateleiras cheias de livros de ginecologia, e sobre a beirada das prateleiras estavam alinhados instrumentos de obstetrícia, como fórceps, colheres, garfos, facas, serras, érinas, basiótribos, cranioclastos, brocas, pinças de vários gêneros: e jarros de vidro cheios de um líquido amarelado. Em cada um daqueles jarros estava imerso um feto humano.

Por muitos dias vivi em meio àquela população de fetos e o horror me oprimia. Porque os fetos são cadáveres, mas de espécie monstruosa: são cadáveres nunca nascidos e nunca mortos. Se erguia os olhos da página de um livro, o meu olhar encontrava os olhos semicerrados daqueles pequenos monstros. Uma vez, acordando no meio da noite, me parecia que aqueles horríveis fetos, uns em pé, outros sentados no fundo do jarro, outros encolhidos sobre os joelhos em atitude de dar um salto, erguiam lentamente o rosto e me olhavam sorrindo.

Sobre a mesinha de cabeceira estava pousado, como um vaso de flor, um grande jarro no qual oscilava o rei daquele estranho povo: um horrendo e gentil tricéfalo, um feto com três cabeças, de sexo feminino. Pequenas, redondas, da cor de cera, as três cabeças me seguiam com os olhos, sorrindo com um sorriso triste e um pouco vil, cheio de um pudor humilhado. Se caminhava pelo quarto, o piso de madeira oscilava levemente, e as três cabeças balançavam de modo horrível e gracioso. Mas os outros fetos eram mais melancólicos, mais absortos, mais malignos.

Alguns tinham o ar pensativo de um afogado, e se me acontecia sacudir um daqueles jarros, cheios daquela *flottaison blême et ravie*, via o feto pensativo lentamente afundar. Tinham a boca semicerrada, uma boca larga, semelhante à da rã, as orelhas pequenas, rugosas, o nariz transparente, a testa sulcada de rugas antigas, de uma velhice ainda virgem de anos, não ainda corroída pela idade.

Outros se deleitavam em pular corda, com o longo fio branco do cordão umbilical. Outros ainda estavam sentados acocorados sobre si mesmos, em uma imobilidade vígil e suspeitosa, como esperassem de um momento para o outro sair para a vida. Outros estavam suspensos no líquido amarelado como no ar, e pareciam cair lentamente de um altíssimo e gélido céu. O mesmo céu, eu pensava, que se curva sobre o Capitólio, sobre a cúpula de São Pedro, o céu de Roma. Que estranha espécie de Anjos tem a Itália, eu pensava, que estranha espécie de águias! Outros dormiam encolhidos, em atitude de extremo abandono. Outros riam, escancarando a boca de rã, os braços cruzados sobre o peito, as pernas abertas: e os olhos fechados por uma pesada pálpebra de batráquio. Outros apuravam a pequena orelha de antigo marfim, escutando misteriosas vozes remotas. Outros, enfim, seguiam com os olhos cada gesto meu, o deslizar lento da minha pena sobre a página branca, o meu absorto passear pelo quarto, o meu abandono sonolento diante da lareira acesa. E tinham, todos, o aspecto antigo de homens não ainda nascidos, que não nasceriam nunca. Estavam diante da porta fechada da vida, como nós estamos diante da porta fechada da morte.

E um havia que parecia Cupido no ato de atirar a sua flecha de um invisível arco, um Cupido enrugado com a cabeça calva de velho, de boca desdentada. Nele pousavam os meus olhos quando a melancolia me tomava ouvindo vozes de mulher subir da rua, chamarem-se e responderem-se de janela a janela. Naqueles momentos, a imagem mais verdadeira, e mais alegre, da juventude, da primavera, do amor era para mim aquele horrendo Cupido, aquele pequeno monstro disforme que o fórceps do obstetra tinha tirado à força do útero materno, aquele velho calvo e desdentado amadurecido no ventre de uma jovem mulher.

Mas havia outros que eu não podia olhar sem secreto espanto. Eram os dois fetos de Ciclope, um dos quais semelhante ao descrito por Birnbaum, o outro semelhante ao descrito por Sangalli: me fixavam com o único olho redondo, apagado e imóvel no meio da grande órbita, semelhante ao olho de um peixe. Eram alguns Dicéfalos, de duas cabeças balançantes sobre magros ombros. E eram os dois horrendos Diprosopos, monstros de dois rostos, semelhantes ao deus Jano: o rosto anterior era jovem e liso, o posterior menor e enrugado, contraído em uma maligna careta de velho.

Às vezes, cochilando diante da lareira, eu ouvia, ou me parecia, falarem entre si: as palavras daquela misteriosa incompreensível linguagem oscilavam no álcool, se desfaziam como bolhas de ar. E eu dizia a mim mesmo, escutando-os: "Talvez esta seja a linguagem antiga dos homens, aquela que os homens falavam antes de nascer para vida, aquela que falam quando nascem para a morte. Talvez seja a linguagem antiga, misteriosa, da nossa consciência". E, às vezes, olhando-os, me dizia: "São estes as nossas testemunhas e os nossos juízes: aqueles que da soleira da vida nos veem viver, aqueles que, escondidos na sombra do antro originário, nos veem alegrar, sofrer e morrer. São as testemunhas da imortalidade que precede a vida, os fiadores da imortalidade que segue a morte. São aqueles que julgam os mortos". E arrepiando dizia a mim mesmo: "Os homens mortos são os fetos da morte".

Eu tinha saído do hospital em condições de extrema debilidade, e passava grande parte dos meus dias estendido no leito. Uma noite fui acometido por forte febre. Parecia-me que aquele povo de fetos, saindo fora dos jarros, se movia pelo quarto, encarapitando-se na escrivaninha, nas cadeiras, pelas cortinas da janela e até sobre o meu leito. Pouco a pouco se reuniram todos no pavimento no meio do quarto, dispondo-se em semicírculo, como um conselho de juízes, e dobravam a cabeça ora para a direita ora para a esquerda para falarem um ao outro no ouvido, olhando-me com os olhos redondos de batráquios, fixos e apagados. As suas calvas brilhavam horrivelmente ao clarão lunar.

O Tricéfalo sentava no meio do conselho, ladeado pelos dois Diprosopos de rosto duplo. Para fugir do sutil horror que me dava a vista daquele areópago de monstros, ergui os olhos para a janela, mirando os verdes prados do céu, onde as frias e serenas pratas da lua reluziam como orvalho.

De repente uma voz me fez baixar os olhos. Era a voz do Tricéfalo: "Façam entrar o acusado" disse, voltando-se para alguns monstrinhos reunidos à parte, em atitude de capangas.

Olhei para um canto do quarto para onde todos se viraram e me horrorizei.

Avançava lentamente, entre dois daqueles capangas, um feto enorme de ventre frouxo, de pernas cobertas de pelos esbranquiçados e luzentes, semelhantes aos pelos do cardo. Tinha os braços recolhidos sobre o peito, as mãos ligadas pelo cordão umbilical. Caminhava requebrando os quadris adiposos na cadência dos passos lentos, graves e silenciosos, como se tivesse os pés feitos de matéria molhada.

A cabeça ele tinha inchada, enorme, branca, na qual luziam dois olhos imensos, amarelos, aquosos, semelhantes aos olhos de um cão cego. A expressão do rosto era orgulhosa e ao mesmo tempo tímida: como se o antigo orgulho e um temor novo de extraordinárias coisas ali competissem e, sem nunca superar a vicissitude, ali se confundissem, a criar assim uma expressão que tinha de covarde e de heroico ao mesmo tempo.

Era um rosto de carne (uma carne de feto e ao mesmo tempo de velho), um espelho onde a grandeza, a miséria, a soberba, a vileza da carne humana brilhavam em toda a sua estúpida glória. O que me parecia sobretudo maravilhoso naquele rosto era a mescla de ambição e de desilusão, de insolência e de tristeza, própria do rosto do homem. Pela primeira vez vi a fealdade do rosto humano, a repugnância da matéria da qual somos feitos. Que suja glória, eu pensava, está na carne do homem! Que miserável triunfo está na carne humana, mesmo na fugaz estação da juventude e do amor!

Naquele momento o enorme feto me olhou, e os seus lábios lívidos, flácidos como pálpebras, sorriram. O seu rosto, iluminado por aquele sorriso tímido, mudou pouco a pouco: pareceu um rosto de mulher, de mulher velha, onde os vestígios do ruge da antiga glória acentuaram as rugas dos anos, das desilusões, das traições. Olhei o seu peito gordo, o seu ventre flácido, como extenuado de partos, os seus quadris inchados e macios, e ao pensamento de que aquele homem, a um tempo tão soberbo e glorioso, não fosse então senão uma espécie de horrível velha, pus-me a rir. Mas súbito me envergonhei daquele meu riso: pois se algumas vezes, na minha cela da Regina Coeli, ou na orla solitária de Lipari, nos momentos de tristeza e de desespero, me comprazia em maldizê-lo, em rebaixá-lo, em aviltá-lo aos meus olhos, como faz o amante da mulher que o traiu, agora que ele estava ali, feto nu e repugnante, diante de mim, corei por rir dele.

Olhava-o, e sentia nascer no meu coração uma espécie de afetuosa compaixão, que eu não tinha nunca experimentado por ele quando vivo, um sentimento novo, do qual estava igualmente atônito e surpreso. Tentei baixar os olhos, fugir do seu olhar aquoso, mas em vão. O que de insolente, de orgulhoso, de vulgar havia no seu rosto quando vivo, tornou-se em uma surpreendente melancolia. E eu me senti profundamente perturbado, quase culpado, não tanto porque o meu sentimento novo pudesse humilhá-lo, mas porque eu mesmo, por muitos anos, antes de rebelar-me contra a sua estúpida tirania, tinha como todos os outros dobrado a espinha sob o peso da sua carne triunfante.

Naquele ponto ouvi a voz do Tricéfalo, que, chamando-me pelo nome dizia: "Por que então se calou? Tem talvez ainda medo dele? Olha: eis de que matéria era feita a sua glória".

"O que vocês esperam de mim?" disse eu erguendo os olhos. "Que eu ria dele? Que o insulte? Creem talvez que o espetáculo da sua miséria me ofenda? O que ofende um homem não é o espetáculo da carne humana desfeita, roída por vermes, mas o espetáculo da carne humana no seu triunfo."

"Está então tão orgulhoso de ser um homem?" disse o Tricéfalo.

"Um homem?" respondi rindo. "Um homem é algo ainda mais triste e mais horrendo do que este monte de carne desfeita. Um homem é orgulho, crueldade, traição, vileza, violência. A carne desfeita é tristeza, pudor, medo, remorso, esperança. Um homem, um homem vivo, é pouca coisa em confronto com um monte de carne podre."

Um riso malvado se levantou da horrível assembleia.

"Por que riem?" disse o Tricéfalo balançando as suas três cabeças calvas e rugosas. "O homem é verdadeiramente pouca coisa."

"O homem é uma coisa ignóbil" eu disse. "Não há espetáculo mais triste, mas desgostoso, que um homem, que um povo, no seu triunfo. Mas um homem, um povo, vencidos, humilhados, reduzidos a um monte de carne podre, que coisa há de mais belo, de mais nobre no mundo?"

Enquanto falava, um a um os fetos se levantaram e, balançando a grande cabeça esbranquiçada, mancando sobre suas perninhas encharcadas, tinham todos se reunido em um canto do quarto, em torno do Tricéfalo e dos dois Diprosopos. Via os seus olhos luzirem na penumbra, ouvia-os rir entre eles, emitir gemidos estridentes. Então se calaram.

O enorme feto permaneceu em pé diante de mim, e me olhava com os seus olhos de cão cego.

"Veja que coisa sou, agora" disse depois de longo silêncio. "Ninguém teve piedade de mim."

"Piedade? De que teria servido a você a piedade?"

"Degolaram-me, penduraram-me pelos pés com um gancho, cobriram-me de cusparadas" disse o feto com voz dulcíssima.

"Estava também eu no Piazzale Loreto" disse eu em voz baixa. "Vi você. Suspenso pelos pés com um gancho."

"Também você me odeia?" disse o feto.

"Não sou digno de odiar" respondi. "Só um ser puro pode odiar. O que os homens chamam de ódio não é senão vileza. Tudo o que é humano é sujo e vil. O homem é uma coisa horrenda."

"Também eu *era* uma coisa horrenda" disse o feto.

"Não há uma coisa mais repugnante no mundo do que o homem na sua glória" eu disse "do que a carne humana sentada no Capitólio."

"Só hoje entendo quanto eu era horrível, então" disse o feto, e calou. "Se no dia em que todos me abandonaram, se no dia em que me deixaram só na mão dos meus assassinos, eu lhe tivesse pedido para ter piedade de mim" acrescentou depois de ter me olhado um tempo em silêncio "teria me feito mal você também?"

"Cale-se!" gritei.

"Por que não responde?" disse o monstro.

"Não sou digno de fazer mal a outro homem" respondi em voz baixa. "O mal é coisa sagrada. Só um ser puro é digno de fazer mal a outro homem."

"Sabe o que pensei" disse o monstro depois de longo silêncio "quando o assassino apontou a arma contra mim? Que o que ele estava para dar-me era uma coisa suja."

"Tudo o que o homem dá ao homem é uma coisa suja" disse eu "também o amor, também o ódio, o bem, o mal, tudo. Também a morte que o homem dá ao homem é uma coisa suja."

O monstro baixou a cabeça, e calou. Depois disse: "Também o perdão?".

"Também o perdão é uma coisa suja."

Naquele momento dois fetos com aspecto de capangas se aproximaram, e um dos dois, apoiando a mão sobre o ombro do monstro: "Vamos" disse.

O enorme feto ergueu a cabeça e, olhando-me, pôs-se a chorar docemente.

"Adeus" disse e, baixando a cabeça, foi-se entre os dois capangas. Enquanto se afastava voltou-se, e me sorriu.

XII
O Deus morto

Toda tarde Jimmy e eu descíamos ao porto para ler, na tabela pendurada nos portões da Capitania, a ordem de embarque dos destacamentos americanos e a data de partida dos navios que, de Nápoles, reconduziam à América as tropas da Quinta Armada.

"Não é ainda a minha vez" dizia Jimmy cuspindo no chão.

Íamos nos sentar em um banco sob as árvores da imensa praça que se abre diante do porto, dominada pelo alto volume do Maschio Angioino.

Eu quis acompanhar Jimmy a Nápoles, para ficar com ele até o último momento, para dizer-lhe adeus sobre a passarela do navio que o reconduziria para a América. De todos os meus amigos americanos com os quais tinha dividido por dois anos os perigos da guerra e a alegria dolorosa da libertação, não me restava então senão Jimmy: Jimmy Wren, de Cleveland, Ohio, oficial do Signal Corps. Todos os outros estavam dispersos pela Europa, na Alemanha, na França, na Áustria, ou tinham voltado para casa na América, ou morreram por mim, por nós, pelo meu país como Jack, como Campbell. O dia que lhe diria adeus, para sempre, sobre a passarela do navio seria para mim como dizer adeus, para sempre, ao pobre Jack, ao pobre Campbell. Ficaria só, entre os meus, do meu país. Pela primeira vez na minha vida permaneceria só, verdadeiramente só.

Não apenas as sombras da tarde deslizavam ao longo dos muros, e o grande sopro negro do mar apagava as verdes folhas das árvores e as vermelhas fachadas das casas, uma multidão esquálida, lenta, calada, saía dos mil becos da Toledo e invadia a praça. Era a mítica, antiga, miserável multidão napolitana: mas alguma coisa nela estava apagada, a alegria da fome, por fim a sua miséria era triste, pálida, apagada. A tarde subia pouco a pouco do mar, e a multidão erguia os olhos vermelhos de lágrimas mirando o Vesúvio surgir branco, frio, espectral contra o céu negro. Nem o mais leve hálito de fumo se erguia da boca da cratera, nem o mais tenro brilho de fogo acendia a alta testa do vulcão. A multidão parava muda por horas e horas, até o meio da noite: depois se dispersava em silêncio.

Sós na imensa praça, diante do mar pavimentado de negro, Jimmy e eu voltávamos de vez em quando a olhar o grande cadáver branco que se desfazia lentamente na noite, no fundo do horizonte.

Em abril de 1944, depois de ter por dias e dias sacudido a terra e vomitado torrentes de fogo, o Vesúvio se extinguira. Não se apagara pouco a pouco, mas de repente: envolvendo a sua fronte em um sudário de frias nuvens, lançou de improviso um grande grito, e o gelo da morte petrificou as suas veias de lava ardente. O Deus de Nápoles, o totem do povo napolitano, estava morto. Um imenso véu de crepe negra desceu sobre a cidade, sobre o golfo, sobre a colina de Posillipo. A gente caminhava pelas ruas na ponta dos pés, falando em voz baixa, como se em cada casa jazesse um morto.

Um lúgubre silêncio oprimia na cidade toda a voz de Nápoles, a antiga nobre voz da fome, da piedade, da dor, da alegria, do amor, a alta, rouca, sonora, alegre, triunfante voz de Nápoles estava extinta. E se às vezes o fogo do sol ao ocaso, o argênteo reflexo da lua ou um raio do sol nascente pareciam acender o branco espectro do vulcão, um grito, um grito altíssimo, como de mulher em dor, se elevava da cidade. Todos apareciam às janelas, corriam nas ruas, se abraçavam um ao outro chorando de alegria, exaltados pela esperança de que a vida voltasse, por milagre, nas veias extintas do vulcão, e que o toque sanguíneo do sol ao crepúsculo, ou o reflexo de lua, ou o tímido brilho da alvorada, fossem o anúncio da ressurreição do Vesúvio, daquele Deus morto que atravancava, nu, imenso cadáver, o triste céu de Nápoles.

Mas cedo àquela esperança seguiam a desilusão e a raiva: os olhos secavam, e a multidão, desfazendo as mãos postas em gesto de oração, alçava os punhos ameaçadores ou fazia os chifres ao vulcão, mesclando as súplicas e os lamentos às imprecações e aos insultos: "Piedade de nós, maldito! Filho da puta, misericórdia de nós!".

Depois vieram os dias da nova lua: e assim que a lua surgia lentamente sobre a fria espádua do Vesúvio, uma pesada tristeza descia sobre Nápoles. A aurora lunar iluminava os apagados desertos de cinza purpúrea e de lívidas rochas de lava fria, semelhantes a penedos de gelo negro. Gemidos e prantos se elevavam aqui e ali do fundo dos becos obscuros, e, ao longo da orla de Santa Lucia, da Mergellina, de Posillipo, os pescadores, adormecidos sob as quilhas das barcas, sobre a areia tépida, emergiam do sono e erguendo-se sobre os cotovelos voltavam o rosto para o espectro do vulcão, escutavam tremendo o lamento das ondas, o soluço disperso das gaivotas. As conchas luziam sobre a areia, e lá na orla do céu coberto de argênteas escamas de peixe, o Vesúvio apodrecia como um tubarão morto jogado à deriva das ondas.

Uma noite, era o mês de agosto, enquanto voltávamos de Amalfi, divisamos pelos flancos do vulcão um longo cortejo de chamas avermelhadas, que subiam para a boca da cratera. Perguntamos a um pescador o que eram aquelas luzes. Era uma procissão que subia a levar ao Vesúvio oferendas votivas, para aplacar a sua cólera e implorar-lhe não abandonar o seu povo. Depois de ter rezado o dia todo no Santuário de Pompeia, um longo cortejo de mulheres, de jovens, de velhos precedidos por um bando de padres vestidos de paramentos sacros e de jovens levando as bandeiras e os estandartes das Irmandades e grandes crucifixos negros se moveu chorando e rezando pela autoestrada que de Bosco Treccase sobe para a cratera. E uns agitavam ramos de oliveira, ramos de pinheiro, brotos carregados de cachos, alguns levavam ânforas de vinho, cestos cheios de queijos de cabra, de fruta, de pão, outros bandejas de cobre com pizzas e tortas de ricota, outros cordeiros, galinhas, coelhos e cestos cheios de peixes. Reunida no topo do Vesúvio, aquela multidão descalça e maltrapilha, o rosto e os cabelos sujos de cinzas, penetrou em silêncio, atrás dos padres que entoavam salmos, no imenso anfiteatro da antiga cratera.

A lua surgia vermelha das distantes montanhas do Cilento, turquesas e argênteas no espelho verde do céu. A noite estava profunda e quente. Subiam aqui e ali da multidão prantos, gemidos sufocados, gritos estridentes, vozes roucas de medo e de dor. De vez em quando alguém se ajoelhava, enfiava os dedos nas rachaduras da fria crosta de lava como entre os interstícios das placas de mármore de uma tumba, para sentir se o fogo antigo queimava ainda nas veias do vulcão: e retirando a mão gritava com voz rota pela angústia e pelo desgosto: "Está morto! Está morto!".

Àquelas palavras se erguia da multidão um grande pranto e os baques que faziam os punhos batendo no peito e no ventre, e os gemidos agudos dos fiéis que martirizavam suas carnes com as unhas e com os dentes.

A antiga cratera tem a forma de uma bacia de quase um quilômetro e meio de largura, de orlas agudas negras de lava e amarelas de enxofre. Aqui e ali os fluxos de lava, resfriando-se, tomaram formas humanas, aspectos de homens gigantescos, atracados como lutadores em tácita e negra disputa. São as estátuas de lava que os habitantes dos vilarejos vesuvianos chamam "os escravos", talvez em recordação das turbas de escravos que seguiram Espártaco e viveram por muitos meses, esperando o sinal da revolta, escondidos entre as vinhas das quais, antes da erupção imprevista que destruiu Herculano e Pompeia, eram vestidos os flancos e o cume do pacífico Vesúvio. A lua despertava aquele exército de escravos, que lentamente se desfaziam do sono, alçavam os braços, moviam-se ao encontro da multidão de fiéis através da caligem vermelha da lua.

No meio do imenso anfiteatro da antiga cratera se ergue o cone da nova cratera, então mudo e frio, que por quase dois mil anos tinha vomitado chamas, cinzas e pedras, e rios de lava. Encarapitando-se pelos flancos íngremes do cone, a multidão se reuniu toda em torno da boca do extinto vulcão e chorando e gritando arremessava nas negras goelas do monstro as oferendas votivas, o pão, as frutas, as ricotas, borrifava o vinho nas rochas de lava, e o sangue dos cordeiros, das galinhas, dos coelhos degolados, que depois lançava, ainda palpitantes, no fundo do abismo.

Jimmy e eu estávamos juntos no cume do Vesúvio justo enquanto a multidão, cumprido aquele antiquíssimo rito propiciatório, se jogou de joelho e, arrancando os cabelos, lacerando o rosto e o peito, mesclava os cantos litúrgicos e os lamentos, as orações da milagrosa Virgem de Pompeia e as invocações ao cruel e impassível Vesúvio. Pouco a pouco a lua, semelhante a uma esponja ensopada de sangue, subia no céu, os prantos e as litanias subiam de tom, as vozes se faziam mais agudas e estraçalhantes, até que a multidão invadida por um furor desesperado e selvagem gritando imprecações e insultos pôs-se a arremessar fragmentos de lava e punhados de cinza dentro da boca do vulcão.

No entanto se levantara um grande vento, e relampejando saía do mar um denso nevoeiro de siroco, que em breve envolveu o cimo do Vesúvio. Em meio àquela nuvem amarela, rasgada por raios, os grandes crucifixos negros e os estandartes, agitados pelas rajadas, pareciam imensos, e os homens gigantescos: as ladainhas, as imprecações, os prantos pareciam surgir dentre as chamas e o fumo de um inferno escancarado de improviso. Finalmente, antes o bando de padres, depois os alferes das Irmandades, depois a multidão de fiéis fugiram desabalados pelos flancos do cone abaixo, sob a chuva que já caía ruidosa dos rasgos das nuvens, e desapareceram na treva sulfúrea que havia entrementes invadido a imensa bacia da antiga cratera.

Uma vez sós, Jimmy e eu rumamos para o lugar onde tínhamos deixado o nosso jipe. A mim me parecia caminhar sobre a fria crosta de um planeta extinto. Éramos talvez os dois últimos homens da criação, os dois únicos seres humanos sobreviventes da destruição do mundo. Quando chegamos sobre a orla da cratera, a tempestade tinha passado, a lua esplendia pálida no céu de um verde profundo.

Sentamos protegidos sobre uma rocha de lava, no meio da multidão dos "escravos" tornados então frias estátuas negras, e ficamos por longo tempo a contemplar a esquálida face da terra e do mar, as casas esparsas ao pé do vulcão extinto, as ilhas errantes remotas no horizonte e Nápoles lá embaixo, monte de pedras mortas.

Éramos homens vivos, em um mundo morto. Não tinha mais vergonha de ser um homem. O que me importava que os homens fossem inocentes ou culpados? Não havia senão homens vivos e homens mortos sobre a terra. Todo o resto não contava. Todo o resto não era senão medo, desespero, arrependimento, ódio, rancor, perdão, esperança. Estávamos tinha queimado as veias daquele monte, daquela terra, de toda a terra, extinguira-se de repente, e então pouco a pouco a terra se resfriava sob os nossos pés. Aquela cidade lá embaixo na orla daquele mar coberto de uma crosta luzente, sob aquele céu amontoado de nuvens tempestuosas, estava povoada não mais de inocentes e de culpados, de vencedores e de vencidos, mas de homens vivos vagantes em busca de se saciarem, de homens mortos sepultados sob os escombros das casas.

Lá embaixo, até onde chegava o meu olhar, milhares e milhares de cadáveres cobriam a terra. Não seriam senão carne podre, aqueles mortos, se não houvesse entre eles alguns que tinham se sacrificado pelos outros, para salvar o mundo, para que todos eles, inocentes e culpados, vencedores e vencidos, que tinham sobrevivido àqueles anos de lágrimas e de sangue, não devessem envergonhar-se de serem homens. Havia ali por certo o cadáver de algum Cristo, entre aqueles milhares e milhares de homens mortos. O que aconteceria ao mundo, a todos nós, se entre tantos mortos não houvesse ali um Cristo?

"Que necessidade há de um outro Cristo?" disse Jimmy "Cristo já salvou o mundo, de uma vez para sempre."

"Oh, Jimmy, por que não quer entender que todos aqueles mortos seriam inúteis se não houvesse um Cristo entre eles? Por que não quer entender que há certamente milhares e milhares de Cristos entre todos aqueles mortos? Saiba você também que não é verdade que Cristo salvou o mundo de uma vez para sempre. Cristo morreu para nos ensinar que cada um de nós pode se tornar Cristo, que cada homem pode salvar o mundo com o próprio sacrifício. Também Cristo teria morrido inutilmente se cada homem não pudesse tornar-se Cristo e salvar o mundo."

"Um homem não é senão um homem" disse Jimmy.

"Oh, Jimmy, por que não quer entender que não é necessário ser filho de Deus, ressuscitar da morte no terceiro dia e sentar à direita do Pai para ser Cristo? São aqueles milhares e milhares de mortos, Jimmy, que salvaram o mundo."

"Você dá muita importância aos mortos" disse Jimmy "um homem conta somente se está vivo. Um homem morto não é senão um sobre o cume de um vulcão extinto. O fogo que por milhares de anos homem morto".

"Para nós, na Europa" disse eu "somente os mortos contam."

"Estou cansado de viver entre os mortos" disse Jimmy "estou contente de voltar para casa, na América, entre os homens vivos. Por que não vem também você para a América? Você é um homem vivo. América é um país rico e feliz."

"Eu sei, Jimmy, que a América é um país rico e feliz. Mas não partirei, devo ficar aqui. Não sou um covarde, Jimmy. E depois, também a miséria, a fome, o medo, a esperança são coisas maravilhosas. Mais do que a riqueza, mais do que a felicidade."

"A Europa é um monte de lixo" disse Jimmy "um pobre lugar vencido. Venha conosco. A América é um país livre."

"Não posso abandonar os meus mortos, Jimmy. Os seus mortos vocês levam para a América. Todo dia partem para a América navios carregados de mortos. São mortos ricos, felizes, livres. Mas os meus mortos não podem pagar passagem para a América, são muito pobres. Não saberão nunca o que é a riqueza, a felicidade, a liberdade. Viveram sempre na escravidão; sofreram sempre a fome e o medo. Serão sempre escravos, sofrerão sempre a fome e o medo, também os mortos. É o seu destino, Jimmy. Se você soubesse que Cristo jaz entre eles, entre aqueles pobres mortos, você o abandonaria?"

"Não quer dar a entender" disse Jimmy "que também Cristo perdeu a guerra."

"É uma vergonha vencer a guerra" disse eu em voz baixa.

Glossário

Abreviaturas

alemão: (ale)
espanhol: (esp)
francês: (fra)
grego: (gre)
inglês: (ing)
italiano: (ita)
latim: (lat)
napolitano: (nap)
russo: (rus)
romano: (rom)
toscano: (tos)

Capítulo I

p. 11

punching-ball (ing)
saco de pancadas, saco de boxe

p. 13

Requiescant in pace (lat)
Descansem em paz

p. 15

This bastard people! (ing)
Este povo bastardo!

Don't say that (ing)
Não diga isso

Why not? This bastard, dirty people (ing)
Por que não? Este povo bastardo, sujo

Don't you think so, Jack? (ing)
Não pensa assim, Jack?

Don't worry, Malaparte. Life is wonderful (ing)
Não se preocupe, Malaparte. A vida é magnífica

Sorry (ing)
Desculpe

I like Italian people. I like this bastard, dirty, wonderful people (ing)
Eu gosto do povo italiano. Eu gosto deste povo bastardo, sujo, magnífico

I know you (ing)
Eu conheço você

p. 16

the hell with Cassino (ing)
ao inferno com Cassino

The hell with you (ing)
Ao inferno com você

Shut up (ing)
Cale-se

I like Americans. I like the pure, the clean, the wonderful American people (ing)
Eu gosto dos americanos. Eu gosto do puro, do limpo, do magnífico povo americano

But, take it easy (ing)
Mas, pega leve

Oh yes (...) the hell with Naples (ing)
Oh sim (...) ao inferno com Nápoles

de mille délicates puanteurs (fra)
de mil delicados maus odores

sombre comme une aisselle, pleine d'une ombre chaude vaguement obscène (fra)
sombria como uma axila, plena de uma sombra quente vagamente obscena

parenté immonde de l'amour et de la nourriture (fra)
parentesco imundo do amor e da comida

la chair des femmes a l'air bouillie sous la crasse (fra)
a carne das mulheres tem o ar cozido sob a sujeira

p. 17

capere < *capera* (sing.) (nap)
cabeleireiras de rua

Sciuscià corruptela do inglês *shoe-shine* (nap)
engraxate

Two dollars the boys, three dollars the girls! (ing)
Dois dólares os meninos, três dólares as meninas!

p. 18

Tu me dégoûtes (fra)
Tu me desgostas

p. 19

Tu m'agaces (fra)
Tu me irritas

the most lovely, the most kind, the most respectable Army of the world (ing)
o mais amável, o mais gentil, o mais respeitável exército do mundo

une négresse par un démon secouée (fra)
uma negra sacudida por um demônio

p. 20

Christian gentleman (ing)
Cavalheiro cristão

sprinter (ing)
corredor

United Press (ing)
Imprensa Unida, agência de notícias americana

Tu ne trouves pas que je parle comme les animaux de La Fontaine? (fra)
Tu não achas que eu falo como os animais de La Fontaine?

qu'un chien peut bien regarder un Évêque (fra)
que um cão pode bem olhar um bispo

Oh, non (...) en Amérique ce sont les Évêques qui peuvent regarder les chiens (fra)
Oh não (...) na América são os bispos que podem olhar os cães

la banlieue (fra)
o subúrbio

undergraduates (ing)
estudantes

grand tour < The Grand Tour (ing)
grande circuito, viagem de turismo cultural iniciada na Inglaterra em especial

p. 22

his classic poem on "Smoke" suggests Simonides, but is better than any poem of Simonides (ing)
seu clássico poema sobre "Smoke" sugere Simônides, mas é melhor que qualquer poema de Simônides

Ah, ces gens de Boston! Tu vois ça? (fra)
Ah, essas pessoas de Boston! Tu vês isso?

Mais cela c'est absurde (...) une feuille qui parle! Un animal, ça se comprend, mais une feuille! (fra)
Mas isso é absurdo (...) uma folha que fala! Um animal, isso se compreende, mas uma folha!

p. 23

iridescent flies caught in the black web of an ancient and amoral European culture (ing)
moscas iridescentes capturadas na rede negra da cultura europeia antiga e amoral

déraciné (fra)
desenraizado

inferiority complex (ing)
complexo de inferioridade

GI < *galvanized iron,* associando-se a *Government Issue e General Issue* (ing)
acrônimo usado para designar soldados americanos a partir da II Guerra

p. 24

scugnizzi < *scugnizzo* (sing.) < *scugná*: lascar o pião nesse jogo de rua (nap)
meninos de rua

black (ing)
negro

p. 26

so kind, so black, so respectable (ing)
tão gentil, tão negro, tão respeitável

p. 27

MP < Military Police (ing)
Polícia Militar

basso (nap)
baixo, como são chamadas as moradias térreas dos prédios napolitanos

spam (ing)
apresuntado, patê de presunto

corned beef (ing)
carne enlatada

PX < Post Exchange (ing)
Posto de vendas do exército americano

driver (ing)
motorista

p. 28

Liberty ship (ing)
navio cargueiro americano da II Guerra Mundial

Oh, ça ne coûte pas cher (fra)
Oh, isso não custa caro

you damned fool (ing)
seu tolo danado

Foyer du soldat (fra)
Casa do soldado

oui, mon colonel! (...) Vous savez (...) il fait très bon de parler le français. Le français est une langue très, très respectable. C'est très bon pour la santé (fra)
sim, meu coronel! (...) Você sabe (...) faz muito bem falar o francês. O

francês é um idioma muito, muito respeitável. É muito bom para a saúde

p. 29

écoute, voilà du français, du véritable français (fra)
escuta, eis ali o francês, o verdadeiro francês

Ah, que c'est bon! Ah, que ça fait du bien! (fra)
Ah, como é bom! Ah, como isso faz bem!

Est-ce que, par hasard (...) est-ce qu'on a vu par là le Lieutenant Lyautey? (fra)
Será que, por acaso... será que viram por aí o Lugar-tenente Lyautey?

Non, mon colonel (...) on ne l'a pas vu depuis quelques jours. Je regrette (fra)
Não, meu coronel (...) não o vemos há alguns dias. Eu lamento

Merci (...) au revoir, mon ami (fra)
Obrigado (...) até mais, meu amigo

Au revoir, mon colonel (fra)
Até mais, meu coronel

Ah, que ça fait du bien, d'entendre parler français (fra)
Ah, como isso faz bem, ouvir falar francês

taralli (nap)
rosquinhas doces ou salgadas napolitanas

p. 31

Oh li taralli belli cauri (nap)
Oh as belas rosquinhas quentes

chewing-gum (ing)
goma de mascar

p. 32

tu pourras prononcer un discours magnifique (fra)
tu poderás pronunciar um discurso magnífico

don't you think so? (ing)
você não pensa assim?

Italian brides (ing)
noivas italianas

Il va te caresser la figure, si tu insistes (fra)
Ele vai acariciar o teu rosto, se tu insistes

p. 33

Off limits (ing)
Zona proibida

Out of bounds (ing)
Fora dos limites

p. 37

si on avait vu par là le Lieutenant Lyautey (fra)
se viram por aí o Lugar-Tenente Lyautey

Oui, mon colonel, je l'ai vu tout à l'heure (...) attendez un instant, mon colonel, je vais voir s'il est toujours là (fra)
Sim, meu coronel, eu o vi agora mesmo (...) espere um instante, meu coronel, vou ver se ele ainda está lá

Voilà un sergent bien aimable (...) les sergents français sont les plus aimables sergents du monde (fra)

Eis aqui um sargento bem amável (...) os sargentos franceses são os mais amáveis sargentos do mundo

Je regrette, mon colonel (...) le Lieutenant Lyautey vient justement de partir (fra)
Eu lamento, meu coronel (...) o Lugar-tenente Lyautey acaba justamente de partir

Merci, vous êtes bien aimable (...) au revoir, mon ami (fra)
Obrigado, você é muito amável (...) até mais, meu amigo

p. 38
C'est un des plus anciens parapets de l'Europe (fra)
Este é um dos mais antigos parapeitos da Europa

p. 39
Elle aime nous voir souffrir (fra)
Ela ama nos ver sofrer

p. 40
alte Kontinent (ale)
velho Continente

p. 42
Je crois (...) que Naples n'est pas impénétrable à la raison. Je suis cartésien, hélas! (fra)
Eu creio (...) que Nápoles não é impenetrável à razão. Eu sou cartesiano, ai de mim!

Je l'explique parfaitement (fra)
Eu o explico perfeitamente

C'est merveilleux! Un cigare! (fra)
Isso é maravilhoso! Um charuto!

Allons boire quelque chose (fra)
Vamos beber alguma coisa

p. 43
Tu crois vraiment qu'Hitler... (fra)
Tu crês verdadeiramente que Hitler...

Mais oui, naturellement (fra)
Mas sim, naturalmente

senior officers (ing)
oficiais superiores

the bastard Italian liaison officer, the bastard son of a gun (ing)
o bastardo oficial de ligação italiano, o bastardo filho de uma arma

What? A cigar? Do you mean that Hitler is a cigar? (ing)
O quê? Um charuto? Você quer dizer que Hitler é um charuto?

He means that Hitler is a cigar Havana (ing)
Ele quer dizer que Hitler é um charuto Havana

Capítulo II

p. 45
No, I mean (ing)
Não, eu quero dizer

Come on (ing)
Vamos

don't be silly (ing)
não seja tolo

p. 47
Li ommene no! (nap)
Os homens não!

p. 48
Oh, Jimmy, they love freedom (...) they love freedom so much! They love American boys, too. They love

freedom, American boys, and cigarettes, too. (ing)
Oh Jimmy, eles amam a liberdade (...) eles amam a liberdade tanto! Eles amam meninos americanos também. Eles amam a liberdade, meninos americanos e cigarros também

p. 49
Don't you think so, you too, Jimmy? (ing)
Não pensa assim, você também, Jimmy?

One dollar each (ing)
Um dólar cada

interno (ita)
interior

p. 51
That's all. The next in five minutes (ing)
Isto é tudo. O próximo em cinco minutos

She is a virgin. You can touch. Put your finger inside. Only one finger. Try a bit. Don't be afraid. She doesn't bite. She is a virgin. A real virgin (ing)
Ela é virgem. Pode tocar. Ponha seu dedo dentro. Só um dedo. Tente um pouco. Não seja medroso. Ela não morde. Ela é virgem. Virgem de verdade

Yes, she is like a child (ing)
Sim, ela é como uma criança

Get out your finger (ing)
Tire seu dedo

Really, she is a virgin (ing)
Realmente, ela é virgem

Get out, please (ing)
Saia, por favor

p. 53
Don't say that (ing)
Não diga isso

Yes, I understand (ing)
Sim, eu entendo

p. 55
you bastard, you son of a bitch, you dirty italian officer (ing)
seu bastardo, seu filho da puta, seu oficial italiano sujo

p. 58
five dollars! Five dollars! Go Joe! (ing)
cinco dólares! Cinco dólares! Vá, Joe!

p. 59
démodées (fra)
fora de moda

Capítulo III

p. 64
A lot of dirty bastards (ing)
Muitos bastardos sujos

What? (ing)
O quê?

The hell with your Athens, the hell with your Rome! (ing)
Ao inferno com sua Atenas, ao inferno com sua Roma!

No love no nothin' (ing)
Sem amor sem nada

p. 65
Sa chair n'était pas triste, helás! Et il n'avait pas lu tous les livres (fra)

Sua carne não era triste, infelizmente! E ele não tinha lido todos os livros

p. 67

Ave Maria maris stella (lat)
Salve Maria estrela do mar

p. 68

monatto (ita) < *monàtt* (lombardo) = monge
coletor funerário nas pestes ou outras calamidades públicas

p. 78

Do you want me? (ing)
Você me quer?

No... I want one of those strange things (ing)
Não... Eu quero uma dquelas coisas estranhas

That's for women (...) only for women. Not for gentlemen (ing)
Isto é para mulheres (...) só para mulheres. Não para cavalheiros

Not for what? (ing)
Não para quê?

Not for you. You American officers. Not for American officers (ing)
Não para vocês. Vocês oficiais americanos. Não para oficiais americanos

Get out those things (ing)
Fora com aquelas coisas

I am an honest man. What do you want from me? (ing)
Eu sou um homem honesto. O que você quer de mim?

Those strange things (ing)
Aquelas coisas estranhas

Sti fetiente < plural de *sto fetente* (nap)
Estes fedidos (em sentido figurado: sujos, malfeitores)

Well, I'll show you. I like American (ing)
Bem, eu vou mostrar a você. Eu gosto de Americanos

p. 79

sto fetente (nap)
este fedido (em sentido figurado: este sujo, malfeitor)

For negroes, for American negroes (ing)
Para negros, para negros americanos

What for? (ing)
Para quê?

Negroes like blondes (...) ten dollars each. Not expensive. Buy one (ing)
Negros gostam de louras (...) dez dólares cada. Não é caro. Compre uma

Only men (ing)
Só homens

Women too (ing)
Mulheres também

p. 80

Let's go (ing)
Vamos

That's right (ing)
Está certo

p. 83

Tu as raison, à peu près (fra)
Tu tens razão, aproximadamente

Your poor King (ing)
Seu pobre rei

Thanks a lot for him (ing)
Muito obrigado por ele

Tu me caches quelque chose. Ça ne vas pas, ce soir, avec toi (fra)
Tu me escondes alguma coisa. Algo não vai bem, esta noite, com você

Les Américains ne pleurent jamais? (fra)
Os americanos não choram nunca?

Americans never cry (ing)
Americanos nunca choram

They never cry (ing)
Eles nunca choram

Who never cries? (ing)
Quem nunca chora?

Very funny idea (ing)
Ideia muito divertida

Have you never been in the States? (ing)
Você nunca esteve nos Estados Unidos?

p. 84

Good Gosh! (ing)
Bom Deus!

Tears are fashionable (ing)
Lágrimas estão na moda

Have a drink (ing)
Tome um drinque

Don't worry (ing)
Não se preocupe

We like you. You are a good chap. A very good one (ing)
Nós gostamos de você. Você é um bom chapa. Muito bom

p. 85

God helps (ing)
Deus ajuda

I like Chopin (ing)
Eu gosto de Chopin

Of course it's Chopin! (ing)
Claro que é Chopin!

Hear, hear (ing)
Isso, isso

p. 86

That's an artificial thing (...) a thing for negroes (ing)
Isto é uma coisa artificial (...) uma coisa para negros

Look (...) that is a woman, an Italian woman, a girl for negroes (ing)
Olhe (...) isto é uma mulher, uma mulher italiana, uma moça para negros

Oh, shame! (ing)
Oh, que vergonha!

Capítulo IV

p. 89

carrefour (fra)
entroncamento, confluência

Oh, dear, oh, sweet, oh, darling! (ing)
Oh, caro, oh, doce, oh, querido!

p. 90

upper ten thousand (ing)
os dez mil "mais"

roture (fra)
plebe

a rose is a rose is a rose (ing)
uma rosa é uma rosa é uma rosa

p. 91
O, methinks, how this old moon wanes! (ing)
O, penso, como esta velha lua míngua!

four nights will quickly dream away the time (ing)
quatro noites irão depressa devanear para longe o tempo

a swan-like end, fading in music (ing)
um fim como de um cisne, se dissolvendo em música

déguisés en femmes (fra)
disfarçados de mulheres

p. 93
ennemis de la nature (...) ennemis du capitalism (fra)
inimigos da natureza (...) inimigos do capitalismo

p. 94
affranchissement (fra)
franqueamento

foxholes (ing)
trincheiras

fairy band (ing)
bando de fadas

p. 95
combat-jacket (ing)
jaqueta de combate

p. 96
pick-up points (ing)
pontos de embarque

des garçons exquis (fra)
rapazes delicados

p. 100
maquis (fra)
ao pé da letra: vegetação densa; organização clandestina contra a ocupação alemã na França na II Guerra Mundial

p. 103
tory (ing)
membro do partido conservador inglês

frisson modulé (fra)
estremecimento modulado

p. 104
Ah, ah, the poor old sweet Lady Margareth! (ing)
Ah, ah, a doce pobre velha Lady Margareth!

p. 105
'a figliata simulação de parto masculino em ritual arcaico de origem árabe ou sarracena (nap)
a filharada

good sport (ing)
com esportiva

p. 109
schupos (ale)
policiais alemães

p. 110
Oh, lieber (ale)
Oh, querido

p. 111
comme un bétail pensif sur le sable couché (fra)
como um gado pensativo deitado sobre a areia

black-out (ing)
apagão

p. 112
Tutta una notte con te (ita)
Toda uma noite contigo

Wunderbar! (ale)
Maravilhoso!

p. 114
Ach so! (ale)
Oh, assim!

Jawohl, mein Hauptmann (ale)
Sim, meu Capitão

p. 116
blasés, affranchis (fra)
indiferentes, liberados

p. 119
goumiers (fra)
soldados das tropas recrutadas pela França entre os povos magrebes à época colonial

p. 123
Il giorno: poema inacabado, tido como a mais importante obra de Giuseppe Parini (ita)
O dia

Ah, que vous êtes beau! (fra)
Ah, como você é belo!

quand il n'était qu'un Éros (fra)
quando ele não era senão um Eros

un... héros (fra)
um... herói

un Apollon (fra)
um Apolo

p. 124
moi, cela m'est égal, parce que j'écris 'Paludes' (fra)
a mim, dá no mesmo, porque eu escrevi 'Paludes'

p. 125
kaputt (ale)
arruinado

p. 126
Écoutez (...) je me fous de vos mères, de vos autorités, de votre sacré pays (fra)
Escutem (...) eu me lixo para suas mães, suas autoridades, seu sagrado país

p. 128
Tout de même (fra)
Tudo igual

Capítulo V

p. 131
Cela t'aidera à mieux comprendre l'Amérique, quand tu retournera là-bas, chez toi (fra)
Isso te ajudará a melhor compreender a América, quando voltares lá, à sua casa

Comment veux-tu que cela m'aide à comprendre l'Amérique (...) Cela n'a aucun rapport avec l'Amérique (fra)
Como queres que isso me ajude a compreender a América? (...) Isso não tem nenhuma relação com a América

p. 132
mignons (fra)
graciosos

grands bourgeois (fra)
grandes burgueses

muflerie (fra)
grosseria

p. 133
d'un hédonisme de l'esprit (fra)
de um hedonismo de espírito

d'un dandysme à l'usage d'anarchistes intelectuels, d'une méthode pour se prêter aux enrichissements de la vie et pour jouir de soi-même (fra)
de um dandismo para o uso dos anarquistas intelectuais, de um método para se prestar aos enriquecimentos da vida e para aproveitar de si mesmo

p. 135
réseau (fra)
rede

p. 136
Tu entends? On parle de Paris! (fra)
Tu ouves? Falamos de Paris!

Bal du Comte d'Orgel. Georges faisait des "mots" que Jack prenait pour des fautes de français (fra)
Baile do Conde d'Orgel. Georges fazia piadas que Jack tomava por erros de francês

Mouches (fra)
Moscas

p. 137
Tu entends? C'est marrant, n'est-ce pas? (fra)
Tu ouves? É engraçado, não é?

zazous (fra)
jovens rebeldes dos anos 1940, displicentes, vestidos com roupas inglesas e americanas, amantes do jazz

Qu'est-ce que c'est que les zazous? (fra)
O que é que têm os *zazous*?

flirt (ing)
flerte

Allez, allez travailler, les fils à papa (fra)
Vão, vão trabalhar, filhos do papai

flics (fra)
policiais

p. 138
lions (...) dandies: provável referência a *The Dandy Lion*, desenho animado dos Fleischer Studios de 1940 (ing)
leões (...) dândis

Je n'aime pas les zazous... ce sont des réactionnaires (fra)
Eu não gosto dos *zazous*... eles são reacionários

p. 139
Ah, ne m'en parlez pas, je vous en supplie! (fra)
Ah, nem me falem, eu suplico!

est-ce qu'il lui est arrivé quelque malheur? Est-ce qu'on l'a arrêté? Fusilé? (fra)
aconteceu a ele alguma desgraça? Foi preso? Fusilado?

Pire que ça (fra)
Pior que isso

Il danse! (fra)
Ele dança!

Vous l'avez vu danser? (...) vous l'avez vu mourir? (fra)
Você o viu dançar? (...) você o viu morrer?

Il y a longtemps de cela? (fra)
Há muito tempo isso?

Le soir avant de quitter Paris (...) Je vais le voir danser tous les soirs, hélas! Tout Paris court le voir danser. Car il danse, hélas! (fra)
Na noite antes de deixar Paris (...) Eu vou vê-lo dançar todas as noites, ai! Toda a Paris corre para vê-lo dançar. Pois ele dança, ai!

p. 140
Do you really think (ing)
Você realmente pensa

tu crois vraiment (fra)
tu crês verdadeiramente

C'est donc ça (...) ce que vous appelez des héros, en Europe? (fra)
É então isso (...) o que vocês chamam de heróis, na Europa?

p. 143
Strange people, you are! (ing)
Estranho povo, vocês são!

A strange, a miserable, a marvellous people (ing)
Um estranho, um miserável, um maravilhoso povo

p. 144
Mon Dieu! (fra)
Meu Deus

p. 145
ci songo io accà (nap)
eu estou aqui

p.146
I spaghetti! I spaghetti! (nap)
Os espaguetes! Os espaguetes!

p. 149
je m'en fous des héros (...) oh! Je t'en supplie, jette lui ton pied dans le derrière à tous ces héros (fra)
eu não me importo com heróis (...) oh! Eu te suplico, meta teu pé no traseiro de todos estes heróis

Tois, tu peux, tu es un Italien, tu es chez toi (fra)
Tu, tu podes, tu és um italiano, tu estás em tua casa

Salauds! Cochons! (fra)
Bastardos! Porcos!

p. 150
on ne peut pas voir ces choses-là, non, on ne peut pas (fra)
não podemos ver estas coisas, não, não podemos

Capítulo VI

p. 152
kolkhoz (rus)
fazenda de produção coletiva

ciorni vetier corruptela para *chernyy veter* (rus)
vento negro

p. 161
Un cane come me (ita): título de obra literária de Curzio Maalaparte
Um cão como eu

p. 162
doruforema (gre)
guardião

p. 163
lazzaroni < *lazzarone* (sing.): referência a Lázaro, o leproso bíblico (nap)
populares pobres

carabinieri < *carabiniere* (sing.) (ita)
carabineiros, policiais de força especial do exército com função de seguranca pública

p. 168
check-point (ing)
ponto de inspecção, barreira

Good luck (ing)
Boa sorte

p. 169
What hell he's doing here, this bastard? (ing)
Que diabo ele está fazendo aqui, este bastardo?

AFHQ < *Armed Forces Headquarters* (ing)
Quartel General das Forças Armadas

Italian liaison officer (ing)
Oficial de ligação italiano

Are you a doctor? (ing)
Você é um médico?

p. 170
Wait a moment, Lieutenant (ing)
Espere um momento, Lugar-Tenente

That's all (ing)
Isto é tudo

p. 171
pulcinella: o mais famoso personagem-tipo da Commedia dell' Arte napolitana: a máscara negra de nariz aquilino que cobre a metade do rosto, o chapéu cônico, as calças largas e a casaca brancas são fundamentais na sua representação e permitem que os enredos variem, desde que aspectos básicos de seu caráter sejam mantidos (nap)
polichinelo

p. 174
Oh, you're having a good time, isn't it? (ing)
Oh, vocês estão numa boa, não é?

I like potatoes (ing)
Eu gosto de batatas

p. 176
Mamy... Daddy (ing)
Mamãe... Papai

I'm not Aunt Leonor! (ing)
Eu não sou Tia Leonora!

Yes! You are Aunt Leonor (ing)
Sim! Você é Tia Leonora

No, I'm not (ing)
Não, não sou

Of course, you are Aunt Leonor! (...) You are a very charming old lady! Look, boys! (ing)
Claro, você é Tia Leonora! (...) Você é uma encantadora velha senhora! Olhem, rapazes!

He's a very charming lady! (ing)
Ele é uma senhora bastante encantadora!

Look at the boy (ing)
Olhe para o garoto

p. 178
But (...) that's a marvellous song (ing)
Mas (...) esta é uma canção maravilhosa

You're not Mussolini. Mussolini is fat. He's an old man (ing)
Você não é Mussolini. Mussolini é gordo. Ele é um homem velho

p. 180
I don't like it (ing)
Eu não gosto disso

Capítulo VII

p. 183
I hope so (ing)
Assim espero

p. 184
Of course, we are Americans, thanks God! (ing)
Naturalmente, nós somos americanos, graças a Deus!

p. 186
Europe is a bastard country (ing)
Europa é um país bastardo

p. 187
What a funny idea (ing)
Que ideia engraçada

He was a great bastard (ing)
Ele era um grande bastardo

the most fashionable (ing)
o mais moderno

p. 188
falaises (fra)
falésias, escarpas

p. 191
a delicious Capri wine (ing)
um delicioso vinho de Capri

p. 192
dear old ladies (ing)
velhas senhoras queridas

Yes, a Syren... I mean... not an old lady of the sea... of course! (ing)
Sim, uma Sereia... quero dizer... não uma velha senhora do mar... claro!

p. 195
WAC < *Women's Army Corps* (ing)
Corpo Armado das Muheres

rest camp (ing)
campo de repouso

p. 194
little America (ing)
pequena América

extraordinary women (ing)
mulheres extraordinárias

p. 196
first lady (ing)
primeira-dama

p. 197
smart (ing)
inteligente

p. 198
damned fool of (ing)
maldito idiota do

this fellow (ing)
esse companheiro

the charming (ing)
o encantador

the Little King (ing)
o Pequeno Rei

p. 199
les Indes de l'Europe (fra)
as Índias da Europa

Funny! (ing)
Divertido!

house-keeper (ing)
governanta

p. 200
Prosit (ale)
Um brinde

Wonderful! (ing)
Maravilhoso!

p. 201
That's absolutely true (ing)
Isso é absolutamente verdade

p. 202
Summer (ing)
Verão

p. 203
livre de chevet (fra)
livro de cabeceira

Blue Book (ing)
apelido do *Noncommissioned Officer Guide*, herdado do guia original de 1779, de capa azul

Cortegiano < *Il Cortegiano* (ita)
O cortesão, manual de etiqueta de 1528, inspirado no humanismo renascentista

Institut de Beauté (fra)
Instituto de Beleza

in tune with our times (ing)
em sintonia com nossos tempos

p. 204
sophisticated (ing)
sofisticado

Really? (ing)
Mesmo?

a real Princess (ing)
uma princesa de verdade

p. 205
Istituto degli Innocenti (ita)
Instituto dos Inocentes

I don't care (ing)
Eu não ligo

That's true (ing)
Isso é verdade

p. 206
Yes... no... I mean... (ing)
Sim... não... Quero dizer...

Oh, sure! (ing)
Oh, com certeza!

Do you think so, General? (ing)
Você pensa assim, General?

p. 209
nothing but a joke, a marvellous joke! (ing)
nada exceto uma piada, uma maravilhosa piada!

Any way, I don't like jokes (ing)
De todo modo, eu não gosto de piadas

invitation à la valse (fra)
convite à valsa

p. 212
Do you really think Malaparte is right? (ing)
Você realmente pensa que Malaparte está certo?

Stars and Stripes (ing), em referência à bandeira americana
Estrelas e Listras

Thank God! (ing)
Graças a Deus!

p. 211
I agree with you (...) but I can't agree with Malaparte (ing)
Eu concordo com você (...) mas não posso concordar com Malaparte

You are fishing for compliments, aren't you? (ing)
Você está cavando elogios, não está?

p. 214

Johnny got a zero (ing)
Johnny ganhou um zero

mental cruelty (ing)
crueldade mental

p. 215

Of course, it is a pearl! Don't you like it? (ing)
Claro, é uma pérola! Você não gosta?

p. 216
That's fine! (ing)
Está bem!

p. 217
Disgusting! (ing)
Repulsivo!

I beg pardon... but (ing)
Peço perdão... mas

that... this... that poor girl (ing)
aquela... esta... aquela pobre menina

He knows (ing)
Ele sabe

p. 218
barbarous Italian people to eat children at dinner. I refuse. I am an honest american woman. I don't eat Italian children! (ing)
bárbaro povo italiano comer crianças no jantar. Eu recuso. Sou uma americana honesta. Não como crianças italianas!

I'm sorry, I'm terribly sorry (...) that sort of fish... that sort of children... is excellent? (ing)
Estou desolado, eu estou terrivelmente desolado (...) essa espécie de peixe... essa espécie de criança... é excelente?

boiled girls with maionese! (ing)
meninas cozidas com maionese

p. 219
Get out that thing! (ing)
Leve embora esta coisa!

General, wait a moment, please (...) we must bury that... that poor fellow (ing)
General, espere um momento, por favor (...) devemos enterrar este... este pobre companheiro

Yes, I suppose (ing)
Sim, eu suponho

Capítulo VIII

p. 221
Very kind of you (ing)
Muito gentil de sua parte

p. 224
Leurs opinions sont très blanches (...) ce sont de véritables enfants (fra)
Suas opiniões são muito brancas (...) são verdadeiras crianças

Il y a des nègres partout... même dans l'armée américaine (fra)
Há negros por toda parte... mesmo no exército Americano

p. 225
Oui, naturellement (...) mais il faut quand même un oeil très exercé pour les distinguer des autres (fra)
Sim, naturalmente (...) mas é preciso ao menos um olho muito

exercitado para distinguí-los dos outros

p. 226
Ah, c'est amusant! (fra)
Ah, é divertido!

vendeurs d'Amours (fra)
vendedores de Amores

p. 228
signori < *signore* (sing.) (ita)
senhores

p. 229
char-à-bancs (fra)
carros coletivos de tração animal

signo' < *signore, signora* (nap)
senhor

Nun ne potimmo cchiù (nap)
Não aguentamos mais

Pazienza, figliuoli, (ita)
Paciência, filhinhos,

ancora nu poco 'e pazienza! Anche 'sta noia passerà (nap)
mais um pouco de paciência! Também este aborrecimento passará

p. 233
e noi ce li tenimmo (nap)
e nós os manteremos

p. 234
pink coat (ing)
casaco rosa

meetings (ing)
encontros

p. 235
Scaferlati doux (fra)
tipo de tabaco muito antigo

los ojos graciosos (esp)
os olhos graciosos

los dulces árboles sombrosos (esp)
as doces árvores sombrosas

vertes grenouilles mortes (fra)
verdes rãs mortas

La media noche es pasada y no viene (esp)
A meia-noite é passada e não vem

p. 238
'o signore (nap)
o senhor

p. 239
Vi', vi', che fortuna! Vi' che fortuna m'ha da veni! (nap)
Vês, vês, que sorte! Vês que sorte deve vir para mim!

p. 242
Scètate, Concetti'! (nap)
Acorda, Concetti'!

p. 245
'O miracolo! 'O miracolo! (nap)
O milagre! O milagre!

Capítulo IX

p. 256
'O sole! O sole! (nap)
O sol! O sol!

è fornuta! È fornuta! (nap)
acabou! Acabou!

'u bi! 'U bi! (nap)
veja-o! Veja-o!

p. 260
bonté, ce continent enorme (fra)
bondade, esse enorme continente

Capítulo X

p. 263
flavus Tiber (lat)
dourado Tibre

p. 264
The glory that was Rome (ing)
A glória que era Roma

p. 265
Voilà Rome! (fra)
Eis Roma!

p. 266
J'aurais préféré voir la Tour Eiffel, à la place de la coupole de Saint Pierre (fra)
Eu teria preferido ver a Torre Eiffel, em lugar da cúpula de São Pedro

Vous ne la voyez pas (...) car elle se cache juste derrière la coupole de Saint Pierre (fra)
Você não a vê (...) pois ela se esconde justo atrás da cúpula de São Pedro

C'est drôle, je suis ému comme si je voyais Paris (fra)
É engraçado, eu estou comovido como se eu visse Paris

Vous ne trouvez pas... qu'il y a quelque chose de français, dans ce paysage? (fra)
Você não acha... que há algo de francês nesta paisagem?

Oui, sans doute (...) c'est l'air français qu'y ont mis le Poussin et Claude Lorraine (fra)
Sim, sem dúvida (...) é o ar francês que nela colocaram Poussin e Claude Lorraine

Et Corot (fra)
E Corot

Stendhal aussi a mis quelque chose de français dans ce paysage (fra)
Stendhal também colocou algo de francês nesta paisagem

Aujourd'hui, pour la première fois (...) je comprends pourquoi Corot, en peignant le Pont de Narni, a fait les ombres bleues (fra)
Hoje, pela primeira vez (...) eu compreendo por que Corot, pintando a Pont de Narni, fez as sombras azuis

J'ai dans ma poche (...) les Promenades dans Rome. Le Général Juin, lui, se promène avec Chateaubriand dans sa poche. Pour comprendre Rome, messieurs, je vous conseille de ne trop vous fier à Chateaubriand Fiez-vous à Stendhal. Il est le seul français qui ait compris Rome et l'Italie. Si j'ai un reproche à lui faire, c'est de ne pas voir les couleurs du paysage. Il ne dit pas un traître mot de vos ombres bleues (fra)
Tenho no meu bolso (...) as *Promenades dans Rome.* O General Juin, ele, anda com Chateaubriand no seu bolso. Para compreender Roma, senhores, eu aconselho a não confiar muito em Chateaubriand. Confiem em Stendhal. Ele é o único francês que compreendeu Roma e a Itália. Se tenho uma reprovação a lhe fazer, é de não ver as cores da paisagem. Ele não diz uma palavra sequer de suas sombras azuis

Si j'ai un reproche à lui faire (...) c'est d'aimer mieux Rome que Paris (fra)
Se tenho uma reprovação a fazer a ele (...) é de gostar mais de Roma que de Paris

Stendhal n'a jamais dit une chose pareille (fra)
Stendhal jamais disse uma coisa parecida

En tout cas, il aime mieux Milan que Paris (fra)
Em todo caso, ele gosta mais de Milão que de Paris

Ce n'est qu'un dépit d'amour (...) Paris était une maîtresse qui l'avait trompé bien des fois (fra)
Isso não é senão um despeito de amor (...) Paris foi uma amante que o enganou muitas vezes

p. 267
Je n'aime pas, Messieurs (...) vous entendre parler ainsi de Stendhal. C'est un de mes plus chers amis (fra)
Eu não gosto, senhores (...) de ouvir falar assim de Stendhal. É um de meus mais caros amigos

Si Stendhal était encore Consul de France à Civitavecchia (...) il serait sans doute, en ce moment, parmi nous (fra)
Se Stendhal fosse ainda Cônsul da França em Civitavecchia (...) ele estaria sem dúvida, neste momento, entre nós

Stendhal aurait fait un magnifique officier des goums (...) Il vous ravirait toutes les jolies femmes qui vous attendant ce soir à Rome (fra)
Stendhal seria um magnífico oficial dos *goum* (...) Ele arrebataria todas as mulhere bonitas que esperam vocês esta noite em Roma

Les jolies femmes qui m'attendent ce soir, ce sont les petites filles de celles qui attendaient Stendhal (fra)
As mulheres bonitas que me esperam esta noite são as filhas daquelas que esperavam Stendhal

Vous en avez de la veine! (fra)
Você tem a veia!

p. 269
booby traps (ing)
armadilhas

p. 271
Vous aimez le kouskous? (fra)
Você gosta de cuscuz?

Je le trouve excellent! (fra)
Eu acho excelente!

Super flumina Babylonis (lat)
Sobre os rios da Babilônia

p. 272
C'était en effet un sacré jambon (fra)
Era de fato um presunto divino

p. 273
Blauforellen (ale)
Trutas azuis

Elles étaient délicieuses! (fra)
Elas eram deliciosas!

p. 274
Ce kouskous, en effet, est excellent! (fra)
Este cuscuz, de fato, é excelente!

Taisez-vous, pour l'amour de Dieu! (fra)
Cale-se, pelo amor de Deus!

p. 275
Ça y est! (fra)
É isso aí!

Au revoir (...) Nous ne pouvons pas vous suivre. Nous devons rester là (fra)
Até mais (...) Não podemos segui-los. Devemos ficar.

Votre main, aussi? (fra)
Sua mão, também?

Allez au diable! (fra)
Vá para o diabo!

Ah, ah! Bien joué, Malaparte! Un tour formidable! (fra)
Ah, ah! Bem sacado, Malaparte! Um passeio formidável!

p. 276
Une sacrée farce (fra)
Uma sagrada farsa

p. 278
What's that? (ing)
O que é aquilo?

The tombs of the noblest roman families! (ing)
As tumbas das mais nobres famílias romanas!

The noblest what? The tombs of the 400 of the roman Mayflower! (ing)
As mais nobres o quê?... As tumbas dos 400 do Mayflower romano!

gee (ing)
expressão sorridente para ser fotografado

the most famous drunkard of the ancient Rome (ing)
o mais famoso bêbado da antiga Roma

p. 279
A famous **signorina,** *wasn't she?* (ing)
Uma famosa senhorita, não era?

Who's who? (ing)
Quem é quem?

A most famous roman actor! (ing)
O mais famoso ator romano!

I want an autograph! (ing)
Eu quero um autógrafo!

Go on! Go on! (ing)
Vão em frente! Vão em frente!

What the hell with the sister? (ing)
Que diabo há com a irmã?

p. 280
Where's the sister? (ing)
Onde está a irmã?

links (ing)
campos (de golfe)

p. 283
I must remember to you, gentlemen (ing)
Devo lembrar-lhes, cavalheiros

p. 281
Here we never die (ing)
Aqui nós nunca morremos

Why not?... I will dine, I'm hungry! (ing)
Por que não? Vou jantar, estou com fome!

p. 282

Silla? Who was this guy? (ing)
Silla? Quem era esse sujeito?

Silla, the Mussolini of the ancient Rome (ing)
Silla, o Mussolini da antiga Roma

Quo Vadis (lat)
Aonde vais?

The* Quo Vadis *church! (ing)
A igreja Quo Vadis!

To Rome, of course! (...) I'm going to Rome (ing)
A Roma, claro (...) Estou indo a Roma

Which Jesus? (ing)
Qual Jesus?

The Christ, of course! (ing)
O Cristo, claro!

Svergognati! Tedeschi puzzoni! (ita)
Desavergonhados! Alemães fedidos!

Fii de mignotta! (rom)
Filhos da puta!

p. 283

Nuts! (ing)
Loucura!

Quo vadis, domine? (lat)
Aonde vais, senhor?

E chi ci ha da esse, a Roma? (rom)
E quem haveria de estar em Roma?

Ce so 'li romani (rom)
Estão os romanos

p. 287

Don't worry, Malaparte: that's war! (ing)
Não se preocupe, Malaparte: é a Guerra!

Capítulo XI

p. 293

partigiano > *partigiani* (plural) (ita)
partidário da resistência italiana

p. 294

O che gli rispondi a fare, a quel muso de bischero? (tos)
Por que respondeu àquele cara de pau?

icché farebbero, quei finocchiacci! (tos)
o que fariam, aqueles maricas!

O chi gli è? (tos)
Quem é ele?

O chi gli ha da essere? Gli è Garibaldi! (tos)
Quem haveria de ser? É Garibaldi!

bucaioli! (tos)
pederastas!

'Un la far tanto lunga, moccicone! (tos)
Não apele, melequento

Se l'ha furia, la venga lei al mi' posto (tos)
Se tem fúria, que venha você no meu lugar

p. 296

Ma icché voglion quei due cosi? (tos)
Mas o que querem aqueles dois sujeitos?

La 'un si lasci impietosire (tos)
Não se deixe comover

e ce n'è degli altri. La 'un sente? (tos)
e há outros. Não ouve?

La guardi come la parla (tos)
Olha lá como fala

p. 297
Ora s'appiccicano (tos)
Agora brigam

Dàgli un cordiale, poverino (tos)
Dê-lhe um gole, pobrezinho

That's all (ing)
Isso é tudo

p. 298
La si cheti, signor frate! (tos)
Aquiete-se, senhor frade

p. 300
maremme < *marrema* (sing.) (ita)
pântanos marinhos da Marremma, região litorânea Toscana

p. 302
conscience objector (ing)
objetor de consciência

Veuillez nous excuser, mon Capitaine, mais nous ne sommes pas de Florence! (fra)
Queira nos desculpar, meu Capitão, mas nós não somos de Florença!

p. 306
macchia (ita)
corresponde ao francês *maquis*, vegetação densa, também no sentido figurado. Organização clandestina contra a ocupação alemã na Itália na II Guerra Mundial

p. 313
flottaison blême et ravie (fra)
flutuação pálida e arrebatadora

Título original: *La Pelle*

EDITORAS RESPONSÁVEIS
Rejane Dias
Cecília Martins

REVISÃO DE TRADUÇÃO
Anita Mosca

REVISÃO
Cecília Martins

CAPA
Diogo Droschi
(sobre imagem de George Rodger/
The LIFE Picture Collection/Getty Images)

DIAGRAMAÇÃO
Guilherme Fagundes

Dados Internacionais de Catalogação na Publicação (CIP)
(Câmara Brasileira do Livro, SP, Brasil)

Malaparte, Curzio, 1898-1957
A pele / Curzio Malaparte ; tradução Beatriz Magalhães. – 1. ed. – Belo Horizonte : Autêntica, 2018.

Título original: La Pelle
ISBN 978-85-513-0408-2

1. Ficção italiana 2. Guerra Mundial, 1939-1945 3. Guerra Mundial, 1939-1945 - Itália - Ficção I. Título.

18-21600 CDD-853

Índices para catálogo sistemático:
1. Guerra Mundial, 1939-1945 : Itália : Ficção 853

Maria Alice Ferreira - Bibliotecária - CRB-8/7964

Belo Horizonte
Rua Carlos Turner, 420
Silveira . 31140-520
Belo Horizonte . MG
Tel.: (55 31) 3465 4500

Rio de Janeiro
Rua Debret, 23, sala 401
Centro . 20030-080
Rio de Janeiro . RJ
Tel.: (55 21) 3179 1975

São Paulo
Av. Paulista, 2.073,
Conjunto Nacional, Horsa I
23° andar . Conj. 2310-2312
Cerqueira César . 01311-940
São Paulo . SP
Tel.: (55 11) 3034 4468

www.grupoautentica.com.br

Este livro foi composto com tipografia Adobe Garamond Pro e
impresso em papel Off White 80 g/m² na Santa Marta.